GARRY KILWORTH

Fürst der Wölfe

W0295731

Buch

In die unendlichen Weiten der nordischen Wälder wird der Wolf Athaba hineingeboren. Als Jungwolf geht er noch in der Geborgenheit des Rudels auf, aber dann fällt es ihm immer schwerer, sich an die strengen Regeln zu halten. Besonders mit dem ehrgeizigen Skassi gibt es Rivalitäten. Der macht ihm das Leben schwer und sorgt schließlich für den Ausschluß Athabas aus dem Rudel. In der Verbannung kämpft Athaba ums Überleben, denn ohne den Schutz des Rudels ist er allen Gefahren unerbittlich ausgesetzt. Als eine fremde Wölfin ihn als Gefährten wählt und mit ihm ein eigenes Rudel gründet, ist er überglücklich. Doch dann wird er von Jägern gefangen und in einem Flugzeug weggebracht. Bei einer Notlandung überleben nur er und sein Jäger, und weil der Mann allein in der Wildnis keine Chance hätte, schließt er sich Athaba an. Mißtrauisch beobachten sich Mensch und Wolf, und langsam lernt der Jäger von Athaba. Auf ihrer langen Wanderung entwickelt sich eine einzigartige, spannungsreiche Beziehung ...

Autor

Garry Kilworth, 1941 geboren, verließ als Fünfzehnjähriger die Schule und trat in den Dienst der britischen Luftwaffe. 1974 gewann er einen Preis für die beste Kurzgeschichte. Er schied aus dem Dienst aus, studierte englische Literatur in London und widmete sich ganz dem Schreiben. Garry Kilworth ist verheiratet und lebt mit seiner Familie in Hongkong.

Von Garry Kilworth im Taschenbuch lieferbar:

Füchse unter sich (42743); Im Reich der Mäuse (43690)

GARRY
KILWORTH

Fürst der Wölfe

Roman

Aus dem Englischen von
Annette Hahn

BLANVALET

Die englische Originalausgabe erschien unter dem Titel
»Midnight's Sun«
bei Unwin Hyman, London

Umwelthinweis:
Alle bedruckten Materialien dieses Taschenbuches
sind chlorfrei und umweltschonend.

Blanvalet Taschenbücher erscheinen im Goldmann Verlag,
einem Unternehmen der Verlagsgruppe Bertelsmann GmbH.

Taschenbuchausgabe Mai 1999
Copyright © der Originalausgabe by Garry Kilworth
Copyright © der deutschsprachigen Ausgabe 1996
by Schneekluth
Ein Verlagsimprint der Weltbild Verlag GmbH Augsburg
Umschlaggestaltung: Design Team München
Umschlagfoto: IFA/BCI
Satz: IBV Satz- und Datentechnik GmbH, Berlin
Druck: Elsnerdruck, Berlin
Verlagsnummer: 35100
Lektorat: JE
Herstellung: Heidrun Nawrot
Made in Germany
ISBN: 3-442-35100-6

1 3 5 7 9 10 8 6 4 2

Inhalt

Anmerkung des Autors

Dies ist ein Roman, eine erdachte Geschichte, ein Märchen. Das muß es auch sein, denn niemand weiß, wie ein Wolf denkt oder wie er seine Welt sieht. Wäre dies eine Geschichte über die Urmenschen, müßte ich dasselbe sagen, denn wer weiß, wie diese Wesen gefühlt und gedacht haben? Vielleicht waren sie ja genau wie Wölfe, nur daß sie nicht so aussahen. Über den Ursprung der Menschheit wissen wir genauso wenig, wie wir über die Wölfe wissen. Die Geschichte der Wölfe könnte ebensogut die Geschichte der Urvölker sein.

Soweit es möglich war, habe ich versucht, das Verhalten der Tierfiguren in diesem Roman so darzustellen, wie es bei wilden Tieren in der wirklichen Welt vorkommt. Alles, was ich darüber weiß, verdanke ich Barry Holstun Lopez und seinem Buch *Of Wolves and Men* (Dent), L. David Mech und seinem Buch *Der weiße Wolf* (Frederking + Thaler), Peggy Wayburn und ihrem Buch *Adventuring in Alaska* (Sierra Club Books) sowie Adolph Murie und seinem Buch *Wolves of Mount McKinley* (University of Washington Press). Die Autoren sind gewissenhafte Naturforscher. Sie verbrachten viele Jahre damit, die Tiere zu studieren, die ich mir für meine Geschichte ausgesucht habe, um über Tapferkeit, Ausdauer, Kameradschaft und andere Werte zu schreiben, die mich als Schriftsteller besonders interessieren. Ich schrieb über Wölfe, weil mich ihre Lebensweise fasziniert und weil ich glaube, daß Wölfe durch Sagen und Märchen zu Unrecht in ein schlechtes Licht gerückt wurden. Es ist höchste Zeit für eine Geschichte, in der der Wolf der Gute ist.

Schließlich danke ich auch Anita und David Bray sowie meinen Freunden und Bekannten in Hongkong, deren ehrliche Begeisterung für das Thema mich immer wieder aufs neue anspornte und mir half, wenn der noch unfertige Teil dieses Buches sich unendlich vor mir auszudehnen schien.

Garry Kilworth

Für Pete und Peggy

Es war einmal
ein einsamer Wolf,
einsamer als die Engel.

Fabel von Janos Pilizinsky

ERSTER TEIL

Der Tag des Wolfes

1

Eine Nacht vor dem vollen Mond brachte die Wölfin Meshiska fünf Junge zur Welt. Draußen vor dem Bau peitschte der Wind die Fichten. Schneewehen lehnten sich hoch gegen die Felswände, und wo eben noch flaches Land gewesen war, wurden in der nächsten Sekunde tiefe Mulden ausgehoben. Himmel und Erde waren eins geworden in dieser sturmdurchbrausten Nacht. Aus Schnee wurde Finsternis und aus Finsternis Schnee, und jede Kreatur, die sich darin verirrt hatte, suchte Schutz unter einem Felsen oder einem Baum und wartete, daß wieder Ruhe und Frieden in ihrer Welt einkehrte.

Im Bau winselten die Welpen und drängten sich, blind nach Milch suchend, an ihre Mutter. Sie konnten den Sturm noch nicht hören, aber sie spürten, wie er draußen vor ihrer Erdhöhle wütete. Umgeben vom warmen Pelz ihrer Mutter, schliefen oder tranken sie, wie die Natur es ihnen befahl: Angst kannten sie nicht. Die Welt da draußen mochte brausen und toben – ihre Mutter war ja da, um sie zu beschützen.

Meshiska war erfüllt von mütterlichen Gefühlen. Sie leckte ihre Jungen, die in einem wirren Knäuel vor ihrem Bauch über- und untereinanderrollten. Es waren ihre! Ihre! Sie würde alles für sie tun – für sie töten, für sie sterben. Noch nie hatte eine Mutter so hübsche, fiepende Welpen gehabt wie sie. Jeder einzelne war so kostbar wie ihr eigenes Leben. Sie war froh, daß Aksishem draußen auf der Jagd war, so daß sie diesen Augenblick mit niemandem teilen mußte, nicht einmal mit ihrem Gefährten. Sie drückte ihre Schnauze an den Boden und sog den Geruch ihrer Vorfahren auf.

Es waren drei weibliche Welpen und zwei männliche.

Meshiska war eine Leitwölfin und ihr Gefährte ein Leitwolf. Gemeinsam führten sie das Rudel beim Jagen und bei der Lagersuche. Da Meshiska die dominantere der beiden war, konnte man sagen, daß *sie* das Rudel leitete, aber die Rangordnung des Rudels war nicht unumstößlich; sie änderte sich je nach Situation, und Meshiska war nur deshalb die Leitwölfin, weil ihre Artgenossen sie in dieser Position anerkannten. Manchmal jedoch waren andere Fähigkeiten wichtiger als ihre, dann gab sie die Führung an einen der rangniedrigeren Wölfe des Rudels ab. Auch änderte sich die Rangordnung durch die Jahreszeiten. Wichtig war, daß das ganze Rudel sich als Gruppe betrachtete. Ein Rudel, das nicht flexibel war, dessen Mitglieder untereinander kämpften, wenn es um so belanglose Entscheidungen ging, wer etwa das Kommando zum Stehenbleiben oder Weiterlaufen gab, konnte nicht überleben.

In Meshiskas Rudel gab es die, die sofort auf den Geruch der Menschen reagierten; es gab jene, die besser im Aufspüren der Wasserlöcher waren als sie; es gab andere, die das Wetter genau kannten und einen Sturm oder eine lange Dürrezeit vorhersehen konnten – ihnen überließen sie und Aksishem die Führung, wenn es notwendig war.

Jedes Rudel hatte eine eigene Rangordnung der Weibchen und der Männchen, an deren Spitze jeweils ein Anführer stand. Diese beiden Anführer waren meist das einzige Paar, das sich fortpflanzen durfte, und einer der beiden, entweder das Männchen oder das Weibchen, war der dominante Leitwolf. Abgesehen von diesen Hierarchien gab es eine Einteilung nach Alter: Welpen, *Untermegas* (ein bis drei Jahre) und *Megas,* die mit drei Jahren ihren Initiationsritus bestanden hatten.

Es gab auch Rudel, die falsch organisiert waren. Meshiska war Rudeln ohne Ordnung und Disziplin begegnet und hatte gespürt, daß sie sich mit ihrem Untergang bereits abgefunden hatten. Sie hatte von Rudeln gehört, die Größenwahnsinnige hervorgebracht hatten: Tyrannen, die aus purem Stolz jeglichen Widerstand brachen. So ein Rudel konnte an einem einzigen Tag ausgerottet werden. Die Persönlichkeit des Anführers spielte in einem Wolfsrudel eine große Rolle. Um zu überleben, mußte ein Rudel fähig sein, sich wohlbedachten Veränderungen zu unterwerfen.

Eines ihrer Vorrechte als Leitwölfin war, daß Meshiska selbst ihren Jungen Namen geben durfte.

Sie nannte die weiblichen Welpen Tesha, Kinska und Koska.

Die männlichen Welpen nannte sie Athaba und Okrino.

In den ersten beiden Wochen purzelten die Jungen einfach durcheinander und krabbelten an ihrer Mutter hoch, rollten und zappelten herum und wurden langsam kräftiger. Bald konnten sie sehen und hören, wobei noch keine dieser Fähigkeiten sie in der Ruhe und Dunkelheit des Baus besonders interessierte. Sie nahmen undeutliche silbergraue Schatten wahr, die leise Stimme ihres Vaters und hin und wieder den Protest ihrer Mutter, wenn ihre Zitzen wund waren. Koska war die stärkste von allen und wuchs auch am schnellsten, da sie immer die erste beim Trinken war und ihre schwächeren Geschwister wegschubste. Wenn es um Nahrung ging, gab es keine Geschwisterliebe mehr: Der Überlebensdrang war stärker als alle anderen Gefühle.

Okrino war der Clown des Wurfs, seine Purzelbäume und Kapriolen waren akrobatischer als bei den anderen. Die Zeichnung seines Gesichts verlieh ihm ein ernstes Aussehen, als sorge er sich ständig um das Wohlergehen der Welt – oder als leide er unter permanenter Verstopfung.

Seine Eltern sahen wohl, daß er ein ungewöhnliches Junges war, aber auch nicht so ungewöhnlich, daß sie sich Sorgen machen mußten. Meshiska hoffte nur, daß er nicht zu einem jener Wölfe heranwuchs, die das gesamte Rudel durch ihre albernen Clownereien irritierten. Solche Wölfe waren gefährlich, sie zogen das Unglück an und neigten dazu, in ernsten Situationen die Nerven zu verlieren. Ein cleverer Clown zu sein war hingegen etwas anderes; diese Art Wolf konnte in schweren Zeiten das Rudel bei Laune halten. Schon in seinem zarten Alter genoß Okrino es, im Mittelpunkt zu stehen; oftmals wiederholte er einen Salto oder Sprung, über den sein Vater belustigt das Gesicht verzogen hatte. Bestimmt würde er ein cleverer Clown werden.

Kinska war die kleinste und schwächste des Wurfs, und obwohl sie nur vier Konkurrenten hatte, mußte sie sich ihren Anteil an der Milch hart erkämpfen. Während der ersten Tage nahm sie fast überhaupt nichts an Gewicht zu.

Tesha war nur wenig größer, aber sie besaß eine Beharrlichkeit, die Kinska fehlte. Ihr ganzes Gebaren und ihr verbissener Gesichtsausdruck schienen zu sagen, daß sie es sogar mit einem Bären aufnehmen würde, um an ihre Milch zu kommen. Manchmal, wenn Koska sie zur Seite drängte, warf sich Tesha mutig und mit entschlossen vorgerecktem Unterkiefer immer wieder auf die größere Schwester, um sie von der Zitze zu vertreiben. Koska wunderte sich sehr über diese Angriffe. Sie wußte, daß sie die Stärkste war, und konnte nicht verstehen, warum Tesha das einfach ignorierte. Wenn Tesha also bereits zum fünften Mal auf sie gesprungen war, sah Koska manchmal leicht verärgert zu ihrer Mutter hoch, als wollte sie fragen: »Was will diese halbe Portion eigentlich? Warum hat sie keine Angst vor mir? Was muß ich tun, damit sie an ihrem Platz bleibt?« Aber Tesha wußte noch nicht, was ein Platz überhaupt bedeutete. Sie wußte nur, daß sie wütend wurde, wenn man sie von der Zitze wegdrängte, und die Größe ihrer Schwester war ihr herzlich egal, wenn sich ihr das Fell sträubte.

Und dann war da noch Athaba, der, obwohl er stetig zunahm, bald viel drahtiger aussah als die anderen. Er war still und nachdenklich und viel neugieriger als seine Geschwister. Der gekrümmte Tunnel, der aus dem Bau führte, interessierte ihn – vor allem nach der Biegung, von wo aus er ein helles Licht am Ende schimmern sah, bevor die Mutter ihn wieder zurückscheuchte. Er spürte, daß da draußen eine viel größere Welt lag, voller Abenteuer mit Feinden und Ungetümen, aber auch voller Wunder. Er wollte als erster dieses Geheimnis ergründen, vor seinen Geschwistern. Er war anders als sie; er war überzeugt, daß es mehr im Leben gab als Milch und Schlaf und Herumtollen. Sicher bestand die Welt nicht nur aus einer muffigen Erdhöhle. Schließlich verschwanden die Eltern auch immer wieder in diesem Tunnel und kamen lange nicht wieder – manchmal so lange, daß die Jungen dachten, sie seien tot. Manchmal tapste Athaba in eine einsame Ecke des Baus, um darüber nachzudenken. Die anderen, besonders Koska, sahen das nicht gern. Hielt er sich etwa für etwas Besseres als sie? Also lief Koska zu ihm hinüber und verbiß sich spielerisch in seinem Fell, um ihn zurückzuholen. Athaba wehrte sich dann nur leicht, da er zwar gern allein war, von den anderen aber auch akzeptiert werden wollte. Ablehnung konnte er nicht ertragen.

Zwei Wochen nach der Geburt starb Kinska an Unterkühlung. Meshiska und Aksishem gelang es nicht, sie zu retten.

Nach vier Wochen richteten sich die Ohren der Jungen auf und standen von ihren Köpfen ab wie Pfeilspitzen. Ungefähr zu dieser Zeit stieß Okrino seinen ersten Heuler aus, der nicht nur seinen Geschwistern, sondern auch ihm selbst einen gehörigen Schrecken einjagte. Er sah sich irritiert um und machte dann ein vorwurfsvolles Gesicht, als habe eines der anderen Jungen diesen seltsamen Laut hervorgebracht.

»Hast du das gehört?« fragte Aksishem seine Gefährtin. »Okrino war der erste. Er ist ja fast an die Decke gesprungen vor Schreck.«

»Ja, ich hab's gehört. Wer wohl als nächstes kommt ...?«

Die nächste war Tesha. Sie ließ einen langgezogenen Heulton ertönen, bei dem Athaba sich ängstlich in eine Ecke der Höhle verzog. Dann versuchte er es selbst und entdeckte zu seinem größten Erstaunen die eigene Stimme. Schließlich fiel auch Koska in das Geheul mit ein.

Aksishem vergrub den Kopf zwischen den Pfoten.

»Heute nacht werden wir keine Ruhe haben«, knurrte er. »Ich hoffe nur, daß sie schnell müde werden, damit wir wenigstens ein bißchen Schlaf bekommen. Nun hör dir das an!«

Nach sieben Wochen waren die Jungen entwöhnt und balgten sich vor dem Eingang der Höhle. Spielerisch übten sie so das ernsthafte Kämpfen, und nicht selten hatte eines von ihnen danach kleine Wunden zu lecken. Zu diesem Zeitpunkt hatten ihre Kämpfe noch keine Struktur – sie warfen sich einfach aufeinander und versuchten, ein Bein oder einen Schwanz zu erwischen oder im Zweikampf den anderen zu Boden zu zwingen. Natürlich gewann Koska die meisten dieser Kämpfe.

Eines Tages, als sie gerade mitten im Spiel waren, geschah etwas, das Athaba noch lange Zeit in seinen Träumen verfolgen sollte. Die Mutter war in der Höhle, der Vater auf der Jagd. Während ihrer Raufereien hatten die Jungen sich allmählich immer weiter vom Höhleneingang entfernt. Wenn Meshiska in der Höhle hörte, daß die Kleinen leiser wurden, scheuchte sie sie normalerweise wieder zurück, aber an dem Tag waren ihre Reaktionen langsamer als sonst. Plötzlich sprang ein Tier mit flachem Gesicht und eng zusammenliegenden Augen von einem nahestehenden Baum und lief auf die Jungen zu. Trotz der kurzen Beine und seines rundlichen Körpers waren seine Bewegungen flink und wendig. Athaba beobachtete, wie aus den eben noch harmlos erscheinenden Pfoten gefährliche Klauen wurden. Sie sahen ganz anders aus als seine eigenen, waren lang, gebogen und sehr spitz, wie Dornen. Der Räuber riß das Maul auf, zeigte seine spitzen Zähne und schnappte sich eines der Wolfsjungen. Dann wieselte das seltsame Tier so schnell davon, wie es gekommen war.

Die anderen waren zunächst starr vor Schreck, begannen dann aber gemeinsam zu jaulen, so daß die Mutter blitzschnell aus der Höhle kam. Als sie sah, daß Tesha fehlte, alarmierte sie sofort das Rudel. Vier Wölfe sollten der Spur des Räubers folgen, doch sie kehrten am nächsten Tag erfolglos zurück. Tesha war für immer fort.

Nun waren nur noch drei Welpen von Meshiskas Wurf am Leben.

Der Zwischenfall nahm Athaba sehr mit. Koska und Okrino hatten die Schwester bald vergessen, doch Athaba vermißte sie sehr. Mit ihr hatte er sich besser verstanden als mit den anderen, und mit ihrem hartnäckigen und couragierten Wesen war sie ihm sehr ans Herz gewachsen. Athaba hatte von ihr gelernt, daß Körperkraft allein nicht maßgebend war. Auch auf den richtigen Geist kam es an! Wenn er mit Tesha kämpfte, mußte er so manches Mal erschöpft aufgeben, weil sie einfach nicht lockerließ. Wo immer sie auch sein mochte, dachte er, irgend jemand würde jetzt unter ihrem Kampfgeist zu leiden haben.

Die Bestie, die seine Schwester geraubt hatte, ging ihm auch nicht aus dem Sinn. Er hatte ja bereits geahnt, daß es in dieser Welt Feinde geben würde, aber solch ein haariges Ungeheuer hatte er sich in seinen kühnsten Träumen nicht vorzustellen gewagt. Schnell wie ein Blitz war es aus dem Nichts aufgetaucht und noch schneller wieder dorthin verschwunden. Bestimmt hatten die schwarzen Felsen diesen Dämon ausgespuckt und die Bäume ihn wieder verschlungen, denn er stammte gewiß nicht aus der Welt der Wölfe, nicht aus den Wäldern, der Tundra oder den Bergen. Nein, diesen Teufel konnten nur die übelriechenden Sümpfe hervorgebracht haben.

Erst nach langer Zeit wagte er es, nach dem Namen des Ungeheuers zu fragen: Es war ein Luchs.

Es wurde Sommer. Koska, Okrino und Athaba waren gesund und kräftig und trugen noch immer ihre Kampfspiele aus. Mit jedem Tag wurden sie geschickter. Koska war die Anführerin und sehr tyrannisch. Einmal verletzte sie Athaba so stark, daß er ein paar Tage lang still liegen mußte, bis die Wunde verheilt war.

Nach der Jagd brachte Aksishem seine Beute nach Hause und verschlang das rohe Fleisch vor den Augen der Jungen. Sie fingen dann an, sich tänzelnd zu winden, zu fiepen und ungeduldig an Aksishems Schnauze zu lecken, damit er das vorgekaute Fleisch bald wieder hervorwürgte und sie fressen ließ. Okrino versuchte hin und wieder, ein Stück vom rohen Fleisch zu ergattern, bevor einer seiner Eltern es verschlungen hatte, und wurde jedesmal energisch fortgestoßen. Koska war sogar noch dreister und wollte ihre Eltern durch Knurren von der Beute wegscheuchen, als sei sie bereits ein Mega. Meshiska und Aksishem wiesen sie in ihre Schranken, mußten aber heimlich über ihr Verhalten schmunzeln.

»Du wirst noch mal eine gute Jägerin«, sagte Meshiska zu ihrer Tochter. »Dein Knurren hört sich gut an. Es würde mich nicht wundern, wenn du bald Zähne bekommst.«

Eines Tages, als Meshiska auf die Jagd ging und ihre Jungen wie immer am Höhleneingang zurückließ, flüsterte Koska den anderen beiden zu: »Ich lauf ihr nach. Mal sehen, wohin sie geht. Wer kommt mit?«

Die anderen schüttelten den Kopf. Die Mutter hatte gesagt, sie sollten bei der Höhle bleiben, und sie wollten nicht riskieren, daß sie böse wurde. Aus Erfahrung wußten sie, daß das äußerst unangenehm sein konnte.

»Feiglinge«, murmelte Koska. »Ich geh trotzdem.«

Entschlossen trottete sie der Spur ihrer Mutter nach.

Mit der Schnauze auf dem Boden trabte sie um einen Felsen und stieß plötzlich auf ein riesiges ockerfarbenes Pelzknäuel. Koska war irritiert. Wer oder was versperrte ihr da den Weg, wo hier doch alle freie Bahn haben sollten? Sie blickte auf.

Es war ihre Mutter.

Meshiska saß mitten auf ihrer eigenen Spur und hatte offenbar auf Koska gewartet.

»Was ist?« fragte sie nun. »Wolltest du noch etwas?«

Koska schnupperte scheinbar gelassen am Boden herum, als suche sie etwas, und trat langsam den Rückzug zur Höhle an. Die Mutter folgte ihr und stieß mit der Schnauze gegen ihren Bauch, so daß sie unsanft zwischen den anderen landete.

Dann machte Meshiska wortlos kehrt.

»Ich wette, ein zweites Mal wartet sie nicht«, meinte Koska, nachdem sie sich den Bauch geleckt hatte.

»Willst du's etwa noch mal versuchen?« wollte Okrino wissen.

»Nicht heute«, entgegnete seine Schwester. »Aber trotzdem wette ich, daß sie nicht noch mal dasitzt ...«

Keines der Jungen vergaß diese Zurechtweisung, und Koska wagte trotz ihrer herausfordernden Reden nie mehr, der Mutter zu folgen.

Das bedeutete allerdings nicht, daß die Jungen Angst vor den erwachsenen Wölfen hatten. Nur zu gern schlichen sie sich heimlich an und verbissen sich so lange in den Schwanz eines großen Wolfes, bis sie abgeschüttelt wurden. Am liebsten spielten sie diesen Streich ihrem Vater, der meistens wartete, bis alle drei in seinem Fell hingen wie Kiefernzapfen am Baum. Aber manchmal erwischten sie auch den Falschen – einen Wolf oder eine Wölfin, die nicht mit sich spaßen ließen und sie sofort fest zu Boden drückten. Die Jungen lernten schnell, wen aus dem Rudel sie zu meiden hatten.

Eines Morgens war Athaba besonders übermütig und tollte ausgelassen mit seinen Geschwistern umher. Sie pirschten sich mit flach an den Boden gedrücktem Bauch durch das hohe Gras und fielen übereinander her, wenn sie sich dicht genug angeschlichen hatten. Einige der ausgewachsenen Wölfe waren auf der Jagd, die anderen lagen träge um den Höhleneingang und beobachteten die Jungen.

Athabas Pelz war mittlerweile blaugrau geworden, mit gelben und hellgrauen Flecken. Seine Augen waren hell und wachsam, doch hatte er gelernt, ihr neugieriges Glitzern zu verbergen. Neugier hielten die anderen Wölfe für eine Charakterschwäche. Sein Kiefer war kräftig, seine Stirn flach. Ein gutaussehender Wolf, wie man im Rudel sagte, mit einem fröhlichen und bescheidenen Wesen, weshalb er bei den meisten sehr beliebt war.

In ihrem Spiel war Koska gerade an der Reihe, sich an Athaba heranzupirschen. Er wartete am Waldrand hinter einem Busch auf sie und achtete auf die Bewegungen der Grashalme, so wie er es gelernt hatte. Da, plötzlich sah er es: Einige Halme zitterten leise, und als er den richtigen Zeitpunkt für gekommen hielt, sprang er los.

Noch ehe er sein Ziel erreicht hatte, erkannte er, daß es nicht Koska war, auf die er zusprang, sondern ein Untermega, mit dem sie noch nie gespielt hatten, weil er immer so grimmig vor sich hinstarrte. Doch Athaba war bereits mitten im Sprung und wagte tapfer den Angriff.

Der versehentlich attackierte Wolf war ein sehr ehrgeiziger Jährling namens Skassi, der immer aussah, als zerbreche er sich über äußerst gewichtige Dinge den Kopf. Athaba packte seinen Gegner am Hals und versuchte, ihn zu Boden zu bringen. Von erwachsenen Wölfen wurde solch ein Spiel normalerweise ermutigt, doch in diesem Fall war es anders. Skassi drehte sich blitzschnell herum, so daß Athaba in hohem Bogen durch die Luft flog und benommen auf dem Boden landete. Bevor er wieder auf die Füße kam, stand Skassi mit finsterem Blick neben ihm und biß in seinen Bauch.

Athaba fiepte und nahm eine unterwürfige Haltung ein: Er hob eine Pfote, klemmte den Schwanz zwischen die Hinterläufe, duckte sich und legte die Ohren an. Mit dem unterwürfigsten »Grinsen« und ins Weiße verdrehten Augen sah er zu Skassi auf.

Der Jährling stand mit nach vorne gerichteten Ohren, aufgestelltem Schwanz und gesträubten Nackenhaaren über ihm. Ober- und Unterlippe waren zurückgezogen, so daß die scharfen Vorderzähne sichtbar waren. Er sah so bedrohlich aus, daß Athaba fürchtete, er werde ihm die Kehle durchbeißen.

Da kam Meshiska angelaufen und stellte den Untermega zur Rede.

»Das war nun wirklich nicht nötig«, schalt sie. »Laß mein Junges in Ruhe. Der Kleine ist noch nicht alt genug zu verstehen.«

Einen Augenblick lang verharrten alle drei Wölfe stumm und reglos im Schatten der Bäume. Skassi war der erste, der sich rührte. Athaba beobachtete, wie er von der dominanten in eine unterwürfige Haltung wechselte. Geduckt schlich der Jährling zu Meshiska hinüber und leckte ihr die Schnauze.

Dann wollte er sich zurückziehen, doch Meshiska sprang auf ihn zu und warf ihn zu Boden.

Als Skassi wieder auf den Beinen stand, sagte er: »Das Junge hat mich überrascht. Ich habe nur reagiert.« Dann trollte er sich davon, nicht ohne Athaba noch einen grimmigen Blick zuzuwerfen. Der wußte nun, daß er sich einen Feind gemacht hatte. Noch ahnte er nicht, wie sehr dieses Ereignis sein weiteres Leben beeinflussen würde. Beklommen kratzte er sich die Flöhe aus dem Pelz. Ein Untermega war noch kein wichtiges Mitglied des Rudels, besonders kein Jährling, aber für einen Welpen war solch ein Wolf gefährlicher als ein erwachsener. Ein Einjähriger wollte sich behaupten und seine spätere Position sichern.

Später nahm Meshiska ihr Junges zur Seite.

»Diesmal war ich in der Nähe, aber die Zeit wird kommen, wo du Wölfe wie Skassi bekämpfen mußt. Ich kann nicht immer deine Mutter sein. Du bist noch sehr jung, und diesen Sommer über werde ich dich beschützen, aber sieh zu, daß du gut ißt und stark wirst. Es mag sein, daß der Jährling es nicht darauf beruhen läßt. Eines Tages könnte er dich herausfordern, und dann bin ich vielleicht nicht da, um einzugreifen. Und selbst wenn ich es wäre, würde es das Rudel vielleicht nicht zulassen. Du bist mein Junges, und ich will nicht, daß du verletzt wirst. Also höre auf mich und auf deinen Vater – wir werden dir alles beibringen, was du wissen mußt, aber danach mußt du deinen Platz im Rudel allein finden. Verstehst du das?«

Ihre Worte waren streng, doch ihr Blick war sanft und liebevoll. Sie war hin- und hergerissen von ihren Empfindungen. Meshiska wußte, daß sie ihre Jungen nicht ewig vor der Welt beschützen konnte. Nach einem Jahr war ein Wolf auf sich allein gestellt, und sie konnte nur hoffen, daß sie sie gut genug darauf vorbereitete. Das bedeutete nicht, daß Meshiska ihre Jungen dann nicht mehr verteidigen würde, jedoch setzte sie dabei ihre Position aufs Spiel – manch ein Leitwolf war über Nacht zum Unterwolf geworden. Der Unterwolf ist das rangniedrigste Mitglied eines Rudels und wird von allen verachtet, verjagt, gedemütigt. Ihm blieben nur die kümmerlichen Überreste einer Beute. Niedriger als die Unterwölfe standen nur noch die *utlahs*, die für immer aus dem Rudel verstoßen waren. Solch ein Ausgestoßener wurde nicht einmal mehr als Wolf erachtet, sondern als »Rabe«, da er mit diesen schwarzen Aasfressern, die dem Rudel folgten, um seine karge Mahlzeit kämpfen mußte.

»Eines Tages«, erklärte Athaba entschieden, »werde ich auch ein Mega sein, wie du und Aksishem – mit drei Jahren habe ich die Megaweihe. Dann kann ich Skassi besiegen und ...«

»Skassi ist dann aber auch ein Mega, sogar noch vor dir. Also träume nicht von Rache, kleiner Wolf, sondern geh Skassi lieber aus dem Weg. Versuche, daß er dich akzeptiert. Es wird noch lange Zeit dauern, bis du stark genug bist, ihn anzugreifen.«

»Aber du hast doch gesagt, ich muß lernen zu kämpfen!«

»Ja, das stimmt, aber du mußt auch lernen zu warten. Wenn du jetzt schon an Rache denkst, treibt dich die Ungeduld, und dann wird er den Zeitpunkt bestimmen. Der Wolf, der Zeit und Ort bestimmt, ist meistens der Sieger. Du mußt unterwürfig sein, bis du stark genug bist und deine Zeit kommt. Es ist genausogut möglich, daß ihr Freunde werdet und gar nicht mehr kämpfen müßt. Das geschieht häufig. Skassi ist noch jung und will seine Position festigen. Wie viele andere Untermegas ärgert es ihn, daß er noch zwei Jahre warten muß, bis er ein Mega wird. Aber wenn es soweit ist, wird er hoffentlich reif genug sein, daß er dich in Ruhe läßt. Im Moment hat er dich als seinen Feind auserkoren, was sehr dumm von ihm ist. Du bist noch nicht einmal ein Untermega, und ein Sieg über dich brächte ihm weder

Ansehen noch Ruhm. Wir werden sehen. Aber zeig deinen Haß niemals zu früh, mein Sohn. Es kann sehr gut sein, daß er zerschmilzt wie der Schnee im Frühling.«

Athaba hoffte sehr, daß seine Mutter recht behielt.

Zu Athabas Glück breitete sich das Rudel im Sommer weiter aus und lebte auf größerem Raum. Die Welpen sahen ihre Eltern selten, ebenso die anderen Wölfe. Die Mitglieder des Rudels gingen allein oder zu zweit auf die Jagd. Athaba war also sicher bis zum Herbst, wo das Rudel wieder enger zusammenrücken würde, damit es den Winter gut überstand.

Es war ein guter Sommer. Wühlmäuse und Lemminge gab es zuhauf, und die Welpen lernten, zu jagen und sich von Raubtieren wie Luchsen und Bären fernzuhalten. Sie fanden Vogelnester und fraßen die Eier, bis sie satt und voll waren, und lagen dann tagelang faul herum, bis das Völlegefühl vergangen war und sie wieder Hunger hatten. Sie spielten im Riedgras und zwischen den verkrüppelten Lärchen, Fichten und Erlen. Sie beobachteten das Blubbern und Zischen der heißen Quellen. Draußen in der Tundra war die Luft schwer vom Duft der Wildblumen – Steinbrech, Glockenblumen, Lichtnelken, Wintergrün und Mohn. Dort gab es auch Zwergweiden und blühende Büsche, aber jeder Schritt erzeugte einen glucksenden Ton, und die jungen Wölfe liefen schnell wieder auf das höhergelegene Land zurück, wo es trocken war.

Athaba sah einen stattlichen Elch und einen prächtigen Karibu und fragte sich, wie ein Wolf solch riesige Geschöpfe jemals bezwingen könne. Er jagte hinter Hasen her und verlor den Wettlauf. Er schlich sich an Gänse heran, doch als er sie angriff, schwirrten sie in einer einzigen dichten Federwolke in die Luft. Dabei stießen sie Schreie aus, die bestimmt seine Vorfahren aus ihrem ewigen Schlaf weckten.

Eines Tages lief er Aksishem über den Weg, und da sie

beide allein waren, gab der Vater ihm ein Rätsel auf, das er niemandem verraten dürfe. Es hieß:

Ich bin –
der Stein, der treibt,
das Holz, das sinkt,
der Fels, der rennt,
die Luft, die stinkt.
Was bin ich?

Sosehr Athaba auch bat und bettelte – sein Vater verriet ihm die Antwort nicht.

»Eines Tages wirst du es selbst herausfinden«, erwiderte er. »Es ist besser so. Wenn ich es dir jetzt verraten würde, würdest du nur sagen: ›Ach, das hätte ich auch selbst herausbekommen, wenn ich mehr Zeit gehabt hätte‹ und dich ärgern. Warte es ab. Du wirst sehen, daß ich recht habe.«

Nach ein paar Monaten wurden Meshiskas Welpen in die Gesetze des Rudels eingeführt. Die Zeit des Spielens war vorbei, jetzt begann der Ernst des Lebens.

»Sprecht mir nach«, sagte der Vater: »Jeder Gedanke, jedes Wort, jede Tat geschieht zum Wohl des gesamten Rudels.«

» ... zum Wohl des gesamten Rudels«, wiederholten sie im Chor.

Dieser Satz sollte bis ans Lebensende ihr Motto sein. Denn der einzelne allein zählte nicht – er war nur ein Bestandteil des Ganzen. Nur wenn die Sicherheit des gesamten Rudels gewährleistet war, konnte ein einzelnes Mitglied hoffen zu überleben. Zusammenhalt. Geschlossenheit. Die Wölfe jagten zusammen, fraßen zusammen, schliefen zusammen. Keiner wachte über den anderen, sondern jeder wachte über die Sicherheit des ganzen Rudels. Es wurde nicht erwartet, daß einer sein Leben für den Kameraden gab, aber jeder Wolf war verpflichtet, sein Leben zum Wohl des Rudels zu opfern, wenn es notwendig war. Ihre Lieder erzählten von der Kameradschaft aller, nicht von der Freundschaft einzelner. Einheit. Zum Wohl des Rudels.

Mit vier Monaten erlitt Okrino einen epileptischen Anfall. Zwei Monate später den nächsten. Solch eine Veranlagung machte ihn zur Belastung und Gefahr für das gesamte Rudel.

Als die Megas von den Anfällen hörten, beriefen sie eine Versammlung am Wasserfall ein. Wäre Okrino bereits ein ausgewachsener Wolf gewesen, hätten sie ihn wohl verbannt, aber als Welpe erwartete ihn ein anderes Schicksal. Zwei Tage nach der Versammlung kamen zwei große Oberwölfe, um Okrino mitzunehmen. Sie brachten ihn in den Wald, und Athaba sah seinen Bruder nie mehr wieder. Als er seine Eltern fragte, was mit Okrino geschehen sei, erklärten sie, er sei zu den Fernen Wäldern gegangen.

»Warum?« wollte Athaba wissen.

»Zum Wohl des gesamten Rudels«, erwiderten sie.

2

Den ganzen Sommer lang sorgten menschliche Jäger dafür, daß das locker verbundene Rudel immer weiter nordöstlich wanderte. Unter der Führung beider Leitwölfe hielt sich das Rudel weit genug von den Menschen entfernt, die zu Fuß die Gegend durchstreiften. Oberwölfe und Seitwölfe bahnten den Weg durch unebenes Gelände, das für die Menschen schwer begehbar war. Unterwölfe legten mit ihrem Kot falsche Spuren, um die Jäger in die Irre zu führen. Es waren Einheimische mit eng zusammenstehenden Augen, gute Spurenleser und ausgezeichnete Schützen, aber ihre

Waffen waren nicht so gut wie die der Jäger aus dem Süden, deren Augen weiter auseinanderlagen. Sie reisten mit lauten Maschinen durch das Land, aber obwohl sie gute Waffen hatten, waren sie nicht so gute Schützen, und man konnte sie bereits wittern, wenn sie noch hinter den Bergen weilten.

Nur ein Wolf starb in dieser Zeit durch Gewehre, ein älteres Männchen mit Namen Rikkva.

Das Rudel bestand zu der Zeit aus etwa sechzehn Tieren, die Welpen nicht mitgerechnet. Auf der Suche nach Jagdrevieren mieden sie achtsam die Gebiete, die von anderen Wolfsrudeln markiert waren. Es war schon genug, den Menschen zum Feind zu haben.

Spürbar näherte sich die Zeit der langen Dunkelheit, vor allem seit sie weiter nach Norden vorgedrungen waren. Im Land der Mitternachtssonne sind die Sommer schnell vorüber. Der Herbst brachte schneidenden Wind, und das Fell der Wölfe wurde dichter, um sie gegen die bevorstehende Kälte zu schützen. Die Landschaft färbte sich gelbbraun, und Himmel und Wasser waren kaum zu unterscheiden, wenn sie einander berührten. Das Wolfsrudel rückte wieder enger zusammen, lebte als Einheit.

Im Herbst wurde eine Wölfin der Zauberei beschuldigt. Athaba verfolgte den Prozeß, der in einer blassen Vollmondnacht auf einem Felsplateau stattfand. Die ranghöchsten Megas nahmen ihre Plätze auf dem höchsten Felsvorsprung ein, der Rest des Rudels versammelte sich darunter. Die Stimmung war todernst, und Athaba bekam es mit der Angst. Er lag mit Koska unter einem Baum und konzentrierte sich eine Weile nur auf den beruhigenden Duft der Blätter und Fichtennadeln auf dem Boden.

Die angeklagte Wölfin, eine Untermega-Seitwölfin mit Namen Judra, wurde aus der Höhle geführt und vor das

Tribunal gestellt. Man beschuldigte sie, Koska verbotene Geschichten erzählt zu haben, wenn auch Koska noch zu jung war, um ihre Bedeutung verstehen zu können.

Meshiska als Leitwölfin eröffnete die Verhandlung.

»Wir haben es heute mit einem äußerst besorgniserregenden Fall zu tun: Einem Welpen wurden Lehren des Mystizismus und der Zauberei vermittelt, und wir alle wissen, daß diese Lehren ein Rudel zerstören. Ich möchte betonen, daß wir hier nicht von Religion sprechen. Die Fernen Wälder, dieses Land des Friedens, in das wir nach dem Tod einziehen, existieren durch unseren Verstand und nicht durch Zauberei. Durch den Verstand können wir nachvollziehen, daß wir in ein anderes Land kommen, wenn wir dieses verlassen.

Und wir sprechen hier auch nicht von den alten Sagen aus der Zeit, als die Wölfe noch in großer Zahl durch die Lande streiften. Die Geschichten unserer Vorfahren sind historisch, nicht mystisch. Die Frage, ob es zu jener Zeit böse Geister gegeben hat, ist für uns ohne Belang. Sie hatte einzig und allein Bedeutung für unsere heldenhaften Ahnen, und daß es überlieferte Geschichten darüber gibt, heißt nicht, daß ein heute lebender, aufgeklärter Wolf sie unbedingt glauben muß.

Nein, worum es hier und heute geht, ist die Erfindung neuer Geschichten mit verbotenen Inhalten. Judra wurde belauscht, wie sie einem unserer noch leicht beeinflußbaren Jungen erzählte, es gäbe so etwas wie Baumgeister, die im Zwielicht hervortauchen und Schatten fressen ...«

Die Zuhörer gaben mißbilligende Laute von sich, und Koska rutschte etwas herum, so daß sie Athaba berührte. Sie zitterte.

»Jeder intelligente Wolf weiß natürlich«, fuhr Meshiska fort, »daß es so etwas nicht gibt. Wir können es uns nicht leisten, auf nicht existierende Dinge der Vergangenheit zurückzublicken, wenn in der Gegenwart tatsächlich existierende Gefahren auf uns lauern. Wenn unsere Aufmerksamkeit auf so etwas wie ›Baumgeister‹ gelenkt wird, dann kann sie sich nicht auf Geruch und Geräusche der Menschen richten, die eine Gefahr in unserem Leben darstellen. Die beschuldigte Judra steht hier vor uns, und wir müssen über ihr weiteres Schicksal bestimmen.«

Judra bekam nun die Erlaubnis, sich zu verteidigen, doch ihr Vortrag war alles andere als überzeugend. Sie murmelte, daß das schummrige Licht ihr einen Streich gespielt habe. Es sei gewiß nicht ihre Absicht gewesen, das Junge zu beeinflussen. Nach ihrem »Erlebnis« sei ihr Koska als erste über den Weg gelaufen, und sie habe es einfach irgend jemandem erzählen müssen! Judra erklärte, es werde nie wieder vorkommen, und sie sehe nun ein, wie falsch es sei, an solch eine Erscheinung, die sie sich ja nur eingebildet habe, auch nur zu denken. In jener Nacht habe sie die doppelte Wache gehalten und sei am Morgen einfach übermüdet gewesen ...

So ging es noch eine Weile weiter, dann verstummte Judra. Die Megas steckten ihre Köpfe zusammen, um sich zu beratschlagen, ansonsten war es still und unheimlich. Athabas kleines Herz pochte sehr schnell, und er stellte sich vor, an Judras Stelle zu stehen. Koska neben ihm zitterte noch immer, und er wußte, daß sie einer Verurteilung nur knapp entronnen war. Wäre sie bereits über ein Jahr alt gewesen, hätte man sie wohl mit Judra gemeinsam angeklagt, weil sie den Geschichten zugehört hatte.

Die Megas verkündeten ihr Urteil: Sie war schuldig, jedoch wurde ihr als mildernder Umstand zugebilligt, daß sie die zweite Wachschicht hatte auf sich nehmen müssen, da ihre Ablösung krank gewesen war. Die »Visionen« waren aufgrund der nachfolgenden Erschöpfung entstanden, jedoch hätte sie sie als irreal und lächerlich abtun müssen. Ihr Vergehen bestand darin, daß sie ihre Tagträume allzu ernst genommen hatte.

Sie wurde vom Seitwolf zum Unterwolf degradiert. Die

ranghöchsten Megas teilten ihr mit, sie könne sich glücklich schätzen, daß man sie nicht ganz aus dem Rudel verbannte.

Als Athaba schlafen ging, liefen ihm noch immer Angstschauer über den Rücken.

Nun da das Rudel wieder eng zusammenlebte, machte Athaba sich erneut Gedanken über Skassi. Der Untermega mit dem zimtfarbenen Fell zeigte allerdings wenig Interesse an ihm, so daß Athaba hoffen konnte, seine Mutter habe recht gehabt: Skassi war während des Sommers älter und reifer geworden und mußte sich nicht mehr beweisen. Allerdings gab er sich auffallend oft mit Koska ab, und da noch keine Paarungszeit war, beruhte sein Interesse wohl auf reiner Freundschaft. Athaba fand es seltsam, daß der Jährling den einen Welpen mochte und den anderen aus demselben Wurf vollkommen ignorierte. Er hatte immer gedacht, ein Untermega hasse *alle* jüngeren Wölfe, doch jetzt merkte er, daß es ein ganz persönliches Problem zwischen ihnen beiden war. Einmal sprach er mit Koska darüber und fragte sie, warum Skassi ihn nicht leiden könne, aber sie meinte nur, er bilde sich das ein. Skassi sei im Rudel sehr beliebt und wolle sich auf keinen Fall Feinde machen.

»Aber damals wollte er mich töten«, erwiderte Athaba.

Koska schnaubte. »Sei nicht albern! Wahrscheinlich hat er nur mit dir gespielt. Wir waren damals noch sehr jung, vergiß das nicht.«

Athaba wurde unsicher. Er überlegte, daß Skassi ihm keinen einzigen feindseligen Blick mehr zugeworfen hatte, und kam langsam zu der Überzeugung, daß seine Schwester wohl recht hatte.

Eines Abends, nachdem Aksishem einige Sagen und Mythen aus der Alten Zeit erzählt hatte, wandte Athaba sich mit seinem Problem an den Vater. Der schüttelte nur den Kopf.

»Ich kann nicht deine Kämpfe für dich austragen, und ich kann auch nicht in Skassis Kopf kriechen und ergründen, warum er dich nicht mag. Das mußt du schon allein herausfinden. Ich kann dir nur helfen, indem ich dir zeige, wie man richtig kämpft ...«, woraufhin die beiden einen Spielkampf austrugen, der zwischen Vater und Sohn ganz normal war, der Athaba jedoch wenig bei seinen Problemen half.

Am nächsten Tag gingen drei Wölfe auf die Jagd nach einem Karibu. Sie trieben es so lange über das offene Gelände, bis es müde genug war, daß sie es angreifen konnten. Aksishem war ihr Anführer, doch die Geschichte erzählte später ein anderer Wolf, als das Rudel in einer windgeschützten Mulde versammelt war.

»Es war so«, begann die Wölfin Urkati. »Da Meshiska nicht bei uns war, übernahm Aksishem die Führung. Er schlug vor, daß wir das Karibu notfalls bis zur Baumgrenze jagen, es aber auf jeden Fall erst angreifen sollten, wenn es erschöpft wäre. Wir nahmen also die Verfolgung auf. Hin und wieder drehte es den Kopf und schnaubte uns etwas zu, aber ihr wißt ja, wie sich die Schimpftiraden eines Karibus anhören, und wir schenkten dem keinerlei Beachtung. Wir liefen gemächlich durch Sümpfe und über Hügel und verfielen manchmal in etwas schnelleren Lauf, wenn das Karibu sich anstrengte und uns entfliehen wollte. Es schüttelte immer wieder heftig mit dem Kopf und stampfte mit den Hufen, und wir vermuteten, daß es sich nicht wohl fühlte – wahrscheinlich wegen der Grasmücken. Schließlich blieb das Tier an einem Wassertümpel stehen, senkte den Kopf und scharrte mit den Hufen. In diesem Moment rief Aksishem: ›Los!‹, und sprang vorwärts, um den Angriff zu leiten. Zuerst war ich direkt hinter ihm, aber ein Hase sprang vor mir aus dem Gras und stahl mir die Sicht ...«

Die anderen Wölfe im Rudel nickten verständnisvoll. Dieses Unglück konnte jedem Jäger passieren: Ein Vogel schwirrt hinter einem Busch hervor, ein Hase springt auf und die Aufmerksamkeit des Jägers ist gestört, seine Sicht für ein paar kostbare Momente regelrecht »gestohlen«.

»Deshalb«, fuhr die Oberwölfin fort, »blieb ich etwas zurück. Kossiti war hinter mir, und noch ohne genau zu wissen, was ich tat, schloß ich mich ihm an. So erreichte Aksishem das Karibu wenige Sekunden vor uns allein und sprang auf seine Kehle zu. Im letzten Augenblick drehte unsere Beute ganz zufällig, wie ich meine, den Kopf, und Aksishem landete mitten auf seinem mächtigen Geweih. Er hatte keine Chance. Ich will nicht in die blutigen Einzelheiten gehen – es reicht zu sagen, daß Aksishem, nachdem das Karibu ihn abgeschüttelt hatte, sich nur noch ein, zwei Meter vorwärtsschleppen konnte, bis er zusammenbrach und starb.«

Urkati wandte sich an Meshiska.

»Es tut mir leid, Meshiska. Wir konnten nichts für ihn tun. Auf der Jagd umgekommen. Es hätte jedem Wolf passieren können, und Aksishem hat sich bestimmt nicht um seinen guten Ruf gebracht. Sein Plan war gut, und er hat nicht unbedacht gehandelt. Es war einfach ein Unglück.«

»Und das Karibu?« wollte Meshiska leise wissen.

Jetzt ergriff Kossiti das Wort. »Ein Karibu, das gerade getötet hat, ist sicher keine leichte Beute. Dieses war noch dazu fast verrückt vor Grasmücken. Als es losrannte, ließen wir es entkommen. Es war zum Wohl des gesamten Rudels.«

Auch dies war eine vernünftige Entscheidung. Ein verrücktes Tier ist unberechenbar, und wenn sie von vornherein gewußt hätten, daß das Karibu in diesem Zustand war, hätten sie es gar nicht erst gejagt.

Während der Versammlung der Megas und Untermegas lagen Athaba und seine Schwester dicht zusammengekauert unter einem Felsvorsprung. Sie hörten, was gesprochen wurde, aber sie sahen einander nicht an. Koska tat so, als beobachte sie den Wachposten oben auf dem Felsen, dessen Silhouette sich dunkel gegen den hellen Nachthimmel abhob.

Athaba konnte kaum glauben, was er da hörte. Sein Vater, der mit ihm gespielt und ihm immer sanft und liebevoll ins Fell, ins Ohr oder in den Schwanz gebissen hatte, konnte doch nicht tot sein! Das war einfach nicht möglich! Heute morgen noch hatte er Athaba gezeigt, wie man einen Gegner durch Knurren in die unterwürfige Haltung zwingt, und gestern abend hatte er ihm und Koska Geschichten über die alten Zeiten erzählt, über das *Urdunkel,* als Hunde, Füchse und Wölfe enger zusammenstanden als Vettern. Er hatte ihnen von den gemischten Rudeln erzählt, die im Süden lebten, wo Wölfe sich mit wilden Hunden paarten und eine Mischform hervorbrachten. Er hatte erzählt, wie diese gemischten Rudel im Land wüteten, stahlen und töteten und beiden Rassen, wilden Hunden und Wölfen, einen schlechten Ruf verschafften.

Und nun sollte ihr Vater tot sein, sein Körper kalt und steif, seine Seele in den Fernen Wäldern, die ihre Vorfahren in großen Rudeln durchstreiften? Nein, das war einfach unmöglich! Aksishem würde zurückkehren, würde mit heraushängender Zunge ins Lager schleichen, seine wohlbekannte Grimasse schneiden und sagen: »Ha! Reingelegt! Dachtet ihr etwa, ich sei tot? Ich, euer alter Leitwolf, tot? Da sieht man mal wieder, daß ihr in eurem Alter einfach alles glaubt ...«

Doch Aksishem kam nicht mehr zurück. Er blieb irgendwo draußen in der Nacht, mit kaltem Herzen und stumpfem Fell. Er war in ein Land gegangen, in das Athaba ihm nicht folgen konnte, wo die Fichten höher und dichter waren und die ganze Zeit über die Sonne schien. Athaba spürte, wie der Schmerz über den Verlust seines Vaters in ihm hochstieg.

Er mußte irgend etwas tun, aber er wußte nicht, was. Er wollte rennen, jaulen und seinen Kummer in die Nacht hinausheulen, aber er wußte, daß er die Megas damit erschrecken und schockieren würde, weil es kein angemessenes Verhalten wäre. Sicher würde man ihn sofort bestrafen. Vielleicht könnte seine Mutter ihn verstehen, doch auch sie würde solch schlechtes Betragen nicht gutheißen, das als respektlos gegenüber dem toten Leitwolf galt.

Es gab Klagelieder, die den Trauernden helfen sollten. Doch dies schien Athaba kaum genug, zumal nicht einmal die Untermegas, geschweige denn er als Welpe daran teilnehmen durften. Athaba konnte nur stumm dabeisitzen und zusehen. Sein Schmerz und seine Wut quälten ihn – auch er wollte seiner Trauer Ausdruck verleihen!

Die Megas kannten ein festgelegtes Repertoire an Gesängen, je nach Status und Ansehen des verstorbenen Wolfes. Aksishem war ein tapferguter Jäger-Krieger gewesen, was nur eine Stufe unter der höchsten Auszeichnung lag, dem tapfertapferen Jäger-Krieger, aber deutlich über dem gutguten Jäger-Krieger. Ebenfalls berücksichtigt wurde seine Potenz, ein »Geheimnis«, das Meshiska jedem Mitglied des Rudels anvertraut hatte, über das aber niemals offen gesprochen wurde, und schließlich sein Charakter und sein Verhalten in der Gemeinschaft. Zu seiner Beurteilung trugen kleine Einzelheiten bei: seine Fähigkeiten als Wachposten und als Lehrer, seine Drohgebärden, um die Leitwolfposition zu festigen, die Kraft seiner Kiefer, die Breite seiner Schultern, seine Schrittweite beim Laufen. Besonders gewürdigt wurde seine feine Nase, die selbst unter Wölfen Neid erregte. Es hieß, Aksishem habe eine Feldhüpfmaus aus drei Tagen Entfernung wittern können.

All das wurde besprochen und gelobt, ehe die Megas die passenden Klagelieder auswählten.

Der Gesang dauerte die ganze Nacht.

Irgendwann, in einer der dunkelsten Stunden, hielt Athaba es nicht mehr aus und folgte den Spuren der drei Karibu-Jäger über das Land. Das war für einen Welpen sehr gefährlich. Wenn er von einem anderen Tier angegriffen würde, hätte er keinerlei Chance. Aber er war fest entschlossen, seiner Seele Ruhe zu verschaffen, und verdrängte die Gedanken an feindliche Bestien. Er durchquerte eiskalte Flüsse und überfrorene Wasserpfützen. Er lief über die dunkle Tundra, spürte das Moos zwischen seinen Zehen und die Kälte des Permafrosts darunter. Er sprang über flechtenbewachsene Felsen. Der Himmel war düster, und wilde Wolkenfetzen zogen über ihn dahin.

Einmal kreiste ein großer schwarzer Vogel am Himmel und schraubte sich langsam tiefer und tiefer, bis er dicht über ihm war. Athaba kümmerte sich nicht weiter darum – nur einmal blickte er kurz nach oben. Ein paar Monate zuvor hätte er sich noch Sorgen machen müssen, aber inzwischen war er gewachsen und rechnete nicht mehr damit, daß der Adler ihn angreifen würde. Eine Sekunde später kam sein Verfolger offenbar zu derselben Entscheidung und drehte nach Süden ab.

Athaba witterte tausenderlei Dinge, verlor aber nie den Geruch seines Vaters aus der Nase.

Endlich erreichte er den Kadaver und kauerte sich daneben. Der Körper lag verrenkt, das Fell war zerrupft und zottig. Athaba sah, daß die Augenhöhlen leer waren – wahrscheinlich hatten die Raben ihm die Augen ausgepickt. Er wurde wütend. Die Raben lebten in einem besonderen Verhältnis zu den Wölfen, sie fraßen die Überreste ihrer Beute, und es erschien Athaba respektlos, daß sie den toten Leitwolf verunstaltet hatten. Doch er wußte, daß die Megas seine Meinung nicht teilen würden. Sobald die Seele den Körper verließ, so glaubten sie, waren Haut und Knochen nicht mehr oder weniger wert als die tote Rinde eines verrotteten Baumes oder verwelktes Gras oder ein im Wasser treibender Fichtenzapfen. Der Körper hatte seine Aufgabe erfüllt und war wertlos.

Athaba packte den leblosen Körper am Hinterlauf und zerrte ihn zu einem Sumpfloch. Er wollte den Kadaver seines Vaters außer Reichweite der Aasfresser schaffen. Endlich konnte er etwas tun, und sein Schmerz schien mit einemmal erträglicher.

Weiter entfernt im Süden lag ein Berg, dessen Gipfel hoch über das Land aufragte. In ihrer gesamten Geschichte hatte nur ein einziger Wolf jemals dort oben gestanden. Zu der Zeit, da *Groff* die Menschen aus dem Chaos-Meer geführt und ihre Armeen mit dem Ausrotten der Wölfe begonnen hatten, so sagte die Legende, war eine Untermega-Wölfin namens Lograna mit einem mächtigen Satz in die Luft gesprungen und hatte sich an einer Wolke festgebissen. Die Wolke stieg immer höher, aber die Wölfin ließ nicht los. Als die Wolke über den Berg schwebte, der heute »Fels der heulenden Wölfin« genannt wurde, ließ Lograna sich fallen und landete auf dem Gipfel. Von diesem mächtigen Aussichtspunkt konnte Lograna als Wachposten alle Wolfsrudel ihres Landes – den Wäldern, Bergen und Ebenen im Nordwesten – vor den Menschen warnen, während in anderen Gebieten, besonders hinter den Meeren, die Wölfe bis zum letzten Welpen abgeschlachtet wurden.

Jeder Sieg fordert jedoch auch seinen Tribut, und Logranas Schicksal war tragisch. Sie war in Höhen vorgedrungen, in die sich sonst nur Adler wagten, doch sie kam nicht mehr herunter. Die Gefahr für die Wölfe war vorbei, aber Lograna starb vor Hunger und Durst auf dem Berggipfel. Ihre Knochen lagen noch immer dort, und immer wenn der Wind wehte, verkündeten sie heulend ihren Triumph.

Athaba drehte den Kadaver seines Vaters so, daß das Schwanzende zum »Fels der heulenden Wölfin« zeigte, und während er langsam im Sumpf versank, sang der junge Wolf ein leises Lied zur Hüterin des heiligen Ortes, damit er Aksishems Seele behüte und sie zu den Fernen Wäldern führe.

Als Athaba geendet hatte und sich umwandte, sah er, daß zwei Wölfe aus seinem Rudel ihm gefolgt waren und sein seltsames Ritual beobachtet hatten. Sie brachten ihn zurück und berichteten den Megas voller Zorn und Verachtung, wie sie Athaba bei mystischen Handlungen ertappt hatten.

Meshiska durfte an dieser Verhandlung nicht teilnehmen. Athaba wurde vor die Megas geführt und mußte sich dem »Anstarren« unterziehen, bei dem die einzelnen Wölfe ihn so lange und durchdringend ansahen, bis sie seine Seele erforscht hatten. Anders als Koska, die nur indirekt an Judras Vergehen beteiligt gewesen war, wurde Athaba beschuldigt, selbst ein mystisches Ritual vollzogen zu haben – ein weitaus schlimmeres Vergehen als Judras Geschichtenerzählen: Das Leben des Welpen stand auf dem Spiel. Die Megas sagten ihm, sie könnten direkt in sein Herz sehen und erkennen, ob er eine Gefahr für das Rudel darstelle.

Athaba verging fast vor Angst. Jetzt bereute er seine Tat, aber es war zu spät: Die grauen Augen der Megas erforschten seine Seele und suchten nach Schwächen seines Charakters. Doch sosehr er sich auch fürchtete, er ließ sich nichts anmerken. Instinktiv wußte er, daß er ohne Blinzeln zurückstarren und reine Gedanken haben mußte. Er mußte so viel Unschuld in seinen Blick legen, daß seine Ankläger durch sein Selbstvertrauen beeindruckt würden. Seine Gedanken wanderten hinaus auf die Tundra, wo die Wildvögel in der Luft und auf dem Wasser lebten und wo die Krüppelerle wuchs. Er dachte an die weißen und gelben Blumen, die ihre Samen durch die Luft schickten, und an die Sternmoose, Gräser und Bäche. Nicht ein einziges Mal blinzelte er oder sah zu Boden oder machte eine Bewegung, die als Zeichen für ein schlechtes Gewissen gewertet werden konnte.

Schließlich war das Anstarren vorbei, und das Verhör konnte beginnen.

»Wir müssen an das Wohl des gesamten Rudels denken, dessen Leitwolf deine Mutter ist«, erklärte Urkati. »Es liegt nicht in unserer Absicht, dich einzuschüchtern, aber der Tag mag kommen, an dem das ganze Rudel sich auf dich verlassen muß. Wenn du dich Tagträumen hingibst oder gar mystischen Spinnereien, dann bist du vielleicht im entscheidenden Moment unaufmerksam und gefährdest unser aller Leben. Also, warum bist du zum Kadaver deines Vaters gegangen?«

In seiner Not log Athaba.

»Ich konnte einfach nicht glauben, daß mein Vater tot ist. Ich wollte mich selbst davon überzeugen.«

Urkati, die von dem Unfall der Jagdgruppe berichtet hatte, sah Athaba entrüstet an.

»Willst du damit sagen, daß du nicht geglaubt hast, was ich vor dem ganzen Rudel erzählt habe? Heißt das etwa«, und ihre Stimme wurde laut vor Ärger, »daß du, ein Welpe, mich als Lügnerin bezeichnest?«

»Nein, ganz und gar nicht«, erwiderte Athaba schnell. »Ich hatte nur gehofft, daß du dich vielleicht geirrt hast, daß Aksishem vielleicht nicht *richtig* tot ist ...«

Nun ergriff Raghistor das Wort. Er lag mit gekreuzten Pfoten in der hintersten Reihe und neigte beim Sprechen leicht den Kopf.

»Ich glaube, du verstehst noch nicht ganz, was Tod bedeutet, kleiner Setzling. Tot zu sein bedeutet, nicht mehr lebendig zu sein. Ein totes Tier bewegt sich nicht mehr, läuft nicht mehr durch die Wälder oder über die Tundra. Diese Reglosigkeit betrifft den gesamten Körper – auch das Herz schlägt nicht mehr. Man kann also nicht ›nicht richtig tot‹

sein – entweder man ist tot oder nicht tot. Verstehst du das, kleiner Wildfarn?«

Insgeheim ärgerte sich Athaba, daß Raghistor ihn anscheinend nicht für voll nahm, doch er versuchte, sich nichts anmerken zu lassen, da es auch seine Rettung bedeuten konnte.

»Ich meinte nur ... Ich konnte mir einfach nicht vorstellen, daß mein Vater tot sein soll, bis ich es nicht selbst gesehen hatte. Ich war verwirrt. Aber jetzt bin ich darüber hinweg ...«

»Du hast für deinen Vater geheult«, sagte Urkati. »Die anderen haben dich gehört.«

»Ich habe um Hilfe gerufen«, sagte Athaba schnell. »Ich wußte nicht mehr, wo ich war. Ich war so durcheinander ...«

»So durcheinander«, sagte Itakru, ein anderer Mega, »daß du Aksishem zum Sumpf gezogen und ihn dort versenkt hast. Kannst du uns diese Tat erklären?«

»Ich dachte, ich würde Menschen wittern, und befürchtete, daß sie unsere Spur aufnehmen, wenn sie Aksishems Leiche finden. Hab ich was Falsches getan?«

Sie ließen ihn gehen. Er verdankte sein Leben den Worten, die ihm in seiner Not und Angst scheinbar zuflogen. Er wußte kaum, was er sagte, doch war es genau das richtige.

Er verdankte sein Leben auch seiner eigenen Geistesstärke. Wenn er während des »Anstarrens« nur einmal weggesehen oder, noch schlimmer, zu Boden geschaut hätte, wären sie über ihn hergefallen und hätten ihn in Stücke gerissen.

Und schließlich verdankte er sein Leben dem Wolf Raghistor, der in der Endabstimmung für ihn gesprochen hatte. Raghistor war dafür bekannt, daß er Welpen nicht besonders mochte, und deshalb zählte trotz seiner nicht besonders bedeutenden Position innerhalb des Rudels sein Wort sehr viel.

»Natürlich ist es trotzdem möglich, daß mit dem Jungen etwas nicht in Ordnung ist«, sagte er zu den Megas, »aber dann hätten seine Augen und seine Zunge ihn gewiß verraten. Ich habe jedenfalls nichts dergleichen bemerkt. Ihr etwa?«

Schweigend gaben die anderen ihm recht.

Als die Verhandlung beendet war, schlich Athaba davon, um sich von seinen Erlebnissen zu erholen. Er legte sich in den Schutz einiger Felsbrocken und achtete darauf, daß seine Mutter ihn nicht sehen konnte.

Sie wußte wohl, daß er nicht der vollkommene Jäger-Krieger war, den das Rudel erwartete. Natürlich würde er sein Leben für das Rudel geben, wenn es nötig wäre, oder mit dem Rudel gemeinsam sterben, aber sein Geist war nicht so rein wie der eines einfachen, praktisch denkenden Jäger-Kriegers. Der Wind bedeutete ihm mehr als nur der Träger von Geruch und Geräusch – für ihn war er der Atem der Erde. Bäche, Flüsse, Teiche und Seen waren mehr als nur Wasserstellen, aus denen die Wölfe trinken konnten – für ihn waren es Orte des magischen Lichts. Die Wälder waren nicht nur ein gutes Versteck – es waren die Treffpunkte der altehrwürdigen Dunkelheiten. Meshiska wußte, daß ihr Junges in gewisser Weise anders war. Was sie allerdings nicht wußte und was sie, wie er hoffte, auch niemals herausfinden würde, war, wie groß seine Andersartigkeit tatsächlich war. Meshiska würde nicht gern den Tod eines ihrer Jungen herbeiführen, aber die Zeit der mütterlichen Gefühle war nun schon fast vorbei, und ihre Position als Leitwölfin verlangte mehr denn je ihren Einsatz. Sie war die »Mutter« des gesamten Rudels – alle waren ihre Schützlinge –, und sie würde ohne weiteres einen Welpen für das Wohl des gesamten Rudels opfern.

Während Athaba hinter seinem Felsen lag und überlegte, wie dumm er doch gewesen war, kam Skassi plötzlich auf ihn zu. Der Untermega schleuderte das Junge einige Male gegen den Felsen und rief dabei: »Deine Mutter wird dir jetzt nicht mehr helfen! Wie lange habe ich auf diesen Moment gewartet! Ich wußte, daß es irgendwann soweit kommen würde. Du bist in Ungnade gefallen. Ich könnte dich jetzt töten, und niemand würde es mir übelnehmen. Ich bin froh, daß Aksishem tot ist. Jeder Wolf, der ein Junges wie dich zeugt, verdient es zu sterben. Ich weiß nicht, warum die Megas dich am Leben ließen. Du stinkst vor Unwölfigkeit. Wir brauchen keine Schamanen oder Priester.«

Skassi biß Athaba heftig in die Seite und ließ ihn dann liegen. Während Athaba seine Wunden leckte, sah er hinauf zum Agusfels.

In der Mythologie der Wölfe gibt es eine Zeit, in der alle Rechnungen beglichen werden. Diese Zeit wird *Letztes Licht* genannt, da nach ihr die Welt wieder in ihrer ursprünglichen Dunkelheit liegen wird, in der Wölfe und Füchse lebten, bevor der Riese *Groff* das Tageslicht erschuf. Im *Letzten Licht* werden die Menschen all ihre Gewalt gegen ihresgleichen richten und damit die Welt von Menschen befreien. Die Kaniden – Wölfe, Kojoten, Füchse, Hunde, Dingos und Schakale – werden aus ihren Gräbern auferstehen und ihre alten Schulden begleichen. Sie kommen aus den Fernen Wäldern, aus dem Unort, den Ländern jenseits des Todes, um mit ihren einstigen Feinden zu kämpfen. Die ehemals Schwachen werden über die ehemals Starken siegen. Es wird ein Gleichgewicht geben zwischen Gut und Böse. Und nach dem *Letzten Licht* werden keine Bitterkeit und kein Haß mehr bestehen, sondern nur Zufriedenheit. Der Feind wird neben dem Feind liegen, und sie werden sich gegenseitig die Wunden lecken. Jegliche Zwietracht wird beendet sein, die Mächtigen werden fallen, die Sanftmütigen sich erheben und alle in ein neues Leben nach dem Ende des Lebens eingehen.

Für Wölfe wie Athaba, die starke und unbezwingbare Feinde wie Skassi hatten, war das *Letzte Licht* etwas, dem sie mit Hoffnung entgegensehen konnten, das ihnen in ihrer Zeit der Bitterkeit und Fehde Trost spendete. Dieses *Letzte Licht* war ein versöhnender Ausblick, der Wölfe wie Athaba vor selbstzerstörerischem Haß bewahrte.

Athabas großes Unglück bestand darin, daß er Skassi damals zu einer besonders ungünstigen Zeit an den Hals gesprungen war. Damals und noch lange Zeit später hatte Skassi böse Träume gehabt, die ihn auch noch quälten, wenn er wach war. Deshalb war er ganz und gar in seine eigenen Gedanken und Probleme versunken gewesen, als plötzlich dieses kleine Biest aus dem Nichts auftauchte und ihm an den Hals sprang. Kein Wunder, daß er erschrak – das hätte jeder getan!

Und wo war der kleine Teufel so unvermittelt hergekommen? Sicher hatte er die Fähigkeit, Gestalt und Form zu verändern. War es möglich, daß sie einen Zauberer unter sich hatten? Skassi beschloß, ein Auge auf Athaba zu haben.

Wenn tatsächlich etwas Absonderliches an ihm war, so wollte er der erste sein, der es wußte, und den Jungen öffentlich anklagen. Schließlich war es schon seltsam, daß ein junger Welpe so plötzlich aus dem Nichts erscheinen konnte! Und die Sache mit Athabas Vater hatte Skassis Verdacht endgültig bestätigt. Er war fest entschlossen, Athabas Untergang herbeizuführen – auf welche Weise auch immer –, und war sicher, daß das Schicksal ihm Athaba irgendwann ausliefern würde.

Skassi hatte es sich zur Aufgabe gemacht, das Rudel vor Okkultismus oder jeglicher Form von Zauberei zu schützen. Niemand hatte ihn ausdrücklich darum gebeten, aber er kümmerte sich gern um Dinge, die andere mieden. Er hatte beschlossen, eines Tages Leitwolf zu werden, und nahm deshalb jede Gelegenheit wahr, sich um das Wohlergehen des Rudels zu kümmern. Seine Bemühungen, diejenigen auszuschalten, die Böses dachten (und die genauso schlimm waren wie die, die Böses taten), waren jedoch nur ein kleiner Teil dessen, was er als seine Aufgabe betrachtete. Wenn er erst einmal Leitwolf wäre, würde er eine große Säuberung veranstalten, um das Rudel von allen Wölfen zu befreien, die vom Mystizismus erfaßt waren. Und wer sich weigerte, würde mit Konsequenzen zu rechnen haben.

Es gab Tage, an denen Skassi allein durch die schwarzen Fichten wanderte und den Geist des Waldes spürte, der ihn dazu bewegen wollte, seine Jagd auf die schlechten Seelen aufzugeben. Dunkle Schatten hängten sich an ihn, und er spürte einen kalten Luftzug, wo sich die Mächte der Teufel trafen. Manchmal meinte er, allein von der Macht ihrer Anwesenheit überwältigt zu werden, und einige Male wurde er sogar ohnmächtig, als seine Gedanken unaufhörlich umeinander kreisten. Danach wagte er nicht, gleich zum Rudel zurückzukehren, aus Angst, die anderen Wölfe könnten sein Entsetzen bemerken und ahnen, daß er von dunklen Mächten verfolgt wurde. Er wußte, daß die Mächte des Bösen versuchten, ihn in Mißkredit zu bringen und ihn davon abzuhalten, das Rudel zu säubern, denn wie konnte er die strafen, die von Dämonen besessen waren, wenn die Dämonen seine eigene Seele in Besitz genommen hatten?

Nachts wachte er oft abrupt aus einem Traum auf und wußte, daß die Mächte des Waldes versuchten, ihn im Schlaf zu verzaubern. Er erwachte, zitternd und schweißbedeckt, und schlich sich heimlich davon, um sich von dem bösen Zauber reinzuwaschen. Dazu mußte er fließendes Wasser suchen, das von den Bergen kam. Regenwasser oder schmutziges Flußwasser reichte nicht aus, seine Seele zu reinigen, das wußte er – allerdings konnte er sich nicht vorstellen, *woher* er das wußte. Er dachte, er sei mit diesem Wissen geboren und schon im Mutterleib dazu auserkoren worden, seine Aufgaben zu erfüllen.

Skassi beobachtete den jungen Athaba also ganz genau. Er war sich noch nicht sicher: Einmal wirkte Athaba wie ein Wolf, der von mystischen Füchsen besessen war, dann wieder schien er ein reiner Wolf zu sein, ein wertvolles Mitglied des Rudels. Skassi konnte sich keinen Reim darauf machen und dachte manchmal, daß das »Gute« in Athaba nur hervorkam, um ihn, Skassi, zu verwirren.

Einmal, nachdem er bereits Untermega geworden war, überkamen Skassi Zweifel an sich selbst. Vielleicht, so dachte er, als er wieder aus tiefem Schlaf gerissen wurde, irre ich mich, was meine Aufgaben angeht. Vielleicht bin ich gar nicht der Auserwählte, um das Rudel vor Aberglauben zu bewahren. Diese Gedanken beunruhigten ihn sehr, und er ging zu einem kleinen Wäldchen aus Krüppelerlen, um darüber nachzudenken. Während er unter den Bäumen lag, spürte er plötzlich, daß er sich an einem heiligen Ort befand. Das Licht schimmerte durch die dünnen Äste der Erlen hindurch und zeichnete seltsame, flackernde Symbole auf den Boden. Er vermeinte eine Stimme zu hören, die aus der Mitte des Wäldchens kam und ihm zuraunte, er sei der Auserwählte, der eines Tages ein Rudel anführen werde, wie es noch nie eines gegeben habe. Skassi wertete dieses Erlebnis nicht als mystische Erfahrung, sondern als Angriff echter Dämonen. Alles, was ihm geschehen war, war Wirklichkeit, er hatte es sich nicht eingebildet. Anders als Judra, die aus Schreck vor den vermeintlich erschienenen Geistern beinahe ihre Pflichten vernachlässigt hätte, war er von echten Dämonen heimgesucht worden, denen er sich gestellt und die er besiegt hatte. Es gab Wölfe, die dem Mystizismus nachgingen, sich ihm regelrecht hingaben. Das war eine ernsthafte Gefährdung für das Rudel. Er jedoch war nicht mit der Absicht losgezogen, Dämonen zu finden – sie hatten ihn gefunden. Sie hatten sich in Schwärmen zusammengeschlossen und ihn angegriffen.

Skassi war nun sicher, daß er ein ganz besonderer Wolf war, und schwelgte in seiner eigenen Reinheit und Geistesstärke. Er hatte die Dämonen abgeschüttelt.

Und so begann er mit seinem eigenen geheimen Kreuzzug, nicht nur gegen Athaba, sondern gegen alles Böse, das er vermutete.

3

Dann kam der Winter.

Die Nächte waren nun schier endlos. Die menschlichen Jäger waren in ihre Behausungen zurückgekehrt, um ihre Pfoten aneinanderzureiben und in ihre Feuer zu bellen. Die Wölfe suchten weiter nach Futter und gingen auf Jagd und beneideten den Bären, der in seiner warmen Höhle schlafen konnte. Dies war die Zeit, da die Perspektive schärfer und alle Dinge klarer zu erkennen waren. Alle Lebewesen bewegten sich langsamer und erstarrten manchmal in ihren Gesten wie festgefroren. Eis blieb an Pfoten und Beinen hängen. Der Schnee dämpfte jedes Geräusch.

Nach dem »mystischen« Ereignis beschloß Athaba, ein vorbildlicher Wolf zu werden. Er freundete sich mit seinen Brüdern und Schwestern an, erklärte die Kameradschaft als höchste aller Tugenden und entsagte den Phantasien, die von den anderen als unwürdig erachtet wurden. Er lauschte den Lehren der Megas – wie man als einzelner und in der Gruppe jagte und kämpfte, wie man seitwärts, rückwärts und vorwärts schlich, um das Rudel bei Gefahren zu warnen, wie man die ergreifenden Lieder sang, die die Einheit des Rudels festigten, wie man den Megas und Untermegas Respekt zollte, wie man bei gemeinsamen Angriffen sowohl seine Rolle im Rudel einnahm als auch Eigeninitiative bewahrte.

Trotz des kleinen Risikos, als »anders« zu gelten, gründete er eine Gruppe aus Welpen und Untermegas, die er »Die guten Kameraden« nannte. Sie sollten eine spezielle Wach- oder Lauftruppe sein, die die Leitwölfe in Notfällen unterstützte. Natürlich führte er selbst diese Gruppe nicht an – das war für einen Welpen undenkbar. Nein, die Führung übernahm ein Untermega, doch Athaba erntete viel Lob für seine Idee. Nur zwei Untermegas lehnten es ab, der Gruppe beizutreten; einer davon war Skassi. Skassi erklärte den Megas, er wolle eines Tages Leitwolf werden und müsse sich deshalb ebenso auf seine persönlichen Fertigkeiten konzentrieren wie auf die Teamarbeit. Das war ein akzeptabler Grund und wurde nicht als hochmütig empfunden. Sich auf die Position des Leitwolfs vorzubereiten bedeutete nicht, daß man unbedingt auch erwartete, Leitwolf zu werden.

Noch ehe er ein Jahr alt wurde, ließ man Athaba bereits einige Male als Seitwolf laufen, wenn das Rudel voll ausgelastet war. Er übernahm diese Aufgabe ohne Murren und ohne Furcht zu zeigen, obwohl er als Seitwolf oft weit vom Kern des Rudels entfernt und dadurch gefährdet war. Hin und wieder sprach einer der Megas ein Lob aus, zuerst über Athabas Bereitwilligkeit, dann über seine Belastbarkeit und schließlich über seine Fähigkeiten.

Er wurde Jährling und Untermega.

Untermega wurde ein Wolf nicht automatisch. Gehörte er zu den sechzig Prozent, die das erste Jahr überlebten, die also nicht durch Unwetter, Feinde des Rudels oder einen Beschluß des Rudels selbst getötet wurden, gab es dennoch Gründe, weshalb die Megas ihm den Aufstieg verwehren konnten. Ein Wolf blieb so lange »Welpe«, bis er eine ihm übertragene Aufgabe erfolgreich erfüllt hatte.

Aksishem hatte seinen Jungen (vielleicht als Warnung?)

von einem alten, zahnlosen Wolf namens Bidaka erzählt, der sein ganzes Leben lang Welpe geblieben war. Solch ein Wolf mußte immer gesund bleiben und unermüdlich um das Wohl des Rudels bemüht sein, auch wenn er den Aufstieg zum Untermega nicht schaffte – sonst wurde er zum Unterwolf degradiert. Unterwölfe waren den Spötteleien und Späßen der jungen Welpen und einjährigen Untermegas ausgesetzt.

»Sieh dir die alte Unterkröte an! He, willst du ein paar verfaulte Beutereste? Da, nimm den alten vertrockneten Knochen. Wer hat Angst vor diesem Wolf? Huh, huh, huh ...«

Die Welpen bissen ihm in die Läufe und rissen ihm Löcher ins Fell. Im schlimmsten Fall wurde der Unterwolf zum Rabenwolf, zum Ausgestoßenen. Als Geächteter wurde er vollkommen ignoriert, vorausgesetzt, er versuchte nicht, sich dem Rudel zu nähern. Dann wurde er angegriffen und getötet. *Utlahs* lebten voller Qual und Hunger, und wenn sie sich nicht von ihrem Haß nährten, lebten sie ohnehin nicht lange.

Am Ende des harten Winters erklärte Meshiska ihrem Sohn, sie sei stolz auf ihn. Koska war zunächst eifersüchtig auf ihren Bruder, schloß sich dann jedoch dem Lob an. Skassi blieb wachsam, hielt sich aber auf Distanz. Es schien ein geheimes Einverständnis zwischen ihnen zu herrschen, das besagte: »Geh mir aus dem Weg, und du bekommst keinen Ärger!« Inzwischen gab es kaum mehr einen sichtbaren Unterschied zwischen ihnen. Skassi war nur geringfügig größer und kräftiger.

Meshiska war nicht mehr so oft Leitwölfin wie zuvor – das Rudel bevorzugte mittlerweile Urkati und ihren Gefährten Itakru. Meshiska war weder böse noch enttäuscht über diese Entwicklung. Sie war viele Jahre Leitwölfin gewesen und gab nun gern die Verantwortung ab. Urkati war trächtig, und ihr Ansehen stieg jedesmal in den dunklen Monaten, weil sie eine gute Nachtjägerin war.

Eines Tages im Frühling, als der Duft der erwachenden Moose und Flechten die Luft erfüllte, begleitete Athaba Raghistor auf die Jagd. Athaba war gern mit dem älteren Wolf zusammen, denn ihm gefielen seine Gelassenheit, seine Gutmütigkeit, sein trockener Humor und seine anmutigen Bewegungen. Raghistor erzählte Athaba, er habe »Geschmack« erfunden, der nichts mit Futter zu tun habe.

»Sprich mit Wölfen über guten Geschmack, und sie werden dich mit großen Augen anstarren und zu irgendeiner angeblich wichtigen Arbeit davoneilen. Aber ich hab das Gefühl, du wirst mich verstehen, kleiner Setzling, wenn ich dir sage, daß ein Wapiti eine elegantere Beute ist als ein Elch oder ein Moschusochse oder daß ein Vielfraß vornehmer aussieht als ein Kojote oder daß Raben verabscheuungswürdige Vögel sind und es stilvoller ist, einen Karibu mit einem Sprung zu Fall zu bringen, als nach etlichen Versuchen ein wildes Schaf zu reißen ...«

Irgendwie war es Raghistor gelungen, seine »Andersartigkeit« zu bewahren und damit zu leben. Langsam begriff Athaba, daß Persönlichkeit und Bestrafung eng miteinander verbunden waren. War man still und geheimnisvoll, konnte einen der geringste Verstoß gegen die vagen Gesetze des Rudels vor die Megas bringen. War man frech, aber eifrig, so kam man in den meisten Fällen davon. Ein Wolf mit mürrischem Gesicht mußte seine Aufgaben mit höchster Perfektion erfüllen. Einem Wolfsjungen, das die ausgewachsenen Rudelmitglieder zwar neckte, das aber voller Lebensfreude steckte oder, wie Raghistor, ein helles Köpfchen hatte, sah man gern kleine Fehler nach.

Athaba verstand nicht alles, was Raghistor sagte, aber er wollte nicht unhöflich sein und gab zustimmende Laute von sich. Sie waren jetzt nahe am Meer, und seine Aufmerksamkeit galt den Riesenraubmöwen, den Piraten der Lüfte, die sich zu dieser Jahreszeit sogar gegenseitig angriffen. Sobald die Brutzeit vorüber war, verhielten sie sich ihren Artgenossen gegenüber wieder friedlich und fielen nur noch über andere Vögel her. Athaba stellte sich vor, wie anders sein Leben als Seemöwe wäre. Sie hielten nicht zusammen, arbeiteten nicht als Gruppe. Das Überleben hing allein davon ab, wie gut man seinen Nachbarn angreifen konnte.

»Ich frage mich, wie es wohl ist, ein Vogel zu sein«, murmelte er unbedacht vor sich hin und merkte erst zu spät, daß es wehmütig geklungen hatte. Raghistor zuckte zusammen. Vorsichtig sah er sich um und inspizierte aufmerksam eine Gruppe Zwergweiden hinter ihnen.

»Sei vorsichtig, mein kleiner Busch«, warnte er. »Die Felsen haben manchmal Ohren.«

Er sah sich noch einmal um, dann fuhr er fort: »Ich kann mir vorstellen, daß man als Habicht oder Falke eine sehr würdevolle Existenz führt, aber eine recht klägliche als Spatz. Ganz bestimmt wäre es einmal eine Abwechslung«, er sah sich wieder um, »einmal wie ein Schwan die Flügel ausbreiten und die Welt von oben betrachten zu können.«

»Warum nicht wie eine Möwe? Die können auch segeln und blitzschnell hinabstoßen.«

Raghistor schüttelte sich.

»Möwen, mein kleiner Ringelfarn, sind abscheuliche Kreaturen, die tote Heringe fressen. Hast du jemals toten Hering gerochen? Nein? Das dachte ich mir. Das ist eine Erfahrung, die man gut missen kann, das sage ich dir. Die Welt wäre nicht ärmer ohne tote Heringe. Schwäne andererseits sind anmutige Geschöpfe ...«

»Sie stecken ihren Schnabel in den Schlamm«, protestierte Athaba.

»Ja, aber nur da, wo man sie nicht sieht. Sie tun es unter Wasser, wo es, wie ich aus zuverlässiger Quelle erfahren habe, keinen Gestank und wenig Zeugen gibt. Das ist, wie den Dreck zwischen seinen Krallen zu entfernen. Man tut es im Dunkeln, um niemanden damit zu belästigen.«

»*Du* machst das so, die anderen aber nicht.«

»Stimmt. Was beweist, daß ich Geschmack habe und die anderen nicht.«

»Raghistor ... hast du jemals eine Gefährtin gehabt?«

»Oh, nein. Viel zu viel Verantwortung! Und wenn man sich eine Gefährtin nimmt, wird erwartet, daß man sich fortpflanzt. Huh! All das Hin und Her, das Herumtragen und Futterholen, wenn die Kleinen da sind.« Er schüttelte sich wieder. »Ungezogene kleine Kreaturen, diese Welpen. Dauernd spucken sie oder maulen herum. Um sie zu füttern, mußt du zuerst fressen und es dann wieder hochwürgen. Ekelhaft! Bin ich froh, daß ich niemals ein Welpe war. Erbrochenes Fressen zu bekommen ...!«

»Aber, Raghistor! Du *mußt* einmal ein Welpe gewesen sein – früher ...«

»Nein, niemals. Das leugne ich ganz entschieden. Ich bin als Jährling geboren worden. Nie im Leben war ich so ein blinder, tauber Klops, der aussieht wie eine rosa Ratte. Keine Widerrede! Ich kann junge Welpen nicht ausstehen.«

»Aber ich hab dich doch gesehen, wie du mit Urkatis Jungen gespielt hast. Du hattest Spaß dabei. Und mit mir hast du auch herumgetollt, als ich noch klein war.«

»Nur zum Wohl des Rudels. Ohne meine Schulung würdet ihr Jungspunde gar nicht überleben. Die anderen Wölfe haben alle auf ihre Weise recht, aber sie haben nicht meine Intelligenz, arme Dummköpfe!«

»Bist du schon Leitwolf gewesen?«

Raghistor blieb stehen und sah Athaba direkt in die Augen.

»Bist du noch ganz bei Trost, Setzling? Wenn man mich je zum Leitwolf machte – welch schrecklicher Gedanke! –, würde ich mich augenblicklich vom nächsten Felsen stürzen.

Zum Wohl des gesamten Rudels – sag so was nicht noch mal!«

Zum Wohl des gesamten Rudels. Wie oft hatte Athaba diesen Satz schon gehört. Alles mußte *zum Wohl des Rudels* geschehen ...

Plötzlich fuhr er zusammen. Er witterte etwas. Menschen. Der Geruch eines Menschen lag deutlich in der Luft. Es war unverkennbar einer aus dem Süden – die rochen nach widerlich süßen Blüten.

Athaba preßte den Bauch gegen den Boden und machte »Spinnenbeine«. Raghistor stand noch immer aufrecht, mit erhobener Nase und geneigtem Kopf.

»Dem Südostwind sei Dank«, flüsterte er. »Jetzt höre ich ihn. Er ist schon ziemlich nah. Wahrscheinlich ist er im Gegenwind losgegangen, aber dann hat der Wind gedreht und ihn verraten. Er wird wissen, daß wir ihn wittern, und zielt womöglich schon auf uns, um einen zu erwischen, ehe wir flüchten ...« Sie hörten ein sirrendes Geräusch im Gras, dann in einiger Entfernung das Geräusch einer kleinen Explosion.

»Lauf!« sagte Raghistor. »Du mußt das Rudel warnen.«

»Und was ist mit dir?«

»Ich werde ihn ablenken.«

Irgend etwas streifte Athabas Flanke und hinterließ einen brennenden Schmerz. Beinahe wäre er erschossen worden! Ohne noch weiter zu zögern, lief er los, geradewegs über die Tundra, bis er Raghistor hinter sich herrufen hörte: »Im Zickzack, wie ein Hase, kleiner Tölpel! Das ist nicht die richtige Zeit für elegantes Auftreten!«

Athaba tat, wie ihm geheißen, und blickte sich nur ein einziges Mal um. Dabei sah er, wie Raghistor vorsichtig um einen kleinen Hügel schlich, und er erschrak. Wollte Raghistor sich etwa anschleichen? Den Jäger gar angreifen? Athaba hatte schon davon gehört, daß Wölfe Menschen angriffen, aber das war meist ein letzter resignierter Versuch der Selbstverteidigung oder eine Verzweiflungstat aus schierem Hunger.

Athaba überlegte, ob der Jäger wohl eine Maschine bei sich hatte. Aus Erfahrung wußten die Wölfe, daß die Menschen sich auf unterschiedliche Weise fortbewegten: mit einer Flugmaschine oder einer Bodenmaschine. Sie waren leicht durch ihren Geruch und ihre Geräusche zu erkennen.

Wenn der Jäger eine Bodenmaschine bei sich hatte, mußte Raghistor sehr, sehr schnell sein.

Als Athaba das Lager erreichte, fand er die Megas in Verhandlung mit sechs oder sieben fremden Wölfen. Seit ein paar Tagen bereits versuchten die, sich dem Rudel anzuschließen, da ihr eigenes zu klein geworden war. Es war zwar möglich, daß ein Rudel nur aus zwei Wölfen bestand, aber mit etwa zwanzig Mitgliedern war ein Rudel deutlich im Vorteil. Gemeinsam mit den Fremden käme Athabas Rudel auf dreiundzwanzig Wölfe.

Athaba lief umgehend zu seiner Mutter.

»Meshiska!« rief er. »Jäger sind hinter mir her. Raghistor versucht, sie abzulenken.«

»Wie viele?«

»Ich hab nur einen gewittert, aber du hast oft erzählt, daß nur die Tundrajäger allein auf Jagd gehen und die Fremden zu zweit, zu dritt oder in noch größeren Gruppen kommen.«

»Und war es ein Fremder?«

»Er war ein schlechter Schütze. Hat zweimal verfehlt.«

»Ja, das klingt wie ein Fremder. Wir müssen aufbrechen.« Sie wandte sich an die anderen Megas.

»Ihr habt es gehört. Wir müssen schnell entscheiden und losziehen. Ich würde sagen, wir nehmen die Neuen auf. Urkati? Itakru? Sieben sind nicht zuviel. Wir brauchen sie nicht, aber sie brauchen uns.«

Die anderen waren einverstanden. Das ganze Rudel

machte sich leise und leichtfüßig auf den Weg nach Westen, wo in einiger Entfernung ein Wald begann.

Meshiska war auch diesmal nicht die Leitwölfin – Itakru leitete den Rückzug des Rudels. Er kümmerte sich darum, daß die jungen Welpen seiner Gefährtin getragen wurden und daß die älteren Wölfe in der Mitte liefen. Athaba bekam einen Posten als hinterer linker Seitwolf. Das war ein gefährlicher Posten. Wenn die Jäger ziellos durch die Landschaft zogen und zufällig auf ihre Spur stießen, würden sie als erstes auf den hinteren linken Seitwolf treffen.

Athaba übernahm den Posten jedoch ohne Murren – er sah auch keinen Grund, sich zu beschweren. Raghistor war da draußen allein, zum Wohl des Rudels, um die Jäger auf eine falsche Fährte zu bringen. Wie also konnte er sich da über einen Posten innerhalb des Rudels beschweren? Er hoffte nur, daß Raghistor die Jäger überlisten konnte. Die einheimischen Jäger waren äußerst gefährlich und durften nicht unterschätzt werden – aber die Fremden? Sie hatten scharfe Waffen, doch ihre Augen standen eng zusammen, und sie konnten nicht so gut zielen. Manchmal kamen sie zu Fuß, mit einem einheimischen Führer, aber oft benutzten sie auch die Maschinen, die man schon meilenweit entfernt wittern konnte. Auch sie selbst rochen oft sehr stark, nach gegorenen Beeren und nach Rauch, und sie machten laute Geräusche, klirrten mit Dingen herum, stolperten über Steine und schossen auf Ziele, die viel zu weit entfernt lagen.

Wohl kamen auch Fremde, die kaum von den einheimischen Jägern zu unterscheiden waren, doch das geschah sehr selten. Um Raghistors willen wünschte Athaba, daß sein Kamerad es mit ungeschickten Fremden zu tun hatte.

Etwa dreißig Kilometer lang lief das Rudel mit gleichbleibender Geschwindigkeit in das höher gelegene Waldgebiet. Zwischen den Bäumen suchten sie sich dann einen

Rastplatz. Die beiden hinteren Seitwölfe wurden zurückgeschickt, um nach Raghistor zu suchen und zu prüfen, ob Menschen zu wittern waren.

Als die Nacht hereinbrach, hatten sie noch immer keine Spur von ihrem Kameraden. Sie kehrten zum Rudel zurück. Nun da die unmittelbare Gefahr vorüber war, wurde Athaba als Held gefeiert. Um das Rudel zu warnen, war er mutig vor den Schüssen des Jägers geflohen. Itakru kam vor und gab ihm einen kameradschaftlichen Stoß in die Seite, um zu zeigen, wie beeindruckt er war. Urkati verbiß sich leicht in seine Schnauze – normalerweise eine Geste der Unterwürfigkeit – und ließ ihn dann wieder los. Seine Mutter wartete voller Stolz im Hintergrund und ging später hin, seine Wunde zu lecken. Skassi war nirgends zu sehen – er hatte Wachdienst.

Sie lobten und feierten ihn, weil er das Richtige getan hatte, das Richtige zum Wohl des gesamten Rudels. Itakru versprach ihm leise eine Position als Oberwolf, »falls sich die Gelegenheit bietet«. Das war ein noch nie dagewesenes Versprechen an einen jungen Untermega.

Niemand verlor ein Wort über Raghistor.

Athaba wartete zwei Tage lang auf die Rückkehr des Mega, der ihm ein guter Freund geworden war. Libellen raunten sich Botschaften zu, doch sie waren zu leise, als daß ein Wolf sie hören konnte. Gänse schnatterten und warnten laut vor den gefährlichen Füchsen. Seeschwalben bekleckerten die Seehunde entlang der Küste mit ihrem Kot. Frösche quakten am Rand ihres Reviers.

Kurz: Die Welt ging weiter, obwohl der beste Freund eines jungen Wolfes in der Wildnis verschollen war.

In der dritten Nacht nach Raghistors Verschwinden weckte der nächtliche Wachposten das Rudel aus dem Schlaf. Sofort sprang jeder Wolf fluchtbereit auf die Füße. Dann änderte sich der Warnruf auf einmal und wurde zum Willkommensgruß für einen verirrten Kameraden. Schließlich tapste ein erschöpfter, aber unverletzter Wolf durch das Gebüsch auf das Rudel zu.

Raghistor.

Er kam als triumphierender Sieger, sein Gebaren war das eines Eroberers. Er blieb einen Moment im Mondlicht stehen und sah sich suchend um, ehe er Urkati und Itakru entdeckte. Dann ging er langsam und mit anmutigen Bewegungen auf die beiden zu.

Mit leichtem Kopfnicken grüßte er die Megas, und manchmal neigte er den Kopf leicht zur Seite, wenn er an einem Welpen vorbeikam, um zu zeigen, daß auch ein erwachsener Wolf die junge Generation achtete.

Dann blieb er vor den beiden Leitwölfen stehen.

»Wie ihr sehen könnt, ist es den Jägern nicht gelungen, auch nur einen einzigen Wolf unseres Rudels zu töten. Sie waren durchaus zufrieden mit dem Karibu, das ich ihnen vor die Flinte getrieben habe, weiter im Süden. Sie gehörten zu der Sorte Jäger, die auf alles schießen, was sich bewegt, auch wenn sie es selten treffen. Ich nehme an, daß das Karibu relativ ungeschoren davongekommen ist, trotz ihrer Übermacht. Für diese Jäger ist nichts ein leichtes Ziel. Wenn ihr mich jetzt entschuldigen wollt, werde ich mich etwas ausruhen.«

Urkati nickte.

»Raghistor, das gesamte Rudel ist dir zu Dank verpflichtet.«

»Ich nehme euren Dank an, aber ich habe nur meine Pflicht getan. Der Junge allerdings – wie war noch sein Name?«

»Du meinst Athaba?«

»Genau. Ihm solltet ihr danken. Er entkam den Schüssen und konnte trotz einer Verwundung, wie ich meine, zu euch durchkommen und euch warnen.« Er drehte den Kopf und nickte Athaba zu. »Gut gemacht, Untermega.«

Daraufhin rollte Raghistor sich in einer warmen Mulde zwischen zwei Baumwurzeln zusammen und schloß die Augen.

Athaba wußte, daß der Mega seinen Namen nicht vergessen hatte, aber es sah ihm ähnlich, das Rudel an der Nase herumzuführen. Er ging zu Raghistor hinüber und legte sich neben ihn. Nachdem sich alle wieder zur Ruhe begeben hatten und der Wachposten abgelöst worden war, flüsterte er ihm zu: »Du hast meinen Namen nicht vergessen, oder? Hast du das gemacht, damit man dir nicht vorwerfen kann, mich in irgendeiner Weise zu bevorzugen?«

Raghistor öffnete ein Auge.

»Zum einen deshalb, mein kleiner Sproß, zum anderen aber auch, weil sie sich einen Namen besser merken, wenn du sie dazu bringst, ihn selber auszusprechen.«

»Aber du bist es doch, dem all die Ehre gebührt. Du bist derjenige, der die Jäger vertrieben hat. Warum willst du, daß ich den größten Teil des Ruhmes bekomme?«

Raghistor seufzte.

»Mit dem Ruhm kann ich nichts anfangen. Ich bin sieben Jahre alt. Du aber bist jung und ehrgeizig und kannst den Ruhm gut gebrauchen. Du willst doch einmal Leitwolf werden, oder nicht?«

Athaba versuchte, überrascht zu klingen.

»Leitwolf?« erwiderte er. »Daran habe ich noch gar nicht gedacht. Ich bin doch noch viel zu jung, um mir darüber Gedanken zu machen.«

»Schwindler«, murmelte Raghistor und machte das Auge wieder zu. »Ich war zwar nie ein Welpe, aber ich kenne deine Träume. Jede Nacht stellst du dir vor, wie es wäre, das Rudel zu leiten.«

Ja, es stimmte. Raghistor war einer der weisesten Wölfe, die Athaba kannte, abgesehen von seinem Vater.

Plötzlich hatte er eine Idee. Er flüsterte Raghistor das

Rätsel ins Ohr, das sein Vater ihm einmal beigebracht hatte.

»Was bedeutet das?« wollte er wissen.

Raghistor seufzte. »Ich hab keine Ahnung. Treibender Stein? Sinkendes Holz? Ich bitte dich, laß mich schlafen. Ich habe drei anstrengende Tage hinter mir.«

»O ja«, entgegnete Athaba, »drei Tage lang hast du die Jäger nach Süden getrieben. Ich kann mir vorstellen, daß es schrecklich war – aber vielleicht warst du ja viel zu erschöpft, um Angst zu haben?«

Raghistor war schon fast eingeschlafen.

»Hm? Ach ja. Bin einen halben Tag lang um diese Jäger herumgelaufen.«

Athaba stutzte.

»Du meinst, zwei oder drei Tage.«

»Nein«, brummte Raghistor, »nur einen halben Tag. Was mich so angestrengt hat, war diese Wölfin – unersättlich, kann ich dir sagen ...«

»Raghistor!«

Der alte Wolf öffnete die Augen, und Athaba bemerkte einen Glanz darin, den er noch nie gesehen hatte. Er rutschte etwas näher an seinen Freund heran.

»Du hast wohl gedacht, ich bin unverwundbar, kleiner Wildfarn. Nun gut, das mag stimmen, was die Gewehre der Jäger betrifft, aber ich bin nicht immun gegen die Reize einer Wölfin im Frühling. Irgendjemandem mußte ich das sagen – mit solchen Dingen ist das eben so –, und du bist der einzige Wolf, dem ich trauen kann, daß er es für sich behält.«

Raghistor schob seine Schnauze ganz nah an Athabas Ohr. Der junge Wolf spürte den heißen Atem auf seinem Gesicht und witterte die Düfte von Wildblumen in Raghistors Pelz. Ein kleiner zerdrückter Käfer hing in seinen Nackenhaaren – als hätte er sich irgendwo auf einer weichen Blumenwiese gewälzt.

»Also hör zu, kleiner Wildbusch. Ich hab nur einen halben Tag gebraucht, um diese Narren mit ihren Gewehren fortzulocken und abzuschütteln. Dann strich ich weiter durch die Lande, durch verbotene Reviere, bis ich eine willige Wölfin fand. Schließlich ist Frühling! Und habe ich nicht auch gewisse Gelüste wie sie, die Leitwölfe? Fühle ich nicht auch die Erde unter meinen Pfoten erwachen? Erblühen? Kann ich nicht ...«

»Aber du hast doch gesagt, das Fortpflanzen sei dir widerlich!«

»Nur, wenn man sich um die Jungen kümmern muß«, erwiderte Raghistor. »Aber *das* Vergnügen wird ein anderer Wolf haben. Überleg doch mal: In unserem Rudel kommt kein Weibchen in Frage. Sie haben alle einen Gefährten, und ich werde mich doch nicht erniedrigen und irgend so einen schwachköpfigen, breitschultrigen Lümmel bloß für das Vergnügen herausfordern. Nein, nein, das war die einzige Möglichkeit.«

Athaba war nicht sicher, ob er das gutheißen konnte.

»Aber alle denken, du seist ein Held!«

Raghistor sah gekränkt aus.

»Das bin ich doch auch! Du hättest mich sehen sollen, junger Sproß, du wärst stolz auf mich gewesen. Mit der süßen Zunge der Dreizehenmöwe hab ich gesprochen, sanft war ich wie der Ringelwurm, leidenschaftlich wie ein Luchs. Ich war – phantastisch! Ein wahrer Held!«

»Aber es ist doch gar nicht Paarungszeit!« entgegnete Athaba.

»Du klingst ziemlich ungehalten, mein kleiner Freund. Es gibt nun mal Wölfe, die sich außerhalb der Paarungszeit paaren. Ich bin einer davon. Und ich habe eine gleichgesinnte Wölfin gefunden. Jetzt geh schlafen. Du langweilst mich.«

Und schon war Raghistor eingeschlafen. Offensichtlich war er sehr erschöpft. Athaba starrte den großen grauen

Wolf an, dessen Brustkorb sich jetzt regelmäßig hob und senkte, und fragte sich, wie um alles in der Welt er so lange hatte überleben können.

4

Wölfe erzählen die Geschichte von einem ihrer Artgenossen, der eine Schar Gänse tot auf einer Wiese liegen fand, am Fuße eines Berges. Der Wolf pries sein Schicksal, hob die Gänse nacheinander auf und versteckte sie: Eine trug er in einen hohlen Baumstumpf, die nächste vergrub er in weicher Erde, wo er sie leicht wieder ausgraben könnte, die dritte legte er zwischen zwei Felsen, die sich an den Spitzen gegeneinanderlehnten. So ging es weiter, bis er an mindestens zwölf verschiedenen Plätzen eine Mahlzeit versteckt hatte. Dann kehrte der Wolf zu seinem Rudel zurück und erzählte von seinem Glück.

Als er später am Tag mit einigen seiner Kameraden zurückkehrte, fand er den Baumstumpf leer, das Versteck in der Erde verlassen und zwischen den beiden Felsen nur Luft. Jedes Versteck suchte er auf, aber es war keine einzige Gans mehr zu finden. Der Wolf ärgerte sich maßlos über sich selbst, denn während er von einem Versteck zum nächsten lief, begriff er allmählich, was geschehen war.

Es gibt ein paar Dinge, die Wölfe in der Gruppe niemals lernen. Ein Grund dafür – und wahrscheinlich der wichtigste – ist, daß ein Wolf es haßt, vor anderen einen Fehler einzugestehen. Lieber schweigt er lebenslang über ein eigenes Mißgeschick, als wertvolle Informationen weiterzugeben und dabei zu riskieren, daß er sich blamiert. Deshalb erzählen Wölfe ihren Jungen diese Geschichten, in denen fremden Wölfen etwas geschieht, woraus sie lernen können.

Die Gefahr dabei ist nur, daß junge Wölfe alles wortwörtlich nehmen – für sie ist eine Gans eine Gans und eine Ente eine Ente.

Eines Tages war Athaba allein auf Jagd, als er plötzlich eine einzelne Ente erblickte. Obwohl er ein guter Läufer geworden war, um dessen Zickzack ihn mancher Wolf beneidete, war er kein besonders guter Vogelfänger. Bei Vögeln brauchte man eine Menge Geduld. Man mußte sich gegen den Wind an sie heranpirschen. Jeder Schritt mußte in geducktem Kauerlauf erfolgen, und sonst lag man flach im Gras und wartete. *Hoch* tip-tip-tip-tip-tip-tip *runter*. Bleib-so-stocksteif-und-starr-wie-Stein-bis-du-sicher-bist-daß-du-nicht-gesehen-wurdest. Dann – *hoch* tip-tip-tip-tip-tip-tip-tip *runter* ... Und so weiter, etwa sechs- bis siebenmal, und wenn du dann nahe genug bist, daß du die Ente schon fast schmecken kannst, schwingt sie sich meistens auf in die Lüfte. Du machst einen letzten verzweifelten Satz, der dir nicht gerade leichtfällt, nachdem du so lange angestrengt auf Zehenspitzen dahingekrochen bist, und hoffst, das Biest noch an den Schwanzfedern zu erwischen. Nein, das war eine viel zu langsame und zudem ungewisse Angelegenheit für Athaba, der lieber über Wiesen und Büsche der Tundra flitzte, während ihm das Adrenalin durch den Körper strömte.

Als er nun die Ente erblickte, war er nicht allzu versessen darauf, sie zu jagen. Dann, als er näher kam, merkte er, daß die Ente so sehr mit Fressen beschäftigt war, daß sie ihn überhaupt nicht bemerkt hatte. Er kauerte, er tippelte, kauerte, tippelte, kauerte, tippelte, s-p-r-a-n-g – und hatte den Vogel im Maul. Athaba wollte gerade zubeißen, da wurde die Ente zwischen seinen Zähnen plötzlich ganz weich und schlaff. Sie war, wie so viele der kleinen Tiere, an einem Herzanfall gestorben. Besonders mit Mäusen passierte das immer wieder.

Mit dem unverletzten Vogel im Maul kehrte Athaba also zum Rudel zurück, das sich bereits für die Nacht ein Lager gesucht hatte. Er war sehr mit sich zufrieden. Der erste, dem er seine Beute zeigen wollte, war natürlich Raghistor, der Athaba immer erzählte, er selbst sei der beste Vogelfänger aller Zeiten.

Als Athaba einmal erklärt hatte: »Das Vogeljagen interessiert mich nicht«, hatte Raghistor erwidert: »Das sollte es aber, kleiner grüner Sproß. Du solltest daran interessiert sein, jedes Tier zu jagen, das ein Wolf jagt, sonst findest du dich eines Tages in einem Land ohne Hasen und Mäuse wieder, in das Karibus oder Elche nie einen Fuß setzen, und in diesem seltsamen Land wird es nur eine einzige Tierart zu fressen geben, nämlich Vögel. In diesem Land, mein lieber Farnwedel, wirst du elendig verhungern, weil du keine Vögel fangen kannst. Welch eine Schande! Welch eine Schande für einen Wolf zu sterben, weil er nur das gerne tut, worin er gut ist, und das verachtet, was er üben muß, immer und immer wieder, um gerade ausreichend gut zu sein.«

Athaba entdeckte Raghistor im Gespräch mit einigen anderen Wölfen. Er ließ die Ente fallen, um seinen Freund zu rufen, und holte tief Luft für ein lautes Siegesgeheul. Als er den Kopf zurückwarf, sah er plötzlich etwas vor sich aufflattern. Es war die Ente, die das getan hatte, wofür Enten – und Gänse – berüchtigt waren: Sie hatte sich tot gestellt. Wenn ein Wasservogel nichts mehr zu verlieren hatte, wenn er die Zähne seines Jägers spürte und es keine Hoffnung mehr gab zu entrinnen, warum sollte er sich dann nicht tot stellen? Athaba hatte die Geschichte von der Schar Gänse gehört, die den Wolf herannahen sahen, und da sie wußten, daß hinter der Bergkuppe die Jäger mit ihren Gewehren waren, so daß sie nicht wegfliegen konnten, stellten sie sich allesamt tot. Athaba hatte gehört, daß der Wolf sehr wütend wurde, als er merkte, daß die Gänse ihn hereingelegt hatten, und sich voller Scham eine Zeitlang versteckte. Ja, Athaba hatte die Geschichte gehört und gedacht: »Nicht vergessen: Gänse stellen sich manchmal tot, wenn du dich anschleichst.« Niemals hatte irgend jemand auch nur ein Wort über Enten oder andere Vögel verloren!

Raghistor kam langsam zu ihm herübergeschlendert.

»Was war das?« wollte er wissen.

»Was?« entgegnete Athaba unschuldig.

»Ich habe gerade einen Vogel vor deiner Nase in die Luft fliegen sehen. Eine Ente, glaube ich. Oder habe ich mich geirrt? Vielleicht hab ich mir schon zu viele Sonnenuntergänge angesehen.«

»Ja.«

»Ja was? Ein Vogel oder zu viele Sonnenuntergänge?«

Athaba wand sich innerlich vor Scham.

»Ja, also, hm, da war wirklich ein Vogel, und es war eine Ente.«

Raghistor sah seinen Schützling eindringlich an.

»Aha, ich verstehe. Das kleine Biest hat sich heimtückisch angeschlichen, wie? Wollte uns alle auf einen Streich zu Tode picken, hab ich recht? Und du, tapferer kleiner Held, hast den niederträchtigen Halunken verscheucht! Hast ihn gewittert, dich angeschlichen und bist todesmutig auf ihn losgestürzt. Nur knapp ist er mit dem Leben davongekommen ...«

»Was meinst du?« entgegnete Athaba erschrocken. Er konnte sich bereits vorstellen, wie sich alle diese lächerliche Geschichte zuflüsterten und ihn heimlich auslachten. Sein Ruf wäre damit ein für allemal dahin.

»Da hängt eine Feder an deinem Kinn«, erwiderte Raghistor schmunzelnd. »Ich denke, wir behalten deine mutige Tat lieber für uns, kleiner Setzling. Wir wollen doch nicht, daß Skassi allzu eifersüchtig auf dich wird, oder? Hie und da einen Wolf zu retten mag für dein Image ja ganz gut sein, aber das ganze Rudel vor dem Untergang zu bewahren würde dir mehr Ruhm einbringen, als Skassi verkraften könnte. Hab ich nicht recht?«

»Ja«, antwortete Athaba kleinlaut.

Raghistor wandte sich zum Gehen, blickte aber noch einmal über die Schulter zurück.

»Sei nicht allzu traurig, mein kleiner Farn. Zumindest kannst du sie inzwischen ja schon fangen.«

Seit dem Tod von Athabas Vater waren bereits einige Jahreszeiten vergangen, und die meisten Mitglieder des Rudels hatten Athabas seltsames Beerdigungsritual vergessen – möglicherweise erinnerte sich nur noch Skassi daran. Athaba genoß hohes Ansehen. Von allen älteren Untermegas hatte nur eine Wölfin – aus dem neuen Rudel, das sich ihnen angeschlossen hatte – einen gleich hohen Rang. Skassi war mittlerweile ein Mega und ein guter Oberwolf und strebte nach der Position des Leitwolfs. Er hatte ein Karibu im Laufen gerissen, hatte einen anderen Mega beim Kampf um den begehrten Platz im Inneren Kreis um Urkati und Itakru geschlagen, und die Fähigkeiten seiner Stimme, die Lautstärke und Intonation seiner Heulrufe, waren außerordentlich. Glücklicherweise hatte Skassi jedoch keine Zeit für Streitereien, die ihn in der Hierarchie nicht voranbringen würden.

Auch Athaba wurde oft als Oberwolf auserwählt, allerdings war das für einen Untermega, der bald Mega werden würde, nicht ungewöhnlich. Er war fast drei Jahre alt: zwölf Jahreszeiten. Mit Ausnahme des peinlichen Mißgeschicks mit der Ente machte er draußen im Gelände kaum noch Fehler. Er kannte sein Revier so gut wie seine Schwanzspitze, vom Flachland der Tundra bis zu den Höhen der kieferbewachsenen Berge. Er kannte alle Spielarten des Lichts, alle warmen Unterschlupfe während kalter Winter und alle möglichen Fundorte für Beute, je nach Jahreszeit und Witterung. Er spürte schon geringe Temperaturveränderungen, konnte zahllose Gerüche unterscheiden und bemerkte jede Veränderung in der Landschaft. Eine der wichtigsten Eigenschaften, die Raghistor ihm beigebracht hatte, war Flexibilität.

»Ein geschlossener Geist, mein kleiner Setzling, ist ein toter Geist. Wir sind von Natur aus sture Viecher. Unser Gesellschaftssystem mag, oberflächlich betrachtet, flexibel erscheinen – unsere Leitwölfe machen anderen Platz, sobald die Umstände sich ändern –, aber wir verzagen, wenn uns das Unerwartete begegnet. Wir sind von Geburt an diszipliniert und reglementiert. Das ermöglicht zwar das Überleben des Rudels, aber es zerstört die individuelle Entwicklung. Eines Tages wirst du vielleicht als Athaba überleben müssen und nicht als Mitglied eines Rudels, und dann wirst du deine Individualität dringend benötigen ...«

Zum Wohl des gesamten Rudels verrichtete Athaba seine Pflichten innerhalb und außerhalb des Lagers gewissenhaft. Zu seinem eigenen Wohl legte er sich manchmal auf einen hohen Ausblicksposten und beobachtete das Gelände. Er nahm verschiedene Abstufungen des Lichts in verschiedenen Gebieten der Tundra wahr. Die meisten Wölfe begnügten sich mit der Feststellung, daß es entweder Licht gab oder Halblicht oder Dunkelheit. Athaba jedoch war in das Licht geradezu verliebt und achtete darauf, ob es verschwommen war oder klar, hart oder weich. Schatten konnten oberflächlich oder tief sein. In den Wäldern wurde er von harten Lichtstrahlen geblendet, von weichen Lichtsprenkeln betört. Draußen auf der Tundra hatte das getönte Licht eine ätherische Wirkung, die Reisende oft verwirrte. Es gab Zwielicht, Glimmerlicht und magische Dämmerung über den Sümpfen.

Den meisten Wölfen, vor allem denen seines Rudels, galt das Studium der Felsformationen mehr. Jede Felsspalte, jeder Steilhang, jede Schlucht, jede Felssäule und jeder Überhang hatte einen eigenen Namen, den eines Vorfahren des *Urdunkel*. Das waren die Wölfe, die in den großen Schlachten gegen die neuen Kreaturen gefallen waren, die Menschen, die der Riese *Groff* mit Hilfe seiner Hunde aus dem Chaos-Meer hervorgeholt hatte. In jenen Tagen hatten die Menschen noch keine Gewehre, aber sie waren von mächtiger Gestalt und kämpften mit Stöcken und Steinen. Wenn diese muskulösen, grausamen Menschen die Wölfe fingen, rissen sie ihnen die Vorderläufe auseinander, so daß ihre Herzen gespalten wurden. Der Schock eines so plötzlichen Todes verwandelte die Tiere in Steine, deren bizarre Formen die Schmerzen ihres Todeskampfes erkennen ließen. Auf diese Weise formten diese Wölfe des *Urdunkel* auch nach ihrem Tod noch die Landschaft, schufen Marksteine zur Orientierung und Felsgipfel als Wachtürme. Sie trugen Namen wie *Ooolhralahan, Aarwanlillaa, Uuraqahiiri* – alles viersilbige Namen, aus denen sich bestimmte Heulrufe ableiten ließen. Der Klang ihrer Namen glitt sanft aus der Kehle und blieb noch lange über der mondhellen Landschaft hängen.

Diese Schlachten wurden nicht während des *Urdunkel* geschlagen, sondern kurz danach, als die Menschen, die dem Chaos-Meer entstiegen waren, genug Licht zum Jagen hatten. *Groff,* ihr Wegbereiter, hatte ihnen Sonne und Mond an den Himmel geworfen. Als dann die großen Schlachten verloren waren, zogen sich die Wölfe in das kalte Hochland zurück. Dort jagten die Menschen sie mit Spürhunden und töteten sie mit Werkzeugen aus dem neu entdeckten Metall: mit Speeren, Pfeilen, Äxten und Schwertern. Die Menschen erfanden immer mehr Listen, um die Wölfe aus den Verstecken in ihre Fallen zu locken. Sie setzten junge Wölfinnen aus, um neugierige Wölfe in einen Hinterhalt zu locken, wo sie erschlagen wurden. Sie sperrten Hausschweine in Gehege – zunächst aus Stroh, dann aus Holz, dann aus Stein –, in die man leicht hinein-, aus denen man aber nur schwer oder gar nicht wieder herauskam.

Die Wölfe, die diese Hinterlist nicht gewöhnt waren, wollten es den Menschen auf die gleiche Weise heimzahlen. Sie schickten einige ihrer Kameraden, die wie Schäferhunde aussahen, nachts in die Siedlungen der Menschen. Am Tag hätte man sie erkannt, und in den dunklen Nächten trugen die Menschen helle Laternen. Also warteten die Wölfe auf den Vollmond, um die Menschen unerkannt auszuspionieren und ihre Rudel vor den nächsten geplanten Angriffen zu warnen. Jedoch sind Wölfe nun einmal Wölfe und tun sich mit Heimlichkeiten sehr schwer. Während des Vollmonds feiern Wölfe für gewöhnlich ihre Kameradschaft, und die Wölfe in den Dörfern oder Städten vergaßen, wo sie waren, und beleckten grüßend einen Haushund oder stießen ihm freundschaftlich in die Seite. Hunde tauschen nur selten solche Gesten aus und ganz besonders nicht zur Zeit des Vollmonds, da das die Zeit der Wölfe ist. Also fingen die Hunde an zu bellen und jaulen und warnten so die Menschen, die ihrerseits durch die Nacht bellten. Zu Anfang konnten die Wölfe noch entkommen – die Menschen brauchen das Licht und können im Zwielicht nicht jagen. Aber bald machten sie Kugeln aus Silber, die im Mondlicht glänzten und besser gesehen werden konnten. Damit mußten die Wölfe ihre Stadtbesuche aufgeben und zogen sich noch weiter in den Norden zurück, wo die Menschen ihnen nicht gerne nachkamen. Diejenigen, die sie dort trotz Schneestürmen und Unwegbarkeiten noch jagen wollten, waren nur sehr wenige.

In üppigen Jahren wimmelt es in der Tundra von Wühlmäusen und Lemmingen. Sie vermehren sich so schnell, daß es über fünfzig Lemminge dort geben kann, wo zwei Jahreszeiten zuvor nur ein einziges Paar zu finden war. Dann reichen die Futtervorräte nicht aus, und man sieht unzählige Wühlmäuse und Lemminge über das Eis, die Tundra und die Berge flüchten, einem unbekannten Schicksal entgegen. In solchen Jahren haben Kojoten, Füchse und Wölfe gut zu fressen.

Anders als die wilden Spitzmäuse, die Fleischfresser sind und sich von Maden und Insekten ernähren, brauchen die Lemminge und Wühlmäuse eine gute Vegetation. Gibt es keine, reduziert sich ihre Zahl. In solchen Jahren müssen die Wölfe jeden Beutezug gut planen und können sich nicht darauf verlassen, jederzeit einen kleinen Nager als Zwischenmahlzeit zu fangen.

Itakru suchte sich vier Wölfe, um weiter südlich einen Moschusochsen zu jagen. Einer der Oberwölfe war Skassi, der andere Athaba. Ein junger Untermega lief an der rechten Seite, und die Megawölfin Rennedati, deren Jagdvermögen langsam nachließ, lief an der linken. Der Rest des Rudels verrichtete andere Aufgaben, die Urkati verteilte, vom Jagen kleinerer Beutetiere bis hin zur Wegsuche für das nächste Lager.

»Wir machen Jagd auf einen Moschusochsen«, verkündete Athaba nicht ohne Stolz seinem Freund Raghistor. Sein Jagdtrieb war geweckt: Das Adrenalin begann zu wirken und machte seinen Kopf leicht. Ihm war, als befinde er sich in einem anderen Körper. Er fühlte sich so losgelöst von sich selbst – fast, als sei er krank. Seine Sinne jedoch waren geschärft, ja, sie schienen sogar noch schärfer als sonst, und sein Geist war wach und beflügelt. Er hatte den gefährlichen Gedanken, er könne alles tun und sei unverletzbar.

»Sei vorsichtig«, warnte Raghistor. »Diese Moschusviecher sind nicht so sanftmütig, wie sie aussehen, kleiner Farn. Sie haben scharfe Hörner. Ich weiß das, mir haben sie einmal die Flanke aufgerissen und zwei Rippen gebrochen. Sie wollen eben auch leben.«

»Gut. Ich werd daran denken«, rief Athaba, der es schon kaum mehr erwarten konnte. Wie sollte er dieses Feuer in seiner Brust ignorieren? Raghistor wurde langsam alt und übervorsichtig. Aber das konnte einen jungen Wolf, der nach der nächsten Jahreszeit Mega werden würde, nicht beeindrucken.

Die fünf Wölfe machten sich auf den Weg über den rauhen, steinigen Boden. Athaba fühlte sich gut – der Wind strich um seine Nase und wehte über seine Flanken. Das Licht war scharf und hell, die Luft klar. Nur ein oder zwei Wolken, fein und durchsichtig wie Unterhaar, trieben über den Himmel, und leichte Wildblumensamen schwebten vorüber.

Athaba fiel ein, daß er sich gar nicht von seiner Mutter verabschiedet hatte, aber dann dachte er, daß sie das schon verstehen würde. Er sah hinüber zu Skassi, der steifbeinig und mit hocherhobenem Kopf einherstolzierte. Kein Zweifel, der Tyrann seiner ersten Jahreszeiten war ein gutaussehender Wolf geworden. Er war stark und auch intelligent. Aber was hatte Raghistor über ihn gesagt? *Er hat keine Phantasie. Unterschätze nie die Macht des kreativen Denkens, junger Sproß. Du hast es. Nähre es.* Athaba wußte nicht so genau, wie er es »nähren« sollte, aber ihm gefiel, daß er etwas besaß, das Skassi anscheinend fehlte, was immer es auch war. Dennoch hielt er sich in gebührendem Abstand zu seinem zimtfarbenen Rivalen. Wenn sie einander zu nahe kamen und Skassi dominante Gesten machte, zeigte Athaba seine Unterwürfigkeit: erhobene Pfote, eingezogener Schwanz, Grinsen, flach an den Boden gedrückter Bauch, ins Weiße verdrehte Augen, angelegte Ohren. Das ganze Programm. Das war keine Feigheit, sondern Vorschrift.

Sie kamen an den Kadaver eines Schafs, das sie zwei Tage zuvor gerissen hatten. Die Raben machten sich noch immer an den vertrockneten Fleischresten zu schaffen, die an den Knochen klebten.

»Gutes Jagen«, schrien sie und schlugen mit ihren schwarzglänzenden Flügeln. »Verrnichte sie, töte sie, mach sie tot!« Sie kreischten. »Gute Wölfe. Gute Wölfe. Schön scharrfe Zähne. Kraaaaaa!«

Wie immer ignorierten die Wölfe die Aasfresser, die dem Rudel folgten. Die Raben meinten, sie gehörten dazu, aber die Wölfe taten ganz so, als hätten sie mit diesen widerlichen Parasiten nichts zu schaffen.

»Sprringt ihnen an den Hals!« kreischte ein anderer Rabe zum Abschied. »Sprringt ihnen an den Hals, und rreißt ihn auf! Kraaaa! Kraaaa! Kraaaaaaaa!«

Nach einer halben Tagesreise stießen sie auf die Moschusochsen, die unglücklicherweise die Witterung der Wölfe aufnehmen konnten, als plötzlich unerwartet der Wind umschlug. Die großen Tiere, die aussahen wie eine Kreuzung zwischen Yak und Bison, bildeten sofort einen engen Verteidigungsring um ihre Jungen, mit nach außen gerichteten Hörnern. Sie standen auf weiter Ebene, und ihre langen struppigen Haare strichen über den Boden, während sie sich unruhig und ängstlich hin- und herwiegten. Der Geruch ihres zotteligen Fells drang zu den Wölfen vor, die nun wußten, daß der Wind wieder gedreht hatte, aber es war zu spät. Die Beute war gewarnt.

Die Wölfe zeigten sich nun und fingen an, die Ochsen zu umkreisen. Athaba, der *freundliche* Athaba, war jetzt irgendwo anders. Hier war nur der *jagende* Athaba, der die Beute witterte. Sein Kopf war leicht, sein Blut raste. Die Luft strömte in kurzen Stößen aus seiner Nase. Sein Körper war angriffsbereit, jede Faser, jeder Nerv angespannt. Geruch, Gehör, Gesicht, Gefühl – alle Sinne waren hellwach. Jede kleinste Veränderung wurde sofort registriert, und die entsprechenden Muskelpartien wurden darauf ausgerichtet. Eiskalt, messerscharf. Athaba, der tötende Jäger.

Als er anfing, die Ochsen zu umkreisen, spürte Athaba, daß ihre Erregtheit nicht nur durch die Wölfe entstand. Da war noch etwas anderes, das sie beunruhigte, irgendein anderes Tier im Hinterhalt, das sie nervös machte. Athaba hob die Schnauze und versuchte, den Geruch zu wittern.

Während er das tat, brach die Herde plötzlich los, und die Tiere trampelten über die Ebene. Athaba hatte den Umzingelungskreis der Wölfe noch nicht ganz geschlossen und sprang nun in letzter Verzweiflung auf einen Bullen los. Er erreichte dessen Schulter, konnte sich aber nicht festbeißen, schlug daher einen Purzelbaum und landete auf der anderen Seite wieder auf seinen vier Beinen. Itakru und Skassi hatten ein anderes Tier auserwählt und sprangen es an, konnten es jedoch auch nicht zu Fall bringen.

»Bleib dicht dran!« rief Itakru, während er weiterlief, allerdings nicht mit vollem Einsatz. Die Wölfe waren zwar schneller als die Moschusochsen, mußten sich aber ihre Kräfte für den Angriff aufsparen.

Die Ochsen verschwanden hinter der Bergkuppe. Ihre Jäger folgten nach und entdeckten ein weiteres Tier auf der anderen Seite: einen Braunbären, den größten aller Bären, der offensichtlich im Fluß Fische fangen wollte. Nun war er durch die Moschusochsen aufgeschreckt worden und stellte sich auf die Hinterbeine.

Athaba hatte Braunbären schon aus der Entfernung gesehen, aber aus der Nähe sah dieses Tier so riesig und unbezwingbar aus wie eine Felswand, sein Schatten fiel weit über die Erde. Er breitete seine Arme aus, als wolle er sie alle einfangen und zu Brei zermalmen. Seine großen Tatzen hieben durch die Luft, in seinen Augen blitzte Wut. Athaba war so sehr von der Größe des Bären beeindruckt, daß er ganz vergaß, sich zu fürchten.

Er wußte, daß Braunbären gefährlich waren, wenn man sie reizte, daß sie aber ansonsten sehr friedlich und umgänglich waren. Dieser jedoch stand mitten auf Skassis Spur, der in seinem Jagdeifer unfähig schien, anzuhalten oder auszuweichen. Ungeachtet der Gefahr lief er geradewegs auf den Bären zu, sprang ihm wie ein junger Lachs entgegen und versuchte, seine Kehle zu erreichen.

Der Bär wurde durch diesen ungerechtfertigten Angriff natürlich noch wütender. Er wollte sich ganz friedlich eine Mahlzeit aus Fisch und Grünzeug holen, wurde erst durch eine donnernde Herde dumpfschädeliger Moschusochsen gestört, dann von einer Gruppe unhöflich knurrender Wölfe. Er fühlte sich durchaus berechtigt, sich auf die Hinterbeine zu stellen und seinen Fang zu verteidigen. Um dann angegriffen zu werden! Das war nicht gut. Das war überhaupt nicht gut.

Er stieß brüllende Laute in seiner eigenen Sprache aus, als Skassis Zähne in seinen Pelz drangen, und mit überraschender Geschwindigkeit packte er den Wolf und umschlang seinen Oberkörper. Mit dem linken Arm hielt er Skassi fest und hieb ihm mit den Klauen seiner rechten Tatze über die Flanke, als der Wolf versuchte, in sein Gesicht zu beißen. Skassi jaulte und wand sich und merkte wohl erst jetzt, in welch großer Gefahr er schwebte. Athaba vermutete, daß er bis zu diesem Augenblick rein nach Instinkt gehandelt und blindlings das Hindernis angegriffen hatte, das zwischen ihm und seiner Beute stand, ohne an die Konsequenzen zu denken. Seine Augen waren »voller Blut« gewesen, wie die Wölfe sagen.

Athaba, Itakru und der verängstigte jüngste Wolf liefen herbei, um nach den Hinterbeinen des Bären zu schnappen, während die erfahrene Rennedati ihn ablenken wollte. Sie probierten jede nur mögliche Taktik, damit der Bär seine Beute fallen ließe. Doch der ließ sich nicht beirren. Nun da auch sein Jagdinstinkt geweckt war, wollte er Blut sehen. Er fing an, den Wolf in seinen Armen zu erdrücken. Athaba hörte eine von Skassis Rippen brechen, und Skassi heulte auf.

Itakru sprang an seine rechte Schulter, doch der Bär konnte ihn mit einem einzigen Schlag seiner mächtigen Tatze abwehren, während er weiterhin Skassi festhielt. Athaba probierte es mit einem Biß in das linke Hinterbein und wurde nach hinten auf das weiche Moos gestoßen. Er war sofort wieder auf den Beinen, wenn auch leicht angeschlagen. Die Kraft, die in diesem Bären steckte, war enorm – er hatte nur ganz leicht zugetreten. Skassi war gewiß verloren. Wie sollten sie mit diesem mächtigen Tier fertig werden?

Eine weitere Rippe brach, noch lauter als die erste.

Skassi wehrte sich nun nicht mehr, seine Augen waren ganz ins Weiße verdreht. Obwohl dieser Wolf ihn einst tyrannisiert hatte, empfand er jetzt Mitleid für seinen Rivalen. Wenn sie ihn nicht bald von dem Ungeheuer losbrachten, würde Skassi so viele innere Verletzungen davontragen, daß er verloren wäre.

Rennedati war inzwischen hinter den Bären gelaufen und konnte sich eine Sekunde lang an seinem Ohr festbeißen. Er brüllte auf, diesmal vor Schmerz, und warf seinen Kopf zur Seite, woraufhin Rennedati durch die Luft flog. Sie landete auf dem Bauch, kam aber gleich wieder auf die Füße. Der Bär, der Skassi inzwischen doch hatte fallen lassen, lief auf allen vieren hinter der Wölfin her. Rennedati floh wie eine Katze, sie sprang vor, sie drehte sich, sie schlug Haken. Sie hinterließ mehr Spuren auf der Tundra als ein Hase, dem ein Fuchs auf den Fersen ist. Zweimal schlug der Bär mit seinen Pranken nach ihr, zweimal verfehlten sie Rennedatis Hinterläufe nur um Haaresbreite. Sie war zwar die älteste der Wölfe, aber in diesem Moment hätte ein Untermega mächtige Schwierigkeiten gehabt, ihre akrobatischen Sprünge nachzuahmen.

Der jüngste Wolf beobachtete das Ganze mit weit aufgerissenen Augen, und Athaba hörte, wie der Einjährige leise vor sich hinmurmelte. Doch ob er Rennedati Mut machen wollte oder ein stilles Gebet an einen Ahnen schickte, damit er eingreife und sie vor dem Untergang bewahre, konnte Athaba nicht erkennen.

Er lief zu Itakru, um mit ihm zusammen die Aufmerksamkeit von Rennedati abzulenken. Sie rannten um das Tier herum, schnappten nach ihm und knurrten laut, blieben aber immer außer Reichweite der Tatzen. Athaba lief näher heran und gelangte zwischen den Bären und die flüchtende Rennedati. Doch sofort merkte er, daß er den Abstand falsch eingeschätzt hatte. Ein mächtiger Hieb hob ihn von den Füßen.

Er spürte nicht seinen Flug und auch nicht den Felsen, auf den er aufschlug. Er stürzte in tiefe schwarze Dunkelheit.

5

Als Athaba die Augen öffnete, war alles um ihn herum von einer feinen Schneeschicht bedeckt. Er versuchte, den Kopf zu heben, aber der Schmerz war so groß, daß er lieber still auf der Seite liegenblieb. Langsam wurde es dunkel und das grelle Weiß erträglicher. Vom rechten Ohr abwärts bis zu seinem Kinn fühlte er filzig verklebtes Fell. Er wußte, daß es getrocknetes Blut war, und streckte vorsichtig die Zunge heraus, um es abzulecken. Mit der offenen Wunde wollte er auf keinen Fall zum Rudel zurückkehren und die anderen Wölfe beunruhigen.

Je mehr Zeit verstrich, desto kälter wurde es, und Athaba

wußte, daß er sich bewegen mußte, um am Leben zu bleiben. Unsicher kam er auf die Pfoten und tapste vorsichtig zu einem nahegelegenen Bach. Dort tauchte er seinen Kopf in das eiskalte Wasser und trank, um seinen leeren Magen zu füllen. Dann legte er sich an einen geschützten Platz zwischen zwei Felssteinen und fiel erneut in einen dumpfen Schlaf.

Die taghellen Zeiten waren kurz, eine Nacht folgte rasch der anderen. Athaba nahm alle Kraft zusammen und jagte kleine Tiere auf der Tundra – Lemminge, die sich schon unter dem Schnee eingraben wollten. Es war ungewohnt für ihn, sich auf diese Weise zu ernähren, und er mußte sich oft hinlegen und warten, bis das seltsame Gefühl der Übelkeit wieder verschwand. Normalerweise wechselten sich futterreiche Tage mit Tagen des Hungers ab, aber jetzt fraß er ein bißchen hier, ein bißchen da, und dazwischen ein paar Gräser oder Kräuter, die er unter dem Schnee ausgrub.

Bald ging es ihm besser. Die Wunde an seinem Kopf blutete nicht mehr jedesmal, wenn er aufstand, und es gelang ihm sogar, eine Äsche aus dem Bach zu fischen. Nachdem er sie gefressen hatte, beschloß er, sich auf die Suche nach seinem Rudel zu machen.

Es war ein trüber Tag, an dem sich die dunklen Nächte gegen Mittag fast die Hand reichten. Athaba suchte die Spur, auf der er vor einigen Tagen hergekommen war, doch als er an den ursprünglichen Lagerplatz seines Rudels kam, fand er ihn verlassen. Er witterte den Geruch von Menschen und vermutete, daß seine Kameraden vor ihnen geflohen waren. Ihre Spur war schon kalt und fast geruchlos geworden, aber noch konnte er ihr folgen. Einmal verlor er das Bewußtsein, aber als er wieder zu sich kam, entschied er, daß er dennoch kräftig genug war, die Suche fortzusetzen. An einer Stelle mit etwas Blut fand er einen Kadaver, an dem noch ein paar Fleischreste waren. Er biß die Knochen durch, die die Raben verschont hatten, und saugte das Mark heraus.

Gegen Morgen überkam ihn wieder ein leichter Schwindel, und er legte sich unter eine Kiefer, um auszuruhen. Da witterte er plötzlich den Rauch eines Feuers, den er normalerweise schon eher gewittert hätte, wäre er nicht krank gewesen. Er schlich näher und entdeckte drei Menschen, die in Decken und Felle gehüllt um eine noch schwach glimmende Feuerstelle herum lagen und offenbar schliefen. Ein vierter schlummerte unter einem Wetterschutz. Waffen waren keine zu sehen, aber sicher lagen sie warm und schußbereit unter den Decken versteckt. Athaba war erleichtert, daß er keine Huskies witterte, auch war nirgends ein Schlitten oder ähnliches zu entdecken. Die Menschen waren wohl vor Einbruch des Schnees zu Fuß losgezogen, aber Athaba wußte, daß die Jäger manchmal auch von Maschinen abgesetzt und wieder geholt wurden. Einige dieser Maschinen kamen durch die Luft, andere kamen über das Land und hinterließen Doppelspuren im Schnee.

Athaba schnupperte, sah sich um und entdeckte etwas verbranntes Fleisch am Rand der Feuerstelle. Sein Speichel begann zu fließen, und sein Magen brannte vor Hunger. Vorsichtig näherte er sich dem Lager der Menschen, tapste leise an den Schlafenden vorbei, jederzeit fluchtbereit. In dem Moment, da er seinen Kopf senkte, um das Fleisch aufzuheben, hörte er ein leises Geräusch aus dem Wetterschutz. Er sah hinüber und starrte in ein Paar graue Augen. Einen Moment lang waren beide, Mensch und Wolf, von dem gegenseitigen Anblick gefangen.

Dann schnappte Athaba sich das Stück Fleisch und rannte davon, während der Mensch mit seinen Schlafpelzen kämpfte. Athaba dachte, er würde sein Gewehr suchen, aber als er sich umsah, hielt der Mann statt dessen eine kleine schwarze Kiste in den Händen, mit der er auf den Wolf zielte.

Was war das? Eine neue Waffe etwa? Athaba hatte nicht

die Absicht, das herauszufinden. Er suchte sich einen Platz zwischen den Bäumen, wo der Wind in einem Wirbel die Richtung wechselte. Dort verschlang er das Fleisch. Es schmeckte seltsam, aber gut, und er wünschte, er hätte mehr davon ergattert.

Nach kurzer Zeit setzte er die Suche nach seinen Kameraden fort. Er konnte kaum etwas erkennen, da der feine Schnee aufgewirbelt wurde und sogar den Himmel versteckte, aber gegen Mittag wurde es etwas heller und die Luft klarer. Das Rudel war auf dem Weg nach Norden, dem Winter entgegen.

Mit jedem Atemzug wurde es kälter. Die Schwäne des Sommers waren in den Süden geflogen und überließen die grünen Teiche der Tundra dem Frost. Die Schnee-Eulen jagten nicht mehr gemeinsam, sondern einzeln und zogen auf der Suche nach kleinen Vögeln ihre Kreise durch die Luft. Der Wind brachte den schwachen Geruch von Luchsen mit sich, und Athaba achtete darauf, ob er intensiver wurde. Diese Katzentiere mit den eng zusammenstehenden Augen griffen einen ausgewachsenen Wolf normalerweise nicht an, konnten jedoch gefährlich werden, wenn man sie überraschte.

Endlich kam Athaba in ein flaches Tal, und nicht weit entfernt vor ihm spielte ein Wolfsjunges mit einem harten Stück Leder. Es schleuderte das gefrorene Stück über das Eis und beobachtete, wie es drehend davonglitt. Dann rannte der Welpe ihm nach, schnappte es und wiederholte das Ganze von vorn.

»Navista!« rief Athaba laut.

Das Junge sah auf, erschrak und rannte davon. Athaba folgte ihm in ein anderes schmales Seitental, wo er das Rudel erblickte. Navista rief den anderen entgegen, ein Ahne aus dem Totenreich sei wiedergekehrt. Ein paar andere Jungen sprangen auf, zur Flucht bereit, aber Raghistor beruhigte sie.

Er trat vor, um Athaba zu begrüßen.

»Da bist du also wieder, kleiner Setzling. Wir dachten alle, du wärst tot.«

»Ich war eine Zeitlang bewußtlos, aber ich habe überlebt.«

Der ältere Wolf schien etwas verstört.

»Ganz offensichtlich. Aber die anderen meinten, du wärst ganz sicher tot. Der Bär verjagte unsere Jäger, und nur du und Skassi blieben zurück. Skassi hatte zu große Schmerzen wegen seiner gebrochenen Rippen, so daß er nicht gleich fliehen konnte, aber als es ihm etwas besserging, fand er dich – tot – ein Stück weiter im Schnee liegen.«

Athaba nickte.

»Aber ich war nicht tot, wie du siehst.«

Raghistors Blick wurde warm.

»Skassi wird enttäuscht sein«, murmelte er. »Willkommen zu Hause, kleiner Sproß. Schön, dich zu sehen. Ich habe um dich getrauert, aber nun stehst du wieder vor mir, stark wie ein Weidenbaum im Frühling. Was hast du vor? Willst du ein gefrorenes Herz zum Schmelzen bringen? Diese starken Gefühle der Zuneigung kann ein Wolf sich nicht leisten. Man geht mit ihnen unter.«

Athaba schubste ihn freundschaftlich an der Schulter.

»Du hast doch nicht wirklich um mich getrauert, oder?«

»Doch, ich schwöre. Ich war dem Zusammenbruch nahe. Das Licht wich aus dem Himmel, und die Kälte zog in mein Herz.«

»Das war bestimmt der Winter, den du gespürt hast«, meinte Athaba.

Raghistor blickte um sich.

»Tatsächlich. Das hab ich gar nicht bemerkt. Ich dachte, die Abwesenheit meines Freundes hätte mir Licht und Wärme geraubt. Das zeigt mal wieder, daß man seinen Gefühlen nicht trauen darf. Der Winter also. So, so ...«

»Du bist ein kauziger alter Knabe, Raghistor. Aber du hast mir gefehlt.«

Jetzt wurde Raghistor ernst. »Ich hab dich wirklich vermißt, auch wenn ich das natürlich keinem gezeigt habe. Ich muß ja auf meinen Ruf achten. Der harte Zyniker, du weißt.« Seine Miene erhellte sich. »Jetzt komm mit mir, wir gehen zusammen ins Lager. Die Kameraden sind etwas beunruhigt, da du ja von den Toten kommst, aber wir zeigen ihnen, daß sie sich vor unserem alten Untermega Athaba nicht zu fürchten brauchen. Bei uns gibt es keine großartigen Neuigkeiten. Wir sind weitergezogen. Skassi benimmt sich unmöglich, seit er diesen Bären angegriffen hat. Ich nehme an, Itakru wußte nicht, wie er die Sache darstellen sollte – als Dummheit oder als kühne und mutige Tat. Er entschied sich für letzteres, da es seine eigenen Handlungen in ein besseres Licht rückte. Der unnötige Angriff auf einen Bären trägt nicht gerade zum guten Ruf eines Wolfes bei. So wurde Skassi zum Helden. Du mußt dich also wohl oder übel von deinem Traum verabschieden, eines Tages Leitwolf zu werden, es sei denn, Skassi stößt etwas zu. Ich glaube, er hat es fast geschafft. Du hingegen, mein kleiner Freund, mußt dich anstrengen, erst einmal deinen alten Status wiederzuerlangen. Es ist zwar sehr heldenhaft, verwundet zu werden und dann wieder zum Rudel zu stoßen, aber du bist sehr lange weggewesen. Du hast etwas Fremdes an dir, das die anderen hoffentlich bald als Folge deiner Genesung auf der Tundra ansehen werden.«

»Was meinst du?« wollte Athaba wissen, während sie sich den anderen näherten. Er sah, daß seine Kameraden ihn neugierig und ängstlich beäugten, als wäre er ein Fremder, der schlechte Gerüche von draußen ins Rudel brachte.

»Du bist irgendwie anders, kleiner Setzling. Vielleicht bist du einfach nur reifer geworden ... Jedenfalls hast du irgend etwas an dir, das vorher nicht da war. Besser, du versteckst das.« Seine Stimme wurde lauter. »Seht euch das an! Unser Athaba ist zurückgekommen. Es scheint, es bedarf mehr als eines Bären, um einen von uns zu töten, was? Hier ist er, gesund und munter, nach seiner langen Zeit der Genesung draußen in der Tundra.«

Urkati trat vor und schnupperte.

»Du riechst nach Menschen«, stellte sie fest.

Athaba schüttelte den Kopf.

»Nicht nach Menschen, sondern nach ihrem Fleisch. Ich habe etwas von ihrem Feuer gestohlen. Ich war schwach und hungrig, und das war mein letzter Ausweg.«

»Ich verstehe. Und bist du wieder gesund? Wir hörten, du seist tot.«

Athaba sah zu Skassi hinüber.

»Ein verständlicher Irrtum«, sagte er. »Ich muß wie tot dagelegen haben. Aber irgendwie kam ich wieder zu Kräften.«

Urkati sah ihn streng an.

»Du warst dreiundzwanzig Tage fort ...«

Athaba erschrak, versuchte aber, seine Gefühle nicht zu verraten. Dreiundzwanzig Tage! Er hatte gedacht, es wären nur vier oder höchstens fünf gewesen. Dreiundzwanzig! Irgend etwas stimmte in seinem Kopf nicht. Entweder hatten diese Schwächeanfälle jeweils ein paar Tage gedauert, oder die Tage waren aus seinem Gedächtnis verschwunden. Was immer es war, er mußte es geheimhalten. Das Rudel duldete keine Wölfe, mit deren Kopf etwas nicht stimmte. Sein Bruder war aus diesem Grund bereits getötet worden.

»Nun gut«, fuhr Urkati fort, nachdem sie Athaba eine Weile angestarrt hatte, »wir werden sehen. Du sagst, du hättest die ganze Zeit versucht, gesund zu werden?«

»Ja. Ich habe Murmeltiere und Wühlmäuse gefangen und Gras gefressen. Jetzt geht es mir wieder gut.«

Urkati nahm die Erklärung widerstrebend an, und Athaba durfte wieder im Rudel leben. Er schaffte es jedoch nie mehr, seinen alten Stand zu erreichen. Egal, was er tat oder wie gut er seine Aufgaben erledigte, immer wurde er mit einem gewissen Mißtrauen beobachtet. Wenn sie hinter seinem Rücken über ihn sprachen, zogen sie die Nasen kraus, als läge ein unangenehmer Gestank in der Luft.

Es wurde auch beobachtet, daß er sich gelegentlich von den anderen zurückzog. Das geschah, wenn er wieder einen Schwächeanfall kommen spürte. Er hatte zwar gelernt, diese Anfälle bis zu einem gewissen Grad zu unterdrücken, und die Abstände zwischen ihnen wurden immer größer, doch vollkommen verschwanden sie nie. Er wußte, wie wichtig es war, diesen Makel vor den anderen zu verheimlichen, und nicht einmal Raghistor vertraute er sich an. Seine Mutter – nun ja, seine Mutter hatte ihn aufgezogen, aber sie hatte auch andere Welpen gehabt, und er war durchaus nichts Besonderes für sie. Kurzum, auch seiner Mutter traute er nicht mehr.

Skassi war vor einiger Zeit zum großgroßen Jäger-Krieger ernannt worden und zu sehr mit sich selbst beschäftigt, um sich mit Athaba abzugeben. Als jedoch Athabas Megaweihe ins Gespräch kam, stellte er sich hartnäckig dagegen.

»Soweit ich mich erinnern kann, ist dieser Wolf seit seiner Geburt nicht nur einmal, sondern sogar zweimal einer Prüfung der Megas unterzogen worden. Ihr erinnert euch sicher, wie er damals nach Aksishems Tod hinging und ein seltsames Ritual vollführte, dessen Bedeutung nur ihm selbst bekannt war. Und nun sein Verhalten, seit er so lange fort war! Ich will ja niemanden ohne eindeutige Beweise als mystisch verurteilen, aber ich will auch nicht, daß ein Wolf mit solch einer zweifelhaften Vergangenheit in den Kreis der Megas aufgenommen wird . . .«

Ausnahmsweise widersprach Raghistor ihm nicht. Der

alte Wolf wurde langsam müde und spürte auch, daß Athabas höhere Position nicht gerechtfertigt werden konnte.

So kam Athabas Tag der Megaweihe und verging, ohne daß er zum Mega befördert wurde. Er wachte mit hoffnungsvoller Erwartung auf, da er ja noch nichts von der Entscheidung der Megas wußte, und dachte bei sich, wenn er erst Mega wäre und dem Inneren Kreis angehörte, könnte er auch bald seinen ursprünglichen Rang und sein Ansehen zurückerobern.

Doch als ihm nach und nach bewußt wurde, daß die Wölfe ihn betreten mieden – selbst die, die ihn sonst grüßten und mit ihm sprachen –, ging er zu seiner Mutter.

»Meshiska«, begann er, »gibt es denn keine Zeremonie für mich?«

Zuerst wollte seine Mutter ihn nicht einmal ansehen.

»Geh weg«, meinte sie schließlich erbittert. »Du hast Schande über das Andenken deines Vaters gebracht mit deinen seltsamen Possen. Du solltest dich schämen. Ich verstoße dich.«

»Ich habe niemandem Schande gebracht«, entgegnete Athaba. »Ich habe so gut wie jeder andere Wolf gelebt, gejagt und gekämpft – sogar besser als die meisten –, und ich habe immer das Wohl des Rudels im Sinn gehabt. Du bist es, die sich schämen sollte, daß du dich von deinem Sohn abwendest, da er Hilfe braucht, weil ein anderer mächtiger Wolf sein Feind ist.«

Meshiska funkelte ihn böse an.

»Sprich-nicht-in-diesem-Ton-mit-mir! Ich könnte dich herausfordern und demütigen, also benimm dich!«

»Das möchte ich bezweifeln, Mutter. Ich bin stärker geworden, seit ich mich allein, ohne die Sicherheit des Rudels, durchschlagen mußte.«

Er spannte seine Schultern an, die tatsächlich breit und muskulös geworden waren. Athaba wußte, daß er es mit jedem Wolf des Rudels aufnehmen konnte, selbst mit Skassi, falls es zu einem Zweikampf käme. Er hatte einen Teil des Winters allein verbracht, war allein mit Schneestürmen fertig geworden und ständig auf der Hut gewesen, während die Wölfe im Rudel zusammenhalfen und sich ausruhen konnten. Und alles war umsonst gewesen. Egal, was für eine Beute er zum Lager brachte, man nahm sie ihm zähneknirschend ab und verteilte sie ohne ein einziges lobendes Wort. Für ihn blieben nur die kläglichen Reste des Kadavers übrig.

»Aber«, fuhr er fort, »ich will dich genausowenig verletzen, wie ich mir eine Pfote abbeißen würde.«

Er wandte sich ab und trabte davon. Ohne Zeremonie, ohne die Heulrufe und -gesänge, ohne seine Nachtwache auf dem Felsen, ohne die Anerkennung des Rudels konnte er kein Mega werden. Da er nun aber älter als drei Jahre war, war er auch nicht länger ein Untermega. Er war nichts, überhaupt nichts. Bald würden die Jungen sich über ihn lustig machen. Bald würde die Beute, die er brachte, ganz und gar verschmäht werden, und wären die anderen auch noch so hungrig.

Lieber wäre er tot, als so zu leben.

Trotz allem hielt er die Initiationsnachtwache ab, nur für sich. Er legte sich auf einen hohen Felsen und dachte über sein Leben nach. Er dachte daran, was er bereits getan hatte und was er noch tun würde. Er dachte an seine Fehler und schwor sich, sie nicht zu wiederholen. Als er am nächsten Morgen vom Felsen stieg, fühlte er sich frisch und bereit, die Verachtung und den Spott des Rudels zu ertragen.

Er kehrte zum Rudel zurück, und niemand verlor ein Wort über seine Abwesenheit. Seine Mutter, wenn sie ihn überhaupt beachtete, sah ihn mit vorwurfsvollem Blick an. Sein Leben im Rudel wurde etwas erträglicher, als Meshiska im folgenden Sommer an der Ruhr starb. Zu Anfang wollte Athaba ihr noch helfen und brachte ihr Wasser in seinem

Maul, doch sie lehnte jegliche Hilfe von ihm ab. Ihre Augen waren gelb und matt geworden, aber sie blickten noch immer voller Haß auf Athaba. Eines Morgens fand er sie steif und kalt, mit stumpfem Fell. Ihr Hals war gereckt und ihr Maul leicht geöffnet, als wolle sie trinken.

Als das Rudel sich im Herbst wieder sammelte, sah Athaba, daß auch Raghistor den Sommer über gelitten hatte. Der Freund wirkte alt und ausgemergelt, mit schlaffen Zügen und grauen Kinnhaaren. Er schnappte nach den anderen, wenn sie ihn ansprachen, und schien auch Athabas Nähe nicht mehr zu suchen. Schließlich nahm Athaba ihn eines Morgens zur Seite.

»Du verschmähst mich wie die anderen. Ich dachte, ich könnte darauf vertrauen, daß du mein Freund bleibst.«

Raghistor schüttelte den Kopf.

»Das sind selbstsüchtige Gedanken, mein kleiner Setzling. Du beurteilst die Dinge nur von deiner Seite aus. Ich habe mich nicht nur von dir zurückgezogen, sondern vom Leben allgemein. Ich habe Schmerzen. Ich spüre ein Brennen in meinem Körper, das nicht mehr aufhört.«

Athaba bereute augenblicklich seinen Vorwurf.

»Es tut mir leid. Du hast recht, ich hab nur an mich selbst gedacht. Ich bin jetzt so allein, daß ich meine, der einzige auf der Welt zu sein, der Probleme hat. Kann ich dir helfen?«

»Niemand kann mir helfen. Wenn es so weitergeht, werde ich das Ende des Herbstes nicht mehr erleben.« Traurig sah er Athaba an. »Aber du mußt mich nicht bedauern, kleiner Busch. Ich hatte ein gutes Leben – und du auch. Es gibt keine Garantie für das Glück. Du hättest dein Bruder sein können, der schon kurz nach der Geburt sein Leben lassen mußte. Wäre das besser gewesen?«

Athaba seufzte. »Vielleicht.«

»Nein, nein. Wir haben eine schöne Zeit gehabt, mein kleiner Ringelfarn, oder hast du das schon vergessen? Ein

Tag unserer gemeinsamen Zeit ist sicher viele Tage dieser schlechten Zeit wert. Ja, es ist eine schlechte Zeit für dich, aber wer weiß? Vielleicht ändert sich das ja morgen schon wieder. Und du *hattest* wenigstens gute Zeiten – die kann Skassi dir nicht nehmen. Du magst es vielleicht nicht glauben, aber Skassi ist immer unglücklich gewesen und wird es auch immer sein. Du bist viel besser dran als er. Sein Ehrgeiz hat seine Seele verbrannt. Du darfst ihn nicht beneiden, eher sollte er dich beneiden. Und denk an all die Erfahrungen, die du gesammelt hast. Du bist bald der stärkste Wolf, den ich je gesehen habe. Du hast einen starken Körper und einen starken Geist. Du brauchst mich nicht mehr. Früher hast du dich so sehr auf mich verlassen, daß ich Angst hatte zu sterben. Jetzt habe ich keine Angst mehr.«

Athaba erschrak.

»Aber du wirst doch nicht sterben?« rief er. »Nicht jetzt, so kurz nach dem Tod meiner Mutter!«

»Du bist schon wieder selbstsüchtig«, murmelte Raghistor. »Wenn ich sterben will, dann ist es wohl meine Sache. Ich denke, ich werde bald gehen.«

Doch Raghistor starb nicht sofort. Als er seinen letzten Atemzug tat, war der Winter schon fast vorüber. In jener Nacht glühten seine Augen wie Feuer, und er irritierte das ganze Rudel, als er zum Fluß lief und sich dort im Schlamm wälzte, so daß er nicht mehr wie ein Wolf aussah. Die anderen Wölfe mieden ihn, als er mit seinem verklebten Pelz und diesen glühenden Augen ins Lager zurückkehrte. Er sah aus wie nicht von dieser Welt.

Athaba wollte wissen, warum er das getan habe, und er brummte, daß er immer getan habe, was die anderen erwarteten – warum also solle er jetzt vor seinem Tod, wo niemand ihn mehr schmähen konnte, nicht ein einziges Mal etwas tun, das sie nicht erwarteten?

»Du bist darin ein Meister, Athaba. Exzentrisches Verhalten. Das habe ich schon immer an dir bewundert. Mein tapferer kleiner Setzling. Ich finde den Mut dazu erst im Tod. Sieh sie dir an!« Verächtlich blickte er zu den anderen hinüber, die zusammengeduckt auf der Erde kauerten und darauf hofften, daß einer von ihnen vortreten und Raghistors seltsames Verhalten verurteilen möge. »Gesetzestreue Kreaturen. Wie ich sie verabscheue! Beurteile nicht jedes Rudel nach diesem, mein Sproß. Es gibt auch erleuchtete.

GRHAAAAAA!« brüllte er sie an. Dann holte er noch einmal tief Luft – und starb.

Athaba saß die ganze Nacht bei seinem toten Freund und heulte. Am Morgen kam Skassi und befahl ihm, den Kadaver in Ruhe zu lassen. Das war ein Fehler. Athaba spürte ein solch großen Druck in der Brust, daß er meinte, gleich zu zerspringen. Er suchte nach einer Möglichkeit, all seinen unterdrückten Gefühlen freien Lauf zu lassen. Skassi kam ihm gerade recht.

»Zwing mich doch«, erwiderte er also.

Skassi blieb keine andere Wahl. Er griff Athaba an, in der Hoffnung, der würde sich sofort unterwerfen, wie er es in der Vergangenheit immer getan hatte. Doch Athaba tat nichts dergleichen – ganz im Gegenteil. Er warf sich Skassi mit solcher Wucht entgegen, daß der fast in Panik geriet. Die Körper der beiden Wölfe prallten in der Luft aneinander und fielen benommen zu Boden.

Skassi war als erster wieder auf den Beinen. Blut tropfte ihm über die Stirn und ins Auge. Er blinzelte und stürzte sich erneut auf Athaba, der sich noch nicht vollends wieder aufgerichtet hatte. Sein gewaltiger Stoß schleuderte Athaba hart gegen den nächsten Baum. Er bekam einen Moment lang keine Luft mehr und wußte, daß er ein paar Sekunden herausschinden mußte, um sich zu erholen. Mit letzter Kraft rollte er sich den Abhang hinunter und blieb schwer atmend liegen.

Skassi lief ihm nach, doch auch er war von seinem ersten Sturz noch ziemlich angeschlagen. Einmal stolperte er und strauchelte, fing sich aber gleich wieder.

Als er den Fuß des Abhangs erreicht hatte, war Athaba inzwischen wieder auf den Beinen und fixierte seinen Gegner.

»Du stinkendes Stück Fleisch«, knurrte Skassi, »diesmal bist du zu weit gegangen. Ich werde dir das Fell zerfetzen!«

Ein paar Mitglieder des Rudels hatten den Kampf bemerkt und versammelten sich oben am Rand des Abhangs. Athaba konnte ihre Feindseligkeit spüren. Für sie war er ein Wolf, der eigenartige und ihnen fremde Wege ging, der seltsame Anfälle hatte und dem sie in Notfällen nicht trauen konnten. Skassi dagegen war jetzt einer ihrer Leitwölfe. Es bestand also kein Zweifel darüber, daß alle *ihn* anfeuern würden, unabhängig davon, was sie von ihm persönlich hielten.

»Diesmal nicht«, entgegnete Athaba mit derselben finsteren Entschlossenheit, die seine tote Schwester Tesha unter diesen Umständen wohl gezeigt hätte, »nicht vor diesen armseligen Kreaturen dort oben. Diesmal werde ich siegen.«

Und damit stürzte er sich auf Skassi, packte ihn mit den Zähnen am Genick und warf ihn herum. Dann ließ er los und sah zu, wie Skassi strauchelte und gegen eine Felsspitze stieß, die aus dem Boden ragte. Sofort war er jedoch wieder sicher auf den Beinen, und die beiden begannen, sich lauernd zu umkreisen. Zweimal sprang Skassi vor, doch Athaba wich ihm behende aus, so daß die Kiefer seines Feindes in der Luft zusammenschnappten. Er erwischte Skassi einmal an der Flanke, behielt jedoch nur Haare im Maul.

Schließlich gingen sie direkt aufeinander los, und diesmal verkeilten sich ihre Kiefer ineinander wie zwei gespaltene Holzpflöcke. Jeder hatte den weichen Teil oberhalb der Mundwinkel des anderen im Biß. Athaba spürte einen heftigen Schmerz und wußte, wenn er losließe, würde Skassi ihm die Kiefergelenke brechen und ihn so zum Krüppel machen.

Statt dessen versuchte er also, seinen Rivalen in die Knie zu zwingen und hoffentlich auch auf den Rücken.

Natürlich war Skassi mit aller Kraft entschlossen, nicht zu Boden zu gehen. Sie waren etwa gleich stark und hielten fast reglos und unter Aufbietung aller Kräfte den schmerzhaften Biß aufrecht.

Dann, plötzlich, gaben Skassis Beine unter ihm nach. Er rutschte rückwärts über den Waldboden und versuchte krampfhaft, auf den losen Kiefernadeln Fuß zu fassen. Vergeblich. Blitzschnell schnappte Athaba nach Skassis Kehle, verharrte und sah aus dem Augenwinkel dessen weit aufgerissene Augen, da er wußte, daß ihn nur noch ein winziger Augenblick vom vernichtenden Biß trennte.

In diesem Moment sprang ein Mega aus der Gruppe der Zuschauer auf die beiden zu und rammte gegen Athabas Schulter. Erschöpft rollte Athaba zur Seite. Andere Megas kamen und scheuchten ihn von ihrem Leitwolf fort. Sie schimpften ihn einen Verrückten. Sie riefen, er sei tollwütig geworden und völlig von Sinnen – nicht mehr fähig, mit anderen Wölfen zu leben.

Skassi humpelte ein Stück vorwärts, drehte sich um und rief: »Ab jetzt bist du ein *utlah*! Ein Ausgestoßener!«

Da wußte Athaba, daß er nie mehr zu seinem Rudel zurückkehren konnte. Er war verbannt, ohne Familie und Freunde, und sie würden ihn töten, wenn er sich ihnen näherte. Sein Herz wurde von kaltem Grauen gepackt. Dies war schlimmer als der Tod. Von nun an mußte er allein leben.

Außer sich rannte er blindlings auf seine ehemaligen Kameraden zu und versuchte, durch ihre Reihen zu brechen. Doch sie standen dicht und fest mit hartem Blick, und Athaba geriet vollends in Panik. Er rannte davon, in den Wald, rannte und rannte so lange, bis seine Beine ihn nicht weiter tragen konnten und er kraftlos zusammenbrach. Er fühlte sich elend und unfähig. Er fühlte sich ausgelaugt und hohl, fühlte nur noch Schmerz. Er blieb einfach liegen, und als er wieder normal atmen konnte, heulte er und heulte, bis seine Kehle wund und seine Stimme heiser war. Doch es half nichts. Weder konnte er dadurch seine Seele heilen noch seinen Schmerz vertreiben. Er blieb leer, eine Hülle aus Fell, seelenlos und bitter.

Von da an folgte Athaba dem Rudel in gebührendem Abstand, gemeinsam mit den Raben. Er fraß mit ihnen und den Kojoten das Aas, das das Rudel zurückließ. Er fühlte sich ganz und gar allein auf der Welt. Die jungen Wölfe verspotteten ihn aus sicherem Abstand, als sei er ein altersschwacher, zotteliger Moschusochse ohne Verstand, nannten ihn Schwächling und Feigling. Athaba hätte ihnen mit einem Biß das Genick brechen können, aber er nahm ihre Beleidigungen schweigend hin, da er wußte, daß die Jungen immer einen Sündenbock für ihre Ängste brauchten. Wenn nicht ihn, würden sie einen unter sich verspotten, und ihn kümmerte es nicht mehr.

Die Raben und Kojoten hielten mißtrauisch Abstand, fast respektvoll. Sie spürten, daß er kein schwächlicher Verdammter war oder ein Wolf, dessen Geisteskräfte nachließen – sie spürten sehr wohl seine Stärke.

»*Utlah*«, kreischten die Raben, »was hast du gemacht? Warrum bist du *utlah*? Hast jemand getötet?«

Unter den Aasfressern war er der König, der Erste unter den Knochennagern und nur sich selbst gegenüber verantwortlich. Er hatte nur die Genugtuung, daß mit seiner Vertreibung aus dem Rudel auch Skassis Abstieg sicher war. Athaba hatte seinen Platz im Rudel verloren, aber Skassi seinen Rang.

Skassis Wunden, zuerst durch den Bären, dann durch Athaba, beeinträchtigten seine Fähigkeiten als Jäger. Er reagierte allgemein langsamer, und bevor er seine Beute tötete, zögerte er manchmal zu lange. Der Bär und Athaba hatten eine Blockade in seinem Kopf geschaffen, die seinen Kampfgeist minderte. Er warf sich nicht mehr kühn und energisch ins Geschehen, sondern wartete, nur einen kurzen Moment, und versuchte, die Situation einzuschätzen. Und dieser Moment reichte aus, daß er hinter die ehrgeizigen Wölfe zurückfiel.

Außerdem hatte er einen Zweikampf verloren. Unter solch einer Niederlage litt das Ansehen eines Wolfes ganz beträchtlich. Er verlor die Autorität, die er als Jäger-Krieger und Leitwolf nötig hatte. So hatte er allen Grund, Athaba zu hassen, und der einzige Antrieb dafür, daß er ihn nicht im Schlaf umbrachte, war die Gewißheit, daß die Verbannung für ihn noch schlimmer war als der Tod.

Eine neue Position im Rudel zu finden war nicht so leicht, wie Skassi gehofft hatte. Es gab nur eine bestimmte Anzahl an Positionen für eine bestimmte Anzahl von Wölfen, und alle waren ehrgeizig. Jetzt, da seine Position als Leitwolf wieder frei war, rückte nicht automatisch der nächste Wolf nach, sondern es gab viele Anwärter, die sich darum stritten und kämpften und so die gesamte Reihenfolge der Positionen wieder neu bestimmten. Außerdem nutzten seine Feinde jetzt die Gelegenheit, sich an ihm zu rächen – Wölfe, die wegen kleiner Übertreibungen einst von ihm bestraft worden waren, zu Unrecht, wie sie meinten.

Skassi hatte also manchen Kampf auszufechten, um nicht in die Position des Unterwolfs gedrängt zu werden. Eines Nachts, während er sich die Pfoten leckte und über das Rudel nachdachte, überlegte er, daß Athaba mit dem Resultat seines Angriffs zufrieden sein mußte. Er hatte ihn nicht nur im Zweikampf besiegt, sondern damit auch sein ganzes Leben zerstört.

Seine zähe Entschlossenheit trug dazu bei, daß Skassi eine Position als Seitwolf halten konnte. Er hoffte, sich bald wieder in die Position eines Oberwolfs hochkämpfen zu können, aber natürlich nicht mehr an die Spitze. Er erfüllte eifrig seine Pflichten, und wenn er an die Reihe kam, den Heulgesang anzuführen, wählte er immer die traditionellsten Lieder und balancierte hart am Rande der Rührseligkeit. Tatsächlich wurde ihm einmal Sentimentalität vorgeworfen, doch er stellte sich dem Vorwurf so würdevoll, daß der Rat der Megas, der ihn zurechtweisen sollte, am Ende seine Heimatliebe pries.

Bei dieser Versammlung erkannte Skassi den Wert der Wolfsverherrlichung und spielte so überzeugend die Rolle des aggressiven Rudeltreuen, daß er schließlich, als er wieder Oberwolf wurde, selbst daran glaubte, ein bewunderungswürdiger Verteidiger der Wolfsehre zu sein. Sein Rudel war nicht nur ein gutes Rudel – es war das beste Rudel, das es je gegeben hatte. Seine einzigen Fehler bestanden in geringfügigen Unzulänglichkeiten einiger Mitglieder, die ihnen jedoch ausgetrieben werden konnten, so daß das Rudel perfekt wurde. Ja, das sah er als sein Lebensziel: das Rudel perfekt zu machen. Seine Kameraden haßten ihn dafür, daß er sie selbst für ihre kleinen Fehler bestrafen wollte, doch sie wagten es nicht zu widersprechen, da seine Rudeltreue für ihn der beste und unwiderrufliche Schutz war.

Skassi wurde also von allen verabscheut.

Dennoch liebte er sie und zeigte diese Liebe so deutlich, daß er vor ihrem Haß sicher war.

Er war ihnen zutiefst ergeben und tat alles für die Beseitigung ihrer Sünden, ihrer kleinen Fehler, ihrer winzigen Nachlässigkeiten. Wenn Athaba während all der Jahreszeiten in der Verbannung gewußt hätte, wie es im Rudel zuging, wäre er sicher froh gewesen, nicht dazuzugehören, sondern als Ausgestoßener hinter ihm herzulaufen.

ZWEITER TEIL

Die Nacht des Raben

6

Raben sind große und beeindruckende Vögel, fast zweimal so groß wie Turmfalken. Athaba staunte über ihre Intelligenz – er hatte gedacht, daß Aasfresser dumm seien, weil jedes Tier mit nur ein bißchen Verstand seine eigene Beute jagen könne. Nachdem er eine Weile mit ihnen gelebt hatte, änderte er seine Meinung jedoch. Auch ohne jagen zu müssen, lebten die Raben sehr gut. Sie wußten, wie sie einem Kadaver auch das letzte Stückchen Fleisch abgewinnen konnten. Voller Bewunderung beobachtete Athaba einen Raben, der seine Intelligenz einsetzte, um an Fleisch zu gelangen, das für einen Wolf unerreichbar geblieben wäre.

Sie hatten den Kadaver eines Wapitihirschen geplündert, und nachdem alles Fleisch von den Knochen gezogen und Athaba mit seinem kräftigen Gebiß die dünnsten Knochen zerbissen und das Mark herausgesaugt hatte, verkündete er:

»So, das war's. Es gibt nichts mehr.«

Einer der schwarzen Vögel hüpfte vor.

»Naa, naa. Nix vorrbei. Merr Fleisch.«

Der Rabe hob einen der dickeren Knochen mit dem Schnabel auf, flog damit schlingernd auf einen Felsvorspung und ließ den Knochen auf die darunterliegenden Felsbrocken fallen. Der Knochen schlug auf und rollte ein Stück. Unbeirrt wiederholte der Rabe seine Übung, bis der Knochen an einer Felsspitze zerbrach. Da flogen die anderen Raben herbei und pickten das Mark heraus.

Athaba war baß erstaunt.

»Was hast du da gemacht? Das hab ich noch nie gesehen.«

»Ach, ich werrf die Knochen auf die Steine. Raben macken das immer. Komm, aufknacken! Gut, ja?«

»Das hab ich noch nie gesehen«, wiederholte Athaba, noch immer beeindruckt von diesem Trick.

Als sie einmal an einen verlassenen Lagerplatz kamen, an dem ein Mensch einige seiner Futterbehälter zurückgelassen hatte, nahmen die Raben sie mit dem Schnabel auf und warfen sie mit einem heftigen Schwung ihrer Köpfe wieder fort, so daß der Inhalt in den Schnee fiel und sie ihn aufpicken konnten. Wiederum war Athaba sehr beeindruckt. Wenn er versuchte, über so etwas nachzudenken, brauste ihm der Kopf. Natürlich spielte er mit Dingen herum, und wenn dann zufällig etwas herausfiel, war es schön und gut. Und er hatte seine Nase auch schon in so einen Behälter hineingesteckt und war steckengeblieben. Aber was die Raben da machten, war etwas ganz und gar anderes.

Das Leben mit den Raben war ein karges Dasein von einem Tag auf den nächsten. Gemeinsam mit ihnen folgte er der Spur seines ehemaligen Rudels – einer Spur, die er einst selbst mit gelegt hatte. Er wurde immer einsamer und niedergeschlagener. Manchmal saß er stundenlang einfach nur da und starrte auf eine Felsgruppe, die sich dunkel gegen den Himmel abzeichnete. Dann hob er den Kopf und hielt seine Nase in den Wind, um den Geruch des Rudels zu wittern, das ein paar Meilen entfernt sein Lager bereitet hatte. Die Raben beobachteten ihn dabei, nickten einander zu und sagten: »Was fürr Schande! Wass fürr Schande!« und brachen in schrilles Gelächter aus.

Ihr Humor war unverwüstlich. Es war nicht ihre Art, ernsthaft über etwas nachzudenken, sondern sie mußten allem etwas Lustiges abgewinnen.

Sosehr er ihre Gesellschaft brauchte, so sehr verspürte er auch den Drang, sich von ihnen zu trennen und allein weiterzuziehen.

Im nächsten Sommer, zur Zeit der Mitternachtssonne, gab es gute Beute. Athaba mußte nicht mehr mit den Raben teilen. Er ging allein auf Jagd und fing, was er brauchte. Die Vögel durften sich hinterher über den Kadaver hermachen. Das Rudel mit seinen neuen Leitwölfen, wer immer sie auch sein mochten, hatte sich ausgebreitet. Wenn einer von ihnen Athaba über den Weg lief, wandte er sich augenblicklich ab. Allein waren sie nicht mutig genug, ihn anzugreifen.

Eines Tages überraschte er ein Mega-Weibchen im Wald. Sie strich durch die Moose und Flechten, und die Sonnenstrahlen ließen das Rot in ihrem sonst grauen Fell aufblitzen. Athaba lag zwischen ein paar Farnsträuchern windgewandt, so daß sie ihn nicht wittern konnte.

Er bewegte sich, damit sie ihn bemerkte.

Sie blieb stehen und sah sich um. Es war seine Schwester Koska.

Erschrocken wich sie zurück und rief: »Wer bist du?«

Athaba überkam eine Welle der Zärtlichkeit. Er hatte seine Schwester nie besonders gemocht, da sie immer lieber mit anderen zusammen gewesen war als mit ihm, selbst zu der Zeit, da er viel Ansehen im Rudel genossen hatte. Seit er das Rudel verlassen mußte, hatte er jedoch viel über sie nachgedacht und verstanden, warum sie sich von ihm hatte distanzieren müssen. Schließlich war er nie ein besonders vorbildlicher Wolf gewesen. Auch während seiner Glanzzeit hatte ihn ein Hauch Mystizismus umgeben, den er vor seinen Kameraden, nicht aber vor Raghistor, seiner Mutter und seiner Schwester hatte verbergen können. Koska war neben ihm die einzige Überlebende seines Wurfs – zusammen waren sie im Mutterleib herangewachsen.

Er ging auf sie zu, so daß sie seinen Geruch wahrnehmen konnte.

»Du brauchst keine Angst zu haben. Ich bin es nur, Athaba.«

Sie kräuselte die Nase, als sei ein schrecklicher Gestank in dem Wäldchen, und begann zu zittern. Offensichtlich freute sie sich nicht besonders, ihren Bruder zu sehen.

»Es gibt keinen Athaba. Du bist der *utlah*.«

Aus ihren grauen Augen blitzte Haß. Da merkte er, daß sie seinetwegen hatte leiden müssen. Andere Wölfe hatten sie geschmäht. Sie war mit einem Rabenwolf verwandt!

»Ja, ich bin ein Ausgestoßener«, erwiderte er, »und ich habe keinen Namen.«

Er begriff, daß er nicht nur als Wolf, sondern überhaupt als Lebewesen seinen Status verloren hatte. Im Rudel erzählte man gewiß, daß er nicht mehr der Wolf sei, der als Athaba geboren worden war, sondern irgendein fremdes Wesen, das sich Athabas Körpers bemächtigt hatte. Da Wölfe es für unmöglich erachteten, daß einer von ihnen Mystizismus praktizierte, konnte nur ein anderes Wesen unter dem grauen Pelz stecken. Als *utlah* war er gebrandmarkt, er war ein Nichts, ein Niemand. Von diesem Augenblick an fühlte auch er selbst sich ganz und gar als »Ausgestoßener«. Die Raben hatten ihn mit *utlah* angeredet, doch das war das alte, archaische Wort. Er bevorzugte den Begriff »Ausgestoßener« und ließ sich fortan von allen so nennen.

»Geh weg von hier«, sagte Koska mit erstickter Stimme. »Geh weit, weit weg. Du hast mir das Leben sehr schwer gemacht.«

»Wenn du zu mir gehalten hättest, wie eine Schwester es tun sollte, wäre ich vielleicht nicht verbannt worden, und du müßtest nicht solche Dinge sagen. Du bist ein Feigling, Koska, und eines von Skassis Werkzeugen. Er benutzt Wölfe wie dich, um an sein Ziel zu gelangen – jedenfalls hat er das früher getan.«

»Warum konntest du nicht normal sein wie jeder andere Wolf?«

»Weil ich eben nicht normal bin. Ich bin dazu bestimmt, groß zu sein – oder gar nichts. Im Augenblick bin ich nichts, aber ich werde zurückkommen, und dann wirst du stolz sein, demselben Wurf anzugehören wie ich.«

Er glaubte nicht, was er sagte, aber er mußte seinen verlorenen Stolz wiedergewinnen. Niemals würde er vor seiner Schwester demütig den Kopf senken und sie um Verzeihung bitten, daß er ihr Bruder war!

»Niemals!« zischte sie. »Du wirst niemals zurückkommen!«

Damit drehte sie sich um und lief durch die Wolken der Moskitos und Stechmücken davon. Der Ausgestoßene sah ihr nach und bekämpfte ein Gefühl tiefer Traurigkeit. Seine Schwester war schon immer sehr stolz gewesen, und ein stolzer Wolf wird leicht verletzend, da er von scharfer und kalter Bitterkeit erfüllt ist, die ihn zu früh im Leben befällt.

Es war ein typischer Moskitosommer. Für die Vögel waren die Insekten ein gefundenes Fressen, aber für andere Tiere eine Qual. Das einzige Gute an ihnen war, daß die Weibchen am liebsten das Blut aus den Menschen saugten, so daß wenigstens einen Monat im Jahr nur sehr wenige Jäger kamen. Es gab Zeiten, in denen man auf der Tundra mit jedem Atemzug hundert Leben verschluckte.

Athaba lag hechelnd in der Sommerhitze und verfluchte sein ohnehin nur dünnes Sommerfell. Er hatte das Gefühl, die Moskitos schwirrten in seinem Kopf herum. In seinem Schädel brummte es unaufhörlich, und das hatte nichts mit den Anfällen zu tun, die er manchmal noch bekam. Er hatte das Gefühl, durch riedgrasgeränderte Flüsse und Bäche zu treiben. Manchmal fragte er sich, ob es nicht besser wäre, in ein Lager der Menschen zu laufen und sich erschießen zu lassen. Die Fernen Wälder waren sicher nicht so einsam wie ein langer trockener Sommer voller Staub und Insekten. Doch irgend etwas hielt ihn davon ab – das Gefühl, daß es irgendwo einen Herrn der Stufen gab, der eine steinerne Treppe in die Felswände schlug, die ihn umgaben. Dieser mystische Gott, der Wölfe aus ihrer hohen Position stoßen konnte, konnte sie auch wieder dahin zurücksetzen, wenn sie nur genug Geduld hatten. Also wartete er darauf, daß der Herr der Stufen sein Werk vollende.

Als der nächste Herbst kam, schloß das Rudel sich wieder zusammen, um in größeren Gruppen zu jagen und alle durch den Winter zu bringen. Der Ausgestoßene war überrascht, daß er sich von seinen ehemaligen Kameraden nicht losreißen konnte. Wenn er daran dachte, ganz allein weiterzuziehen oder ein anderes Rudel zu suchen, zog sein Herz sich zusammen. Es war auch sehr unwahrscheinlich, daß ein anderes Rudel einen Ausgestoßenen in seine Hierarchie aufnahm, und der Gedanke, vollkommen abgeschieden zu leben, ließ Verzweiflung in ihm aufkommen. Er blieb der Rabenwolf, der hinter dem Rudel herzog und unter seiner Einsamkeit litt.

Der Ausgestoßene mußte erfahren, daß das Exil schrecklicher sein konnte als der Tod. Er fing an, Selbstgespräche zu führen, und schreckte oft aus düsteren Träumen auf. Die Kojoten fürchteten sich allmählich vor ihm, seiner verwahrlosten Erscheinung und seinem wilden Blick und wollten nicht mehr mit ihm sprechen.

Den Raben machte das alles nichts aus. Sie waren ja selbst halb verrückt und hielten ihren neuen Gefährten für nur leicht exzentrisch, verglichen mit ihren eigenen Artgenossen. Sie fanden es urkomisch, als er sich eines Tages totstellte, damit ein paar Wölfe seines alten Rudels ihn beschnüffeln und über ihn sprechen sollten. Sie hockten sich in einigem Abstand auf den Boden und krächzten:

»Jaa, jaa. Ist tot, dieser Ausgestoßene. Wirr fressen ihn, ja?«

Die Wölfe fanden das überhaupt nicht lustig. Als der Ausgestoßene auf die Füße sprang, griffen sie ihn an und jagten ihn über den nächsten Hügel auf einen zugefrorenen See, auf dem sie in einem seltsamen Tanz herumrutschten, um ihn zu fangen. Die Raben amüsierten sich köstlich und baten den Ausgestoßenen, das am nächsten Tag wieder zu tun.

Dies waren kleine Ereignisse in der großen Leere, in der der Ausgestoßene lebte. Die Raben waren keine angenehme Gesellschaft – im Grunde konnte nur ein Wolf seine innere Leere ausfüllen. Manchmal verfluchte er sich selbst wegen seines Stolzes. Hätte er Unterwürfigkeit gezeigt und Skassis Rang anerkannt, wäre er jetzt vielleicht noch bei seinem Rudel. In solchen Momenten wünschte er sich, Skassi zu begegnen und ihn um Milde zu bitten. Doch um ihn herum waren nur Eis und Dunkelheit. Sein Herz wurde hart wie Stein. Er fraß, er ruhte, er trank oder leckte Schnee auf und folgte der Spur des Rudels. Tag für Tag.

Der Winter war grausam. Der Hunger stach in seinem Magen, er fror, das Eis hing in seinem Pelz, verklumpte unter seinen Pfoten und zwischen seinen Zehen. Die Moschusochsen, die mit ihrem zotteligen Fell aussahen, als seien sie schon tot und am Verwesen, wurden immer seltener. Sicher waren sie nicht von einer Saison auf die andere intelligenter oder gerissener geworden. Es waren dumme Kreaturen, die mit tiefer, wehmütiger Stimme darüber lamentierten, wie gut alles sein könnte, wenn nur endlich *etwas geschähe*. Keiner wußte, was genau das sein sollte, aber sie waren überzeugt, daß es ihr Leben von Grund auf veränderte. Moschusochsen jammerten die ganze Zeit und wünschten sich die Vergangenheit oder die Zukunft herbei.

In diesem harten Winter zog das Rudel, das inzwischen auf vierzehn Wölfe geschrumpft war, weiter in den Norden als je zuvor, um den Jägern zu entgehen, die aus den Luftmaschinen sprangen oder mit Schneemaschinen über Land fuhren. Der Ausgestoßene folgte dem Rudel immer weiter bis in die Gegend, wo die Pflanzenfresser, die Lemminge, Hasen, Moschusochsen und Karibus, ständig in Bewegung bleiben mußten, um Futter zu finden. Es gab keine Bäume. Es war die Gegend der fünfmonatigen Nächte und fünfmonatigen Tage, mit jeweils einem Monat der Dämmerung dazwischen. Hier waren nur selten Jäger, obwohl es ein Lager gab, in dem Menschen lebten.

Diese harmlosen Menschen spielten mit Dingen, die sich im Wind drehten, und schickten mit Luft gefüllte Blasen in den Himmel, mit metallenen Objekten daran. (Der Ausgestoßene fand einmal eines dieser bunten Dinger im Schnee und verbrachte zwei Stunden damit herauszufinden, was es sein könnte. Am Ende entschied er, daß es eines dieser nutzlosen Spielzeuge sei, an denen die Menschen so große Freude hatten.) Das Rudel plünderte manchmal den Abfall vor den Hütten dieser Menschen, und wenn gerade keiner von ihnen dort war, kam der Ausgestoßene. Manchmal fand er ein gefrorenes Stück Futter, auf dem er lange herumkauen mußte, um es fressen zu können. Manchmal sah er einen Menschen, von Kopf bis Fuß in Kleider gehüllt und mit einer Gesichtsmaske, der sich mühsam durch die Kälte zur nächsten Hütte kämpfte.

Selbst in dieser trostlosen Gegend, in dieser äußersten Wildnis, erlaubte das Rudel dem Ausgestoßenen nicht, in seinen Schutz zurückzukehren. Er lebte allein im Schnee und grub sich Mulden, wenn der Wind zu stark war und sein Gesicht fast erfrieren ließ.

Der Ausgestoßene streifte über die Gletscher und Eisfelder, und die Hasen standen auf ihren Hinterpfoten und beobachteten ihn schon von weitem. Er traf auf Füchse und Hermeline, mit denen er sich um Beute streiten mußte.

Mit einem Hermelin schloß er ganz besondere Bekanntschaft, soweit ein Wolf überhaupt ein anderes Tier kennenlernen konnte, das die gleiche Beute suchte wie er.

Sie liefen nahe der Menschenhütten einige Male scheu aneinander vorbei. Das Hermelin interessierte sich mehr für die Mäuse und Ratten, die an den Abfallbehältern lebten, doch verschmähte es auch den Abfall nicht. Der Ausgestoßene, ebenfalls hungrig nach Gesellschaft und Gespräch – besonders, seit die Raben nicht mehr bei ihm waren –, versuchte schließlich eine Unterhaltung.

Zunächst bestand ihr Gespräch nur aus ein paar Geräuschen, Kopfbewegungen und Mienenspiel, doch nach und nach lernte der Wolf Wörter aus der Sprache der Hermeline. Da die Sprache der Kaniden der der Hermeline verwandt war, verstand er nach drei Monaten schon ganz gut, was das Hermelin ihm erzählte, und konnte selbst diese Sprache sprechen – allerdings weigerte sich das Hermelin, auch nur ein Wort Kanidisch zu lernen.

»Ich genieße nicht so sehr das Fleisch wie das Töten«, sagte das Hermelin eines Tages. »Du kennst das Gefühl, wenn man seine Zähne in weiches Fleisch schlägt und es im Mund zappeln spürt.«

»Ja, aber ich kann nicht sagen, daß mir das gefällt«, entgegnete der Ausgestoßene, der auf erschreckende Weise von den blutrünstigen Gedanken des knopfäugigen Hermelins fasziniert war. »Ich denke immer nur daran, meinen Magen zu füllen.«

Beim Gedanken ans Töten durchfuhr das Hermelin ein wohliger Schauer von der Nase bis zur Schwanzspitze.

»O ja, es ist wichtig, seinen Magen zu füllen, mein Freund« – es bezeichnete den Ausgestoßenen immer als Freund, um ihn daran zu erinnern, daß er zum Reden und nicht zum Fressen da war – »aber du und ich sind Tiere der Zähne und Klauen. Wir sind zum Töten geboren – wir pirschen uns an, wir jagen, wir saugen das Leben aus den Kehlen unserer Opfer. Ich bin wie im Fieber, wenn ich zum letzten Sprung ansetze und den letzten Schrei meiner Beute höre ...«

»Ich glaube, in dieser Hinsicht unterscheiden wir uns.«

Das Hermelin ließ nicht locker, wollte sich aber auf keinen Fall in ein schlechtes Licht rücken.

»Natürlich, natürlich. Du bist der große Wolf, der mächtige Jäger – zwar nicht so mächtig wie der Bär, aber trotzdem ziemlich mächtig –, und brauchst dir keine Gedanken um die Leidenschaft des Tötens zu machen, dieser Farbe des Todes. Dir ist keine Beute zu groß, und kein Tier flößt dir Angst ein. Aber nimm mich, zum Beispiel. Kannst du dir vorstellen, daß ich einen Moschusochsen zur Strecke bringe?«

Der Ausgestoßene betrachtete den fanatischen Räuber mit den kleinen leuchtenden Augen.

»Um ehrlich zu sein: Ich kann es, und ich kann es nicht. Ich denke, du hast den richtigen Geist dafür, aber nicht die richtige Statur, wenn du weißt, was ich meine.«

»Den richtigen Geist? O ja, den habe ich, mein Freund. Der Geist des Tötens steckt in mir. Wenn Wildheit und Entschlossenheit die einzigen Qualitäten eines Jägers sein müßten, würde eine Spur toter Moschusochsen von hier bis in den warmen Süden hinter mir liegen. Aber nein«, seufzte das Hermelin, »dieses Glück wird mir niemals beschieden sein, weil ich nicht groß genug bin. Wie gern würde ich einem dieser Riesen den Hals aufreißen! Stell dir nur mal diese Menge Blut vor! Wahrscheinlich kann man ganze Gletscher mit dem Blut eines Moschusochsen einfärben, oder?«

»Darüber habe ich noch nie nachgedacht.«

»Oh, das solltest du aber. Ich bin noch nie dagewesen, während einem Moschusochsen das letzte Fünkchen Leben aus der Kehle brodelt. Es gefällt mir, wenn sie um Gnade winseln. Du weißt, daß sie nicht überleben – sie wissen, daß sie nicht überleben –, aber sie schreien trotzdem. Wahrscheinlich ist das eine natürliche Reaktion ...«

»Ich weiß nicht ... das heißt, ich verstehe ihre Sprache nicht, und außerdem haben sie meistens gar keine Luft mehr zum Sprechen, wenn sie gejagt worden sind.«

»Hasen schreien«, vertraute das Hermelin ihm an.

»Tatsächlich?«

»Ja, sie schreien wie verrückt. Sie sind tapfer, bis man ihre Drosselvene mit den Krallen aufgerissen hat, dann fangen sie an! Ich erinnere mich an einen, den man meilenweit hören konnte. Ganz hoch hat er geschrien. Danach hab ich keinen mehr gefunden, der so geschrien hat wie er. Komisch, man könnte meinen, einer ist wie der andere – sie sehen ja alle gleich aus, oder?, mit diesen lächerlichen Hinterbeinen, aber irgendwie sind sie doch alle verschieden. Ich habe mich intensiv mit den Todesschreien der Hasen beschäftigt, und die Unterschiede in Klang und Tonhöhe sind riesig, manche schreien sogar ganz tief und heiser. Hättest du das gedacht?«

»Nein«, erwiderte der Ausgestoßene und fragte sich, was für ein Höllenwesen diesen weißen Teufel mit seinen winzigen scharfen Zähnen und seiner seltsamen Besessenheit wohl hervorgebracht hatte.

Das Hermelin schüttelte den Schnee ab.

»Ja, ja«, meinte es dann, »ich genieße unsere Gespräche wirklich! Ich kann viel von dir lernen, so oder so. Du bist der erste Wolf, mit dem ich das Vergnügen habe zu sprechen, und ich muß sagen, daß ich ganz besonders deine Kinnlinie wirklich bewundere – hab ich dir das schon gesagt? Sie ist so stark und hart.« Das Hermelin seufzte. »Mit solch einem Kiefer könnte ich bestimmt ganze Köpfe zermalmen!«

Dann rollte es herum und wieselte davon. Durch die Dunkelheit rief das Hermelin ihm noch etwas zu.

»Eine letzte Frage: Schreit ein Moschusochse von oben nach unten oder von unten nach oben?«

Der Ausgestoßene, der seinen Sinn für Humor noch nicht ganz verloren hatte, antwortete: »Das hängt ganz davon ab, wie man seine Kehle aufreißt: von rechts nach links oder von links nach rechts.«

»Aha. Darüber muß ich nachdenken.«

Derartige Ereignisse, die ein wenig Abwechslung in das Leben des Ausgestoßenen brachten, gab es nicht allzu häufig. Die meiste Zeit verbrachte er auf hungriger Suche nach Futter. Das Rudel hinterließ nur wenig Beutereste, da in diesem Gebiet das Jagen äußerst schwierig war. Der Ausgestoßene magerte ab, und das Fell schlotterte an ihm wie die weiten Kleider an den Menschen. Oft tat ihm der Kopf weh, oder er brummte, als seien Hunderte von Fliegen darin. Manchmal hatte er einen seiner Anfälle und wurde bewußtlos. Wenn er erwachte, lag er steifgefroren im Schnee und hatte das Gefühl, dort draußen aus dem Dunkeln starrten Augen auf ihn, die nur darauf warteten, daß er liegenblieb und verreckte.

Von Zeit zu Zeit erblickte er einheimische Wölfe in der Ferne oder fand ihre Spuren im Schnee. Hier im Norden gab es nur wenige Rudel, und ihre Jagdreviere waren sehr groß. Es bestand kein Zweifel, daß die Reviere der Timberwölfe in die der Polarwölfe hineinreichten, und oft träumte er von einem Zusammenstoß der beiden. In diesen Träumen kämpfte Skassi mit einem gleichrangigen Gegner, und seine Schwester wurde von zwei Wölfinnen angegriffen, als plötzlich der Ausgestoßene erschien und den Kampf zu einem Sieg seines Rudels entschied. Er stürzte sich auf den größten der Gegner und rettete sein Rudel vor der Vernichtung. Als sie ihn wieder in die Dunkelheit hinaustrieben, hinterließ ihre Dankbarkeit in ihnen ein Gefühl der Schuld, und sie empfanden ihm gegenüber nicht mehr so hart.

Doch das waren falsche Träume. Es waren die Träume eines Wolfes, dem der Kopf vor Einsamkeit brannte.

Einmal erzählte er dem Hermelin das Rätsel, das ihn sein Vater gelehrt hatte, aber das kleine Tierchen spottete abschätzig über sinkendes Holz und treibenden Stein.

»Klingt nach einem Fuchsrätsel«, meinte es. »Mit Füchsen hab ich nichts zu schaffen. Sie verwandeln dich, wenn sie dich nur ansehen. Mystizismus und Magie kommen bei denen schon aus den Ohren raus. Sie benutzen solche Tricks, um dich neugierig zu machen, und dann bringen sie dich dazu, daß du deine Zweifel über den Tod zugibst – ob's ein Ende ist oder ein Anfang. Ich hab keine Geduld bei so was. Tot ist tot. Das Herz schmilzt wie Schnee in der Sonne, und der Geist verweht. So einfach ist das. Kein Wolf mehr, kein Hermelin mehr und auch kein Fuchs. Nur weil sie an dieses Geschwafel glauben, sind sie noch lange nichts Besonderes. Sie sind dumme Feiglinge, die Angst vor dem Sterben haben. Ich habe keine Angst vor dem Tod. Ich spuck ihm ins Gesicht.«

Stell eine Frage, dachte der Ausgestoßene, und du bekommst einen Vortrag zu hören.

7

Gegen Ende des Winters, als der Himmel sich langsam rosa färbte, traf der Ausgestoßene eines Tages auf Skassi. Es war eine zufällige Begegnung, da der Wind bleischwer auf dem Morgen lag und jeden Geruch zu Boden drückte. In der Nacht hatte es geschneit, und die feine Schneedecke dämpfte jeden Laut. Die zwei Wölfe stießen also ohne Vorwarnung aufeinander, als sie beide von verschiedenen Seiten denselben Felsen umrundeten.

Zunächst erstarrten sie beide, dann nahm der Ausgestoßene instinktiv eine unterwürfige Haltung ein: gesenkter

Kopf, angelegte Ohren, gekrümmter Rücken. Doch sofort besann er sich wieder, richtete sich auf und stellte die Ohren hoch. Er war kein Mitglied des Rudels mehr und mußte diesen Mega nicht beschwichtigen, der ihm so viel Unheil zugefügt hatte. Im Zweikampf hatte er ihn sogar besiegt – ein Grund mehr, sich nicht vor ihm zu erniedrigen. Der Ausgestoßene ärgerte sich über die unwillkürliche Reaktion seines Körpers.

Beide Wölfe waren durch den Winter abgemagert, und das Fell hing ihnen schlaff um den Körper.

Skassi sprach als erster. Der Ausgestoßene bemerkte, daß seine Stimme sich verändert hatte – sie erschien ihm weicher, aber bestimmter, und sein Tonfall war selbstbewußter und weniger aggressiv.

»Ist das der Wolf Athaba?«

Sein Name! Wie seltsam er klang nach all der langen Zeit! Ein Gefühl der Hoffnung keimte in ihm auf. Es war allein der Klang seines Namens, der es auslöste, nicht etwa der Gedanke, sein Rudel könnte ihn wieder aufnehmen. Das war höchst unwahrscheinlich, eigentlich unmöglich. Der Ausgestoßene wußte auch nicht, ob er überhaupt wieder zum Rudel zurückwollte. Er war zu lange weggewesen und hatte sich daran gewöhnt, allein zu leben, ein Rabenwolf, ein *utlah* zu sein. Das Leben im Rudel lag hinter ihm. Hier draußen war er sein eigener Herr, konnte tun und lassen, was er wollte, war niemandem Rechenschaft schuldig. Dennoch täte es gut, gefragt zu werden.

»Ich bin der Ausgestoßene«, erwiderte er, und wunderte sich über seine Gelassenheit. »Ist das der Wolf Skassi?«

Skassi machte ein paar Schritte vorwärts, blieb aber in respektvollem Abstand stehen und musterte den anderen. Als Rudelwolf hatte er den Winter bisher besser überstanden als der Ausgestoßene. Seine Augen waren klarer, und sein Fell gepflegter. Der Ausgestoßene hoffte, nicht allzu schäbig zu erscheinen. Skassi sollte sehen, daß er allein zurechtkam und das Rudel nicht brauchte.

»An deinem Geruch hätte ich dich nicht erkannt, auch nicht an deinem Fell, aber es wäre schon außergewöhnlich, hier oben einen anderen einsamen Timberwolf zu finden. Du bist dünn, aber gesund.«

Athaba spürte keinerlei Feindseligkeit in Skassis Worten, nur Reserviertheit: eine Kälte, wie man sie etwa dem Mitglied eines feindlichen Rudels entgegenbrachte. War sein Erzfeind seit ihrer letzten Begegnung weicher geworden?

»Wir hören hin und wieder von dir«, fuhr Skassi fort. »Die Jungen ...«

»... spotten über mich, nehme ich an.«

Er hatte nicht beabsichtigt, bitter zu klingen. Langsam verlor er seine ursprüngliche Sicherheit, und alte Gefühle stiegen in ihm hoch.

Skassi sah ihn überrascht an. Dann veränderte sich sein Gesichtsausdruck und erinnerte schon eher an den Wolf, den Athaba einst gekannt hatte. Als der Mega weitersprach, schwang Verachtung in seiner Stimme.

»Natürlich. Was hast du erwartet? Wir können es doch nicht zulassen, daß man einen Helden aus dir macht. Dann will es jeder allein versuchen. Du bist so etwas wie eine dunkle Macht geworden, eine Legende. Du streifst einsam und allein durch die Lande. Die Jungen sehen dich und tuscheln ...«

Der Ausgestoßene schien auf einmal belustigt.

»Du meinst, die Mütter benutzen mich, um ihre Welpen einzuschüchtern? ›Wenn du dich nicht schlafen legst, kommt der Rabenwolf und nimmt dich mit!‹ Sagen sie das?«

»Vielleicht ... Du kennst das ja, du warst selbst einmal ein Welpe. Aber du wirst als ›traurige Berühmtheit‹ respektiert – man bewundert dich heimlich, weil du überlebt hast. Nicht viele Wölfe hätten es so lange geschafft wie du, ohne den

Schutz des Rudels. Ich versuche natürlich, solche Gedanken abzuwehren, weil es nicht unseren Regeln entspricht. Wir müssen an das Wohl des Rudels denken. Demnach hätten wir dich in diesem Winter allerdings gut zum Jagen gebrauchen können. Wir hatten eine schwere Zeit. Viele sind gestorben – hauptsächlich Junge und Alte. Dieses Land ist grausam, und wir hatten Kämpfe mit einem anderen Rudel, dessen Jagdrevier sich mit unserem überschneidet. Du siehst also, das Leben im Rudel ist im Moment auch nicht viel besser als dein eigenes.«

»Bist du wieder Leitwolf?«

»Nein, so weit bin ich nicht mehr gekommen. Ich weiß auch nicht, ob ich das in dieser Zeit sein möchte. Zu viel Verantwortung. Ich bin nicht mehr der Wolf, den du gekannt hast – voller Ehrgeiz. Das waren meine starken Zeiten.«

Der Wind blies dem Ausgestoßenen durchs Fell.

»Ich bedaure, daß wir früher nicht so miteinander sprechen konnten, als wir Rivalen waren«, sagte er und ließ erneut eine Spur Bitterkeit erkennen. »Dann wäre uns beiden vielleicht viel Unglück erspart geblieben.«

Skassi schüttelte den Kopf.

»Nein, Athaba. Du hättest niemals im Rudel bleiben können, ob ich nun für oder gegen dich gewesen wäre. Meine Meinung über dich und meine Furcht – o ja, das kann ich jetzt zugeben – hatten nichts mit deiner Ächtung zu tun. Du hast angefangen, seltsame Verhaltensweisen zu zeigen. Bekommst du immer noch diese Anfälle?«

»Ja.«

»Na bitte. Du bist nicht normal, Athaba, das warst du noch nie. Meine Feindseligkeit ist nicht unbegründet: Ich verschwende keine Zeit damit, Unschuldige zu verfolgen. Ich verschwende keine Kraft damit, wertvolle Mitglieder des Rudels zu zerstören.« Skassis Stimme klang erhaben. »Aber ich empfinde keinen Haß dir gegenüber. Wozu auch? Du bist ein Nichts – ein *utlah*, ein lumpiges Stück Fleisch und Knochen. Du bist da, wo ich dich immer haben wollte: außerhalb des Rudels. Du hast einen schlechten Einfluß auf die Jungen. Mit der Zeit hättest du die Moral der gesamten Gruppe untergraben, mit deinen mystischen Anwandlungen ...«

»Ich bin kein Mystiker«, protestierte der Ausgestoßene empört.

»Das behauptest du, aber du kannst dich auch nicht so sehen wie ich. Du mit deinen versponnenen Ansichten, deinem Eigendünkel, deiner Geheimnistuerei, deinem verschwörerischen Geflüster mit Raghistor. Du bist ein Zerstörer, Athaba, das habe ich von Anfang an gemerkt. Du hast mich gehaßt, weil ich die alten Werte verkörpere, Konventionen, alles, worüber du nur lachst und spottest.«

»Das ist doch überhaupt nicht wahr!« rief der Ausgestoßene aufgebracht. »Das stimmt einfach nicht!«

Skassis Ton wurde herablassend.

»Athaba, du warst von Anfang an dazu bestimmt, ein Einzelgänger zu sein und auf diese Weise zu enden. Siehst du das denn nicht? Du bist zu unabhängig, immer schon gewesen. Du bist kein Rudeltier. Wölfe müssen sich um das Wohl des gesamten Rudels kümmern. Daß du hier draußen überlebt hast, so lange allein auf dich gestellt, weist auf einen Charakter hin, der in einem Rudel nichts zu suchen hat. Jeder anständige Wolf mit echtem Sinn für das Rudel wäre inzwischen an Einsamkeit gestorben. Er hätte gar nicht anders können. Ein richtiger Wolf braucht sein Rudel um sich. Du bist nicht normal, du bist ein Einzelgänger. Du hättest als Fuchs geboren werden sollen.«

»Das stimmt auch nicht«, entgegnete der Ausgestoßene. »Ich bin ein geselliger Wolf. Es lag nicht an mir, sondern an dem Rudel. Es ist zu strikt, zu unflexibel.«

Der Ausgestoßene war entsetzt über die Beleidigungen, die ihm da an den Kopf geworfen wurden – ein Fuchs! –, aber die richtigen Worte der Verteidigung wollten ihm einfach nicht einfallen. Zu lange schon lebte er außerhalb des Rudels, und seine Sprache war verkümmert.

»Ich bin unschuldig ...«, stammelte er, aber Skassi ignorierte seinen Protest.

»Du erwartest, daß das Rudel sich dir anpassen soll statt andersherum?«

Der Ausgestoßene zog den Kopf zwischen die Schultern.

»Du siehst«, fuhr Skassi fort, »du bist tatsächlich ein Einzelgänger. Die Welt muß sich vor Athaba beugen, nicht Athaba vor der Welt. Wie ich schon sagte, unter gewissen Umständen könntest du eine Bereicherung für das Rudel sein, aber das müßten schon sehr abnormale Umstände sein. Krieg – oder so etwas ...«

Athaba sah keine Möglichkeit, Skassi Paroli zu bieten.

»Du wirst mich nie verstehen«, sagte er nur und wandte sich ab, »sowenig wie ich dich verstehe. Ich meine doch nur, daß es Rudel geben muß, die mich so akzeptieren, wie ich bin – auch mit den Anfällen. Es muß Rudel geben, die weniger beschränkt denken und die meine Talente – und die jedes anderen – zu würdigen und einzusetzen wissen ... für das Wohl des gesamten Rudels, ja. In deinem Rudel werden den Wölfen Verantwortungen übertragen, die nicht ihrem Charakter und ihren Fähigkeiten entsprechen. Statt einen Raum zu finden, in dem jeder Wolf sich entfalten kann, preßt ihr die Wölfe in die falschen Formen.«

Endlich hatte er es sagen können.

Der Ausgestoßene wandte sich ab und ging den Felsrücken hinunter. Er spürte Skassis Blick und hörte ihn plötzlich rufen: »Gute Jagd, Athaba!«, doch er antwortete nicht. Er wollte nicht, daß Skassi merkte, wie sehr ihn diese Worte berührten, und seine Stimme hätte ihn sicher verraten.

Die Worte rissen ihm fast das Herz aus dem Leib.

Nicht lange nach dieser Begegnung traf der Ausgestoßene einen anderen Wolf, aber diesmal war es eine neutrale Begegnung zwischen zwei Kaniden, die sich nicht kannten.

Der Ausgestoßene trottete über ein Eisfeld, als er plötzlich ganz schwach den Geruch eines anderen Wolfes wahrnahm. Er blieb stehen und lauschte und hörte entfernte klagende Laute. Da er ohnehin in diese Richtung unterwegs war, setzte er seinen Weg fort und sah bald eine Wölfin – jetzt merkte er am Geruch, daß es ein Weibchen war – zappelnd im Schnee liegen.

Vorsichtig näherte sich der Ausgestoßene und rief: »Kann ich dir helfen?«

Sie legte den Kopf zurück und winselte.

Als er nahe genug war, konnte er sehen, daß ihre Pfoten gefangen waren. Er schnupperte: Es war eine alte Angelschnur. Der Ausgestoßene hatte oft Menschen mit diesen Schnüren beobachtet. Sie zogen damit Fische aus Löchern, die sie ins Eis geschlagen hatten, und manchmal ließen sie die verknoteten abgeschnittenen Enden einfach auf dem Eis liegen. Sie waren praktisch unsichtbar und für Wölfe und andere Tiere sehr gefährlich, besonders auch für Vögel. Wenn man sich darin verfing, schienen sie sich bei jeder Bewegung noch fester um die Beine zu ziehen und schnitten dann unter dem Fell ins Fleisch, so daß man mit den Zähnen nicht mehr herankam.

Der Ausgestoßene sah auf die Wölfin hinunter. Sie mußte eine Mega sein, etwa drei oder vier Jahre alt. Die Angelschnur war in ihr Fleisch gedrungen, und sie blutete.

»Halt still«, befahl er, »ich werde sehen, was ich tun kann.«

Er legte sich neben ihre Hinterläufe und begann, an dem Teil der Schnur zwischen ihren Pfoten zu nagen. Wortlos beobachtete sie ihn. Die Schnur war fest, und er konnte sie nur zwischen zwei scharfen Zähnen durchtrennen, was lange dauerte. Der ganze Morgen verging, bis die letzten Reste der Schnur von ihr abfielen und sie sich endlich wieder auf die Füße stellen konnte. Sie starrte ihn einen Moment lang an, bis sie wieder Gefühl in die Beine bekam, dann wandte sie sich zum Gehen.

Der Ausgestoßene fühlte sich beleidigt.

»Hast du mir überhaupt nichts zu sagen?«

Sie drehte sich wieder um. Ihre Augen waren groß und tief.

»Ich war gefangen, du hast mich befreit. Was kann ich anderes sagen? Ich weiß, daß du mir geholfen hast, und du weißt es auch. Ich stehe nicht gern in deiner Schuld, aber ich tue es wohl.«

»Na, das ist doch schon etwas«, murmelte der Ausgestoßene.

»Wolltest du etwa eine Belohnung? Soll ich dir vielleicht irgend etwas geben? Meine nächste Beute?«

Er fühlte sich ungemütlich. Ganz offensichtlich war es ihr unangenehm, daß sie seine Freundlichkeit nicht erwidern konnte. Er schüttelte den Kopf.

»Nein, ich wollte nur, daß du irgend etwas sagst. Ich meine, schließlich hast du wer weiß wie lange dagelegen und mich stumm angestarrt. Aus welchem Rudel stammst du?«

»Aus dem, mit dem ihr gelegentlich Streit habt.«

Er setzte sich auf die Hinterbeine.

»Ich habe kein Rudel. Ich bin ein Ausgestoßener.«

»Ich weiß. Ich meinte auch das Rudel, zu dem du früher gehört hast. Ich habe deine Spuren gesehen, die denen der Timberwölfe folgen. Was machen sie überhaupt so weit im Norden? Wissen sie denn nicht, daß das unser Land ist?«

Ihre Arroganz amüsierte ihn.

»Euer Land?«

»Dies sind unsere traditionellen Jagdgebiete. Normalerweise sind sie nicht das Revier für Timberwölfe.«

»Wir haben Probleme mit Jägern im Süden. Die letzten Jahre haben sie uns immer weiter nach Norden gedrängt – wir mußten weiterziehen oder sterben. Ich nehme an, daß das Rudel lieber eure Feindschaft in Kauf nimmt, als vor die Gewehre zu geraten. Was mich betrifft, so ist mir euer aller Schicksal herzlich egal.«

Nun setzte auch sie sich hin und sah ihn an. Er fühlte sich ermutigt.

»Dennoch hast du mich befreit. Du hättest die Zeit stattdessen zum Jagen nutzen können.«

»Es war eine willkommene Ablenkung. Ich langweile mich schnell.«

»Warum wurdest du aus deinem Rudel verbannt?« wollte sie wissen. »Hast du ein schreckliches Verbrechen begangen?«

Er zögerte einen Moment, dann beschloß er, die Wahrheit zu sagen.

»Ja, ich bekomme hin und wieder diese Anfälle. Ich werde bewußtlos und phantasiere. Man hat mir gesagt, daß ich während dieser Anfälle zittere und mich winde und es sehr furchteinflößend ist, mich zu beobachten.«

»Das klingt aber nicht besonders schlimm.«

Er wunderte sich über ihre Reaktion.

»Würde dein Rudel einem kranken Wolf denn erlauben zu bleiben?«

»Nein, aber das heißt nicht, daß ich derselben Meinung bin. Ich finde, es hängt ganz von der Art der Krankheit ab. Wenn die Jungen dadurch gefährdet sind, dann muß der Wolf natürlich gehen. Wie heißt du?«

»Der Ausgestoßene.«

»Ich meine deinen richtigen Namen.«

»Athaba – das bedeutet ›Ausdauer‹.«

»Ich heiße Ulaala. Das hat etwas mit dem Wind zu tun, aber ich glaube nicht, daß es eine bestimmte Bedeutung hat.«

»Wenn, dann wäre es wohl ›die mit dem windfarbenen Pelz‹«, meinte Athaba galant, und entgegen jeglicher Etikette lehnte er sich vor und stubste sie leicht mit der Schnauze.

Da stand sie schnell auf.

»Ich muß gehen. Das Rudel sähe es bestimmt nicht gern, daß ich hier sitze und mit einem unserer Rivalen spreche.«

»Ich bin froh, daß du nicht ›Feinde‹ gesagt hast. Ich finde, wir haben nur einen wirklichen Feind – den Menschen mit seinen Gewehren. Ohne ihn wäre Platz und Futter genug für alle. Sehe ich dich wieder einmal?«

Zuerst machte sie ein Gesicht, als wäre es vollkommen absurd, an so etwas zu denken, aber dann überlegte sie es sich anders.

»Ich weiß nicht. Vielleicht laufen wir uns ja zufällig wieder über den Weg.«

Dann drehte sie sich um und trabte davon. Als sie bereits ein gutes Stück entfernt war, blieb sie noch einmal stehen und heulte in den Wind. Athaba hörte so etwas wie »am Nordgrat«, aber er war sich nicht sicher. Was konnte das bedeuten?

Den Rest des Tages verbrachte er mit Jagen und schaffte es sogar, ein Karibu zu reißen. Dann legte er sich in den Schutz eines Felsvorsprungs, wo der Schnee nicht so tief war, und dachte über die Vergangenheit nach.

Er hörte ein Wolfsrudel im Chor heulen (war es sein eigenes oder ihres?), und zum erstenmal seit langer Zeit überkam ihn wieder das Gefühl der Einsamkeit. Er vermißte seinen alten Freund Raghistor, seinen trockenen Humor und seine zynischen Bemerkungen.

»Ich werde alt«, sagte er zu sich selbst. »Meine Gedanken laufen schon rückwärts.«

Als er noch Untermega im Rudel war, hatte er miterlebt, wie andere Wölfe alt wurden. Sie bekamen eine graue Schnauze, wurden mürrisch und stur und redeten nur von der Vergangenheit. Geschah das jetzt auch mit ihm? Er leckte sich mit der Zunge um das Maul. Vielleicht hatte auch er schon graue Haare. Diese Wölfin (wie hieß sie noch gleich? – Ulaala? – komischer Name – er konnte kaum seine Zunge zu diesen Lauten bewegen) mußte ihn ja für einen Großvater gehalten haben!

Er zuckte zusammen. Plötzlich wurde ihm klar, daß er ja noch nicht einmal Vater war. Aber er wollte gern ein Vater sein! Er wollte Junge. Eine Gefährtin.

Er legte den Kopf wieder zwischen die Pfoten.

Welche Möglichkeiten hatte er schon? Er war ein Ausgestoßener, ein Rabenwolf. Wie sollte er eine Wölfin finden, die ebenso lebte wie er? Alle gehörten sie zu Rudeln. Sicher gab es auch weibliche *utlahs*, aber die Wahrscheinlichkeit, sie dort draußen in den Schneefeldern aufzuspüren, war äußerst gering. Er wußte schon, welches Weibchen er sich gern zur Gefährtin genommen hätte: die hellgraue Polarwölfin mit den leicht abgerundeten Ohren und der kurzen Schnauze. Aber ihr Rudel würde ihn gewiß töten, sobald er sich ihr näherte. Es war ein Wunschtraum, der niemals in Erfüllung gehen konnte.

Er war dazu verdammt, allein in diesem Land zu leben, das sich durch die wandernden Gletscher ständig veränderte. Hier in diesem eisigen Reich mit blauem Licht und schroffen Schneeskulpturen würde er allein leben und allein sterben.

In der Nacht kam ein Schneesturm auf, der zwei Tage dauerte. Athaba blieb zusammengekauert unter seinem Felsvorsprung und war froh, daß er sich gerade erst satt gefressen hatte. Der Wind kam aus allen Richtungen, blies hohe Schneewehen in die Landschaft und ebnete sie kurze Zeit später wieder ein. Es schien, als sei der Wind in der Einsamkeit und Öde des Landes verrückt geworden.

Als die Luft wieder klar geworden und das Blau des Himmels zu sehen war, stapfte Athaba hinaus in die unberührte Landschaft und hinterließ eine erste Spur auf der verharschten Schneedecke. Er witterte sein ehemaliges Rudel, das nicht weit entfernt lagerte. Und wieder folgte er wie durch einen Bann dessen Spur. Hin und wieder erblickte er einen der Wölfe, und bei einem wirbelnden Windwechsel drehte sich einer nach ihm um. Eine Weile starrte er den Ausgestoßenen an, und als er ihn erkannte, lief er schnell in den Kern des Rudels zurück. Sie hielten sich dicht zusammen, als erwarteten sie den Angriff eines rivalisierenden Rudels. Der Ausgestoßene witterte Gefahr, doch konnte er nach mehrmaligem Schnuppern weder Art noch Richtung ausmachen.

Das Rudel zog über einen Kieshügel, der steil aus der flachen Eisdecke herausragte. Einer der Wölfe, wahrscheinlich der Leitwolf, blieb am höchsten Punkt stehen und sah sich prüfend um.

Der Ausgestoßene wartete am Fuß des Hügels in einiger Entfernung, während das Rudel den steilen Hang langsam wieder hinunterstieg oder -rutschte.

Plötzlich, als sie auf halber Höhe waren, geschah es.

Der Ausgestoßene hörte ein Brüllen, konnte aber nicht erkennen, woher es kam. Es schien überall und nirgends zu sein, ein ohrenbetäubender Lärm, der den Himmel erschütterte. Dann flog ein dunkler Schatten über ihn hinweg. Athaba hob den Kopf und erblickte eine schwarze Kugel mit Schwanz, wie eine riesig aufgeblähte Libelle. Durch den Luftzug ihrer rotierenden Flügel wurde der Schnee in kleinen Wolken aufgewirbelt. Das Ding wurde immer größer, bis es den ganzen Himmel verdeckte. Der Ausgestoßene spürte den Wind an seinem Fell ziehen und zerren, den Schnee in seine

Augen stieben. Er holte tief Luft und versuchte, den Kopf aus dem Windstoß zu bekommen.

Die Libelle zog nach oben und drehte einen Halbkreis direkt über dem Rudel. Der Ausgestoßene duckte sich ganz auf den Boden und hätte vor Angst beinahe auf der Stelle gekotet. Er spürte, daß etwas Schreckliches geschehen würde. Er wollte weglaufen, sich verstecken, aber die Landschaft bot keinerlei Schutz.

Auch das Rudel war in panischer Angst. Die Wölfe liefen dicht zusammen, ihre Körper prallten aneinander. Ein Junges saß einfach nur da und sah verstört zu dem riesigen Schatten hoch, der über seinem Kopf schwebte. Eine Wölfin versuchte, sich in den harten Schnee einzugraben. Der Ausgestoßene sah, daß es kein Entrinnen gab. Ungeschützt standen sie inmitten des Hanges und hoben sich dunkel und unübersehbar gegen den Schnee ab. Er wollte schreien und sie warnen: »Verteilt euch! Verteilt euch!«, aber er bekam kaum Luft. Er wollte ihnen helfen, aber er wußte, daß sie verloren waren. Es gab nichts, was er tun konnte.

Ein Mega hatte sich aus dem dichten Knäuel gelöst und rannte allein den Abhang hinunter. Einmal stolperte er, fing sich aber schnell wieder. Der Ausgestoßene sah das Weiße in seinen weit aufgerissenen Augen. Er wünschte ihm, daß er schneller rennen könnte, schneller als der Wind um diese rotierenden Flügel. Ein seltsames Geräusch ertönte neben dem lauten Brummen: dak-dak-dak-dak-dak-dak-dak-dak-dak-dak. Eine pockennarbige Spur folgte dem Wolf. Ein unsichtbarer Vogel jagte ihn, fing ihn, lief über sein Rückgrat und hinterließ blutige Fußspuren. Das verwundete Tier fiel mit einem Ruck zur Seite, rutschte den Rest des Abhangs hinunter und blieb mit verdrehtem Körper etwa hundert Meter vom Ausgestoßenen entfernt liegen.

Die Libelle senkte sich nun mit ihren glitzernden Augen über den Rest der Wölfe und spuckte todbringenden Regen auf die Tiere. Der Ausgestoßene mußte mit ansehen, wie seine ehemaligen Kameraden getötet wurden. Sie schlugen Purzelbäume, glitten auf den Bäuchen abwärts, flogen durch die Luft, hinterließen rote Streifen im Schnee. Ein Seitwolf brach aus der Gruppe aus, rannte und sackte langsam zusammen. Schließlich kippte er zur Seite und blieb reglos liegen.

– dak – dak

– fielen die metallenen Regentropfen auf das Rudel.

Die Wölfe lagen blutend über den ganzen Abhang verstreut. Die Luftmaschine war nur einmal darüber hinweggeflogen und hatte binnen einer Minute jeden einzelnen Wolf getötet. Das Blut des ersten hatte noch kaum den Schnee gefärbt, als der letzte sich im Tode wand. Nichts rührte sich mehr bis auf ein Junges, das sich auf seinen Vorderbeinen vorwärtsschleppte und die verletzten Hinterbeine nachzog. Der Ausgestoßene konnte die Furcht und die Qual des Einjährigen riechen. Er spürte den Wunsch, hinzugehen, ihn zu lecken und zu trösten, aber er war wie erstarrt. Der Einjährige stieß einen mitleiderregenden Schrei aus. Seine Schritte wurden immer langsamer. Sein Kopf senkte sich in den Schnee. Seine Schreie wurden leiser. Schließlich war auch der letzte Lebenshauch des Wolfsrudels erloschen.

Die Maschine wirbelte Schneewolken auf, als sie im

Tiefflug über die Kadaver hinwegflog. Der Ausgestoßene merkte, daß er am ganzen Körper zitterte, reglos stand und starrte, und er wußte, wenn er sich nicht bald bewegte, würde er einen seiner Anfälle bekommen.

Der große, kugelige Schatten drehte einen weiten Kreis. Dann kam er zurück, mit weißen Augen und einem spitzen Mund wie der Saugrüssel einer Stechmücke, der wieder Regen spucken konnte. Der Appetit der Libelle schien unersättlich. Sie wollte den Tod aller – den Tod jedes Wolfes, der jemals über dieses Land gelaufen war.

Ihre Flügel schlugen wirbelnd durch die Luft, und langsam kam sie auf den Ausgestoßenen zu, nicht wie ein Habicht, der steil herabstößt, sondern leicht zur Seite geneigt und mit starren, leuchtenden Augen.

Das Herz schlug dem Ausgestoßenen wie wild. Endlich konnte er seine Beine bewegen, und er lief los, rannte ohne Sicht, ohne Verstand, einfach fort von diesem Massaker, auf einen Abgrund zu. Er hörte dieses Geräusch hinter sich und wußte, daß ein unsichtbarer Vogel auch ihn verfolgte und darauf wartete, die Füße über seinen Rücken laufen zu lassen.

Dann fiel er durch die Luft. Plötzlich hatte er keinen Boden mehr unter den Füßen und flog in einer riesigen, wirbelnden Wolke aus Schnee und Eis abwärts. Er drehte sich mehrere Male um die eigene Achse und landete schließlich in einer tiefen Schneewehe, die ihn in sich begrub. Die Geräusche der Außenwelt waren gedämpft, und um ihn herum war eine fast beruhigende Dunkelheit, obwohl die Panik noch immer in seinen Adern pulsierte und sein Hirn wie betäubt war von dem allumfassenden Schrecken.

8

Lange Zeit lag der Ausgestoßene unter der Schneewehe begraben. Sein Gehör war so fein, daß er die Bewegungen des nahen Gletschers hören konnte. Er zitterte, aber ihm war nicht kalt. Sein Herz war taub vor Angst. Er hörte den Wind um das Loch flüstern, das er durch seinen Fall in den Schnee gerissen hatte, und erwartete jeden Augenblick, daß das schwarze Ungetüm über diesem Loch auftauchte und erneut zu spucken begann.

Doch nichts geschah.

Schließlich wagte er es, sein Versteck zu verlassen, und stellte fest, daß er sich erst einen langen Tunnel graben mußte, um wieder ins Freie zu gelangen. Von dort aus blickte er zu dem Felsen zurück, von dem er in seiner Panik gesprungen war. Er war erschreckend hoch, und der Ausgestoßene war froh und dankbar, mit dem Leben davongekommen zu sein. Wenn die Schneewehe nicht so tief gewesen oder er auf einen Felsvorsprung gefallen wäre, hätte er sich bestimmt das Genick gebrochen.

Er lief um den Felsen herum und fand einen Weg nach oben. Er mußte all seinen Mut zusammennehmen, um an den Ort des Massakers zurückzukehren, aber er wollte wissen, ob wirklich alle seiner ehemaligen Kameraden tot waren.

Seine eigene Spur war durch den scharfen Wind bereits verweht. Und als er die Unglücksstelle erreichte, war auch kein einziger Wolf mehr zu erblicken. Es war, als hätte er die ganze Sache nur geträumt.

Die Jäger mußten alle Kadaver mitgenommen haben. Manchmal zogen sie ihren Opfern an Ort und Stelle schon das Fell ab, aber diesmal waren es wohl zu viele gewesen. Sie hatten das ganze Rudel mit in den Himmel genommen.

Es gab Menschen, die in den Wolken lebten, und Menschen auf der Erde. Bei beiden gab es Jäger und Nicht-Jäger. Die Menschen in den Hütten, die die Wölfe anbellten und ihnen manchmal die Zähne zeigten, waren Nicht-Jäger. Die Jäger der Erdmenschen kamen manchmal aus dem Süden und hatten Gewehre, die aus weiter Entfernung töten konnten, aber meistens waren sie aus dem Norden und lebten im oder nahe am Schnee. Diese beiden Jägertypen unterschieden sich im Geruch.

Die Menschen aus dem Norden rochen nach Tundra oder Wald und näherten sich ihrer Beute wie Wölfe. Sie schossen auch auf Wölfe, aber meistens jagten sie Karibus. Sie holten Fische aus den Flüssen und Seen und riefen die Wölfe in einer Sprache an, die fast wie richtige Worte klang. Die Männer aus dem Süden bellten nur. Sie hatten eine Menge falscher Gerüche an sich, meist süß und schwer, und man konnte sie schon aus einem Tag Entfernung wittern. Die einzige Möglichkeit für einen Jäger aus dem Süden, einen Wolf zu töten, bestand darin, sich überraschend mit einer schnellen Bodenmaschine zu nähern. Das passierte aber nicht oft.

Die Nicht-Jäger aus den Wolken zeigten sich selten. Einer kam von Zeit zu Zeit zu den Menschen in den Hütten und roch genauso wie seine Luftmaschine. Der Ausgestoßene überlegte, ob diese Menschen aus dem Himmel vielleicht selbst Maschinen waren. Wenn sie aus ihren seltsamen metallenen Vögeln ausstiegen, gingen sie viel steifer und ungelenker als die anderen.

Der Ausgestoßene stieg den Abhang wieder hinunter und lief über die Eisfelder. Sein Schädel brummte. Langschwänzige Möwen bombardierten ihn im Sturzflug mit ihrem Kot, wie sie es von Zeit zu Zeit taten, um sich für die Angriffe der Wölfe zu rächen, die ihre Nester plünderten. Der Ausgestoßene duckte sich nur, und die Möwen wunderten sich bestimmt über sein Desinteresse.

Doch ihm steckte noch immer der Schrecken über das Dak-dak-dak und die blutenden Wölfe in den Knochen. Sein Rudel war vernichtet. Sein ganzes Rudel. Was sollte er jetzt tun? Ihnen in das Land der Toten folgen? Ohne das Rudel hatte es keinen Sinn mehr zu leben. Sicher hätte er nie zu ihm zurückkehren können und wäre bis an sein Lebensende hinter ihm hergelaufen, aber es war immer dagewesen, und ein kleiner Funken der Hoffnung war nie ganz in ihm erloschen, daß er eines Tages vielleicht doch noch zu Ruhm und Ehre gelangt wäre durch eine so heldenhafte Tat, daß sie ihn wieder hätten aufnehmen müssen.

Er lief und lief, ohne zu wissen, wohin, bis die Kälte in sein Hirn drang und der Hunger so groß wurde, daß er stehenbleiben mußte. Dann wurde er ohnmächtig.

»Was ist los?« hörte er eine Stimme. »Warum zitterst du so?«

Er öffnete die Augen und sah sie. Ulaala, die Windfarbene. War sie ihm zufällig begegnet oder mit Absicht? Durch seinen Anfall war er so geschwächt, als hätte ein Riese ihn bei den Vorderbeinen gepackt und eine Weile kräftig durchgeschüttelt. Sein Magen war leer und schmerzte, und er wandte den Kopf, um etwas Schnee aufzulecken. Als sein Durst gelöscht war, fühlte er sich besser, aber er hatte immer noch riesigen Hunger. Sie hatte ihn etwas gefragt. Was war es gewesen? Etwas über sein Zittern.

»Wahrscheinlich hatte ich einen Anfall«, sagte er. »Ich hab dir schon davon erzählt. Als ich jung war, hat mich ein Bär angegriffen, und nun werde ich manchmal ohnmächtig und zittere dann stark. Deshalb haben sie mich auch aus dem Rudel verstoßen ...«

Plötzlich fiel ihm alles wieder ein: das laute Geräusch im Himmel, die metallene Libelle, dak-dak-dak-dak-dak, Schneegestöber, blutende Wölfe, das ganze Rudel tot.

Die grauenvolle Erinnerung überwältigte ihn erneut, und er warf den Kopf zurück und stieß einen langgezogenen heulenden Trauerschrei aus, der über die Eisfelder hallte.

Ulaala wich erschrocken zurück.

»Das ist ein Totengeheul«, sagte sie. »Stirbst du etwa? Hier, ich hab einen Hasen für dich.« Sie drehte den Kopf in Richtung eines steifgefrorenen Kadavers. »Du kannst ihn fressen. Du scheinst am Verhungern zu sein.«

Seit Beginn des Sturms hatte er nichts mehr gefressen und nahm ihr Angebot dankbar an. Dann erzählte er ihr von dem plötzlichen Angriff, der schon vorüber gewesen war, ehe er richtig begonnen hatte, von seiner Flucht und dem Sturz vom Felsen.

»Ich kann mir nicht vorstellen, wie es wäre, wenn sie mein Rudel ausrotteten«, meinte sie. »Ich hab natürlich schon von solchen Massakern gehört, aber hier in dieser Gegend ist so was vorher noch nie passiert.«

Dann fügte sie mit leiserer Stimme hinzu:

»Du empfindest es wahrscheinlich als Genugtuung. Die Wölfe, die dich verstoßen und dir soviel Leid zugefügt haben, sind tot.«

So hatte er das noch gar nicht gesehen.

»Nein«, erwiderte er aufrichtig. »Wenn du mir irgendwann einmal gesagt hättest, daß das passieren würde, hätte ich vielleicht Befriedigung verspürt – aber wenn es tatsächlich geschieht, dann fühlst du dich … einfach nur leer. Jetzt sind sie also in den Fernen Wäldern, falls du an so etwas glaubst – ich weiß nicht, ob ich es tue. Ich würde es gern, aber wenn man darüber nachdenkt, ergibt es nicht viel Sinn …«

Sie unterbrach ihn.

»Da liegt ja der Fehler: Du solltest nicht darüber nachdenken. Die Fernen Wälder sind kein Ort, den man verstehen, sondern den man fühlen soll. Warum sollten in einer Welt des Geistes die Dinge einen Sinn ergeben, der von unserem Denken geprägt ist? *Das* ergibt keinen Sinn. In den Fernen Wäldern hast du kein Gehirn mehr zum Nachdenken.«

Nun hatte Athaba schon wieder eine Predigt erhalten. Er beschloß, in Zukunft seine Themen vorsichtiger zu wählen. Sie schien eine Wölfin mit klaren Vorstellungen zu sein. Er bedauerte ihren Gefährten, wer auch immer das sein mochte, weil sie bestimmt kein Freund von Kompromissen war. Ein wenig zu starrköpfig.

»Was willst du jetzt tun?« fragte sie.

Der Wind trieb die oberste Schicht Schnee in die Luft und blies ihn wie durchsichtige Schleier über das Eisfeld. Die Sonne stand schon tief, und das Licht hatte die Farbe sterbender Blätter. Millionen Möglichkeiten lagen vor ihm – und keine. Ja, was wollte er tun? Er war frei, an nichts und niemanden gebunden. Es gab keinen Leitwolf mehr, der Entscheidungen für das Rudel fällte – wohin man ging, was man tat – und dem er blind und ohne eigene Verantwortung folgen konnte.

»Ich weiß nicht«, gab er zu.

»Warum«, begann sie vorsichtig, und ihre Stimme wurde vom Wind fortgetragen, »warum gründest du nicht dein eigenes Rudel?«

Zunächst verstand er gar nicht, was sie meinte. Diese Vorstellung war so absurd und unmöglich, daß er nie auch nur eine Sekunde daran gedacht hatte. Als er dann begriff, was sie ihm da vorschlug, war er verwirrt. Sie war bei weitem nicht dumm, und dennoch schien es ein höchst dummer Lösungsvorschlag für seine Probleme.

»Mein eigenes Rudel? Was soll ich machen, hingehen und mir Freiwillige suchen? Alle Ausgestoßenen in diesem Land versammeln und zu einer gehorsamen Gruppe zusammenschweißen? Ihnen sagen, daß ich der Leitwolf bin und sie mir folgen müssen?«

Ulaala verdrehte die Augen.

»Nein, du Dummkopf. Ich meinte damit, daß du dein eigenes Rudel gründest. Mit dir ist doch alles in Ordnung, oder? Ich meine, du hast diese Anfälle, aber das heißt doch nicht, daß du keine Jungen zeugen kannst, oder doch?«

»Was sagst du da?«

»Wir haben Paarungszeit«, entgegnete sie unverblümt. »Muß ich noch mehr sagen? Bist du tatsächlich so schwer von Begriff?«

Das kam zu schnell für ihn. Er brauchte etwas Zeit, die Bedeutung ihrer Worte ganz zu erfassen.

»Du meinst, du und ich ...«

»Ja, genau.«

»Weißt du denn, welche Last du dir damit aufbürdest?«

»Ich denke schon. Einen müden, alten Ausgestoßenen, der sein Rudel verloren hat und sich nicht mehr auskennt. Auf der anderen Seite sehe ich großartige Dinge in ihm. Ich sehe einen Funken Jugend, der noch nicht erloschen ist. Ich sehe Stärke – Körperkraft und Geisteskraft. Ich sehe Treue. Du hattest nicht viel Gelegenheit, Treue unter Beweis zu stellen, nicht wahr, Athaba? Ich glaube, du könntest einer der treuesten Wölfe überhaupt sein, der für die Seinen stirbt, wenn es sein muß. Und außerdem ... will ich dich einfach«, fügte sie kurzentschlossen hinzu.

Ein seltsames Gefühl der Unruhe überkam ihn. Er sah hinaus auf die wandernden Schneewehen.

»Was ist mit deinem Rudel?« wollte er wissen. »Werden sie denn nichts dagegen haben?«

»Wir haben kein streng geführtes Rudel. Es gibt kein wahrhaft starkes Mitglied, und im Moment ist die Rangordnung ziemlich unklar. Eines Tages wird es wieder einen Wolf mit Führungsqualitäten geben. Oder mehrere. So geht es ja normalerweise: Man braucht eine starke Persönlichkeit und wartet und wartet, und dann kommen drei und kämpfen finstere Kämpfe um etwas, das drei Monate zuvor fast nichts wert war. Was ich damit sagen will: Niemand wird mich vermissen. Wir können sofort aufbrechen.«

»Aufbrechen? Wohin?«

»Ich schlage vor, daß wir Richtung Süden gehen. Das hier ist ein hartes Land, um Welpen aufzuziehen. Wenn wir erst einmal unser Rudel haben, können wir ja wieder nach Norden wandern.«

»Und was ist mit den Jägern da unten?«

»Wir sind nur zwei und nicht zweiundzwanzig. Wir sollten in der Lage sein, uns zu verstecken. Wenn es schlimm wird, können wir ja immer noch zurück.«

»Stimmt.«

»Und? Was ist nun?«

Er war überwältigt.

»Ja, ja, natürlich. Aber ich verstehe immer noch nicht, warum du mich auserwählt hast? Du hättest dir in deinem eigenen Rudel einen Gefährten suchen können oder zumindest einen deiner Rasse, aus dem Norden.«

»Manche von uns sind eben gerne anders. Du hast etwas an dir ... ich kann es nicht beschreiben. Etwas Seltsames, aber sehr Anziehendes.«

»Und die Anfälle? Machen sie dir keine Angst?«

»Wegen unserer Jungen hätte ich Angst, aber du hast mir gesagt, du bist von einem Bären verletzt worden. Du bist also nicht damit geboren, und unsere Jungen werden es nicht erben. Was uns beide angeht ... Du bist mit deinen Anfällen viele Jahreszeiten zurechtgekommen und hast ohne dein Rudel überlebt. Du wirst es schaffen, Athaba. Wir werden es schaffen.«

Er nagte die letzten Fleischreste von den Hasenknochen und stand auf. Über ihnen kreiste ein Schwarm Möwen, bereit zum Angriff. Normalerweise hätte ihn das irritiert, aber auf einmal fand er ihr Verhalten amüsant. Er überlegte, was seine neue Gefährtin wohl von ihm halten würde, wenn sein Pelz über und über von diesen Vögeln beschmutzt wäre. (Sie zielten sehr treffsicher.)

Aber wenn sie sich beeilten, würden sie ihnen vielleicht entkommen.

»Komm, wir gehen woanders hin«, sagte er, »weg von den Vögeln.«

Sie fanden Unterschlupf in einer windgeschützten Erdhöhle. Sie schmiegten sich eng zusammen, rieben ihr Fell aneinander. Es war für beide das erste Mal, obwohl sie früher schon Gelegenheit dazu gehabt hätten. Die Stärke ihrer Gefühle machte ihnen beinahe Angst – besonders dem Ausgestoßenen, der immer gern die Kontrolle behielt, Distanz bewahrte.

Über einen Tag lang blieben sie in ihrer Höhle, bis er schließlich widerstrebend auf Jagd ging. Der Hase hatte ihn natürlich nicht sättigen können. Er war jetzt hungrig genug für einen Festschmaus, der für die nächsten Tage ausreichte. Er fühlte sich leicht und übermütig, als müßte er nur Anlauf nehmen, um abheben und schweben zu können. Ein sagenhaftes Gefühl des Selbstvertrauens und der Stärke erfüllte ihn.

Kurz nacheinander riß er drei Hasen. Einer war für Ulaala, die anderen beiden verschlang er selbst.

In der Höhle legte er sich wieder neben sie. Neben seiner Gefährtin, in der Geborgenheit seines Lagers, wagte er es endlich, seine Gedanken und Gefühle zu ordnen. Sein Rudel gab es nicht mehr. Keinen Skassi, den er verachten konnte und damit ein Feuer hatte, das ihn den Winter über warm hielt. Er vermißte Skassi. Vermißte es, jemanden zu haben, dem er die Schuld geben konnte, wenn die Jagd schlecht und die Kälte unerträglich war. Feinde haben auch ihr Gutes. Sie liefern uns einen Grund, zu leben und uns durch die schlechten Zeiten hindurchzukämpfen. Wir wollen nicht, daß der

Feind von unserem Leid zu hören bekommt, und so heucheln wir auch in schlimmen Zeiten gute Laune. Es gibt die Geschichte von dem Wolf, der mit einem Hinterlauf in eine Falle gerät und den Vögeln zuruft: »Sagt meinem Feind, daß es mir gutgeht.« Und die Vögel erwidern: »Aber du steckst doch in einer Falle!« Der Wolf sieht ganz beiläufig an sich hinunter und zuckte mit den Schultern. »Ach, das ist doch nur ein kleiner Teil von meinem Bein. Der Rest ist wunderbar in Ordnung.«

Aber der Zustand der Seele ist noch viel wichtiger als der Zustand des Körpers. Ein Wolf, der sich weigert, seine Krankheit einzugestehen, der glaubt, sein Husten sei ein kleines und bald vorübergehendes Übel, lebt oftmals viele Jahreszeiten länger als ein Wolf, der seine Krankheit als einen Teil seiner selbst betrachtet.

Der Ausgestoßene hatte viele Jahreszeiten lang seinen Gesundheitszustand ignoriert. Er war vollkommen abgezehrt und wunderte sich, daß Ulaala ihn so anziehend fand. Vielleicht ahnte sie, was in ihm steckte? Und natürlich war er in mehr als einer Hinsicht ein sehr erfahrener Wolf. Dennoch überlegte er, daß sie einen weniger mageren Gefährten vorziehen würde, mit einem glatten, geschmeidigen Fell. Er nahm sich vor, ordentlich zu fressen, um wieder ganz gesund und kräftig zu werden. Sonst würde er sie womöglich noch verlieren, nachdem sie verrückt genug war, sich überhaupt mit ihm einzulassen.

»Du wirst bald wieder ganz auf der Höhe sein«, beruhigte sie ihn.

Die nächsten Tage verbrachten sie damit, sich auf den langen Weg in den Süden vorzubereiten.

9

Am Anfang, kurz nach dem *Urdunkel,* wurden die Wölfe zu Hunderten abgeschlachtet. Mit Hilfe ihrer Sklaven, den Hunden, verbrachten die Menschen viel Zeit damit, Wolfsrudel aufzuspüren. Wenn sie ein Rudel gefunden hatten, stiegen die Menschen auf Pferde, deren Willen sie gebrochen hatten, jagten die Wölfe und töteten sie mit ihren Speeren und Schwertern, Pfeilen und Lanzen.

Die Wölfe waren sehr unglücklich über diese Zustände, denn sie wollten in Frieden leben. Sie schickten Abgesandte zum Vertreter der Menschen, dem Riesen *Groff,* um ihn zu bitten, die Menschen zu versöhnen. Der Riese erwiderte, er wolle gerne helfen, verlange dafür aber von den Wölfen das Versprechen der bedingungslosen Kapitulation und der Bereitschaft, unterworfen zu werden. Dazu waren die Wölfe verständlicherweise nicht bereit und zogen wieder fort. Und keiner wußte, ob *Groff,* der durch seine Erfolge bei der Wegbereitung für die Menschen sehr mächtig geworden war, diesen Vorschlag nicht auf eigene Faust gemacht hatte – ohne vorher die Menschen zu fragen. Unter Umständen suchten die Menschen ja selbst Frieden mit den Wölfen, da sie das Blutvergießen auf beiden Seiten satt hatten. Denn inzwischen griffen manche Wölfe ihrerseits die Menschen an, die friedlich in den Wäldern lebten, um sich für die Angriffe der berittenen Jäger mit ihren starken Waffen zu rächen.

Also war es gut möglich, daß die Menschen auf die Wölfe hören und einen Kompromiß anbieten würden, damit die Wälder für Bewohner und Reisende wieder sicher wären. Doch *Groff* hatte ein jedes Gespräch verhindert, da er sich in seiner Macht über die Menschen gefährdet sah.

Eines Tages kam aus dem fernen Norden ein Wolf namens

Magitar, der einen neuen Weg suchte, bei den Menschen Gehör zu finden. Er kam aus einer Festung in den Bergen, aus einem Land mit öden Steinwüsten und reißenden Strömen und wanderte über die sanften Hügel am Fuße der Berge bis zur Ebene, wo die Flüsse breit und gemächlich dahinzogen und das Schilfrohr an ihren Ufern raschelte. Von hoch oben, wo der Wind Zähne hatte und selbst durch den dicksten Pelz biß, ging er in das ruhige Land der milden Brisen, die sanft sein Fell streichelten.

Das erste Lebewesen, das Magitar traf, war ein Hund, der allein auf seinem Weg von einer Stadt in die nächste war. Als er den Wolf erblickte, blieb er erschrocken stehen und sah sich um, konnte aber nirgends Zuflucht finden. Magitar rief dem Hund zu, er habe nichts zu befürchten, da er in friedlichem Auftrag unterwegs sei und nur reden wolle. Mißtrauisch näherte sich der Hund.

»Darf ich fragen, wer du bist?« begann der Wolf, »und was deine Position in der Welt der Menschen ist?«

»Früher einmal war ich ein Schäferhund«, war die Antwort. »Ich gehöre zur Rasse der Collies. Ich half den Menschen, ihre Schafe zusammenzuhalten, zu bewachen und zu beschützen – vor Bären und Wöl...«

Der Hund hielt abrupt inne.

Der Wolf entschied sich, den Ausrutscher zu ignorieren.

»Ich möchte dich etwas fragen«, fuhr er fort. »Siehst du eine Möglichkeit, daß die Wölfe sich mit den Menschen einigen können, ohne ihre Freiheit zu verlieren? Sag mir doch, welche Freiheiten du und die anderen Tiere bei den Menschen genießen.«

Der Hund setzte sich auf die Hinterläufe und kratzte, sichtlich nervös, mit der Pfote hinter dem Ohr.

»Na ja«, erwiderte er, »wenn du Freiheit willst, würde ich dir das Hundeleben nicht gerade empfehlen. Ehe die Menschen kamen, jagten wir uns selbst unser Futter, aber jetzt geben sie es uns. Einige von uns müssen dafür arbeiten, wie ich selbst, und Schafe oder Rinder hüten. Wir müssen nicht in ihren Häusern leben, aber normalerweise sind wir draußen an einem eigenen kleinen Haus angekettet, das Zwinger heißt. Aber es gibt auch welche, die in den Häusern leben und den Besitz der Menschen beschützen müssen. Dann gibt es die sogenannten Schoßhündchen, die sich an Leberpasteten überfressen haben und nur zum Anschauen und Streicheln gehalten werden. Viele von ihnen sehen niemals eine grüne Wiese oder einen richtigen Baum und werden nur getragen oder an einer Leine durch die Städte geführt. In all diesen Fällen ist die Freiheit sehr eingeschränkt. Ich vermute, daß Jagd- und Spürhunde noch am meisten dem entsprechen, was ihr euch vorstellt, aber ich bezweifle doch, daß sie mehr Freiheit haben als wir. Auch sie werden in Zwingern oder Häusern gehalten und nur dann hinausgelassen, wenn ihre Herrchen es wollen.«

»Das klingt ja nicht gerade verlockend«, meinte Magitar. »Würdest du mir empfehlen, noch mit anderen Tieren zu sprechen?«

»Warum fragst du nicht eine Katze?« entgegnete der Collie, sichtlich erleichtert, keine weiteren Antworten mehr geben zu müssen. »Katzen genießen mehr Freiheiten als Hunde. Es hat allerdings keinen Sinn, mit Pferden oder Eseln zu reden. Ihnen geht es noch schlechter als uns. Schweine werden jung geschlachtet, und Kühe, Ziegen und Hühner erkaufen sich die Gunst der Menschen durch ihre Milch und Eier. Ich nehme jedoch an, daß ihr Schwierigkeiten hättet, ausreichende Mengen Milch zu liefern, und noch größere Schwierigkeiten, Eier zu legen.«

Der Wolf nickte finster. »Allerdings.«

»In diesem Fall ist eine Katze die richtige.«

Der Wolf ließ den Hund allein und machte sich auf die Suche nach einer Katze. Am Rande der nächsten Stadt fand er eine. Sie schien weniger Angst vor ihm zu haben als der Hund, blieb aber etwas entfernt mit offenen Fluchtwegen stehen.

»Katze«, begann Magitar, »was für Freiheiten hast du unter den Menschen?«

»Alle«, antwortete die Katze. »Kein anderes Lebewesen, ob Mensch, ob Tier, ist meiner Herr. Ich komme und gehe, wie es mir beliebt, und bin keinem Menschen vollkommen treu.«

»Das klingt schon besser«, meinte der Wolf, »aber so einfach kann das doch nicht sein. Die Menschen füttern niemanden, wenn sie nichts dafür bekommen. Was gibst du ihnen für das Recht, nach deinem eigenen Willen herumzulaufen, ohne gejagt und getötet zu werden?«

»Nichts«, erwiderte die Katze. »Wir sind den Menschen ebenbürtig.«

Doch der Wolf war noch nicht überzeugt, und so fragte er hartnäckig weiter.

»Du wirst also von den Menschen gefüttert.«

»Genau«, sagte die Katze und leckte ihr Fell. »Ich erlaube es einem Menschen, mich zu füttern.«

»Und du lebst in seinem Haus?«

»Na ja, von Zeit zu Zeit beehre ich ihn mit meinem Besuch, aber nur, wenn ich in der Stimmung bin. Meistens schlafe ich dort nur.«

»Wie hast du diesen Menschen denn kennengelernt?«

»Er nahm mich als Jungtier mit nach Hause, damit seine Jungen mit mir spielen konnten. Ich wurde natürlich ein bißchen hin- und hergeschubst und mußte eine paar Demütigungen über mich ergehen lassen, aber das gehört zum Aufnahmeritus.«

Der Wolf nickte.

»Aha, Aufnahmeritus.«

»Genau.«

»Und später«, fragte Magitar weiter, »als du älter warst, und die Menschenjungen dich nicht mehr zum Spielen brauchten – was hast du da getan?«

»Es wurde erwartet, daß ich Mäuse und Ratten jage, im Kohlenkeller.«

»Und wenn du dich geweigert oder nichts gefangen hättest?«

»Hätten sie mich wohl vor die Tür gesetzt«, antwortete die Katze, fügte aber schnell hinzu: »Natürlich hätte mir das nichts ausgemacht.«

»Wirklich nicht?«

Die Katze sah betreten zu Boden.

»Na ja, nicht viel. Es ist nur so, daß man als streunende Katze ein hartes Leben hat.«

»Warum?«

»Eine zahme Hauskatze, die wieder wild lebt, muß sich von widerlichem Abfall ernähren und auch noch mit anderen Katzen darum kämpfen. Ich habe solche Streuner gesehen, meistens sind sie schrecklich mager – man sieht die Rippen durch das Fell.«

»Dann bist du also doch vom Menschen abhängig.«

Die Katze schüttelte sich.

»Nein, nicht vollkommen abhängig, das würde ich nicht sagen. Ich meine, ich fange schließlich selbst Vögel. O ja, ich fange meine eigenen Vögel. Rotkehlchen und Spatzen und Zaunkönige. Das mögen die Menschen aber nicht. Sie finden nicht gern ein totes Rotkehlchen auf ihrem Küchenfußboden.«

»Dann frißt du diese Vögel also gar nicht?«

»Das brauche ich ja nicht. Wir bekommen viel besseres Futter von unseren Herr ... von unseren Ebenbürtigen. Es ist Freundschaft, verstehst du?«

Magitar nickte.

»Ich verstehe.«

Was er verstand, war, daß diese Katzen in Wirklichkeit nicht besser dran waren als die Hunde. Der einzige Unterschied bestand darin, daß die Hunde ihre niedrige Position anerkannten und die Katzen sich einbildeten, sie seien unabhängig. Anscheinend gab es bei den Menschen kein Lebewesen, das einen ehrenhaften Status innehatte und gleichzeitig mit der Natur verbunden war und ein gewisses Maß an Freiheit vorweisen konnte.

Magitar machte sich auf den Weg zurück in die Berge. Dabei kam er an einem Wegweiser vorbei, auf dem ein Hühnerhabicht saß. Lange Lederriemen hingen ihm von den Füßen – sicher eine Vorrichtung für die Menschen.

»Was sind das für Schnüre, die an deinen Beinen hängen?« wollte Magitar wissen.

»Das da?« Der Habicht sah an sich hinunter. »Das sind Riemen, an denen der Mensch mich festhält, wenn ich nicht wegfliegen soll.«

»Und doch sitzt du hier – frei?« wollte Magitar wissen.

»Ja, aber ich fliege zurück, wenn ich wieder bereit dazu bin. Ich brauche jetzt nur ein bißchen Ruhe und Freiraum, um eine Weile zu meditieren. Manchmal muß man einfach weg von ihnen, und wenn es nur für ein paar Tage ist.«

»Aber du bist *frei*. Du brauchst gar nicht mehr zurück.«

»Wenn ich nicht will, ja, aber wenn man die Wahl hat, ist es doch egal, oder? Ich meine, wenn ich es nicht mehr aushalte, dann kann ich ja ein andermal immer noch wegbleiben.«

Das klang gut.

»Warum braucht dich der Mensch?«

»Um für ihn zu jagen, und für mich. Er sieht es gerne, wenn ich mich auf die Beute hinunterstürze, das findet er aufregend. Dann gibt er mir ein paar der Vögel, und den Rest nimmt er mit nach Hause und frißt ihn selbst. Wahrscheinlich denkst du jetzt, ich könnte ja alle Vögel haben, die ich fange, aber ich kann sie ohnehin nicht alle auf einmal fressen, und vom Menschen bekomme ich auch andere Sachen als Futter. Eine Art Partnerschaft, kann man sagen. Ich gebe ihm etwas, und er gibt mir etwas.«

»Ist er gut zu dir? Oder schlägt er dich, so wie er manchmal seine Hunde schlägt? Oder läßt er dich hungern, wie die Katzen?«

»Wenn er das täte, würde ich ja nicht bei ihm bleiben, oder? Nein, er weiß, daß er mich mit Respekt behandeln muß, weil ich ihm sonst einfach davonfliege.«

»Wo lebst du?«

»Ich habe einen Platz auf seinem Grundstück, er heißt Mauserkäfig. Da habe ich meine eigene Stange. Ich wurde als Nestling dorthin gebracht, direkt aus dem Nest. Er hat mich abgerichtet – und dort fand auch das lange Wachen statt.«

»Was ist das?« fragte Magitar.

»Der Falkner hält dich wach, eine lange Zeit, damit du ihn kennenlernst. Er bleibt natürlich auch wach. Er gibt dir Futter, aber nur, wenn du auf sein Handgelenk gehst. Das macht er, damit du dich an ihn und seinen Geruch gewöhnst. Wenn es vorbei ist, seid ihr Freunde.«

»Und du mußt immer diese Riemen tragen?«

Der Hühnerhabicht sah auf seine Füße.

»Ja, aber sie sind nicht unbequem. Es ist fast wie eine Auszeichnung – wilde Habichte sind sogar eifersüchtig darauf.«

»Das ist interessant. Was kannst du mir sonst noch erzählen?«

»Du meinst, über meine Beziehung zum Menschen? Nicht viel. Ach ja, wenn ich bei der Jagd zu weit fliege, benutzt der Falkner manchmal einen Köder, um mich wieder zurückzuholen. Das passiert für gewöhnlich dann, wenn die Jagd ohne Erfolg war. Ich schmolle hin und wieder und mache ihn für den Mißerfolg verantwortlich, deswegen bleibe ich in der

Luft. Sein Köder ist dann ein kleines Stück Fleisch, meistens ein richtiger Leckerbissen, den er dann an einer Schnur um seinen Kopf schwingt. Als Ausgleich dafür, daß wir keine Beute hatten.«

»Was ist, wenn er dich aus dem Käfig holt. Möchtest du dich nicht am liebsten gleich in die Lüfte erheben?«

»Ja, sicher, aber er stülpt eine Haube über meinen Kopf, bis wir draußen im Gelände sind.«

Magitar nickte bedächtig mit dem Kopf.

»Aha, eine Haube.«

»Ja, aber du darfst nicht denken, daß mich das stört. Die Dunkelheit ist sogar sehr beruhigend. Manchmal kommen wir durch Gegenden, wo viele Menschen sind – keine Falkner – und Pferde, die mit den Hufen stampfen und schnauben. Das sehe ich lieber erst gar nicht. Es irritiert mich. Wir Habichte sind nervöse, leicht erregbare Tiere. Plötzliche Bewegungen erschrecken uns. Es ist für alle das beste, wenn ich diese Hauben trage. Ich habe welche aus Leder und welche aus Samt, mit kleinen Federn dran. Sieht bestimmt eindrucksvoll aus.«

Der Habicht sah Magitar lange aus seinen leuchtenden, orangefarbenen Augen an, während der Wolf über seine Worte nachdachte. Es schien wirklich so, als hätten diese Raubvögel einen Weg gefunden, mit den Menschen zu leben. Sie durften auf ihre gewohnte Weise jagen – das war sogar ihre Aufgabe –, so daß sie nie aus der Übung kamen. Sie konnten jederzeit fortfliegen und brauchten nicht mehr zurückzukehren. Sie hatten von Zeit zu Zeit ihre Freiheit, wenn sie sich eingeengt fühlten und Raum zum Nachdenken brauchten.

Hin und wieder mußten sie seltsame Dinge tragen, aber Kompromisse waren nun einmal nötig, wenn man diese Art von Zusammenleben mit dem Menschen wählte.

»Das klingt«, meinte Magitar, »als hätten Habichte und

Falken die Antwort gefunden, nach der die Wölfe suchen. Ich werde zu *Groff* gehen und verlangen, daß wir unter denselben Bedingungen leben dürfen.«

»Na fein«, sagte der Habicht, »aber wo sind deine Segel?«

»Meine – Segel?« fragte Magitar erstaunt.

»Ja«, sagte der Raubvogel und hob sich in die Lüfte, »deine Flügel! Wo sind deine Flügel, um in der Luft zu kreisen und im Sturzflug nach der Beute zu schnappen? Wo sind deine Flügel, mit denen wir all das machen können, das dem Menschen so gefällt? Wie willst du zum Himmel aufsteigen, wo er dich beobachten kann, wie du Ausschau hältst, hinabstößt und tötest, ohne daß seine Sicht durch Bäume oder Felsen behindert wird? Deine Segel, du erdenschwerer, vierbeiniger, flügelloser Wolf!«

Und damit flog der Habicht davon, ließ sich von Aufwinden tragen und stieg in Spiralen hinauf zur Sonne.

Magitar seufzte und wandte seinen Blick den fernen weißen Bergkuppen seiner Heimat zu.

Er gab sich geschlagen. Er beschloß, voller Zuversicht auf das *Letzte Licht zu* hoffen, an dem die Abrechnung kommen würde.

DRITTER TEIL

Die neuen Melodien …

10

Ihre Zeit war gekommen. Athaba erwachte eines Nachts durch Ulaalas Duft. Sie hatten sich dicht nebeneinander in den Schnee gelegt, aber nun war ihre Mulde leer, und Ulaala stand nicht weit entfernt auf einem kleinen Hügel und sah zu ihm hinüber. Sie war bereit. Zitternd und steifbeinig ging er ihr nach und versuchte, die Kälte aus seinem Körper zu vertreiben.

Auf halbem Weg hielt er inne, da ihre Haltung feindlich wirkte. Es schien, als sei sie ihm über Nacht völlig fremd geworden. Sie hatte sich zwar äußerlich nicht verändert, aber ihr Benehmen, ihre Körperhaltung und ihr Gebaren wirkten übervorsichtig und gespannt. Es war, als besitze sie eine wilde, finstere Seite, die sie ihm gegenüber immer im Zaum gehalten hatte. Athaba war nicht sicher, ob sie ihn in Stücke reißen oder friedlich begrüßen würde. In diesem Moment hatte er Angst vor ihr, vor ihrem starren Blick. An ihren Augen konnte er ablesen, daß sie in dieser Situation alles unter Kontrolle hatte, während er hilflos dastand. Sein Zutrauen kam und ging von einer Sekunde auf die andere. Er war sexuell erregt und gleichzeitig völlig verunsichert. Er konnte sich nicht entscheiden, ob er zu ihr gehen oder sich zurückziehen sollte.

Während er unentschlossen dastand, machte sie ein paar Schritte vorwärts. Dann drehte sie sich um und sah ihn wieder an.

Sie wollte, daß er ihr folgte!

Jetzt, da er sicher war, lief er ihr nach und wurde jeden

Augenblick erregter. Er sog die Luft ein. Der Geruch ihrer Spur war scharf und biß in seine empfindliche Nase. Er folgte dem Geruch zu einem windgeschützten Felsspalt. Ein Brennen breitete sich in seinem Körper aus, bis in die Schwanzspitze, und eine weißglühende Flamme lohte unter seinem Körper auf.

Dann brannte seine Flamme in sie hinein, und sie hob den Kopf und versuchte, den Mond zu verschlingen. Seine Zunge wurde zu Feuer, seine Augen glühten, seine Nase sog Flammen ein, seine Gedanken gerieten völlig außer Kontrolle.

Als sie einander wieder in die Augen sehen konnten, wußte er, daß sie nichts mehr trennte. Ein fast unbekanntes Gefühl von Glück durchlief ihn.

Athaba, durch die Zeit und seine Erfahrungen gezeichnet, konnte nicht verstehen, warum Ulaala ausgerechnet ihn als Gefährten gewählt hatte. Er war ein Ausgestoßener, dessen Rudel vernichtet worden war. Und abgesehen von seiner äußeren Erscheinung zeigte er ihr gegenüber gelegentlich auch ein merkwürdiges Verhalten.

Sie hatte auf den Eisfeldern gejagt und schleifte ihre Beute den Hügel hinunter. Er kam hinzu, während sie fraß, stieß sie grob zur Seite und holte sich ein gutes Stück Fleisch, als sei sie ein Kojote. Sie stürzte und überschlug sich einmal im Schnee. Athaba hatte das nicht mit Absicht getan – es war ein Instinkt: ein Mechanismus, der ihm bisher das Überleben gesichert hatte. Doch während er kaute, wurde ihm plötzlich bewußt, was er getan hatte.

»Ich wollte nicht ...«, begann er, entsetzt über sich selbst.

Sie waren nur zu zweit und konnten gleichzeitig die Beute fressen, ohne sich gegenseitig dabei zu stören. An einem Kadaver waren keine Manieren nötig, es ging nur darum, schnellstmöglich seinen Magen zu füllen. Doch er hatte sich aggressiv und provozierend vorgedrängt, damit sie sich das nächste Mal nicht wieder gleich die besten Stücke nahm. Sie sollte Angst vor ihm haben, wie ein Kojote, der beim Fressen auf seinen Platz verwiesen werden muß. Aber sie war kein Kojote. Sie war Ulaala, seine Gefährtin, und er hatte kein Recht, sie so zu behandeln – besonders nicht, da es ihre Beute gewesen war.

Er versuchte, es ihr zu erklären.

»Wenn du mit Aasfressern um dein Futter kämpfst, mußt du als erster da sein, sonst bleibt nichts mehr für dich übrig. Normalerweise sind ja nur noch ein paar Fleischreste an den Knochen, und die Raben und Kojoten sind sehr schnell ... Ich wäre verhungert, wenn ich mich nicht durchgesetzt hätte, Aggression gezeigt hätte, verstehst du?«

»Ich glaube«, meinte sie ziemlich kühl.

»Nein, du verstehst es nicht richtig, und daraus kann ich dir auch keinen Vorwurf machen. Ein bißchen Schieben und Schubsen ist ja in Ordnung, aber ich habe dich ganz und gar weggestoßen. Ich werde aufpassen, daß es nicht wieder vorkommt.«

Ihre Stimme wurde wärmer.

»Und wenn du's wieder tust, kriegst du was zurück!«

»Gut so«, erwiderte er erleichtert.

Er hatte Angst, sie zu verlieren, noch bevor ihr gemeinsames Leben richtig begonnen hatte. Warum tat sie das? Sie war ein so schönes Tier, daß sie bestimmt jedes Männchen ihres Rudels hätte haben können. Aber statt dessen wählte sie einen zerzausten Ausgestoßenen als Gefährten und nahm das Risiko auf sich, mit ihm ein neues Rudel zu gründen. Es ergab einfach keinen Sinn. Da mußte noch etwas sein – etwas, von dem er nichts wußte.

Um seinen Fehler wiedergutzumachen, nahm er sie mit zu der Menschensiedlung, damit sie vor Antritt ihrer langen Reise nach Südosten genug fressen konnten. Ulaala war verständlicherweise nervös, und als plötzlich ein Mensch aus seiner Hütte kam und sie erblickte, wäre sie beinahe davongestürzt. Der Mensch blieb wie angewurzelt stehen und starrte sie durch seinen Gesichtsschutz an.

»Tu einfach so, als würdest du ihn gar nicht sehen«, murmelte Athaba und stöberte in einem der Mülleimer. »Er hat genauso viel Angst vor uns wie wir vor ihm.«

»Das glaube ich nicht«, sagte Ulaala.

»Es stimmt aber. Wenn du zu ihm hingehst, wird er sich umdrehen und zur nächsten Hütte rennen. Ich habe das schon erlebt. Sie sind nur gefährlich, wenn sie Waffen tragen. Glaub mir.«

»Wenn du meinst.«

Der Mensch blieb stehen und beobachtete die ganze Zeit, wie sie fraßen, als sei er von ihrem Anblick vollkommen fasziniert. Athaba hatte sich schon immer darüber gewundert, denn was war so interessant daran, wenn ein Tier frißt? Diese Menschen mußten Würmer in ihren Köpfen haben! Sie waren alle verrückt.

Auf einmal bewegte sich etwas hinter einer Mülltonne, und ein kleiner Kopf erschien. Es war das Hermelin. Flink krabbelte es hervor und lief zu den Wölfen hinüber.

»Hallo, Bruder«, sagte das Hermelin in seiner eigenen Sprache.

»Ich bin nicht dein Bruder«, entgegnete Athaba.

»Wer ist dieser einheimische Wolf?« fragte das Hermelin und ignorierte den Versuch der Zurechtweisung. »Hast du dich mit einem anderen zusammengetan? Wie ist sein Name?«

»*Ihr* Name. Sie ist meine neue Gefährtin.« Der Stolz in seiner Stimme war unverkennbar.

Doch das war dem Hermelin herzlich egal.

»Ach! Hat ihr Rudel sie etwa auch verstoßen?«

»Nicht, daß ich wüßte«, entgegnete Athaba kühl und fuhr

auf kanidisch zu Ulaala fort: »Das ist ein Hermelin, mit dem ich mich einmal angefreundet habe. Ein blutrünstiges, kleines Biest.«

Dann erklärte er dem Hermelin, daß sie nach Süden weiterziehen wollten.

»Zerbeiß ein paar Augäpfel für mich«, sagte das Hermelin zum Abschied, tapste zu den Mülleimern hinüber und begann, an einem undefinierbaren Stück gefrorenem Müll zu nagen.

Bald hatten Athaba und Ulaala die Siedlung hinter sich gelassen und trotteten über Bergrücken und flache Anhöhen, die trotz der neuen Jahreszeit noch immer von Schnee bedeckt waren. Athaba fühlte sich stark und kräftig. Mit den Augen suchte er die Landschaft nach möglichen Gefahren ab, seine Ohren waren gespitzt.

Sie hatten den Wind im Rücken, er hatte dieselbe Richtung. Wahrscheinlich witterten sie deshalb die Wölfe vor ihnen nicht rechtzeitig. Als sie durch einen Paß zwischen zwei Felsen kamen, warteten zwei Wölfe auf sie – Polarwölfe mit schmalen Schultern. Sie versperrten Athaba und Ulaala den Weg.

»Sind die von deinem Rudel?« murmelte Athaba.

»Ich fürchte, ja«, erwiderte sie. »Sicher waren sie jagen, haben meinen Geruch gewittert und sich gewundert, warum ich nicht allein bin. Sieh nur, da kommt noch ein dritter – das ist Uneega. Ja, ganz bestimmt warten sie auf uns.«

Einer der drei Wölfe war ein großes Männchen mit einem schwarzen Fleck über dem linken Auge. Er sah aus wie ein etwa fünfjähriger Mega. Die anderen beiden rechts und links neben ihm waren wohl ältere Untermegas. Athaba beschloß, daß es nur eine Möglichkeit gab, an ihnen vorbeizukommen, und das war Unverfrorenheit. Seine Erfahrung hatte ihm gezeigt, daß die meisten Kämpfe zwischen Wölfen durch den Verstand gewonnen wurden. Mit genügend Mut erreichte man alles.

»Komm, wir gehen einfach ruhig weiter«, sagte Athaba.

Ulaala blieb an seiner Seite.

»Hast du Angst?« flüsterte sie.

»Nein«, log er. »Ich hab keine Angst.«

Aus dem Augenwinkel sah er, daß sie bei seinen Worten mutig den Kopf hob.

»Ich auch nicht«, erwiderte sie.

Als sie etwa zehn Körperlängen von den drei Wölfen entfernt waren, blieb Athaba stehen.

»Geht ihr uns freiwillig aus dem Weg, oder müssen wir durch euch hindurchlaufen?« knurrte er.

Einer der Untermegas trat einen Schritt zurück, doch das große Männchen rührte sich keinen Millimeter. Es sprach Ulaala an.

»Wohin willst du, Mega? Das ist nicht dein Jagdtag. Und die Wahl deiner Freunde läßt ausgesprochen zu wünschen übrig. Das ist doch der Ausgestoßene von den Grauen ...«

»Ich weiß, wer er ist«, unterbrach sie ihn scharf.

»Dann hast du sicher auch eine Erklärung für uns. Du zeigst ein seltsames Verhalten und setzt kein gutes Beispiel für diese Untermegas.«

»Die Erklärung ist einfach«, entgegnete Ulaala, und Athaba staunte über die Angriffslust in ihrer Stimme. »Ich hab deine Tyrannei satt, Agraaga. Ich verlasse das Rudel. Dieser Aus ... dieser Wolf hat sein eigenes Rudel durch die Jäger verloren. Wir ziehen gemeinsam nach Süden, um ein neues Rudel zu gründen.«

Ihre Worte erklärten einige der Gründe, weshalb sie sich mit Athaba zusammengetan hatte. Er dachte, wenn sie so weitermachte und das große Männchen noch mehr gegen sich einnähme, wäre ihnen der baldige Tod gewiß.

»Genug geredet«, unterbrach er also. »Tatsache ist, daß

wir beschlossen haben fortzugehen. Wir gemeinsam haben das beschlossen. Ich bin frei. Mein Rudel ...«

»Von deinem Rudel hab ich gehört.«

»Dann weißt du, daß sie alle vernichtet wurden. Ich habe nichts mehr zu verlieren. Ich bin nicht deshalb verbannt worden, weil ich nicht kämpfen konnte. Sie haben mich verstoßen, weil sie dachten, ich sei verrückt. Aber ich sage es noch einmal: Ich habe nichts zu verlieren. Ich gehe jetzt an euch vorbei. Wenn ihr versucht, mich aufzuhalten, werde ich euch die Kehlen durchbeißen. Mir macht es nichts, falls ich verliere. Wenn ich Ulaala nicht haben kann, will ich lieber sterben.«

Er setzte sich in Bewegung, mit vorwärtsgerichteten Ohren, erhobenem Schwanz und gesträubten Nackenhaaren. Als er näher kam, zog er die Lefzen hoch, um seine Zähne zu zeigen.

Da geschah etwas Unerwartetes. Die beiden Untermegas wichen zur Seite und ließen nur den Mega, den Ulaala Agraaga genannt hatte, in Athabas Weg stehen. Es schien, als sei das vorher ausgemacht worden, noch ehe sie sich überhaupt getroffen hatten. Das war keine zufällige Begegnung. Es war geplant gewesen.

Wenn zwei Wölfe bis auf den Tod kämpfen, ist das ein schweigsamer und schauriger Kampf. Während er weiter vorwärtsging, erkannte Athaba, daß der andere sich ihm stellen würde. Die beiden Untermegas, ein Weibchen und ein Männchen, zogen sich noch weiter zurück. »Laß mich ...«, sagte Ulaala, aber Athaba stand bereits direkt vor Agraaga, der ebenfalls eine dominante Haltung eingenommen hatte.

Kein Laut war zu hören, außer dem Wind, der um die Felsen zischte. Die beiden Wölfe standen vollkommen reglos und starrten einander an. Ohne ein Wort zu sprechen, hatten sie beschlossen, daß es ein Kampf auf Leben und Tod werden würde. Auch den Zuschauern war das bewußt. Seit die erste Wolfsfamilie sich in zwei Rudel geteilt hatte, wurden unlösbare Konflikte durch solche Zweikämpfe ausgetragen.

Athaba bereitete sich innerlich auf den Kampf vor. Er stand still, ließ den Wind durch seinen Pelz wehen und sammelte Kraft. Es war unausweichlich – sein Gegner blockierte ihren Weg in den Süden. Wenn er jetzt aufgab, würden alle drei Wölfe über ihn herfallen und ihn in Stücke reißen. Und selbst wenn sie es nicht taten, hätte er Ulaala verloren.

Aber auch Agraaga wollte Ulaala als Gefährtin. Dieser Aasfresser hatte ihn herausgefordert, und er hatte entschieden, daß sie es wert war zu töten.

Athaba versuchte, seinen Gegner zu umkreisen, doch der andere hielt sein Hinterteil immer im Schutz der Felsen. Beide stießen kurz in die Richtung des anderen vor, um die Reaktionen zu testen, zogen sich aber sofort wieder zurück. Sie starrten einander in die Augen. Athaba wußte, wie wichtig es war, sich auf die Augen des Gegners zu konzentrieren, weil man dort jede Bewegung in Bruchteilen von Sekunden vor ihrer Ausführung erkennen konnte.

Die nächsten Vorstöße waren schon ernsthafter. Athaba büßte ein Stückchen seiner Unterlippe ein, doch der Biß war nicht so fest, daß Agraaga sich an ihn hängen konnte. Im Gegenzug erwischte Athaba ein Stück Ohr des Gegners.

Athaba konnte es sich nicht leisten, in die Enge gedrängt zu werden. Agraaga war größer und stärker und würde sein Körpergewicht einsetzen, um ihn zu Fall zu bringen. Athaba selbst war eher drahtig. Bald nach Beginn des Kampfes merkte er, daß er ein klein bißchen schneller war als der andere, und er wollte versuchen, so lange auf Distanz zu bleiben, bis er den Gegner an der Kehle packen konnte.

Nach ein paar Minuten dieses Spiels schien Agraaga die Geduld zu verlieren. Schließlich stand er vor zwei Untermegas seines Rudels und wollte sich vor ihnen keine Blöße geben. Er lief also entschlossen auf Athaba zu und schnappte mehrmals nach ihm, um sich festzubeißen.

Athaba wich zurück, stolperte über einen Stein und rollte zur Seite. Agraaga sprang auf ihn zu, doch Athaba war in Sekundenschnelle wieder auf den Beinen. Er schnappte nach dem anderen und bekam die Haut unter dessen Kehle zu fassen. Das Gewicht seines Gegners ließ ihn zu Boden gehen, aber er wußte, er durfte nicht lockerlassen, sonst wäre er verloren. Einen Augenblick lang verzweifelte er, weil er nicht genug Fleisch zwischen die Zähne bekommen hatte, um Agraaga zu töten. Er drehte sich hin und her und strampelte mit den Beinen, bis er sich schließlich unter Agraagas schwerem Körper hervorgewunden hatte. Der blieb ausgestreckt liegen. Agraaga schien Zeit zur Erholung zu brauchen.

Noch immer war kein einziger Laut hörbar geworden. Keiner der beiden knurrte, brummte oder drohte mit Worten. Jeder von ihnen hatte Gelegenheit gehabt, eine unterwürfige Haltung einzunehmen. Doch nun war die Chance zur Aufgabe vertan.

Athaba wußte, daß sein Gegner überrascht war, so angeschlagen zu sein. Nun da Athaba im Vorteil war, wollte er auf keinen Fall nachgeben.

Plötzlich drehte Agraaga sich herum und fing an, mit seinen Hinterläufen auf Athaba einzutreten. Athaba hielt entschlossen fest und schaffte es sogar, einen besseren Biß zu bekommen, jedoch noch immer nicht an der alles entscheidenden Stelle. Agraaga rollte seitwärts, und Athaba rollte mit. Agraaga hatte ganz offensichtlich Schmerzen, aber das allein würde den Kampf nicht beenden. Doch der Schmerz beeinträchtigte seine Konzentration.

Irgendwann kam der Moment, an dem Athaba seinen Gegner loslassen mußte. Er war der kleinere von ihnen, und Agraaga konnte unendlich lang herumrollen und ihn auf diese Weise nach und nach ermüden. Er durfte nicht warten, bis er zu schwach wurde, sondern mußte den entscheidenden Angriff versuchen, jetzt, wo er noch kräftig genug war.

Athaba wartete, bis er spürte, daß Agraaga einen Moment lang nicht voll konzentriert war. Da ließ er los und schnappte direkt nach der Halsschlagader. Hier ging es nicht mehr um Überlegenheit, es ging ums Überleben. Seine Zähne bohrten sich tief in Agraagas Hals. Wild riß er sich herum. Das warme Blut quoll hervor. Athaba hielt so lange fest, bis der andere aufhörte zu zucken. Dann ließ er los, und Agraaga fiel zur Seite.

Athaba trat zurück. Er wußte, es war vorbei. Agraagas Körper blieb starr wie ein Stein liegen. Athaba war froh, nicht die Augen seines Gegners sehen zu können. Er hatte ein Tier seiner eigenen Rasse getötet und fühlte sich elend. Er wußte, daß er keine Wahl gehabt hatte, doch nun war der andere tot, und er trug die Verantwortung. Er drehte sich zu den beiden Untermegas um. Der Kampf war noch nicht vorüber. Diesmal kam Ulaala an seine Seite, die Nackenhaare gesträubt. Sie war bereit, mit ihrem neuen Gefährten gemeinsam gegen die anderen zu kämpfen.

Und noch immer hatte keiner einen Laut getan.

Die Untermegas ergriffen kurzentschlossen das Weite. »Schnell«, rief Ulaala, »wir müssen fort.« Athaba warf einen letzten Blick auf den toten Wolf. Es war wirklich ein großer Wolf gewesen. Dennoch empfand er weder Stolz noch Freude über seinen Sieg – nur Schrecken und Erleichterung. Er hatte es nicht gewollt. Wäre Agraaga doch nur zur Seite gegangen und hätte sie durchgelassen! Aber er hatte sich für den Kampf entschieden, und das hatte ihn das Leben gekostet.

Athaba holte Ulaala ein, und gemeinsam rannten sie über die weiße Landschaft, durch weite Täler, um hohe Felsen, über breite Flüsse, und schufen Abstand zwischen sich und einer möglichen Vergeltung. Ehe man sie verfolgte, würde es eine Versammlung geben, und vielleicht ließ man sie ja auch in Ruhe, wenn der große Wolf nicht besonders beliebt gewesen war.

»Werden sie uns folgen?« fragte Athaba seine Gefährtin. »Du kennst dein Rudel besser als ich.«

»Ich bezweifle es. Wie schon gesagt: Es gibt keinen starken Wolf unter ihnen.«

»*Der* war aber mächtig stark«, brummte Athaba.

»Körperlich ja, aber er hatte keinen starken Charakter. Ich war sehr erstaunt, daß er es überhaupt mit dir aufgenommen hat. Hätte nicht gedacht, daß er soviel Mut besitzt.«

Athaba merkte, daß er gereizt wurde.

»Hat dieser Beweis seines Muts deine Meinung vielleicht geändert?« wollte er wissen. »Bist du enttäuscht, daß er verloren hat?«

Sie warf ihm einen kurzen Blick zu.

»Was für eine unsinnige Idee! Ich wäre niemals Agraagas Gefährtin geworden, und wenn er der letzte Wolf der Welt gewesen wäre! Er war langweilig und dumm – und das bist du auch, wenn du denkst, er hätte mich beeindruckt!«

Athaba blieb stehen. Er wollte endlich aussprechen, was zwischen ihnen stand.

»Du *mußt* nicht mit mir kommen – daß du's nur weißt! Ich hab getan, was du wolltest. Agraaga ist tot. Das ist doch der Grund, weshalb du mit mir zusammen sein wolltest, oder?«

Noch bevor sie etwas sagen konnte, erkannte er an ihren Augen, daß er recht hatte. Sie sah ihn lange Zeit an, dann sagte sie: »Ich gebe zu, daß ich Agraaga loswerden wollte. Ich hatte mir einen Plan zurechtgelegt: daß ich den Ausgestoßenen finde, der mich von der Angelschnur befreit hatte, und ihn dazu benutze. Es ... es war aber kein richtig ernsthafter Plan. Ich lief los und suchte den Ausgestoßenen. Aber als ich ihn fand, wurde mir auf einmal bewußt, wie schrecklich mein Plan war, ihn zu benutzen, wie würdelos, selbst für eine Wölfin, die ihr ganzes Leben lang von einem aggressiven Männchen gequält und tyrannisiert wurde. Dieses Männchen, Agraaga, machte mir das Leben schwer. Und was noch schlimmer war: Er beschloß plötzlich, sein Opfer zur Gefährtin zu machen. Agraaga wollte mich – auf seine aggressive Art und zu seinen Bedingungen. Kein Werben. Keine Schmeicheleien. Er sagte mir einfach, ich gehöre ihm jetzt und er würde jeden Wolf töten, der sich ihm in den Weg stellte. Und ich mußte seine Bisse, seine Schläge, seine ungerechtfertigten Angriffe ertragen.

Und dann fand ich einen Wolf, der nett war und freundlich. Ein Männchen, das es nicht nötig hatte, seine Körperkraft unter Beweis zu stellen. Zuerst leugnete ich meine Gefühle. Ein Ausgestoßener als Gefährte! Mein Stolz ließ es nicht zu. Doch schließlich vergaß ich den Stolz, er war nicht wichtig. Ich wußte einfach, daß ich den Ausgestoßenen wollte.«

Ulaala sah ihm direkt in die Augen, und er erkannte, daß sie es ernst meinte.

»Ich will dich wirklich, Athaba. Ich habe mich sehr schlecht verhalten und könnte verstehen, wenn du mich dafür verläßt.«

Athaba schwieg eine Weile. Dann antwortete er:

»Ob ich das will oder nicht – ich kann es nicht. Du bist das einzige Weibchen, das mich je beachtet hat.«

»Ich weiß nicht, ob ich das so gerne höre. Du meinst, weil du keine andere bekommst, nimmst du eben mich?«

Sie klang beleidigt.

»Nein, nein, so ist es nicht. Hör zu, ich habe dafür keine richtigen Worte. Laß uns einfach hier beginnen. Wir gehen fort und fangen ein neues Leben an. Das alte liegt hinter uns. Agraaga ist tot, und wir müssen uns keine Sorgen mehr machen.«

Er begann zu laufen, und sie folgte ihm.

»Was mich allerdings etwas beunruhigt«, meinte sie nach einer Weile, »ist, daß er Leitwolf war. Sie könnten sich deswegen rächen wollen.«

Athaba blieb abrupt stehen und sah seine Gefährtin irritiert an. Da hatte er sich ja auf etwas eingelassen!

»Na, wunderbar! Leitwolf! Hättest du mir das nicht vorher sagen können?«

Sie zuckte mit den Schultern. »Hätte das irgendeinen Unterschied gemacht?«

»Darum geht es nicht.«

»Doch, genau darum geht es. Du hättest sowieso mit ihm gekämpft, Leitwolf oder nicht.«

Athaba leugnete es nicht, denn es beschlich ihn das schreckliche Gefühl, daß sie recht hatte. Hatte er einen Kampf vielleicht sogar herbeigesehnt. Er merkte, daß der Ärger, der sich über die Jahreszeiten in ihm angestaut hatte, verschwunden war. Aber er hatte ja auch guten Grund gehabt, verärgert zu sein, oder etwa nicht? Verstoßen, verbannt, verachtet wie ein Parasit?

Aber dafür ein Tier seiner Rasse töten?!

Doch sah er auch keine Möglichkeit, wie er es hätte vermeiden können. Er wollte Ulaala, und sie wollte ihn. Dieser Wolf, der Leitwolf Agraaga, hatte versucht, sie aufzuhalten. Es war kein anderer Ausweg möglich gewesen.

Sie liefen in der Dunkelheit des Tages, die immer noch lang andauerte, und richteten sich nach Gerüchen und Geräuschen. Falls die Polarwölfe ihnen tatsächlich folgten, kamen sie ihnen jedoch nicht auf die Spur. Athaba fühlte sich wieder mit der Erde verbunden. Als er noch mit den Raben nach Aas und in den Mülltonnen der Menschen nach

Essensresten suchte, hatte er die Verbindung mit der Landschaft verloren. Nun aber war er wieder in Einklang mit der Natur. Er wußte, wo unter dem Schnee Pflanzen zu finden waren, und witterte die Felsen. Er lauschte den reißenden Strömen, die ihre eigenen Wege durch seine Welt suchten und ihm dabei vieles erzählten – über das Wetter und über die Landschaft. Ein Fluß, der immer breiter und schneller wurde, verriet, daß an seinem Ursprung schmelzender Schnee lag, vielleicht ein warmer Wind. Das Geräusch des fließenden Wassers konnte eine Steigung, eine Senke, eine Biegung ankündigen. Alle Nuancen dieser Geräusche blieben den Menschen verborgen, die doch in derselben Welt wie die Wölfe jagten und fischten. Weder Athaba noch Ulaala hätten erklären können, woher sie dieses Wissen besaßen. Alles um sie herum trug dazu bei: Richtung und Stärke des Windes, Gerüche, Geräusche, das Rascheln eines Blatts unter dem Schnee, der Flug eines Vogels, die Bewegung der Gletscher, das Gefühl, die Schwere, der Geschmack der Luft – tausend scheinbar unzusammenhängende Ereignisse nahmen die Wölfe auf und beachteten sie fast unbewußt.

Eines Tages stießen sie auf eine große Jagdgesellschaft und mußten von der geplanten Route abweichen. Weiter oben in den Bergen fanden sie eine Höhle, in der sie sich verstecken konnten. Sie war lang und dunkel und roch etwas nach Menschen, doch sie schien sicher, besonders zu dieser Jahreszeit.

Draußen vor der Höhle heulte der Wind, doch drinnen war es still. Athaba spürte die unendlich langsame Bewegung der Steine um ihn herum, hörte das Wasser in unauslotbare Tiefen tropfen und durch enge Kavernen rieseln. Echos schlugen gegen die Felsen und suchten einen Weg ins Freie.

Die zwei Wölfe fingen kleine Nagetiere und fraßen sogar Käfer und anderes Ungeziefer. Es war keine sehr nahrhafte Kost, bewahrte sie aber vor dem Verhungern. Wenn sie in der Höhle lagen, erzählten sie sich gegenseitig Geschichten aus ihrem Leben. Die Höhle steuerte mit all ihren Geräuschen ihre eigene Geschichte bei, die jedoch keiner von ihnen verstehen konnte. Sie spürten nur, was darin vorkam – heißes Gestein, Dampf, Form, seltsame Kreaturen, die nicht mehr existierten, sowie Bären, Menschen und Hunde. Als ein natürlicher Schutz war diese Höhle seit ewigen Zeiten von jeder Art Lebewesen genutzt worden. Ihre Geister, Formen und Schatten spukten durch die Dunkelheit.

Als sie weiterziehen mußten, tat es Athaba leid.

»Wir könnten das hier zu unserer Höhle machen«, schlug er vor.

Ulaala blieb realistisch.

»Es gibt nicht viel zu jagen in dieser Gegend. Wir müssen an unsere Jungen denken.«

Athaba wurde von Glücksgefühl erfüllt.

»An unsere ... was?«

»Unsere Jungen, Welpen«, erwiderte Ulaala. »Ach, du wußtest es ja noch gar nicht? Wir sind immerzu gelaufen ... ich wollte es dir schon früher sagen. Aber hast du nicht die Veränderung an mir bemerkt? Sehe ich nicht aus wie eine werdende Mutter?«

»Wie? Ja. Nein.« Er konnte kaum einen klaren Gedanken fassen. Welpen! Seine eigenen Welpen! Dann war dieses Feuer nicht nur ein Vergnügen des Augenblicks gewesen. Er würde Vater werden, Kopf eines Rudels. Das mußte er in den Himmel schreien!

Und er warf den Kopf zurück und begann, aus vollem Hals zu heulen.

»Still!« mahnte Ulaala und sah sich unruhig um. »Hier sind Menschen in der Nähe. Willst du es ihnen auch gleich sagen?«

Er hielt inne.

»Warum denn nicht? Ich bin doch der Wolf mit dem Feuer. Jäger? Ich zerkau sie und spuck sie aus!«

»Meinst du denn, du bist der einzige Wolf, der jemals einer Wölfin Junge gezeugt hat?«

»Nein«, entgegnete er ernsthaft, »aber diese Welpen werden die großartigsten kleinen Wölfe werden, die es je auf der Tundra gegeben hat. Wart's nur ab. Sie werden die Welt verändern.«

»Ich bin froh, daß du dich so freust. Ich dachte schon, du könntest eifersüchtig auf sie werden. Ich werde mich viel um sie kümmern müssen, und wenn sie geboren sind, bist du nicht mehr der einzige Wolf in meinem Leben.«

Er dachte nach.

»Ich sehe ein, daß ich in Zukunft weniger selbstsüchtig sein muß. Aber damit komme ich schon zurecht. Stell dir nur mal vor! Unser eigenes Rudel. Ich kann es kaum erwarten.«

»Erst einmal brauchen wir eine Höhle«, gab Ulaala zu bedenken.

»Hier können wir auf keinen Fall bleiben«, erwiderte er sofort. »Es gibt zuwenig Futter. Wie konnte ich überhaupt nur daran denken?! Nein, nein, wir ziehen weiter ... Ich meine, kannst du denn überhaupt, in deinem Zustand? Geht es dir gut?«

Sie schnaubte.

»Ich bin doch bis hierher auch gekommen, oder? Natürlich geht es mir gut. Laß uns endlich aufbrechen!«

Euphorisch machte Athaba sich auf den Weg. Noch vor wenigen Monaten war er ein Rabenwolf gewesen, ohne Rudel, sein Leben scheinbar zerstört. Jetzt fing er ein neues Leben an, würde Vater werden und ein eigenes Rudel haben. Er war rundum glücklich.

11

Als sie endlich in eine freundlichere Gegend kamen, mußten sie sich schnellstmöglich einen festen Unterschlupf suchen, denn sie waren lange Zeit unterwegs gewesen und Ulaala stand kurz vor dem Werfen. Sie war gereizt und nervös und wartete nur auf einen trockenen und sicheren Platz für die Geburt. Seltsame Dinge spielten sich in ihrem Bauch ab, die ihre gesamte Persönlichkeit beeinflußten. Auf einmal empfand sie die ganze Welt als bedrohlich, obwohl sie mit niemandem Streit hatte, vor allem nicht mit Athaba, nach dem sie häufig grundlos schnappte.

Während der Ruhestunden fühlte sie sich elend und war überzeugt, daß Athaba sie bald verlassen würde, da sie immer häufiger schlechte Laune hatte.

Sie brauchte ihn aber unbedingt. Das war ja das Seltsame: Einerseits wünschte sie sich, Athaba möge verschwinden, andererseits wollte sie ihn an ihrer Seite haben. Wie sollte das beides gehen? Nach jeder Jagd gab er ihr die besten Stücke Fleisch, die sie ohne ein Wort des Dankes verschlang. Ulaala sah, wie Athaba sie angstvoll beobachtete. Sie wußte, daß er sich Sorgen machte, aber trotzdem konnte sie nichts anderes sagen als: »Wann findest du endlich einen Unterschlupf für uns?« Und wenn er eine passende Stelle gefunden hatte, lehnte sie sie verärgert ab, weil sie ihr noch nicht gut genug war. Entweder war der Eingang etwas zu groß oder die Höhle ein bißchen zu weit vom Wasser entfernt oder der Boden ein wenig zu feucht. Sie wußte, daß sie zu kleinlich war, aber es sollte ein perfekter Platz sein. Sie wollte sich ganz und gar in Sicherheit wiegen, damit sie die Welt vergessen und ihre Jungen ohne Bedenken gebären konnte.

Athaba verstand Ulaalas Probleme nicht, doch er merkte, daß sie sehr gereizt war, und dachte, daß sie sich außerhalb ihres Rudels einfach unsicher fühlte. Ein paarmal hatte sie ihm bereits gesagt, daß sie nicht sie selbst sei, daß die ungeborenen Welpen ihr Wesen veränderten, aber davon verstand er nichts und suchte nach eher praktischen Gründen für ihr seltsames Verhalten. Wenn er erst einmal den richtigen Lagerplatz gefunden hätte, so sagte er sich selbst, würde sie wieder ruhig und glücklich werden. Dann war da auch ihr Bauch. Er konnte sich vorstellen, daß es sehr unbequem sein mußte, so viel Gewicht mit sich herumzuschleppen, obwohl er sich natürlich nicht *genau* vorstellen konnte, wie es war. Ulaala versuchte manchmal, ihm zu erklären, daß es zwar unbequem, aber auch schön sei. Athaba entschied, daß sie nur tapfer sein wollte und daß solch ein aufgeblähter Zustand einem sicher sehr zusetzte.

Endlich fand er ihn – den Platz, den sie so lange gesucht hatten. Als er Ulaala zu der kleinen Lichtung führte, wo ein Fluß am Fuße der Felsen vorbeilief, fragte er sie, ob sie den Eingang der Höhle sehen könne. Als sie verneinte, wußte er, daß es der richtige Platz war, und seufzte vor Erleichterung auf.

Als die Höhle bezogen war, fühlten sich beide besser. Athaba merkte, daß er sich ebenfalls veränderte – auch er war angespannt und nervös gewesen. Jetzt wurde er ruhig und stark, fühlte sich zu allem bereit.

Ulaala war immer noch die meiste Zeit über verängstigt, aber nicht mehr so nervös und unberechenbar.

»Es wird alles gut«, meinte sie eines Abends zärtlich, als sie sich nach der Mahlzeit schlafen legten. »Wenn die Welpen erst einmal da sind, wird alles gut.«

Er glaubte ihr.

Schon kurz nachdem sie ihre Höhle am Fuß der Felsgruppe bezogen hatten, witterten sie weiter südlich einen Jäger. Die Gefahr war ihnen bewußt, doch sie wußten auch, daß es sinnlos wäre, noch weiter zu ziehen. Einen besseren und sichereren Platz würden sie nicht mehr finden. Als sie den Norden verlassen hatten, war es noch Winter gewesen, mit der leisen Ahnung des Frühlings in der Luft. Jetzt war es fast Sommer, und bald kamen die Jungen zur Welt. Später im Sommer würde es überall Jäger geben – sie konnten nur auf ihr Glück hoffen.

Im Umkreis gab es Elche, Biber, Marder, Bisamratten, Karibus und Bisons und natürlich auch kleinere Tiere. Bären gab es auch, was unschöne Erinnerungen in Athaba wachrief, doch er nahm sich vor, den Biestern fernzubleiben. Ein Rotfuchs kam bald nach ihrer Ankunft schnuppernd vorbei, aber Athaba verscheuchte ihn sofort. Er sah sich noch einmal um, als wollte er sagen: »Das Land gehört euch nicht!« Doch Athaba fühlte dasselbe.

Entgegen normaler Wolfsgewohnheiten beschlossen Athaba und Ulaala, sich neue Heulrufe auszudenken, die sie gemeinsam mit den altbekannten gebrauchten. In jedem anderen Rudel wurde das Erfinden neuer Heulrufe als lästerlich erachtet, da die Gesänge der Vorfahren als vollkommen galten. Es gab eine Reihe heiliger Heulrufzyklen, die keiner Verbesserung bedurften, so hieß es.

Doch Ulaala und Athaba waren keine »normalen« Wölfe und hatten ihre ganz eigenen Vorstellungen vom Leben. Athaba meinte, daß die Wölfe schon viel zu lange ohne Nachdenken das akzeptierten, was ihnen seit Generationen von ihren Vorfahren vererbt wurde. Dadurch waren sie zu seelenlosen, engstirnigen und phlegmatischen Kreaturen ohne eigenen Charakter geworden. Es war an der Zeit, die ursprünglichen Werte wieder wachzurufen.

Das Wolfspaar wagte einen ersten Schritt in diese Richtung, indem sie die neuen Heulrufe erfanden. Es waren geheime Heulrufe, deren Bedeutung nur sie allein kannten. Da gab es Liebes-Heulrufe, Warn-Heulrufe und Rufe, die einfach das Herz erleichtern sollten. Es gab Trauer-Heulrufe für schwermütige Zeiten und schnelle, aggressive Rufe für Momente der Aufregung. Es gab Traum-Heulrufe, um die Seele zu reinigen. Es gab *heiße* und *kalte* Heulrufe. Diese Melodiensprache war über Äonen hinweg von Wölfen entwickelt worden, und obwohl andere Kaniden auch eine facettenreiche Sprache hatten, kam keine der der Wölfe gleich.

Nicht nur die Bildung eines Tons erforderte Talent, sondern auch die Interpretation jeder Klangnuance. Das Ohr mußte ebenso geschult werden wie die Kehle. Einige Wölfe waren von Geburt an Zuhörer und wurden wegen ihrer Fähigkeit, Klang zu interpretieren, hoch geschätzt. Ein Mensch, Karibu oder Bär konnte meinen, er hätte neunmal hintereinander denselben Ton gehört, doch ein Wolf mit ausgeprägtem Gehör war in der Lage, die geringste Abweichung zwischen den Tönen wahrzunehmen und die Nachricht des heulenden Wolfes quasi zu einem Bild zusammenzusetzen.

Ulaala und Athaba übten ihre Gesänge in klaren Nächten, wenn ihre Heulrufe über die Felsen hinwegzogen und an Kluften Echos bildeten. Nahe der Höhle fanden sie einen passenden Heulruf-Felsen, der für den Ruf »Verschlingden-Mond« bestens geeignet war. Dies war ein traditioneller Heulruf, bei der der heulende Wolf versuchte, den Mond durch lockende Gesänge zum Felsen herunterzurufen – eine wunderschöne Melodie, die sich in die »Seele der Sonne«, wie sie den Mond auch nannten, einschmeicheln sollte. Dahinter steckte der Gedanke, daß der heulende Wolf den Mond, wenn er nahe genug herankäme, einfach verschlingen und somit *Groffs* Werk ein für allemal vernichten und den Menschen ihr nächtliches Licht rauben könnte. Obwohl es Zeugen gab, die bestätigten, daß manch ein Wolf diesem Ziel schon sehr nahe gekommen war, war es natürlich noch keinem ganz gelungen.

Es war wohl besser, das Ganze als Spiel zu betrachten.

Inzwischen stand der Tag der Geburt nahe bevor, und beide Wölfe waren ängstlich und aufgeregt, ob alles wohl gut und ohne Komplikationen ablaufen würde. Athaba strich ständig nervös um Ulaala herum, so daß sie sich schließlich einen anderen Schlafplatz suchte. Sie schliefen lang, mal in der Höhle, mal draußen in der Sonne. Athaba ging zum Jagen und vergrub viele Beutestücke als Vorrat für später.

Als er eines Abends von der Jagd zurückkam, waren die Welpen da. Es waren zwei männliche und vier weibliche, sechs wunderschöne, taube und blinde Wolfsjungen. Endlich hatte er ein Rudel, sein eigenes Rudel, *ihr* eigenes Rudel. Alles war perfekt.

Ulaala verhielt sich sehr fürsorglich gegenüber den Kleinen und fand mehr und mehr zu ihrem alten Selbst zurück. Sie war jetzt Mutter, doch die Spannung war vorüber, und die Beziehung zwischen ihr und Athaba wurde besser, sogar noch besser als zuvor. Athaba fühlte sich erfüllt. Vor kurzer Zeit noch hatte er nichts gehabt, und nun hatte er eine Familie. Es war wie ein Wunder. Er mußte an sich halten, nicht zu viel Stolz über Ulaala und die Welpen zu empfinden. Am liebsten hätte er sein Glück in die Wälder und Berge hinausgeschrien.

Doch acht Wochen nach der Geburt, als die Jungen entwöhnt waren, war es mit Athabas Glück vorbei.

Er war auf der Jagd und hatte gerade ein Tundramoor überquert – eine Senke zwischen den Felsen mit reicher Vegetation. Es gab Sumpfrosmarin, Mantelblumen, Sumpfdotterblumen und den fleischfressenden Sonnentau. An allem hatte er geschnuppert, um den Geruch möglicher Beutetiere zu wittern. Leichtfüßig lief er über das Sumpfmoos und die federnden Torfschichten. Am anderen Ende des Moors war ein Wäldchen aus Murraykiefern und Schierlingstannen. Er blieb stehen, um aufmerksam zu schnuppern. Der

Wind spielte mit den Baumwipfeln, doch sonst rührte sich weit und breit nichts. Er schnupperte wieder am Boden, und plötzlich fuhr er erschrocken mit dem Kopf zurück, als er einen scharfen Geruch witterte.

Dort, neben dem Riedgras, waren menschliche Fußabdrücke.

Nach dem ersten Schock fing er sich wieder, denn er wußte, daß nicht alle Menschen gefährlich waren. Natürlich mußte man erst einmal mißtrauisch sein, aber es gab auch welche unter ihnen, die sich ganz harmlos ohne Waffen in die Landschaft hinauswagten. Athaba war vorsichtig, setzte seine Jagd jedoch unbeirrt fort. Er fand sumpfige Wasserlöcher mit Würgern und Großen Gelbschenkeln, doch er wollte größere Beute als diese Vögel.

Gegen Mittag kam er an einen Fluß, wo er trank. Im Wasser sah er Fische, doch nach ein paar erfolglosen Versuchen gab Athaba die Jagd nach ihnen auf. Sie waren zu schnell für ihn. Es war kein heißer Tag, der Himmel war leicht bewölkt, und deshalb waren die Fische so lebhaft.

Er setzte seinen Weg fort und kam durch eine trockene Schlucht mit verdorrten Gräsern. Am Ende der Schlucht witterte er ganz stark den Geruch einheimischer Jäger. Dies war sicher kein Mensch aus dem Süden, der mit blasser Haut und buntem Hemd über die Landschaft stolperte. Dies war ein Einheimischer, der das Gebiet sehr gut kannte. Er verströmte einen Geruch, der Athaba sagte, daß er wilde Tiere fangen oder töten wollte. Es war ein ganz bestimmter, süßlicher Geruch. Doch plötzlich merkte er, daß noch ein anderer Geruch dabei war – der eines Jägers aus dem Süden. Dann handelte es sich also um eine Zweierjagd, bei der ein Südmensch sich von einem Einheimischen helfen ließ. Eine schlimmere Situation gab es kaum noch. Sie bedeutete starke Waffen *und* gutes Jagdgespür ...

Athaba verließ die Schlucht und lief auf eine Gruppe Felsblöcke zu. Ein Windstoß brachte neue Gerüche. Die Jäger waren sehr nahe. Er mußte sich verstecken. Eine Maschine konnte er nicht wittern, und das war sein Glück. Sie konnten ihm zwar folgen, aber nur zu Fuß.

Zunächst lief er in Richtung der Höhle, aber dann schlug er einen scharfen Haken, da er dachte, wenn sie ihm folgten, wäre auch seine Familie in Gefahr. Es war besser, die Höhle zu umkreisen und einen Platz zu finden, wo er sich verbergen konnte.

Auf einmal zögerte er. Irgend etwas störte ihn. Der starke Geruch des einheimischen Jägers trieb ihm mit dem Wind zu, fast wie ein Geschenk. Aber wieso blieb ein geübter Jäger im Wind? Das ergab keinen Sinn. Und der rauchige, blumige Geruch des südlichen Jägers war nicht mehr dabei. Wohin war *der* verschwunden? Vielleicht wurde Athaba in eine Falle gelockt?

Einen Augenblick lang wußte er nicht, was er tun sollte. Schließlich lief er wieder los, nach Westen, im Schutz eines Felsgrats. Als er an der anderen Seite wieder hervorkam, wartete der Südmensch bereits auf ihn. Sein Gewehr hielt er schußbereit.

Athaba rannte los und wartete auf das Geräusch der Waffe.

Sein Herz klopfte schnell, aber er geriet nicht in Panik.

Es gab kein lautes Geräusch, nur ein »plopp« – und er spürte einen scharfen Stich in der Seite. Instinktiv schnappte er danach, da er dachte, es sei vielleicht eine Hornisse. Doch es war irgendein Ding der Menschen, das in seinem Muskel steckte.

Er lief noch sechs Schritte weiter, dann wurde er plötzlich müde. Er taumelte. Die Welt verschwamm um ihn herum. Er fiel nach vorne, als hätten seine Beine plötzlich keine Knochen mehr, und Dunkelheit legte sich wie ein Vorhang über seine Augen.

Es gab die Legende unter Wölfen, daß die einheimischen Jäger einst selbst Wölfe gewesen waren. Ihre Augen verrieten sie: Es waren immer noch die Augen von Wölfen. Wahrscheinlich hatte irgendein *utlah,* der sein Leben als Rabenwolf satt hatte, die mystischen Füchse aufgesucht und sich die Kunst des Gestaltwandels beibringen lassen. Er lief in eine mondbeleuchtete Landschaft, wo Schnee und Eis glitzerten, wo die Schatten dicht und schwarz waren, wo die Flüsse wild vorüberrauschten oder festgefroren waren – eine Landschaft, die für den Menschen zu rauh und daher vor Angriffen sicher war. Der *utlah* floh in das Land der Mitternachtssonne und verwandelte sich dort in einen Menschen.

Andere *utlahs* folgten ihm. Diese neue Art Mensch, dieser Wolf in Verkleidung, konnte auf der Tundra oder den eisigen Landschaften des Nordens leben, ebenso wie die einheimischen Tiere. Er konnte Spuren finden und fast so gut jagen wie jeder Wolf, weil bei der Verwandlung einige Fähigkeiten verlorengegangen waren. Diese neue Art Mensch – ein Mensch, so erdverbunden wie ein wildes Tier – lebte für lange Zeit allein auf der Tundra, im Schnee. Die Zeit war so lang, daß die Wölfe sie die Einzigmenschen nannten, da es schien, als sei der lange Marsch aus dem Chaosmeer irgendwo, sehr weit südlich der Tundra, aufgehalten worden. Dies waren die einzigen Menschen, die hier im Hochland leben konnten. Natürlich war es zu kalt für sie, wenn sie nackt blieben, also begannen sie, ihre ehemaligen Artgenossen zu jagen und sich den Pelz zurückzuholen, den sie verloren hatten.

Die Jäger aus dem Süden aber, diese verschlagenen Kreaturen, fanden schließlich Wege, die Kälte, die Einsamkeit und die Kargheit des Nordens zu überstehen. Die Menschen kamen mit Hunden und Werkzeugen und übernahmen die Herrschaft über das Land, das sich ihnen so lange verweigert hatte. Selbst die Einzigmenschen waren unglücklich über diese unvermeidliche Invasion, doch ebenso wie ihre ehemaligen Artgenossen, die Wölfe, konnten sie kaum etwas dagegen tun.

In Athabas Kopf schwirrten die Bilder von Wölfen, die sich in Menschen verwandelten, und Menschen, die sich in Wölfe verwandelten. Die beiden Versionen legten sich übereinander. Nach und nach drang Licht durch seine Augenwinkel. Er fühlte sich elend und schwach. Seine Kehle war trocken und seine Nase warm. Er hätte gern geschlafen, aber es war eine Fremdheit um ihn herum, die ihn irritierte. Langsam öffnete er die Augen.

Einer der Einzigmenschen sah auf ihn herab – der einheimische Jäger, der den Südmenschen begleitet hatte. In seinen Wolfsaugen lag Mitleid. Athaba sah kalte Winter in diesen Augen, tiefen Frost, wirbelnde Eiskristalle, weißen Wind. Die Augen waren schmal, mit kleinen Fältchen an den Augenwinkeln, und lagen in einem wettergegerbten Gesicht. Eine schwarze Haarlocke lugte unter der Wolfspelzkapuze hervor, die aussah wie ein Schmutzfleck auf seiner Stirn. Der Jäger zeigte seine vielen Zähne. Athaba witterte seinen Atem und tausend fremde Gerüche dazu. Er wich zurück und knurrte. Er wollte zurück zu Ulaala und den Welpen. Seine Gefährtin war sicher beunruhigt über seine lange Abwesenheit. Wenn diese Jäger ihn nicht töten wollten, dann sollten sie ihn so bald wie möglich zu seinem Rudel zurückkehren lassen.

Er stieß mit dem Hinterteil gegen ein Hindernis, drehte sich herum und schnappte danach. Er ging wieder vorwärts, dann zur Seite, in jede Richtung und merkte, daß er von allen Seiten eingesperrt war. Schwer atmend und benommen legte er sich wieder hin. Als er wieder zu Kräften kam, versuchte er es erneut, und das Bellen des Jägers, das er jedesmal hörte, wenn er an das Hindernis kam, machte ihn wütend. Der Jäger erhob sich und stand groß wie ein Riese über ihm. Athaba wollte hochspringen, ihm die bellende Kehle aufreißen und nach diesen hochgerollten Lippen schnappen.

Es dauerte eine Weile, bis er erkannte, daß er von allen Seiten von dichten Metalldrähten eingeschlossen war. So etwas hatte er noch nie gesehen, deshalb hatte er auch keinen Namen dafür; jedoch kannte er Fischernetze, und dies schien ihnen ähnlich, nur aus Metall. Sie hatten ihn gefangen. Außerhalb des Drahtnetzes lag die freie Landschaft, also hatten sie ihn nicht weggebracht.

Er blieb auf dem Boden seines Gefängnisses liegen und beobachtete seine Fänger – den Nordmenschen mit seinen Wolfsaugen und den Südmenschen mit der blassen Haut und dem Feuerstab in seinem Maul. Die Gerüche des Südmenschen waren ekelerregend, und Athaba hätte sich am liebsten übergeben. Die Waffe in der Hand des Menschen roch schwer und metallisch. Ein Schuß aus diesem Gewehr hatte Athaba die Sinne geraubt. Jetzt zeigte auch der Südmensch seine Zähne und bellte dem Nordmenschen etwas zu, während er Athaba weiterhin beobachtete. Athaba erschrak, als sein Gesicht plötzlich dicht auf ihn zukam. Er wartete eine Sekunde, dann sprang er hoch und schnappte nach dem Draht unterhalb des Gesichts.

Der weiße Jäger sprang zurück, seine Zähne waren hinter den Lippen verschwunden, und seine Haut war noch blasser geworden. Athaba erkannte seine Angst, sah sie, roch sie und triumphierte. Diese Südmenschen waren gar nicht so stark, wenn man sie mal aus nächster Nähe erlebte. Sie waren schwerfällige Kreaturen, ohne weiche Bewegungen. Dann verschwanden die Zeichen von Furcht wieder, der weiße Jäger zeigte seine Zähne und bellte in abgehackten Tönen. Athabas Triumph war also nur von kurzer Dauer gewesen. Nun, er konnte ja warten und das Ganze wiederholen. Er hatte das Gefühl, daß diese Südmenschen plötzliche Bewegungen oder Überraschungen nicht mochten. Athaba mußte also ruhig bleiben und scheinbar friedlich warten, bis sich das Gesicht wieder dem Drahtnetz näherte.

Er würde nicht kampflos aufgeben.

Als er sich wieder stark genug fühlte, sprang er auf den dicken Draht zu. Er wollte hinaus, zurück zu Ulaala, seiner Gefährtin, die er erst vor kurzer Zeit gefunden hatte! Viele Jahreszeiten war es ihm verwehrt gewesen, Gesellschaft zu haben, und dann fand er sie, die vollkommene Wölfin, und wurde ihr sofort wieder entrissen!

Schließlich hörte Athaba ein schreckliches Geräusch, und sein Herz begann wild zu pochen, als die Vogelmaschine aus dem Himmel zu Boden sank. Nun mußte er doch sterben! Sie würden Metall auf ihn regnen lassen, *dak-dak-dak-dak-dak,* und es gab keine Möglichkeit zu fliehen. Das Geräusch war schrecklich und machte ihn beinahe verrückt. Wirbelnde Winde durchwühlten den Schnee, zogen an seinem Fell. Es waren unnatürliche Winde ohne Richtung, irre Winde, die vom Lärm der Maschine verrückt geworden waren und nun versuchten, ihren fürchterlichen Flügeln zu entkommen. Alles versank in klapperndem Lärm und Panik und rasendem Blut und stummen Seelenschreien und widerlichen Gerüchen und Lärm und Lärm und Lärm ...

Athaba warf sich in seinem Gefängnis herum und zog sich zahlreiche Wunden bei diesem vergeblichen Versuch der Flucht zu. *Ulaala,* schrie es in seinem Kopf, *was machen die mit mir?* Er mußte einfach entkommen, zurück zu seiner Familie. Die Welpen! Seine Gefährtin! Sie warteten doch auf ihn!

Sie stießen hölzerne Stäbe durch das Netz und hoben ihn hoch bis unter die Flügel dieses riesigen Metallvogels. Er war gigantisch! Noch nie hatte Athaba bemerkt, wie groß diese Flugmaschinen waren. Der einheimische Jäger schob ein paar Fleischstücke durch den Draht, doch Athaba ignorierte sie. Er war zu entsetzt, um fressen zu können. Was würden sie mit ihm machen? Würde dieses Metallmonster ihn verschlingen? Dieser Lärm! Dieser Lärm! Dieser Lärm!

Als er in der Maschine war, wurde das Getöse noch lauter, und alles, was er tun konnte, war, sich flach hinzulegen und den Tod herbeizuwünschen. Er fühlte sich schrecklich, verzweifelt, besiegt. Die Vibrationen der Maschine verursachten ihm Übelkeit. Er übergab sich auf den Boden und kümmerte sich nicht um den Gestank. Dann fiel sein Magen in die Tiefe. Er hatte das Gefühl, als habe er sich in ein Stück Fleisch verbissen, das hoch an einer Schnur hing. Wenn er es losließe, würde er fallen, fallen bis in die Mitte der Erde. Kalte Luft wehte um ihn herum. Er machte die Augen zu, und alles drehte sich.

Der Krach schien ewig anzudauern, und Athaba verlor alle Hoffnung, ihm je wieder zu entkommen. Dann spürte er einen heftigen Ruck, das Rattern wurde allmählich leiser und, ein Wunder, hörte vollkommen auf.

Wieder wurde Athabas Gefängnis hochgehoben und zu einer Bodenmaschine getragen, die ihn zu einem Gebäude brachte. In diesem Gebäude war es sehr hell und warm.

Athaba bekam Futter und Wasser aus einer kleinen silbernen Quelle, die anscheinend auf Befehl des Südmenschen zu fließen begann. Athaba wollte noch immer weder fressen noch trinken. Ungewohnte Gerüche stürzten auf ihn ein, und bei manchen geriet er geradezu in Panik, doch alles war zuviel und zu verwirrend, um überhaupt darauf zu reagieren. Auch waren seltsame Geräusche um ihn herum. In der Wildnis hätte jeder dieser Gerüche oder jedes Geräusch ihn ausreißen lassen, doch da er hier nirgends hinfliehen konnte und die Angst in ihm wütete, drehte er nur sein Gesicht zur Wand und wünschte sich zu sterben.

Schließlich brachte ihn der Durst dazu, etwas Wasser aus der Metallschale zu trinken. Es war kein Regenwasser, Schmelzwasser oder Flußwasser mit den Salzen der Erde und Felsen. Diese Flüssigkeit schmeckte eigenartig, als sei sie mit schlechten Salzen vergiftet worden. Wasser, das sich in einem hohlen Baumstumpf angesammelt hatte, schmeckte nicht annähernd so schlecht. Wasser aus der Blase eines eben gerissenen Karibus war süßer. Dieses seltsame Wasser roch auch nach einem dieser Gerüche, die man nur bei Menschen findet. Athaba wartete, ob das Gift in seinem Körper wirkte. Er war dankbar, daß sie ihn auf diese Weise töteten. Sein Kopf würde in Nebel sinken und seine Brust zusammenfallen.

Doch nichts geschah. Er war enttäuscht. Wasser, das so roch und so weich war, muß doch schlecht sein. Aber anscheinend war es tatsächlich nur Wasser.

Er fing an, all das zu vermissen, was ihn in der Wildnis als selbstverständlich vorgekommen war. Einfache Dinge, die er für einen Bestandteil der natürlichen Ordnung aller Länder, aller Orte gehalten hatte. Luft, zum Beispiel. Warum war die Luft hier so ruhig? Wo war der Wind mit seiner Frische und seinen zarten Gerüchen? Selbst im hintersten Winkel jeder tiefen Höhle gab es einen Luftzug. Was war mit den Geräuschen der Erde? Dem Klicken der Insekten, dem Kreischen der Vögel, dem Geräusch von Schnee und Wasser, dem Klang der Sterne, die einander mit hoher Stimme etwas zuriefen? Hier drinnen war eine Atmosphäre wie dumpfes Metall, dichtes Eis. Ebensogut könnte er in einem Felsen eingeschlossen sein. Wo waren die süßen Düfte seiner verlorenen Landschaft. Wo war die Sonne, der Mond, die Finsternis? Was waren diese seltsamen heißen Lichter, die in dem Metallhimmel über seinem Kopf brannten? Nichts davon ergab einen Sinn.

Am meisten vermißte er Ulaala und die Welpen, und die

meiste Zeit machte er sich Gedanken, wie sie wohl ohne ihn zurechtkämen. Er hatte seine Gefährtin im Stich gelassen. Sie brauchte ihn zum Jagen oder um auf die Jungen aufzupassen, während sie jagte. Die Jungen waren jetzt immer in Gefahr, wenn sie auf Futtersuche ging. Diese Gedanken machten ihm so zu schaffen, daß er oft verzweifelt aufheulte, doch die Menschen, die ihn gelegentlich dabei ansahen, kümmerten sich nicht weiter um sein Elend.

Zu anderen Zeiten wurde er wütend und attackierte sein Gefängnis. Das Fleisch, das sie ihm gegeben hatten, war von einem Karibu. Es war alt, und er verschmähte es. Seine Tage des Aasfressens waren vorüber. Er war ein Leitwolf mit einem eigenen Rudel. Wie konnten sie es wagen, ihm Rabenfutter zu geben? Sollte er wieder ein Aasfresser werden?

Der einheimische Jäger kam zurück und kniete sich neben die Falle. Athaba versuchte, ihm durch Knurren und Schnappen angst zu machen, aber der Jäger verengte nur seine Augen. *Du machst mir keine Angst,* sagten diese grauen Augen. *Ich kenne dich, Wolf. Ich kenne deine Natur. Ich war einmal wie du.* Dann griff der Jäger nach einem Stück Fleisch und zog es schnell nach draußen. Er steckte es in sein Maul und kaute langsam darauf herum.

Athaba beobachtete ihn dabei.

Ich werde nichts fressen, schwor er sich. Das Wasser hatte er getrunken, aber ihr faules Fleisch würde er bestimmt nicht anrühren.

Warum töteten sie ihn nicht.

Worauf warteten sie?

Nichts ergab einen Sinn, und Athaba hatte noch nie davon gehört, daß ein Jäger einen lebenden Wolf gefangen hätte. Vielleicht wollten sie ihn für irgendeine Zeremonie benutzen und ihn ganz langsam umbringen. Ihn bei lebendigem Leib rösten? Zusehen, wie seine Augen verkochten und die

Flammen aus seiner Zunge schlugen? Seine Phantasie kannte in solchen Momenten keine Grenzen.

12

Lange Zeit konnte Athaba an nichts anderes als an Ulaala und die Welpen denken. Wie kamen sie ohne ihn zurecht? Bekamen sie genug Futter? Konnte Ulaala Eindringlinge fernhalten? Diese und andere Gedanken schwirrten in seinem Kopf herum und machten ihn beinahe wahnsinnig. Er wußte, daß er irgendwie entkommen mußte, doch das schien unmöglich. Tagelang nagte er an dem Metall, um sich langsam durchzubeißen. Es war das einzige, das er tun konnte, doch die Mühe war vergebens. Sein Zahnfleisch begann zu bluten, und seine Kiefer schmerzten. Er fühlte sich schrecklich niedergeschlagen. Noch nie zuvor war er in seinen Bewegungen so eingeschränkt gewesen, und es gab Momente, wo er dachte, er müsse vor Entrüstung und Wut ersticken. In seinem Geiste sah er schneebedeckte Berge, die weite Tundra, Täler, Berge, Wälder. Vor Augen hatte er nur Wände. Die Gerüche, die ihn angriffen, kamen von Stahl und Beton: dumpfe, kalte Gerüche, die einen metallisch scharf, die anderen staubig schwer. Es gab auch Geräusche, die ihn immer wieder aufschreckten: Klingeln und Klopfen, Brüllen und Klappern, Schlagen und Knirschen. Alles war ihm fremd, und er stand permanent unter Spannung und Angst.

Noch nie in seinem Leben war er auf so engem Raum gefangengehalten worden, der nur nach ihm stank. Sein Kot fiel nicht restlos durch die Löcher am Boden, und am Drahtnetz hing sein Urin. Wären sie frisch gewesen, hätten ihn diese Gerüche nicht gestört, doch abgestanden machten sie ihm angst. Er wollte weg von ihnen, wollte sie unter Erde verscharren, doch in seinem Gefängnis gab es keine Erde.

An schlechten Tagen, wenn er wild vor Verzweiflung herumtobte, kam der Südmensch und versuchte, ihn zu beruhigen. Anscheinend fürchtete er, daß Athaba sich verletzte. Da es dieser Mensch selbst gewesen war, der Athaba in seine verzweifelte Lage gebracht hatte, verstand der Wolf seine Besorgnis nicht. Dennoch kam der Mensch immer wieder und versuchte, ihn mit leisem Bellen und Knurren zu beruhigen. Athaba wünschte, der Mensch würde eine Hand durch das Netz stecken, damit er sie ihm abbeißen könnte. Er schwor sich, ihm ein paar Löcher in den Körper zu reißen, wenn er ihm je unter normalen Umständen wieder begegnen würde.

Schließlich, zu seinem eigenen Leidwesen, begann Athaba zu fressen. Das war der Anfang vom Ende. Es bedeutete, daß er sein Schicksal akzeptiert hatte, daß er nie wieder nach Hause zurückkehren würde. Die Hoffnung starb. Er war kein Wolf mehr. Er war nicht einmal ein Rabenwolf. Er war nichts.

Die Zeit verging. Er wurde in ein neues Gefängnis mit dicken Gitterstäben gebracht. Auf dem Boden lagen Erde und Spreu, was es ein wenig angenehmer machte. Kurz nach dem Transfer hatte er einen Anfall, der großen Aufruhr bei den Menschen verursachte. Athaba wünschte sich, diese Anfälle kontrollieren zu können, denn dann würde er jedesmal einen bekommen, wenn die Menschen um sein Gefängnis standen und darauf warteten, daß er etwas Sensationelles täte. Da hätten sie etwas zu glotzen!

Nach seinem Anfall versetzten sie ihn in künstlichen Schlaf, und Athaba nahm undeutlich einen Menschen in weißem Kittel wahr, der ihm Speichel und Blut abnahm. Der Jäger aus dem Süden machte sich anscheinend große Sorgen, ständig ging er neben dem Wolfsgefängnis auf und ab, blieb stehen und starrte durch die Gitterstäbe. Doch nach ein oder zwei Tagen hörte er damit wieder auf. Anscheinend hatte er seine Sorgen vergessen.

Von Zeit zu Zeit kamen andere Menschen, um ihn anzustarren – andere Menschen als die aus dem großen weißen Gebäude, die ihn gefangenhielten. Manchmal war der Südmensch dabei und zeigte mit dem Finger auf Athaba. Die Menschen bellten dann, entblößten ihre Zähne, und manche schüttelten sich auf eigenartige Weise. Athaba fühlte sich durch diese Besuche erniedrigt. Er war sicher, daß sie sich über ihn lustig machten, weil er eingesperrt war, und daß dieser Jäger damit protzte, einen ausgewachsenen Wolf gefangen zu haben.

An einem Besuch fand Athaba allerdings Gefallen. Hin und wieder kam ein Menschenjunges mit dunklen Haaren und hellen staunenden Augen. Athaba hatte aus der Entfernung schon Junge von einheimischen Jägern gesehen, aber dieses war das Junge des Südmenschen. Athaba erkannte die Ähnlichkeit ihrer Knochen und Gerüche. Der Jäger war ständig in der Nähe seines Nachwuchses und streichelte sein Haar, und wenn Athaba ein kehliges Knurren hören ließ, faßte das Junge den Jäger an der Hand.

Doch seine Augen waren voller Neugier und Bewunderung, wenn es den Wolf in seinem Gefängnis auf und ab streichen oder auf dem Boden liegen sah. Athaba wurde an seine eigenen Welpen erinnert.

Eines Morgens witterte er Aufregung in der Luft, und Athaba wußte, daß etwas Bedeutsames geschehen würde. Ein Mensch in weißem Kittel kam und stieß eines dieser spitzen Geräte in Athabas Flanke. Er wurde schläfrig, blieb aber bei Bewußtsein.

Irgendwann am Vormittag kam eine Bodenmaschine durch die großen Türen gerollt, an der eine Plattform auf Rädern befestigt war. Athabas Gefängnis wurde hinaufgehoben und zu einer Flugmaschine gebracht.

Es war nicht eine von denen, die plötzlich aus dem Himmel fielen und ebenso wieder aufstiegen, sondern eine, die lange auf dem Boden rollen mußte, ehe sie abheben konnte.

Zu Athabas Entsetzen wurde er in den Bauch dieser großen Maschine getragen. Sie war riesig! Im Himmel sahen sie immer aus wie Raubvögel, aber wenn sie mit ihren Kufen auf dem Eis landeten, waren sie riesengroß. Die Maschinen der Menschen konnten anscheinend größer und kleiner werden, je nachdem, wie sie benutzt wurden. Athaba überraschte es nicht, daß sie in der Luft kleiner wurden, da es mit Vögeln genau dasselbe war.

Wahrscheinlich hatte es etwas mit dem Fliegen selbst zu tun: Man mußte leicht wie ein Samenkorn sein, um vom Wind getragen zu werden.

Die riesige Maschine war im Innern wie eine Höhle, die nach Metall und anderen Sachen roch, die es nur beim Menschen gab. Athabas Gefängnis wurde auf dem Boden vertäut, ebenso eine Menge anderer Kisten mit eigenartig geformten Metallgeräten. Der Wolf konnte sich nicht erklären, was das für Dinge waren, und er war auch zu apathisch, um sie weiter zu beachten.

An beiden Seiten der Höhle waren kleine runde Löcher, durch die Athaba den blauweißen Himmel sehen konnte.

Nach einer sehr langen Zeit kam das kleine Menschenjunge und blieb am Eingang stehen. Es winkte mit der Hand, seine Augen waren weit aufgerissen. Dann stiegen zwei Menschen ein: der Jäger und ein anderer. (Einer, der im Himmel wohnte?) Sie verschwanden am anderen Ende der Maschine.

Lärm und Bewegung. Lärm und Bewegung.

Athaba wurde wieder so schlecht wie bei seinem ersten Flug, als sein Magen in die Tiefe fiel und seine Ohren zu schmerzen begannen. Er heulte auf und schluckte, was den Schmerz in seinen Ohren erträglicher machte. Der Lärm hörte überhaupt nicht auf, und Athaba legte sich flach auf den Boden.

Nach einer Weile wirkte das monotone Geräusch einschläfernd, und Athaba fiel in einen unruhigen Schlaf.

Abrupt hörte der Lärm auf! Athaba hatte ein seltsames Gefühl im Kopf. Er begann, langsam zur Vorderseite seines Gefängnisses zu rutschen, bis er gegen die Stäbe gepreßt wurde. Dann wurde der Boden wieder waagrecht. Es herrschte eine pfeifende, schneidende Stille, das Gefühl des Schwebens, und dann stürzte die Welt zusammen, spuckte Lärm, Licht und Luft. Athaba verlor das Bewußtsein, als sein Körper hart am anderen Ende des Gefängnisses gegen die Gitterstäbe geschleudert wurde.

Er wachte auf und spürte die Kälte. Der Wind heulte leise. Das Mittel, das in sein Blut gepumpt worden war, hatte seine Wirkung verloren. Sein vergittertes Gefängnis lag halb auf der abgerissenen Kante der Flugmaschine und halb auf dem Schnee. Anscheinend hatte es sich von den Haltegurten losgerissen. Athaba sah sich um und überlegte, ob wohl eine andere riesige Flugmaschine, vielleicht eine Raubmaschine, diese mit ihren Krallen in Stücke gerissen hatte. Sie war geköpft worden. Rundherum lagen zerbrochene Kisten im Schnee.

Der Jäger kam auf ihn zu. Athaba sah, daß er verwirrt war. Seine Augen waren dunkel und unruhig. Er fuhr sich mit den Fingern durch das Haar, rieb sein Gesicht und fing an, herumliegende Kleidungsstücke aufzusammeln und über seine eigenen zu ziehen. Er stöberte in den zerstörten Kisten und packte verschiedene Dinge in eine Tasche. Der andere Mensch war nirgends zu erblicken.

Athaba versuchte aufzustehen und merkte, daß eines seiner Beine verletzt war. Es würde sein Körpergewicht nicht ohne großen Schmerz aushalten können, also legte er sich wieder hin.

Die Dunkelheit brach herein, und der Jäger machte in geringer Entfernung ein Feuer. Athaba war nicht gern in der Nähe des brennenden Holzes (und was da sonst noch so schrecklich stank), aber er konnte nichts dagegen tun. Durch die Gitterstäbe erreichte er den Schnee, von dem er etwas aufleckte, um seinen Durst zu stillen. Der Jäger schien ihn ganz vergessen zu haben, denn er gab ihm weder zu trinken noch zu fressen. Athaba war zwar nicht hungrig, aber sehr durstig. Mitten in der Nacht flog ein Vogel so nahe an das Gefängnis, daß er ihn durch die Gitterstäbe fangen konnte.

Am nächsten Tag ging die Sonne ganz plötzlich über dem Rand eines Steilhangs auf. Der Schnee wurde matschig und begann zu schmelzen. Athaba konnte noch etwas davon trinken.

Der Jäger machte sich an die Arbeit, eine Art Schlitten mit Schulterriemen zu bauen, aber Athaba konnte sich vorstellen, daß so ein Schlitten bei wenig oder gar keinem Schnee schwer zu ziehen sei. Also hatte der Mensch viel Anstrengung vor sich. Jetzt sah er auch den zweiten. Er lag reglos am Boden. Eines seiner Beine fehlte, und sein Kopf war seltsam verdreht.

Als der Schlitten halb fertig war, versuchte der Jäger, ihn über den felsigen Untergrund zu ziehen. Er blieb mehrere Male stecken, und der Mensch wurde böse und trat den Schlitten kaputt. Dann setzte er sich hin und stützte den Kopf zwischen die Hände.

Eine Weile später wurde er wieder aktiv und schichtete Steine auf den Körper des toten Menschen. Als er fertig war, band er zwei Metallstücke in der Mitte zusammen und steckte sie wie einen kleinen Baum oben in den Steinhaufen.

Sie blieben die nächste Nacht auch noch dort, und Athaba wurde immer durstiger. Er heulte und winselte, damit der

Mensch ihm Wasser geben würde. Der schimpfte nur und warf Steine in Athabas Richtung, wenn er zu laut wurde.

Dann, mitten in der Nacht, kam der Mensch mit einem Licht zu ihm. Er starrte ihn lange an, dann ging er wieder fort und kehrte mit einer Schüssel voll Wasser zurück. Zaghaft schob er sie durch die schmale Öffnung über dem Boden, und Athaba leckte gierig das Wasser auf, ohne den Menschen eines weiteren Blickes zu würdigen.

Athaba wurde immer wütender, daß er sich nicht befreien konnte. Als er noch in dem Gebäude der Menschen gefangen war, war es anders gewesen, aber nun waren sie in freier Wildnis. Er konnte die Gerüche der Landschaft wahrnehmen, ihren Geist spüren. Er wollte da draußen sein und mit dem Wind um die Wette laufen. Er spürte, daß er weit von seinem Zuhause entfernt war – *sehr* weit entfernt –, und wollte sich auf den Heimweg machen. Es war ihm egal, ob er dabei umkam; wichtig war, daß er es versuchte, trotz seines schmerzenden Beines.

Zwei weitere Tage vergingen. Einmal war das Geräusch einer Flugmaschine zu hören, jedoch aus weiter Entfernung. Der Mensch sprang und tanzte wild herum, als hätte er ein Insekt im Ohr, wedelte mit den Armen und bellte heiser in den Himmel. Er hatte ein Gewehr mit einem dicken Lauf und versuchte, in die Luft zu schießen, doch nichts geschah, und er schrie und warf das Gewehr ins Feuer, wo es mit einer roten Stichflamme explodierte. Brennende Ästchen regneten auf den Jäger herunter, und Athaba roch sein verbranntes Haar. Wieder tanzte der Mensch, doch diesmal sah es anders aus.

Das Geräusch der Flugmaschine wurde leiser und erstarb.

Der Jäger stand verloren da und spähte in den Himmel, wo seine Brüder lebten, und wunderte sich wohl, warum sie nicht herunterkamen und ihm halfen. Daß er Hilfe brauchte, war ganz offensichtlich.

Es kamen keine Maschinen mehr.

Schließlich stapfte der Mensch den Hügel hinunter, Richtung Westen. Er blieb einige Male stehen, sah sich um, schüttelte den Kopf und ging weiter. Auf dem Rücken trug er einen übervollen Sack.

Athaba heulte ihm wütend hinterher.

Als der Jäger den Fuß des Hügels erreicht hatte, drehte er sich um und sah lange in Athabas Richtung. Dann nahm er seinen Rucksack ab und stieg den Abhang langsam wieder hinauf. An der Flugmaschine angekommen, ging er zu Athabas Gefängnis. Er roch nach Schweiß, und die Fliegen schwirrten um ihn herum.

Schließlich bückte er sich, fummelte an den Gitterstäben herum und ging dann hastig ein paar Schritte zurück. Er machte wieder kehrt und lief schnell den Hügel hinunter, wobei er ein paarmal über die Schulter zurückblickte.

Als er auf etwa halber Höhe angekommen war, blieb er stehen und drehte sich um.

Athaba, durch Hunger geschwächt, stakste auf unsicheren Beinen an den Gitterstäben entlang. Plötzlich bewegten sie sich und gingen so weit auseinander, daß ein Spalt entstand, durch den er hindurchschlüpfen konnte.

Der Jäger lief weiter den Abhang hinunter.

Eine Weile sah Athaba ihm nach, dann folgte er dem Jäger hinunter in das flache Tal, wo er Wasser witterte. Er lief auf drei Beinen und trat mit dem vierten Fuß nur auf, wenn er vergaß, daß er dort verwundet war. Er roch einen Lemming. Sofort legte er sich hin und wartete, bis das Tier in Reichweite kam. Es flüchtete unter einen großen Stein, der leicht genug war, daß Athaba ihn umstürzen konnte. Schnell schnappte er nach dem Lemming, seiner ersten Mahlzeit nach vielen Tagen. Ganz aus der Nähe nahm er den Geruch von Metall und Holz wahr: einem Gewehr. Die Waffe war anscheinend beim Aufprall der Maschine weggeschleudert worden, und der Jäger hatte sie nicht finden können, obwohl Athaba ihn lange beim Durchsuchen der Gegend beobachtet hatte.

Athaba machte sich davon. Er verabscheute den Geruch von Waffen und wollte möglichst weit davon wegkommen.

Vor ihm tauchte der Jäger auf, der jetzt nach Norden wanderte. Offensichtlich hatte er keine Ahnung von Himmelsrichtungen. An der Haltung, am Geruch und an den Bewegungen des Menschen konnte Athaba erkennen, daß er gänzlich unentschlossen war.

Nun da er frei war, hatte er alle Gedanken an Rache verloren. Dieser Südmensch interessierte ihn nicht mehr. Jeder ging seines Wegs, und sie würden sich nie wiedersehen. Athaba dachte nur an sein Zuhause, das viele Horizonte entfernt lag. Er wußte nicht, ob er einen Monat oder eine Jahreszeit brauchen würde, um dorthin zu kommen, aber er merkte, daß die Gegend um ihn herum völlig fremd war. Die ganze Landschaftsform war ihm neu. Noch nie hatte ihm jemand von so einem Land erzählt.

Allerdings war es seinem sehr ähnlich. Von den Raben, die mit den Zugvögeln sprachen, wußte er, daß es viele Landschaften gab – Länder, die über und über mit Gras bedeckt waren, das grün oder gold schimmerte und im Wind wogte. Länder mit nichts als Sand, wo keine Pflanze wachsen konnte. Zuerst hatte er gedacht, die Raben logen, aber als sie nicht davon aufhörten, glaubte er allmählich, daß es nicht nur das Waldland, die Tundra und den Permafrost gab.

An der Temperatur konnte er erkennen, daß er weiter im Norden war als bei seiner Gefangennahme. Es kam die Jahreszeit der langen Tage. Im Moment lag das Licht wie Dunst über dem Horizont und sah aus wie eine Wand zwischen Wolken und Erde. Irgendwo hinter dieser Wand lag sein Land, sein Zuhause.

Der Jäger hob einen Stein auf, als Athaba in einiger Entfernung an ihm vorbeilief, ihn jedoch keines Blickes würdigte. Wenn der Mensch dachte, Athaba würde ihn mit einem Angriff beehren, so hatte er nicht nur Steine in der Hand, sondern auch im Kopf. Solche Rachegedanken waren etwas für Gefangene, die dadurch ihren Lebenswillen behielten, aber nichts für Tiere in freier Wildbahn, die jedem Menschen ohne Gewehr davonlaufen konnten. Dieser Mensch war eine erbärmliche Kreatur und keine Zeitverschwendung wert.

Athaba humpelte zum Fluß, wo er gierig das erste frische süße Wasser trank. Es lief kalt in seinen Bauch. Er wollte es beim Laufen glucksen hören, also trank und trank er, bis er nicht mehr konnte. Dann sah er über das kräuselnde Wasser und beobachtete die kleinen Wasserfälle über Felsblöcken. Bunte Insekten tanzten im Sprühnebel, und Vögel kamen zum Trinken. Athaba fing einen kleinen Fisch beim zweiten Versuch. Es war nur ein kleiner Bissen, doch der Platz summte und brummte vor Leben. Ein Schwarm Enten flog über seinen Kopf und landete auf dem Wasser.

Nein, hier würde er auf keinen Fall verhungern.

VIERTER TEIL

Die lange Reise

13

Zu Beginn des Sommers steht die Tundra unter Wasser. Der Dauerfrost liegt wie ein Felsengrund unter der obersten Erdschicht, und das Schmelzwasser kann nicht abfließen. Es bildet Seen, Teiche, Bäche und Flüsse. Das flache Land sieht aus wie getriebenes Silber oder wie von Quecksilberflüssen durchzogen.

In diesem malerischen Silberland leben Millionen Wasservögel, Fische und Insekten, vor allem Moskitolarven. Der Wind fegt über die Ebene hinweg. Die höchsten Büsche oder Krüppelbäume sind nicht höher als ein Hase, der aufrecht auf den Hinterläufen sitzt. Hie und da durchbricht eine Gruppe Zwergweiden oder Krüppelbirken die Monotonie.

Der sumpfige Untergrund erschwert den Fußmarsch. Bei jedem Schritt wird der Wanderer in die Erde gesogen. Hin und wieder ragen Felsbuckel aus dem Boden, dort ist das Fortkommen natürlich leichter, aber an anderen Stellen dauert es bis zu zehnmal länger, das Gebiet zu durchqueren, als in Landschaften mit festem Untergrund. Hier kann der Geist sich in der Weite des Himmels verlieren. Hier liegt die Mitternachtssonne wie eine riesige Kugel rotglühendes Eisen am äußersten Rand der Erde.

Athabas Verwundung erschwerte ihm die Wanderung noch zusätzlich. Allerdings schien es nur eine Muskelverletzung zu sein, kein gebrochener oder verrenkter Knochen, so daß er hoffen konnte, das Bein werde mit genügend Vorsicht bald heilen.

Am frühen Morgen des zweiten Tages pirschte er eine geraume Zeit hinter einem kleinen Nager her, der ihm im letzten Augenblick von einem Wintervogel vor der Nase weggeschnappt wurde. Als der Pirat sich wieder in die Lüfte schwang, sprang Athaba hinterher und hoffte, beide, Nagetier und Vogel, zum Frühstück zu bekommen. Doch der Vogel war zu schnell für ihn, und Athaba blieb mit stechenden Schmerzen in seinem verletzten Bein zurück.

»Irgendwann«, knurrte er, »werde ich ihn erwischen, und dann freß ich ihn samt Federn und Schnabel!«

Er hatte Hunger. Mit seiner Verletzung konnte er nur schwer jagen, aber er mußte bald etwas zu fressen bekommen. Er erreichte eine trockene Kiesfläche und suchte unter jedem größeren Stein nach Käfern. Das war zwar kein ideales Wolfsfutter, aber immerhin besser als nichts. Unterhalb des Kiesfleckens lag einer der tausend Seen der Tundra, an dessen Rand einige rothalsige Seetaucher durchs Wasser wateten. Athaba drückte sofort den Bauch gegen den Boden und kroch langsam im Spinnengang durch Blumen und Gräser auf die Vögel zu.

Gegen Mittag war er endlich in Reichweite. In der Mitte des Sees schwammen Gänse und Enten – falls sie Athaba gesehen hatten, warnten sie die Seetaucher nicht. Vielleicht interessierte sie der Angriff einfach nicht. Sie waren ja sicher.

Die Sonne schien warm auf das Gefieder der Vögel und versetzte sie in leichten Schlummer. Im richtigen Moment sprang Athaba vor und machte sich instinktsicher über die wild herumstiebenden Seetaucher her. Als es vorüber war, lagen drei tote Vögel neben ihm. Sofort schlang er den ersten hinunter, gleich danach den zweiten.

Da er zu satt für den dritten war, nahm er ihn ins Maul und suchte ein sicheres Versteck. Der Boden war zu matschig zum Vergraben, deshalb bedeckte er den Vogel mit Farnbüscheln – kein besonders zufriedenstellendes Ergebnis.

Dann setzte er seinen Weg fort und umrundete den See. Jetzt ging es ihm besser. Die Gerüche der Wildblumen und Farne, der Wasservögel und Nagetiere stiegen ihm in die Nase. Er fühlte sich fast wieder wie früher.

Auf einmal witterte er den Jäger und blickte zurück. Der Mensch hatte das Versteck seines Vogels gefunden. Mit einem schuldigen Blick, den Vogel in der Hand, starrte er zu Athaba hinüber. Der Wolf überlegte, was er nun tun sollte. Den Jäger angreifen, weil er sein Futter gestohlen hatte? Der Wolf war sicher stärker als der Mensch, aber die natürliche Angst war nur schwer zu überwinden. Außerdem gab es praktische Gründe dafür, ihn besser nicht anzugreifen. Obwohl der Mensch schwach war, würde er um sein Leben kämpfen und Athaba dabei vielleicht verwunden. Athaba aber mußte gesund und stark für die bevorstehende lange Reise sein und konnte sich keine weitere Verwundung leisten. Und was wäre durch einen Angriff gewonnen? Nach den zwei Vögeln war er satt, und es würde bestimmt eine Weile dauern, bis er genug Hunger für den dritten bekam. Athaba überlegte, warum er sich überhaupt die Mühe gemacht hatte, ihn zu verstecken, obwohl er wahrscheinlich nie wieder an die Stelle zurückkehren würde. Wahrscheinlich war es einfach aus Gewohnheit geschehen.

Athaba beschloß, sich eine Weile auszuruhen, weil sein verwundetes Bein schmerzte. Er legte sich zwischen das Riedgras am Rande des Sees und beobachtete den Menschen, der nun mit hastigen Bewegungen dem toten Vogel die Federn ausrupfte. Dann biß er in das rohe Fleisch.

Er will ein Wolf sein, dachte Athaba.

Doch anscheinend konnte der Mensch so nicht fressen, denn er stieß ein paar abfällige Laute aus und sah sich um. Er sammelte ein paar trockene Pflanzen, von denen es sehr wenige gab, bis er einen kleinen Haufen zusammen hatte. Dann nahm er etwas aus der Tasche und hielt eine Flamme an seinen kleinen Scheiterhaufen. Athaba hörte ein leises »wupp«, und das Gras war weggebrannt, noch ehe nur eine Feder des toten Vogels versengte. Der Mensch machte ein bestürztes Gesicht.

Athaba kam auf die Füße und trottete davon. Der Geruch des Feuers machte ihn nervös. Er wanderte am Seeufer entlang, bis er sicher genug war, daß ein neues Feuer ihn nicht erreichen konnte, und legte sich wieder hin.

Als er zum Menschen hinübersah, blitzte dort ein silbriger Streifen auf, wie ein Fisch, der durch das Wasser schwimmt und in der Sonne glitzert. Der Mensch hatte eine Klinge aus der Tasche genommen und schnitt die Unterseite des Vogels auf. Er holte die Leber und andere Innereien heraus, und stopfte sie in seinen Mund und kaute schnell darauf herum. Dann mußte er sich fürchterlich übergeben. Anscheinend war sein Hunger noch nicht groß genug, um den Widerwillen gegen rohe, noch warme Leber zu überwinden. Nicht zum ersten Mal wunderte sich Athaba über den schwachen Magen der Südmenschen. Warum mußten sie ihr Fleisch verbrennen, bevor sie es fressen konnten? Die Einheimischen, die früher selbst Wölfe gewesen waren, konnten noch immer rohes Fleisch fressen, besonders Fisch, aber die Südjäger mußten ihr Fleisch über dem Feuer rösten. Sie waren so empfindliche und ohne Waffen so klägliche Kreaturen! Man sollte sie eher verachten als fürchten.

Nach einiger Zeit gelang es dem Jäger, ein kleines Feuer aus Stoffetzen und anderen Sachen aus seinem Rucksack zu entfachen.

Er verbrannte die äußere Schicht des Vogels, riß ein paar Bissen heraus und legte das Fleisch wieder ins Feuer. Athaba beobachtete, wie er Pflanzen aus dem Boden riß und an ihren Wurzeln nagte.

Der Wolf verstand nun, warum der Mensch ihn während der letzten Tage nicht gefüttert hatte. Er hatte selbst nur so wenig Futter gehabt, daß sie beide nicht satt geworden wären. Sicher hatte er auf Hilfe gehofft, darauf, daß eine dieser Flugmaschinen ihn holte, und deshalb versucht, mit seinem kleinen Vorrat so lange wie möglich auszukommen.

Ein Wolf frißt, soviel er kann, und kommt dann tagelang ohne Futter aus. Menschen konnten das offensichtlich nicht. Dieser Mensch war so ausgehungert wie Athaba vor seiner letzten Beute.

Als nächstes nahm der Jäger zwei große Steine und zertrümmerte die Reste des angebrannten Vogels, bis das Fleisch in schmalen Streifen herabhing, die der Mensch langsam fraß. Er mußte sich nicht mehr übergeben. Fürs erste schien er sein Problem gelöst zu haben.

Dann starrte der Mensch den Wolf an. Er schien etwas von seiner ursprünglichen Arroganz wiedergewonnen zu haben, oder zumindest etwas von seinem Selbstvertrauen. Er nahm eine Handvoll ausgerupfter Federn vom Boden und warf sie in die Luft, so daß sie ihm auf Kopf und Schultern regneten. Dazu stieß er bellende Laute aus, die nach Triumph klangen. Anscheinend war er der Meinung, er hätte etwas ganz Außergewöhnliches vollbracht – dabei hatte er den Vogel nicht einmal selbst gefangen, sondern nur das Aas eines anderen Jägers gefressen.

»Ein Rabenmensch«, seufzte Athaba kopfschüttelnd. »Und ein glücklicher dazu.«

Dann sprang er wieder auf, untersuchte seinen kranken Fuß und machte sich weiter auf den Weg. Der Jäger packte eilig seine Sachen zusammen und folgte ihm. Athaba hatte ständig seinen Geruch in der Nase. Was war da los? Warum ging der Mensch nicht in die Richtung, die für ihn besser war? An seiner Stelle wäre Athaba nach Süden gewandert. Athaba hingegen lief nach Westen, weil er dort sein Rudel vermutete.

Es gab zwei Möglichkeiten. Entweder wußte der Mensch

nicht, wo Süden war (Athaba hielt das jedoch für unwahrscheinlich), oder er wußte, daß er allein nicht überleben könnte. Vielleicht brauchte er Athaba, um einen sicheren Weg über das Sumpfgelände zu finden? Vielleicht dachte er, er könnte nur überleben, wenn er die Beutereste des Wolfes plünderte? Was immer es war, der Mensch hatte offensichtlich erst einmal beschlossen, dem Wolf zu folgen.

Sie umrundeten beide den See. Am Abend war Athaba vollkommen erschöpft, obwohl er nur eine kurze Wegstrecke zurückgelegt hatte. Es würde ewig dauern, bis er seine Heimat erreichte! Sicher würde er vorher sterben.

Doch er wußte, daß er stark bleiben und jeden Tag als neue Aufgabe bewältigen mußte. Noch hatte es keinen Sinn, von einem Wiedersehen und dem Ende seiner Reise zu träumen. Wenn er solchen Gedanken nachhing, verließ ihn nur der Mut, und er schaffte es erst recht nicht. Am besten wäre es, sich kleine Ziele zu stecken – einen fernen Berg, einen See – und dann die Situation neu einzuschätzen und ein neues Ziel zu setzen.

Er fand ein kleines Felsplateau zum Ausruhen.

Am Horizont lag ein letzter roter Lichtstreifen der untergehenden Sonne. Nordlichter flackerten im Himmel wie verirrte Riesenleuchtkäfer. Athaba hörte Steine rollen und klackern, als der Jäger ihn endlich einholte.

Der Mensch wußte jedenfalls, wo sein Platz war – er blieb ein wenig unterhalb des obersten Plateaus liegen. Sein Geruch störte den Wolf noch immer, aber mit der Zeit wurde er erträglicher. Der Südmensch hatte sich der Natur schon ein wenig angenähert, war ein bißchen Teil der Tundra und ein bißchen weniger zivilisierter Mensch geworden. Der Boden der Tundra klebte an seinen Stiefeln. Der Geruch des Mooses haftete an seinen Kleidern. Reine frische Tundraluft rieb über seine Haut und füllte seine Poren. Blumensamen hingen in seinem Haar, und zwischen seinen Fingern und Zehen war Dreck. Er wuchs in die Natur hinein, und die Natur in ihn. Allerdings hatte die Natur noch eine Menge zu tun, bis der Wolf über ihn nicht mehr die Nase rümpfen mußte. Schließlich hatte dieses zweibeinige Tier während der letzten zehntausend Jahre alle Spuren der guten Erde abgelegt. Da waren das millionenfache Baden, Zähneputzen, Nagelfeilen, Haareschneiden, Bartstutzen, Rasieren, Augenbrauenzupfen und Ohrenspülen zu beseitigen.

Seine Haut mußte durch Sonne, Wind und Regen gegerbt werden, damit sie nicht so empfindlich war. Sein Haar mußte wachsen und Staub einfangen. Seine Nägel mußten wachsen und sich Dreck darunter ansammeln. Seine Lungen mußten den Rauch und all die anderen giftigen Gerüche der Menschensiedlungen ausatmen.

Am späten Abend gab es lästige Insekten. Athaba hörte, wie der Jäger um sich schlug und knurrte. Dann war Ruhe. Kurze Zeit später stand Athaba auf und ging zu dem Menschen hinüber, der mit entblößter Kehle auf dem Rücken lag, einen Arm über den Augen. Er schlief tief und fest.

Athaba schnupperte am Rucksack, zog die letzten Reste seines Vogels hervor und nahm sie mit zu seinem Schlafplatz. Dort machte er sich über die verbliebenen Fleischstückchen her. Ein Knochensplitter blieb an seinem Gaumen hängen. Zuerst geriet er in Panik – er hatte schon Wölfe gesehen, die an Verletzungen durch Knochensplitter im und am Mund verblutet waren –, doch durch beständiges Reiben mit der Zunge gelang es ihm, den Knochen so weit zu lösen, daß er ihn ausspucken konnte. Er hätte sich daran erinnern müssen, wie gefährlich Vogelknochen waren. Es war schwer, sich unter diesen neuen Umständen an altbekannte Regeln zu halten.

Nachdem er erwachte, hinkte er an den Rand des Plateaus. Der Himmel war klar und tief wie ein umgestülpter See. Ein Falke kreiste über ihm und drehte nach Süden. Unten auf der Tundra glänzte ein Gewirr von Bächen und Seen, die das Land in kleine Musterflecken unterteilten.

Der Mensch mußte ihn wohl beobachtet und gewartet haben, bis Athaba sich bewegte, denn er sprang sofort auf und folgte ihm in das Sumpfgebiet hinunter. Keuchend und stolpernd blieb er immer etwa zehn Längen hinter dem Wolf – die vor ewigen Zeiten durch die Gletscher geformten Felsen waren für ihn schwer begehbares Gelände. Mensch und Wolf wanderten über eine Landschaft, die durch eine Million Froste dunkler Winter geprägt worden war.

Als sie an einen der Flüsse kamen, blieb der Mensch stehen und starrte ins Wasser. Athaba dachte, daß er wohl die Fische beobachtete, die sich zwischen den Steinen tummelten. Der Jäger nahm den Rucksack ab, stieg ins kalte Wasser, und versuchte nach einigem Zögern, einen Fisch zu fangen. Nach mehreren Versuchen stand er immer noch mit leeren Händen da. Kritisch sah Athaba ihm zu.

Dann trabte der Wolf ins Uferwasser, und innerhalb kürzester Zeit fing er eine der Äschen mit dem Maul. Langsam fraß er den Fisch und ließ dabei den Menschen nicht aus den Augen. Danach holte er sich noch einen zweiten Fisch. Der Jäger beobachtete ihn und stemmte die Hände in die Hüften. Sein Gesichtsausdruck zeigte Bewunderung und Wut zugleich. Athaba fing einen dritten Fisch und ließ ihn auf das Ufer fallen. Vorsichtig kam der Jäger auf ihn zu. Als er nur noch drei Längen entfernt war, verschlang Athaba in Windeseile den Fisch und verschluckte sich beinahe dabei.

Der Rabenmensch stieß einen Schrei aus, als wolle er sagen: »Willst du mir denn kein Aas übriglassen? Willst du mir etwa alles vor der Nase wegfressen?«

Athaba ging ein viertes Mal ins Wasser, stieß ein-, zwei-, dreimal zu, und beim vierten Mal hatte er wieder einen Fisch gefangen. Er behielt ihn so lange im Maul, bis der Jäger mit hoffnungsvollem Blick zurückgewichen war. Dann stieg der

Wolf aus dem Wasser, ließ den Fisch auf den Boden fallen und legte sich daneben.

Der Jäger schlich langsam wieder vorwärts, bis Athaba den Kopf hob und ihn scharf ansah.

Schließlich hielt es der Mensch nicht mehr aus und fing an zu schreien und Steine zu werfen. Sein Hunger ließ ihn alle Furcht vergessen, und als er auf Athaba zu rannte, packte der die Äsche und lief wieder in den Fluß. Der Wolf wartete noch, bis der Mensch nahe genug herangekommen war, dann ließ er den Fisch wie zufällig ins Wasser fallen. Der Jäger sprang hinterher und versuchte verzweifelt, den zappelnden, glitschigen Fisch zu fassen zu bekommen. Einmal hätte er ihn fast geschnappt, aber dann schlüpfte er ihm gleich wieder aus den Fingern.

Athaba wunderte sich sehr über dieses seltsame Verhalten. Er drehte sich um, zuckte mit den Schultern und machte sich gut gesättigt weiter auf den Weg.

Während des Tages wurde es kälter, und Wind kam auf. Als sie eine Kiesfläche erreichten, sank der Mensch plötzlich auf die Knie. Athaba dachte, er sei endgültig erschöpft, aber dann merkte er, daß der Mensch etwas gefunden hatte. Er stieß ein Triumphgeheul aus und fing an, sich kleine helle Kugeln in den Mund zu stecken. Dann suchte er auf allen vieren weiter.

Athaba wußte, was der Rabenmensch gefunden hatte.

Vogeleier.

Unbeirrt machte er sich hinkend weiter auf den Weg – er wollte vorankommen –, und der Jäger sah ihm bestürzt hinterher. Der Wolf wußte, daß er den Menschen jetzt in eine Zwickmühle gebracht hatte – er konnte entweder bleiben, nach mehr Eiern suchen und seinen Hunger stillen oder dem Wolf folgen, ohne den er sich verloren glaubte. Schließlich fand er einen Kompromiß.

Er trabte hinter dem hinkenden Wolf her und bückte sich

hin und wieder, um ein Ei aufzuheben. Vögel kamen kreischend herbei, um sich auf die beiden zu stürzen, aber das waren ihre geringsten Sorgen. Der eine wollte möglichst schnell weiterkommen, der andere seinen leeren Magen füllen.

Als Athaba sich abends auf einem warmen Felsen zum Schlafen legte, hörte er, daß der Mensch Verdauungsprobleme hatte. Die Eier der Seetaucher waren in seinem Körper zu Wasser geworden und verursachten knurrende und gluckernde Geräusche gegen den Felsen.

In der Nacht wurde der Wind noch stärker und fauchte sandspeiend über die Ebene. Mensch und Wolf suchten Schutz in einem Hain aus Zwergbirken, der schon manchen Hurrikan überstanden hatte. Die verkrüppelten Bäumchen, zweihundert Jahreszeiten alt und kaum größer als Setzlinge, neigten im Sturm weise das Haupt.

In der Nacht hatte Athaba einen Traum. Welpen trollten um seine Füße und leckten ihm das Maul, damit er ihr Fressen hervorwürgte. Er war ihr Vater und tat Dinge, die ein Vater tut. Er hörte Heulrufe. Die Welpen lernten die verschlungenen Gesänge ihrer Vorfahren. Dann war Athaba selbst ein Welpe, der seinen eigenen Heulruf erdachte und diesen Ruf seiner Mutter vorführte. Zornentbrannt und gnadenlos verstieß ihn die Mutter, denn Wölfe dürfen keine neuen Heulrufe und -gesänge *erfinden.* Es war gegen die Gesetze des Rudels. Die alten Lieder hatten ihren Sinn, und alles Neue wurde mißtrauisch abgelehnt. Dachte Athaba etwa, er sei mächtiger als seine Vorfahren?

Athaba träumte von dem Begräbnis seines Vaters und anderen Begebenheiten. Sein Problem war immer gewesen, daß er mit mehr Geist als andere Wölfe geboren worden war. Nicht mit dem Geist der Tapferkeit, obwohl er auch davon besaß, sondern mit dem Geist der Unendlichkeit. Er war immer bereit gewesen anzuerkennen, daß nicht alles auf der

Welt zu erklären war, daß es gewisse Aspekte von Leben und Tod gab, die nur erfühlt und durch den Geist oder die Seele erfahren werden konnte.

Diese Anerkennung einer mystischen Seite der Natur war der Grund, daß Athaba es so weit gebracht hatte, während andere Wölfe sich längst aufgegeben und den Tod gesucht hätten.

Als er erwachte, wütete der Wind noch immer durch das Wäldchen und drückte die kleinen Bäume mit ihren daumendicken Stämmen bis fast auf den Boden. Der Jäger lag zusammengekauert darunter und wimmerte.

Ob Menschen wohl auch träumten? Darüber hatte Athaba noch nie nachgedacht. Möglich war es. Schließlich waren sie ja auch Tiere, wenn auch nicht im Geiste, dann zumindest in der Gestalt. Da! Schon wieder ein Wimmern. Ganz sicher träumte der Mensch – genau wie ein Wolf.

Athaba dachte daran weiterzuziehen, aber plötzlich bekam er einen seiner Anfälle und fühlte sich danach so schwach, daß er liegenblieb.

14

Am nächsten Tag setzte der Wolf trotz des starken Windes seine Reise fort. Er wollte vorwärtskommen und achtete nicht auf seine wunden Pfoten und den schmerzenden Hinterlauf. Der Mensch folgte ihm widerstrebend – sein Murren war durch das Heulen des Windes hindurch zu hören. Beide erkämpften sich hart ihren Weg, und jeder kämpfte für sich, da der Wolf sie nicht als zusammengehörige, sondern als zwei voneinander unabhängige Wesen betrachtete. Als der Wolf sich einmal umdrehte, sah es so aus, als habe der Mensch seine letzte Kraft verloren. Mit eingefallenen Wangen und tiefliegenden müden Augen schleppte er sich weiter. Es gab keine Aussicht auf Nahrung, und der Mensch wurde schwächer und schwächer. Athaba dachte, daß sein Begleiter wohl bald sterben würde.

Aber der Wind raubte auch ihm alle Kraft. Er fuhr ihm in die Nase, so daß er die Luft anhalten mußte. Er blies Sand und Kies in seine Augen, so daß er mit gesenktem Kopf, in unterwürfiger Haltung laufen mußte. Verzweiflung nagte an ihm, und es fiel ihm schwer, sie zu unterdrücken.

Dann geschah etwas ganz Unverhofftes.

Athaba, dessen eigener Geruch vom Wind überdeckt wurde, stieß auf eine Karibuherde, die in einer Senke Schutz gesucht hatte. Seine unmittelbare, instinktive Reaktion war, das nächste Tier zu reißen, bevor es ihm davonlaufen konnte. Er preschte neben seiner aufgescheuchten Beute her, sprang ihr an den Hals und verbiß sich fest in ihrem Fleisch. Zäh hielt er sich fest, bis der Widerstand des Tieres nachließ und es zu Boden ging. Der Rest der Herde war davongetrampelt, aber er hatte blitzschnell reagiert und wurde mit diesem Festschmaus belohnt. Er konnte es kaum fassen. Mit den Krallen riß er die Unterseite des toten Karibus auf. Als der Mensch kam, lagen die Innereien bereits frei.

Mit lautem Aufschrei stürzte sich der Jäger auf das Fleisch, Schulter an Schulter mit dem Wolf. Athaba schnappte sofort nach dem Eindringling, doch der Mensch kämpfte um seinen Platz und verdrängte den Wolf sogar, indem er seinen Rucksack wie einen Schild vor sich hielt und mit der anderen Hand sein Jagdmesser zückte. Athaba jaulte auf. Der Mensch bellte zurück. Der Geruch des Fleisches war so stark, daß er sie beide zur Raserei trieb. Aber dann hielten sie abrupt inne. Der Hunger war schließlich stärker, und sie fielen gemeinsam über das erlegte Karibu her. Athaba fühlte sich in unmittelbarer Nähe des Menschen unwohl, doch im Moment war er nur daran interessiert, seinen Magen zu füllen.

Der Mensch stieß mit dem Messer in die offene Bauchhöhle des toten Tieres und holte den Magen heraus. Dann ging er damit ein Stück zur Seite und ließ seinen Rucksack neben dem Karibu liegen. Athaba warf beunruhigt einen Blick darauf, konzentrierte sich jedoch gleich wieder aufs Fressen.

Als er sich nach einer Welle umdrehte, sah er, daß der Jäger den Magen des Karibus aufgeschlitzt hatte und nun dessen Inhalt in sich hineinstopfte, als sei es das Beste, was er je zu fressen bekommen hatte. Athaba wußte, daß im Magen ein warmer Brei aus halbverdauten Pflanzen war, und hatte gehört, daß die einheimischen Jäger sich davon ernährten, wenn sie lange nichts zu fressen gehabt hatten.

Doch er dachte nicht lange darüber nach, sondern machte sich gleich wieder über seine Beute her. Nachdem die weichen Organe gefressen waren, wandte er sich dem festeren Muskelfleisch zu. Endlich konnte er soviel fressen, wie er wollte. Und anschließend würde er einen Teil des Tieres verstecken, auch wenn er nie wieder an diesem Ort vorbeikäme.

Als sein Hunger gestillt war, legte Athaba sich neben den Kadaver und benutzte ihn als Windschutz. Der Mensch holte vorsichtig seinen Rucksack, und in einem scheinbar unbeobachteten Moment schnitt er sich ein Stück Fleisch aus der Schulter des Karibus und legte sich damit in einiger Entfernung auf den Boden. Der Wolf erinnerte sich an ihren Streit um das Fleisch. Er hatte sich nicht deswegen geärgert, weil ein anderes Tier von seiner Beute gefressen hatte. Nein, es ging um die Rangfolge. Es war *seine* Beute, und deshalb hätte der Mensch warten müssen, bis Athaba sich die schönsten Stücke ausgesucht hatte. Der Mensch war ein »untergeordnetes Rudelmitglied« und mußte auf seinem Platz bleiben. Die Hierarchie zwischen ihnen war zwar nicht offiziell bestimmt worden, aber Athaba wußte, daß er der Überlegene war. Er war stark. Er traf die Entscheidungen. Er war der Jäger, der Wegsucher, der Führer. Der Mensch hätte das bedenken und seinen Platz einhalten müssen. Doch anstatt geduldig zu warten, während Athaba sich in Ruhe den Bauch vollschlug, war der Mensch mit seinen widerlichen Körpergerüchen dazugekommen und hatte sich selbst über das Fleisch hergemacht. Ein untragbares Verhalten! Wenn der Mensch Leitwolf sein wollte, mußte er sich schon anders beweisen als durch das Stehlen der besten Beuteteile. Er mußte beweisen, daß er für das Rudel brauchbare Fähigkeiten besaß.

Solange der Sturm anhielt, konnten sie nicht weiterziehen, also baute der Mensch als Windschutz eine halbkreisförmige Mauer aus Steinen, etwa bis auf Schulterhöhe des Wolfs. Athaba beobachtete diese Aktivität mit leichter Mißbilligung. Wollte der Mensch etwa seine zivilisierten Methoden hier in der Welt des Wolfs einsetzen? Wenn man in der freien Natur einen Wetterschutz brauchte, suchte man sich normalerweise ein natürliches Objekt, etwa eine Mulde im Boden oder einen Felsen oder, wie in Athabas Fall, einen Tierkadaver. Es war nicht üblich, künstlich einen Schutz gegen die Natur zu bauen, selbst wenn dieser Schutz aus natürlichen Dingen bestand.

Irgendwann in der Nacht begann der Wind abzuflauen. Athaba, mit einemmal neugierig, stand auf und ging um die Mauer herum, um den Menschen zu betrachten. Er schlief tief und fest im schützenden Halbkreis der Steine. Athaba ärgerte sich ein wenig über dieses friedliche Bild, da er sich eingestehen mußte, daß sein Kadaver nicht so viel Schutz vor dem Wind bot.

Doch während er zu seinem Schlafplatz zurücktrabte, dachte er wieder, daß man unnatürliche Dinge lieber in Ruhe ließ, selbst wenn sie besser waren.

»Kein Wunder, daß die Menschen so verweichlichte Kreaturen sind«, brummte er vor sich hin, »wenn sie ihre Körper so verwöhnen.« Und er schlief wieder ein.

Am nächsten Morgen erwachte er durch die Schreie eines Gänseschwarms, der nach langem Flug auf der Tundra landete. Die Gänse überwinterten in südlichen Gefilden, meist auf Inseln, und nun mit ihnen kehrten auch die Goldregenpfeifer, Strandläufer, Pfuhlschnepfen, Steinschmätzer, Kiebitze und Steinwälzer zurück. Wie der Wolf suchen auch diese Sumpfvögel nach Fleisch – sie sind Wölfe, Füchse, Hermeline und Wiesel der Sümpfe und Moore.

Athaba fühlte sich unruhig. Er witterte Artgenossen. Das letzte, was er wollte, war, auf ein einheimisches Rudel zu stoßen und dann kämpfen und fliehen zu müssen. Am liebsten wollte er sich von allen anderen Wölfen fernhalten, bis er sein Ziel erreicht hatte.

Doch während der Mensch langsam auf die Füße kam, tauchte ein fremder Wolf hinter einem Moränenfelsen auf und hinter ihm vier seiner Artgenossen. Der erste, anscheinend der Leitwolf, blieb in einiger Entfernung stehen und beobachtete Athaba. Dann setzte er sich wieder in Bewegung. Athaba erkannte am Geruch, daß das Leittier eine Wölfin war. Von den anderen war nur einer, ein Jährling, ein Männchen.

Die Leitwölfin blieb etwas unsicher stehen.

»Du hast eines unserer Karibus gerissen«, sagte sie in anklagendem Ton.

Ein Jahr zuvor hätte Athaba sich in diesem Moment bereits aus dem Staub gemacht. Doch er hatte sich verändert und war fest entschlossen, sich nicht mehr herumkommandieren zu lassen. Einen Kampf zu meiden war eine Sache, vor einer direkten Herausforderung davonzulaufen eine andere. Er hatte gewisse Vorteile auf seiner Seite. Er wußte, wie er aussah: schlank, geschmeidig und bösartig. Er war ein allein umherziehender Wolf und hatte gelernt, sich durchzuschlagen. Und er war nicht dumm. Er wußte, wenn alle fünf Wölfe ihn gemeinsam angriffen, hätte er keine Chance. Alles hing davon ab, wie gut das Rudel organisiert war und ob sie Verluste verkraften konnten. Falls sie seit Tagen nichts gefressen hatten, war er in großen Schwierigkeiten.

»Die Karibus gehören euch? Ich dachte immer, die Beute gehört dem Jäger. Seit wann *besitzen* Wölfe denn Karibus? Man kann einen Kadaver besitzen – dieser Kadaver zum Beispiel ist meiner, weil ich das Tier gerissen habe –, aber ihr erhebt doch sicher keinen Anspruch auf etwas, das euch nicht gehört?«

Die Wölfin kam noch ein paar Schritte näher, zeigte jedoch nicht soviel Selbstsicherheit, wie sie es unter diesen Umständen hätte tun müssen.

»*Du* hast dieses Tier erlegt, *alleine*?«

Athaba war hin- und hergerissen zwischen Stolz und Vernunft. Er wollte, daß die fremden Wölfe seine Geschicklichkeit beim Jagen anerkannten, aber gleichzeitig erschien es ihm vorteilhafter, eine starke Front aufzubauen. Schließlich entschied er sich gegen seine Eitelkeit und für die bessere Strategie.

»Nein, nicht allein. Der Jägermensch da drüben hat mir geholfen.«

Der Mensch war hinter seinen Rucksack gekrochen und hielt einen Ast der Zwergweiden unter das Kinn, als wäre es ein Gewehr. Athaba und die Wölfin starrten ihn verwundert an. Dachte er etwa, er könnte die Wölfe täuschen, daß sie glaubten, der Ast wäre ein Gewehr? Allein am Geruch konnte man sie doch allzuleicht unterscheiden ...

»*Das* da hat dir also geholfen, ein Karibu zu fangen?«

»Ja, er war der Treiber und hat die Beute in einen Hinterhalt gelockt, wo ich wartete.«

Jetzt stand der Mensch auf und zog sich langsam zurück.

Athaba beschloß, ihn nicht weiter zu beachten, aber die anderen vier Wölfe liefen zu ihm hin und bildeten einen Kreis um den Menschen, so daß Athaba befürchtete, sie könnten ihn angreifen. Also drehte er sich wie beiläufig um und trottete auf den Menschen zu, als sei es ihm egal, ob man ihm folgte oder nicht. Zwar überließ er seine Beute nur ungern diesen Fremden, aber sie konnten jeden Augenblick sein verletztes Bein bemerken und sich ermutigt fühlen, ihn zum Kampf herauszufordern.

Als er einige Körperlängen von seinem Kadaver entfernt war, merkte er, daß eine der Wölfinnen hinter ihm herlief. Er spürte, daß ihre Annäherung aggressiv war, also drehte er sich um.

»Sei nicht dumm!« rief er ihr zu. »Daß ich mich vor einem Rudel zurückziehe, heißt nicht, daß ich es nicht mit mindestens zwei von euch aufnehmen könnte. Hältst du mich für zu schwach? Ich könnte dich mit einem Bissen verschlingen und wieder ausspucken! Geh zurück zu deinen Kameraden.«

»Du bist verletzt. Ich sehe doch, wie du hinkst. Wahrscheinlich hat der Jäger dich angeschossen ...«

»Und dann sein Gewehr weggeworfen?«

»Das weiß ich nicht, aber mein Ansehen im Rudel würde sich verbessern, wenn ich dich angreife und besiege.«

Sie kam noch näher. Dann jaulte sie auf und sprang zur Seite, als sie von einem Stein getroffen wurde. Sie lief ein Stück zurück und drehte sich wieder um. Da flog ein weiterer Stein an ihrer Schnauze vorbei. Jetzt sah Athaba, daß der Mensch Steine gesammelt und neben sich auf den Boden gelegt hatte. Unter anderen Umständen wäre es wohl dumm gewesen, eine ausgewachsene Wölfin mit Steinen zu bombardieren, aber dieses Tier war unschlüssig. Athaba anzugreifen hätte ihre Position im Rudel verbessern können, aber einen Menschen anzugreifen verlangte mehr als spontane Kampflust. Und wenn ein Wolf und ein Mensch gemeinsam auftauchen, mußte die Situation gründlich durchdacht werden. Vielleicht war es besser, sich herauszuhalten, als sein Ansehen im Rudel zu verlieren.

»Was bist du eigentlich – ein Hund?« rief sie mißmutig.

Athaba war eher amüsiert als verärgert über diese versuchte Beleidigung.

»Wen meinst du? Ihn oder mich?«

Die Wölfin antwortete nicht und schloß sich den anderen an. Athaba hielt es für besser, Distanz zwischen sich und dieses Rudel zu bringen, und setzte seinen Weg über die trostlose Landschaft fort. Er fühlte sich gestärkt und sein Bein schien zu heilen, aber er mußte es immer noch schonen. Der Mensch folgte ihm, trank Wasser aus Flüssen, wenn Athaba zum Trinken stehenblieb, und lief weiter, sobald Athaba sich wieder in Bewegung setzte.

So eilten sie drei Tage lang über die Tundra und rasteten nur, wenn sie erschöpft waren. Die Sonne ging kaum mehr unter, sie verschwand nur kurz hinter dem Horizont, um bald danach wieder aufzutauchen. Die ganze Welt zitterte vor Leben. Vögel zwitscherten, Wasserflächen kräuselten sich, wenn Fische darunter tanzten, Insekten schwirrten durch die Luft. Es gab kühle Tage voller Nebel und Regen. Es gab warme Tage, an denen der Himmel so blau war, daß er niedriger schien als sonst.

Der Wolf fing kleine Tiere, aber der Mensch ernährte sich fast ausschließlich von Fisch. Er hatte gelernt, durch Dämme einen Teil des Flusses zu isolieren und dann in der weichen Erde einen Graben auszuheben, durch den das Wasser abfließen konnte. Auf dem ausgetrockneten Stückchen Land zwischen den Dämmen blieben zappelnd die gefangenen Fische liegen. Als der Mensch seinen Trick zum ersten Mal ausprobierte, tat er etwas Seltsames: Er warf einen der Fische zu Athaba hinüber und behielt die zwei anderen für sich.

Athaba ließ das Geschenk zunächst liegen, während der

Mensch in einem Wald aus Krüppelbirken trockene Äste und Zweige sammelte und daraus Feuer machte. Dann beobachtete er, wie der Mensch sich im Fluß wusch. Wassertropfen blieben in seinem Gesichtshaar hängen. Der Geruch der bratenden Fische ließ Athabas Speichel fließen. Der Mensch hatte sie auf einen Zweig aufgespießt und über das Feuer gehängt. Mit liebevollen Bewegungen drehte er alle Seiten seiner Mahlzeit. Als sie für seinen Geschmack genug geröstet waren, hob der Mensch die Fische hoch – eine Geste für Athaba – und hieb dann seine Zähne in ihr Fleisch. Jetzt blieben Schuppen in seinem Gesichtshaar hängen, und warmer Saft rann auf seine Kleider. In der für die Menschen so typischen Weise entblößte er immer wieder seine Zähne.

Athaba überlegte, was er mit dem Geschenk machen sollte. Wenn er es nahm, würde er dann seine Unabhängigkeit verlieren? Wie würde es das Verhältnis zwischen ihm und dem Menschen beeinflussen?

Im Grunde zog er es vor, sich als Einzelgänger zu betrachten. Wenn ein anderes Lebewesen ihm folgen wollte, lag das ja nicht an ihm. Allerdings hatte der Mensch ihm geholfen, die Wölfe zu vertreiben, und nun warf er ihm Leckerbissen hin. Das einzige Mal, daß Athaba von einem Menschen Futter angenommen hatte, war zur Zeit seiner Gefangenschaft gewesen. Da hatte er keine andere Wahl gehabt. Würde der Mensch diesmal denken, Athaba *gehöre* ihm? Nein, noch ein anderes Mal hatte er Futter von den Menschen genommen: als Rabenwolf. Er hatte die Abfallbehälter vor den Menschenhütten in der Eislandschaft geplündert. War das hier jetzt das gleiche? Der Mensch wollte den Fisch nicht, und er konnte ihn auch nicht aufheben, denn wenn er verrottet wäre, könnte der Mensch ihn nicht mehr fressen. Wölfe konnten sehr wohl verrottetes Fleisch fressen, nicht aber die Menschen. Sie waren zu empfindlich und hatten so schwache Mägen wie Welpen.

Der Fisch war also Abfall. Aber warum sollte Athaba ihn den Vögeln überlassen?

Die Wahrheit war, daß der Geruch des gebratenen Fischfleischs ihn verrückt machte, aber sobald er den Fisch verschlungen hatte, fühlte er sich jämmerlich. Die Wölfin hatte recht gehabt. Er war ein Hund. Er war eine Kreatur des Menschen geworden. Nie wieder würde er sich von einem Menschen füttern lassen!

Doch dieser Mensch war anders. Die Tundra war in seine Haut gezogen. Sein Geruch war nicht mehr so widerwärtig wie am Anfang, als sie gemeinsam vom Himmel gestürzt waren. Moose und Flechten hingen in seinem Haar, er wusch seinen Körper in reinem Schmelzwasser. Auch sein Geist hatte sich verändert. Er war ruhiger geworden. Zumindest kam es Athaba so vor. Der Wolf hatte den Menschen dabei beobachtet, wie der die Mitternachtssonne beobachtete, die ihrerseits die Welt beobachtete. Der ruhige Himmel zog den Menschen in seinen Bann, und er starrte mit in die Hände gestütztem Kinn ins Abendrot. Der Südmensch wurde mehr und mehr zu einem Einheimischen, mit wachen Sinnen für Dinge, die ihm vorher entgangen wären.

Seine Schuhe waren so zerlumpt und abgetragen, daß sie ihm von den blutig gelaufenen Füßen fielen. Zunächst hatte er versucht, sie durch Kleiderlumpen zu ersetzen, aber die hielten nicht lange, und bald hatte er kein Material mehr übrig. Einen ganzen Tag lang lief er nun schon barfuß. Er hinkte ein wenig und wusch sich die zerfurchte und blasige Haut, aber er jammerte nicht mehr wie zu Beginn ihres Wegs. Wenn er nicht vorher starb, könnte er noch vor Ende ihrer Reise ein Wolf werden.

Athabas verletzter Lauf war abwechselnd besser und schlechter, je nachdem, wie sehr er sich bei seinen Tagesmärschen anstrengte. Er sehnte sich nach vertrauten Gerüchen, die ihm sagten, daß er sich seinem Ziel näherte, aber er witterte sie nicht. Er wußte, daß er noch viele Tage, vielleicht sogar Monate von seiner Heimat entfernt war. Doch er durfte nicht verzweifeln, sonst wäre er verloren.

Während er so nachdachte, merkte er auf einmal, daß das Rudel, dem sie einige Tage zuvor begegnet waren, sie eingeholt und fast eingekreist hatte. Der Mensch sah die Wölfe fast zur selben Zeit wie Athaba. Keiner von beiden geriet in Panik. Statt dessen nahm der Mensch noch mehr Reisig auf und schürte das Feuer, bis es mit langen Zungen in die Luft leckte. Dann legte er ein paar runde Flußsteine in die Flammen und setzte sich in einiger Entfernung auf den Boden. Athaba hatte den Eindruck, als warte er auf etwas ganz Bestimmtes. Er selbst stellte sich innerlich auf den bevorstehenden Kampf ein. Er würde sterben, so wie auch der Mensch sterben müßte, aber Athaba wollte sich nicht einfach hinsetzen, mit Steinen spielen und darauf warten, daß sein Hals aufgerissen wurde.

Als das Rudel bedrohlich nahe gekommen war, kam plötzlich ein lautes Krachen aus dem Feuer. Es klang wie der Schuß eines Gewehrs. Athaba sprang hoch und lief etwa zwanzig Schritte davon. Das Wolfsrudel zerstreute sich über die Landschaft, sprang durch Pfützen und rannte über das Moor. Zwei weitere »Schüsse« ertönten aus der Richtung des Feuers, und Athaba wußte nicht, ob er mit den anderen Wölfen fliehen oder bei dem Menschen bleiben sollte, der offensichtlich eine Waffe gefunden hatte.

Als er sich mutig genug fühlte, lief er zum Menschen zurück, der in der Glut herumstocherte und triumphierend bellte. Der Jäger hob die Faust und schüttelte sie in Richtung der fliehenden Wölfe. Athaba war verwirrt. Ohne Zweifel war hier ein Zaubertrick vollführt worden, denn es roch nicht nach Waffen. Irgend etwas war geschehen, das ein Geheimnis zwischen dem Menschen und seinem Feuer bleiben sollte.

Wölfe mochten das Feuer nicht, weil es fast immer mit Menschen zu tun hatte. Zwar konnte ein Waldbrand auch durch einen Blitz entstehen, aber meistens war das Feuer ein Zaubertrick der Menschen, ein böser Teil ihrer Magie. Kein anderes Lebewesen konnte Hitze und Flammen aus Holz und trockenen Pflanzen hervorbringen. Manchmal verloren die Menschen die Kontrolle über ihre teuflische Zauberei, und riesige Waldbrände vernichteten Menschen und Tiere. Eine Sage der Wölfe erzählte, daß der Mensch das Geheimnis des Feuers erst nach seinem Aufstieg aus dem Chaosmeer entdeckt oder gestohlen hatte. In einer Version hieß es, die Südmenschen hätten einen Weg gefunden, den Blitz zu fangen und seine Verästelungen in kleine Stücke zu brechen, die sie in kleinen, glänzenden Behältern aufbewahrten, so wie es auch dieser Mensch tat. Aber schon seit vielen hundert Jahreszeiten hatten Einheimische Feuer aus zwei Holzstücken machen können, noch ehe die Südmenschen mit ihren Metallbehältern kamen: Solche Gesänge reichten tausend Vorfahren zurück. Tapfere Kaniden hatten diese Holzteile gefunden und beschnuppert, aber das Geheimnis des Feuers hatten sie nicht ergründen können.

Am nächsten Tag verließen er und der Magier die Stätte ihres Triumphs über die Tundrawölfe und setzten ihren Weg auf der Suche nach Familie und Artgenossen fort.

Von diesem Zeitpunkt an verschlechterte sich die physische Konstitution des Menschen zusehends. Er wurde von Moskitos angegriffen, bis seine Haut rot und geschwollen war. Die Insekten fielen zu Tausenden über ihn her und saugten ihm das Blut aus. Auch Athaba mußte leiden, aber die Auswirkungen waren bei ihm längst nicht so schlimm. Der Mensch wurde beinahe wahnsinnig und kratzte sich, bis er blutete und die Wunden schließlich eiterten.

Athaba gefiel der Mensch besser, wenn er sich so aufführte. Irgendwie machte es ihn weniger bedrohlich.

Als die Moskitos am schlimmsten wüteten, kamen noch die Mücken dazu – in so dichten Schwärmen, daß Wolf und Mensch nicht atmen konnten, ohne ihre Atemwege mit den kleinen schwarzen Körpern zu füllen. Ihre Stiche waren nicht so dramatisch wie die der Moskitos, aber sie juckten auch und waren zahlreicher.

Und mit den Mücken kamen die Kriebelmücken: kleine schwarze Insekten mit kurzen Beinen, breiten Flügeln und krummen Rücken. Wie kleine Dämonen flogen sie direkt aus der Hölle herbei, und ihr Stich war fast so giftig wie der einer Wespe. In ihrem Kampf gegen die Feinde kamen Mensch und Wolf sich näher, obwohl sie wenig tun konnten, um sich zu wehren. Sie warfen sich gegenseitig mitleidige Blicke zu und trösteten einander mit hilflosen Gesten. Die Insekten waren unerbittlich, und es gab keine Dunkelheit mehr, in die man sich zurückziehen und unbeobachtet seine Wunden lecken konnte.

15

Schließlich gab der Wolf dem Menschen einen Namen. Athaba hatte von einem Vorfahren gehört, der beschuldigt wurde, allzu menschlich zu sein, weil er gekochtes Fleisch dem rohen vorzog und geradezu besessen von Roastbeef und gekochtem Schinken war. Dieser Urahn war getötet worden, als er versuchte, Speck aus einer Menschensiedlung zu stehlen. Sein Name war Koonama.

Also hieß der Mensch von nun an Koonama.

Natürlich konnte er das nicht erfahren, aber Athaba hatte ihn schließlich als Rudelmitglied akzeptiert und seiner Verantwortung als Leitwolf unterstellt.

16

Sie kamen an einen Fluß, der vor lauter Schmelzwasser über die Ufer getreten war und wilde Strudel bildete. Er schien unüberwindlich. Seit Beginn ihrer Reise hatten Wolf und Mensch Seen umrundet, waren durch Flüsse und flache Teiche gewatet und hatten auf nassen Moosen geschlafen. Athaba fing langsam an, das Wasser zu hassen. Hin und wieder und in kleinen Mengen war es lebensnotwendig, aber darüber hinaus empfand der Wolf es als äußerst lästig – es war ein Hindernis, auf das die beiden Wanderer gern verzichtet hätten.

Koonama sah seinen Leitwolf an, als wäre der schuld, daß der Fluß ihnen den Weg versperrte, als müßte Athaba sich höchstpersönlich für diese neueste Schandtat der Natur verantwortlich fühlen.

»Niemand hat dich gebeten, mir zu folgen«, knurrte Athaba seinem Begleiter zu. »Ich habe dir keinen bequemen Pfad durch die Wildnis versprochen. Alles, was ich will, ist, nach Hause zu kommen. Ich bin nicht für dich verantwortlich.«

Aber Athaba wußte, daß das nicht mehr stimmte. Koonama gehörte zu seinem Rudel, und als Leitwolf war er für alle Begebenheiten auf ihrem Weg verantwortlich. Er war der Pfadfinder und mußte Mittel und Wege suchen, alle Hindernisse zu überwinden oder, wenn möglich, ganz und gar zu vermeiden.

Koonama sah ihm in die Augen, als wisse er das. Athaba war überzeugt, daß der Mensch auch bisweilen verstand, was er zu ihm sagte. Zumindest reagierte er oft genau so, wie Athaba es von ihm erwartete. Aber vielleicht war es auch nur eine instinktive Reaktion und kein Beweis für das Verständnis des Menschen? Wie auch immer – Koonama leistete ihm Gesellschaft. Er war zwar nicht unbedingt ein Kamerad, aber er war da.

Mit einem lauten und überraschenden Bellen warf der Wolfmensch seinen Rucksack auf den Boden, starrte auf die weiß aufspritzende Gischt des Wassers, stemmte die Hände in die Hüften und stieß trotzig einen Stein in die Fluten. Dann ließ er sich fallen. Eine Wolke aus Moskitos und Stechmücken folgte ihm sofort.

Koonama sah so erschöpft aus, wie Athaba sich fühlte.

Athaba hatte festgestellt, daß es eine Art rhythmischen Schmerz gab. Wenn er sich abends zur Ruhe legte, war sein Körper wie taub. Während der hellen Nacht, in der sich der gewohnte nächtliche Frieden über alles legte, fing sein Körper an, sich allmählich zu entspannen, so daß am Morgen alles von der Nasen- bis in die Schwanzspitze stach und brannte. Dann zwang er sich auf die Füße, hinkte zur nächsten Wasserstelle und trank. Wenn er etwas zu fressen fand, fraß er. Dann lief er weiter, wobei das dumpfe Brennen allmählich nachließ und von konkreten Stichen unter den Ballen und in den Gelenken abgelöst wurde. Athaba wußte, daß er nach einer ernsthaften Verletzung, etwa einem Dorn im Fußballen oder einer gerissenen Sehne, bei der er länger als einen Tag ausruhen müßte, nie wieder laufen könnte. Aber nicht das Laufen tat ihm weh, sondern das Stehenbleiben. Wenn er erst einmal ruhte, merkte er, wie leicht sein Kopf sich anfühlte, wie überanstrengt seine Muskeln und Gelenke und wie wund seine Ballen waren. Bliebe er länger als einen Tag liegen, würde er so steif werden, daß er nicht wieder aufstehen könnte. Je länger die Rast, desto schwieriger war es, die Müdigkeit zu überwinden. Sie nistete sich in seinem Körper und seinem Geist ein. Nach einiger Zeit wurde das Leben selbst zur Last, und er hatte das Gefühl, es wäre besser, einfach liegenzubleiben, hier und jetzt zu sterben, in eine Welt einzugehen, in der er nicht mehr laufen müßte.

Doch dieser Gedanke war gefährlicher als jede Gewehrkugel.

Nur der Rhythmus hielt ihn am Leben.

Koonama versuchte, den Fluß zu durchwaten, stand aber sofort bis zu den Oberschenkeln im Wasser, weil der Untergrund zu schlammig war. Er drehte sich um und hielt sich an einem Felsen fest, um nacheinander beide Füße aus dem Schlick zu ziehen. Sein Schweißgeruch verriet Athaba, daß der Mensch froh war, wieder heil aus den wirbelnden Wassern herausgekommen zu sein.

Dann untersuchte Athaba selbst den Fluß. Er sah keine Möglichkeit, schwimmend ans andere Ufer zu gelangen. Und er konnte auch nicht warten, bis das Hochwasser nachließ, denn dann käme er wahrscheinlich nicht wieder auf die Füße. Er mußte weitergehen, am Flußufer entlang Richtung Süden, um näher an der Quelle einen Weg zu finden, den Fluß zu überqueren.

Sie trabten weiter, zwei Tage lang. Futter gab es genug: Auch für andere Tiere bildete der Fluß ein unüberwindbares Hindernis, und wenn eines nachdenklich am Ufer stehenblieb, war es eine leichte Beute. Selbst Koonama gelang es, einen Hasen zu fangen, nachdem er ihn zuerst ins Wasser gescheucht hatte. Der Wolfmensch wurde immer schneller, trotz seiner Müdigkeit. Er sah abgemagert und gefährlich aus, seine Augen leuchteten, und sein Gesicht, das einst aufgedunsen und schlaff war, erschien jetzt schmal und markant. Seine Arme waren muskulöser und sehniger geworden, seine Beine schlank und kräftig.

Natürlich war er ein bißchen verrückt.

Manchmal versuchte er, mit dem Wolf zu sprechen, und wenn er keine Antwort bekam, knurrte er auf seine seltsame Art vor sich hin. Er warf Steine auf Dinge, die er nicht mochte, zum Beispiel den Fluß, oder auf Dinge, die ihn ärgerten, zum Beispiel die Sterne. Der Wolf, der an Einsamkeit gewöhnt war, der in den Jahreszeiten als *utlah* diese schreckliche innere Leere erlebt hatte, widerstand der Versuchung, den Verstand zu verlieren. Kein Futter zu haben bedeutete einen leeren Magen, aber keinen Gefährten zu haben höhlte den gesamten Körper aus, den Kopf und das Herz, und hinterließ eine unermeßliche und schreckliche Leere. Die Wildnisse des Geistes waren weite Länder, öder und wüster als jede Landschaft der Erde. Sie waren wie ein unendliches Vakuum der Dunkelheit, in das kein einziger Stern sein Licht warf. Deshalb warf der Mensch auch die Steine gegen die Sterne, weil er den Nachthimmel beneidete.

Inzwischen kam es Athaba so vor, als sei Koonama bereits mehr Tier als Mensch. Wenn sie sich zum Fressen niederließen, hieb der Jäger seine Zähne in das Fleisch seiner Beute und trank Wasser wie ein echter Wolf. Zuerst hatte er noch aus den Händen getrunken, doch das war vorbei.

Zum Schlafen baute er sich ein Bett aus Riedgras und Moos, aber da es auch Tiere gab, die das taten, wertete Athaba es nicht als typisch menschlich. Zwar verließ sich der Mensch noch immer am meisten auf seine Augen, doch sein Geruchs- und Gehörsinn wurden zunehmend schärfer. Natürlich lief er noch aufrecht auf zwei Beinen, doch Athaba erwartete nicht das Unmögliche.

So gab es Hoffnung, daß der Wolfmensch auch allein überleben könnte, wenn sie noch ein, zwei Jahreszeiten zusammenblieben, um ans Ziel zu gelangen. Einmal hatten sie mehrere Tage lang nicht gefressen, da stießen sie plötzlich auf den Kadaver eines Karibus. Er war bereits von anderen Fleisch- und Aasfressern geplündert worden, so daß nur noch die Knochen und Hörner übrig waren. Athaba begann, mit seinen Zähnen den Bast vom Geweih des Kadavers zu ziehen. Koonama, der vermutlich kurz vor dem Verhungern war, ahmte den Wolf nach, und als sie die letzten Fetzen der Haut vertilgt hatten, war Athaba stolz auf seinen gelehrigen Schüler. Er fraß wie ein Wolf, schlief mit der Wachsamkeit eines Wolfs, war fast schon so behaart wie ein Wolf und trank wie ein Wolf auf allen vieren. Wenn Koonama nur endlich diese lächerlichen Kleider wegwerfen und lernen würde, auf den Fingerknöcheln zu laufen, könnte er gewiß auch alles andere lernen, was einen Wolf ausmachte.

Schließlich kamen sie an eine Stelle, wo der Fluß schmaler und sein Grund fester war. Koonama durchquerte ihn als erster. Er hob seinen Rucksack hoch über den Kopf, stieg ins Wasser und wurde sofort umgerissen. Der Rucksack trieb davon, und mit viel Geplansche und einigen Schnittwunden und Hautabschürfungen erreichte der Mensch das andere Ufer. Dann folgte ihm der Wolf.

Athaba versuchte gar nicht erst, das andere Ufer genau an der gegenüberliegenden Stelle zu erreichen, sondern kalkulierte sein Abtreiben mit ein. Viel weiter stromabwärts als Koonama bekam er endlich festen Boden unter die Füße und stieg an Land. Der Wolfmensch holte ihn später wieder ein.

Sie verbrachten die Nacht im Schutz eines Hügelkamms. Der Mensch knurrte und sprach im Schlaf. Für kurze Zeit herrschte bereits wieder Dunkelheit, und danach stieg der Wolf den Hügel ganz hinauf, um die Umgebung zu studieren. Oben angekommen, witterte er Menschen. In einiger Entfernung, etwa eine halbe Tagesreise, war eine beleuchtete Siedlung, und noch davor konnte Athaba eine Straße erkennen, die sich Richtung Südwesten schlängelte.

Der Wolf legte sich auf das weiche Gras der Bergkuppe und prägte sich die Landschaft ein. Dann ging er wieder zu seinem Schlafplatz.

Als sie einige Zeit später erwachten, beinahe zur selben Zeit, ging Koonama zum Fluß zurück, um seine Füße zu waschen. Athaba trank. Dann fraß der Mensch ein paar Wasserpflanzen. In letzter Zeit hatte er sich kaum mehr übergeben müssen, allerdings litt er an ständigem Durchfall.

Kurz darauf machten sie sich auf den Weg.

Athaba schlug eine nordwestliche Richtung ein, um die Siedlung der Menschen zu umgehen. Sie blieben hinter dem Hügel, außer Sichtweite der Straße und der Häuser. Als Leitwolf war es seine Pflicht, das Rudel vor Jägermenschen zu schützen. Koonama blieb ihm dicht auf den Fersen. Noch immer machte dem Wolf sein Bein zu schaffen, doch es war längst nicht mehr so schlimm wie am Anfang. Sehr selten bekam er einen seiner Anfälle.

Dies war nicht das erste Mal auf ihrer Reise, daß Athaba Menschen gewittert hatte. Gruppen von Jägern waren ihnen bereits sehr nahe gewesen, näher als diese Siedlung der Menschen. Einmal waren sie wenige Meter an einem verlassenen Lagerplatz vorbeigezogen, aber die Menschen hatten die Asche ihres Feuers vergraben und alle anderen Spuren sorgfältig verwischt. Athaba konnte sehen, wie Koonama irritiert die Nase rümpfte – sicher roch er die Holzkohle im Boden. Aber die Stelle lag bald hinter ihnen und war vergessen.

Athaba führte seine Pflicht erfolgreich aus und fand einen Weg an der Menschensiedlung vorbei. Es war zum Wohl des Rudels.

Ein- oder zweimal schoß ihm jedoch der Gedanke durch den Kopf, daß Koonama möglicherweise gern noch einen letzten nostalgischen Blick auf seine ehemaligen Artgenossen geworfen hätte, aber das war im Grunde nicht Athabas Angelegenheit. Das einzige, was zählte, war das Überleben, und Wölfe konnten nicht überleben, wenn sie Kontakt mit Menschen suchten. Koonama war inzwischen mehr Wolf als Mensch und mußte deshalb allen sentimentalen Sehnsüchten nach seinem früheren Leben widerstehen. Das war sowohl zu seinem eigenen als auch zum Wohl des Rudels.

Zwei Tage später bekam Koonama Fieber. Am Nachmittag fiel er plötzlich um und blieb mit dem Gesicht im Moos liegen. Fliegen landeten auf den wunden und offenen Stellen seiner Wangen und Lippen. Athaba lief weiter.

Er lief durch Wasserlachen und über trockenes Land, bis er den Menschen nicht mehr sehen und riechen konnte. Er schnupperte an Moosen und Flechten. Er sah nur noch auf den Horizont und drehte sich nicht mehr um. Er hörte im Geiste nur das Jaulen seiner Welpen, das Heulen seiner Gefährtin. Viel Land lag zwischen ihm und seinem Zuhause, und er hatte nur noch ein halbes Leben Zeit, die Distanz zu überwinden.

Als er an einen Steinhaufen kam, den Menschen vor einiger Zeit errichtet haben mußten, löste der Menschengeruch an den einzelnen Steinen, so schwach er auch war, eine unwillkürliche Reaktion in Athaba aus. Grelles Licht schien hinter seinen Augen aufzublitzen, und ehe er wußte, wie ihm geschah, drehte er sich um und lief auf seiner eigenen Spur zurück durch das Moor. Er konnte nicht im mindesten verstehen, warum er zum Wolfmenschen zurückkehrte – irgend etwas hatte ihm diesen Befehl gegeben, so wie es vielleicht bei den Zugvögeln passierte, wenn sie plötzlich ihre Heimreise antraten.

Athaba fand Koonama an derselben Stelle wieder, legte sich neben ihn und wartete, ohne zu wissen, warum, auf den Tod oder Genesung.

In der Nacht lag er noch immer dort und sehnte sich danach, aufzustehen und weiterzuziehen, aber irgend etwas hielt ihn fest. Wölfe machen sich im Grunde nicht viel aus den Krankheiten anderer. Kranken Rudelmitgliedern kehren sie den Rücken, ein kranker Welpe wird meistens getötet. Bestenfalls taten sie noch das, was Athaba jetzt tat: Sie blieben bei dem Kranken, beobachteten jedoch ganz interessiert den Himmel, die Pflanzen, das Wasser und taten so, als ginge sie das Leiden neben ihnen nichts an. *Das hat nichts mit mir zu tun,* schienen sie damit zu sagen. Obwohl Athaba wegen seiner Anfälle aus dem Rudel verstoßen wurde, war er im Grunde seines Herzens nicht anders als andere Wölfe. Ebenso wie seine Artgenossen hatte er eine nicht erklärbare Furcht vor Krankheit und vor jedem Lebewesen, das nicht normal schien. *Wenn ich es ignoriere,* sagte er zu sich selbst, *dann bleibe ich davon verschont.*

Koonama wurde abwechselnd von Schweißausbrüchen und Kälteschauern geplagt, und manchmal schnappte er mit dem Arm durch die Luft, als wolle er Moskitos fangen. Er stöhnte und wälzte sich herum, als kämpfe er mit unsichtbaren Ungeheuern. Vielleicht tat er das wirklich? Wenn es so war, dann hatte er anscheinend gewonnen, denn am nächsten Tag war er fieberfrei. Er sah magerer aus denn je, aber seine Augen waren wieder wach und klar.

Allerdings war er so geschwächt, daß sie an diesem Tag noch nicht weiterziehen konnten. Athaba jagte einen Hasen und fraß seinen Teil, den Rest überließ er dem Wolfmenschen. Der hielt sich lange genug aufrecht, um ein Feuer zu machen, und briet das zähe Fleisch ein wenig an, bevor er es verschlang.

Koonama schien sich Sorgen um seinen kleinen Feuerbehälter zu machen. Immer wieder hielt er ihn hoch, betrachtete ihn eingehend und nickte dann bekümmert mit dem Kopf. Athaba konnte sich nicht erklären, was das zu bedeuten hatte. Das Ding machte doch immer noch Feuer – wo war also das Problem?

Die Tage wurden langsam dunkler und kälter. Koonamas Kleider hingen nur noch in Fetzen an ihm herunter, aber er behielt ein paar der Fellhäute ihrer Beute und wickelte sich darin ein. Selbst Athaba, der den Geruch von verwesendem Fleisch gewöhnt war, empfand den Gestank als unangenehm. Der Mensch roch wie ein sechs Monate alter Kadaver. Außerdem machte der Wolf sich Sorgen, daß andere Raubtiere, etwa Bären, sein Rudel schon von weitem wittern könnten. Aber der Wolfmensch mußte sich vor der Kälte schützen, sonst würde er sterben. Und Athaba fand, daß er immerhin besser aussah. Die Felle wirkten als Tarnung, und wenn sie zusammen auf die Jagd gingen, konnte Koonama sich im Wind an die Beute anschleichen und sie ablenken, während Athaba gegen den Wind wartete und sich für den Überraschungsangriff bereithielt. Auf diese Weise jagten Wölfe für gewöhnlich zwar nicht, doch sie hatten diese Strategie entwickelt, da der Wolfmensch zum richtigen Anschleichen und Jagen völlig unbrauchbar war. Ein Wolf kann seiner Beute tagelang folgen, stehenbleiben, wenn das andere Tier stehenbleibt, und geduldig darauf warten, daß die richtige Zeit zum Angriff kommt. Koonama hingegen rannte auf die Beute los und gab sofort auf, wenn sie sich davonmachte.

So kam es, daß sie einige Zeit, nachdem Athaba einen jungen Moschusochsen erlegt und der Mensch ihn gehäutet und sich aus dem zottigen Fell einen Umhang gemacht hatte, mit der Teamarbeit begannen. Sogar für den Wolf war der Wolfmensch ein schauderhafter Anblick. Athaba konnte sich gut vorstellen, was jedem Tier durch den Sinn jagen mußte, das von ihnen beiden überrascht wurde. Zunächst witterte es einen fürchterlichen Gestank und wurde aufmerksam und fluchtbereit. Dann hörte es ein Rascheln unter den etwas weiter entfernten Zwergweiden. Ein, zwei Vögel flüchteten aus ihren Verstecken. Zu diesem Zeitpunkt war das Tier so nervös, daß es jeden Augenblick zur Flucht bereit war. Und dann – tauchte plötzlich dieses *Wesen* auf seinen Hinterfüßen auf – dieses grauenerregende *Wesen* ohne richtige Form, von dem die Fleisch- und Hautfetzen herunterhingen – dieses *Wesen,* das mit seinem lauten Schrei sogar einen Bären erschrecken würde – diese stinkende Kreatur aus einer anderen Welt, mit hellglänzenden Augen, gleichmäßigen weißen Zähnen und in alle Richtungen zappelnden Füßen.

Wenn das Tier keinen Herzanfall bekam oder vor Schreck erstarrte, lief es, so schnell es nur konnte, über die sumpfige Landschaft. Unterdessen wartete Athaba hinter einem der Schafsrückenfelsen, die über die Landschaft verstreut lagen, und sprang das unglückliche Tier aus diesem Hinterhalt heraus an.

Als der Wolfmensch sich erholt hatte, setzten sie ihre lange Reise über die Tundra fort. Athaba wollte vor Beginn des Herbstes, der nicht mehr allzulang entfernt war, ein gutes Stück vorwärtskommen.

Nebel zogen über die Landschaft und tauchten alles in weiches Licht. Inmitten dieser zur Erde gefallenen Wolken haftete eine permanente Feuchtigkeit an Athaba und Koonama und verursachte Entzündungen an den Rissen in der Haut über ihren Gelenken. Trotz aller Beschwerlichkeiten zogen sie jedoch weiter, immer weiter, Tag für Tag in ein und dieselbe Richtung, auf den westlichen Himmel zu.

17

Zuerst gab es Cle-am, den langen heißen Wind, dann den Fuchs A-O und den Wolf Sen Sen. Diese drei gaben der Erde Gestalt, brachten Form in eine nebelhafte Masse. Als das Wort zum Chaosmeer kam, wo die Menschen in Innerer Dunkelheit wanderten, wurde die Eifersucht geboren. Die Menschen waren nicht Gestalter der Erde und konnten nur wenig mit dem trüben Schlamm am Grunde der aufgewühlten Wasser anfangen. Voller Habgier nahmen sie die Erde in

Besitz und waren bereit, jedes Tier zu töten, das sich ihnen in den Weg stellte.

Als die Kriege nach dem *Urdunkel* ihren Höhepunkt erreichten und die Wölfe zu Tausenden abgeschlachtet wurden, beschloß der Wolf Ranagana, daß es einen neuen Weg geben müsse, mit den Menschen Frieden zu schließen. Er wußte von den Fehlschlägen anderer, mit *Groff* zu verhandeln. Er hatte von denen gehört, die mit Hunden und Katzen gesprochen und einen Weg gesucht hatten, den Menschen auf halbem Weg entgegenzukommen.

Ranagana war zu der Überzeugung gelangt, daß nicht alle Menschen die Wölfe aus demselben Grund töteten, sondern daß verschiedene Gruppen von Menschen verschiedene Gründe hatten, weshalb sie die Wölfe umbringen wollten.

Es gab Menschen, die die Wölfe wegen ihres Fells jagten. Diese Menschen waren grausam, aber keine Massenmörder. Auch die Fallensteller waren nicht an der Ausrottung aller Wölfe interessiert, denn das nähme ihnen ihren Lebensunterhalt. Dann gab es Menschen, die sich überhaupt nicht um die Wölfe in der Wildnis kümmerten, sondern nur die töteten, die sich ihren Siedlungen näherten.

Schließlich aber gab es die Menschen, die die Gesamtheit aller Wölfe vernichten wollten, weil sie sie über alles haßten und fürchteten. Diese Menschen waren die gefährlichsten und für schreckliche Massaker verantwortlich. Von Hunden hatte Ranagana gehört, daß die Menschen die Wölfe haßten wegen ihrer Art, zu jagen und zu töten.

»Sie sind zutiefst entsetzt darüber, wie ihr euren Opfern die Kehle herausreißt. Die Roheit eurer Angriffe stößt sie ab.«

Die Wölfe konnten das nicht verstehen. »Aber so sind wir geschaffen«, erwiderten sie. »Andere Tiere tun genau dasselbe und werden nicht so gejagt wie wir. Seht euch die großen Katzen an! Was tun sie anderes als wir? Und was ist mit den Menschen selbst? Sie häuten ihre Beute sogar!«

»Euer Unglück ist«, meinten die Hunde, »daß ihr nicht so schön wie ein Leopard ausseht, oder so majestätisch wie ein Panther. Ihr wirkt immer bedrohlich, während eine große Katze ihre Klauen in Samtpfoten verwandeln und schnurren und aussehen kann, als würde sie keiner Fliege was zuleide tun. Ihre eigenen Taten hingegen werten die Menschen überhaupt nicht – sie sind ja zum Wohl der menschlichen Rasse, die sie für göttlich halten und die daher nicht für ihre Taten Rechenschaft ablegen muß. Eure Taten mit denen der Menschen zu vergleichen führt also zu nichts. Selbst der Fuchs kann sich mehr erlauben als ihr, weil er es außer Sichtweite der Menschen tut. Wenn die Füchse sich zusammennehmen und das Vieh der Menschen in Ruhe lassen würden, hätten sie ganz und gar Ruhe vor ihnen. Nein, ich fürchte, es gibt keinen logischen Grund dafür, daß die Menschen die Wölfe hassen, ebensowenig wie für ihre Angst vor Spinnen. Eine winzige Kreatur, die der Mensch zwischen Daumen und Zeigefinger zerquetschen könnte – und doch geraten sie in panische Angst! Furcht vor Spinnen, Haß gegenüber Wölfen. Das sind unerklärbare Eigenschaften, die nicht überwunden werden können.«

Ranagana wollte das nicht glauben. Er dachte, wenn Wölfe ihre Art zu jagen änderten, könnten die Menschen sie akzeptieren. Gewiß, sie mußten fressen, um zu überleben, aber sie könnten ihre innere Einstellung ändern und den Menschen zeigen, daß sie – ebenso wie die Menschen – das Jagen und Töten als unglückselige Notwendigkeit erachteten, die nur im Verborgenen getan werden durfte.

Ranagana hatte von einem Wiesel gehört, das, von den Menschen verabscheut, zu derselben Schlußfolgerung gekommen war und seine Beute nun anders jagte. Er suchte dieses Wiesel auf und hörte gespannt dessen Geschichte zu:

»Die meisten Menschen denken, ich wäre größer, als ich es in Wirklichkeit bin. Ich bin aber klein, schlank und flink. Die Geschichte meiner Vorfahren trieft von Blut. Wir sind schließlich die Nachkommen von Mogascunga, dem Waldgott. Er wählte mich als König der Wiesel und erteilte mir den Auftrag, uns vor dem zweibeinigen Feind zu retten, der jetzt überall in unserer Welt herumläuft. Also fing ich an, über all die Sachen nachzudenken, die dieser Feind so verabscheut. Ich sagte mir, daß es falsch wäre, den Geschmack von Blut zu mögen – Wiesel sind nun einmal ziemlich blutrünstig –, obwohl Blut vergossen werden muß, wenn man Fleisch fressen will. Ich sagte mir, daß ich in irgendeiner Weise für mein Verhalten büßen müßte, obwohl es ja nur natürlich für ein Wiesel ist, den Geschmack von Blut zu lieben. Ich redete mir aber ein, daß es ein unnatürliches Begehren wäre, daß ich eine Abart der Natur mit bösem Charakter wäre und dafür bestraft werden müßte.

Häufig lag ich wach im Gras, im hellen Mondschein und wartete auf die Eule. Um mich herum waren Angst und Furcht, gewisperte Geheimnisse und unterdrückte Schauer. Harte, scharfe Augen waren da draußen. Krallen und Zähne. Eine wirbelnde Schwärze, ein Sturm dunkelroter Gerüche. Meine Nase witterte Blätter und Rinden, Baumsaft und Wasserpfützen, Grashalme, Steine, Erde, Felle, Federn und Fleisch, Farne und Pilze und warmes, warmes Blut.

Während ich dalag, brauste es in meinem Kopf ebenso wie in der Nacht um mich herum. Ich roch das Blut, und meine Sinne schrien vor Entzücken. Doch ich hatte ja dieses Schuldgefühl entwickelt, mußte diese schreckliche Reue empfinden. ›Diese armen Kreaturen‹, dachte ich mir. ›Ich sauge sie aus und lasse die leeren Hüllen verwesen und verwehen. Ich bin ein Dämon, aber ein Dämon mit einem Gewissen.‹ Kannst du dir vorstellen, wie das ist, wenn du dich nach dem roten Lebenssaft sehnst, der durch die Adern deiner Opfer fließt, dann aber, wenn die Taten begangen, die Sehnsucht gestillt ist, von Schuldgefühlen überwältigt wirst? Manchmal denke ich, ich müsse verrückt werden. Es gibt eine Wurmsorte, die sich durch das Ohr eines Wiesels in sein Gehirn bohrt. Tiere, die von diesem Wurm befallen sind, werden blind und wahnsinnig. Ich leide unter demselben Wahnsinn, doch ist der Wurm mein Gewissen. Da ich mir die Einstellung der Menschen in bezug auf Blut zu eigen gemacht habe, kann ich mich nun in meine Opfer hineinversetzen und ihre Gefühle mir gegenüber verstehen.

Wenn mich jedoch der Blutdurst packt, höre ich die Stimmen nicht mehr. Ich schiebe mein Gewissen fort und schlage meine nadelscharfen Krallen in die Adern meiner Beute.

Menschen mögen mich nicht. Die meisten von ihnen haben noch nie ein Wiesel zu Gesicht bekommen, und trotzdem hassen sie mich und meine Artgenossen. Sie finden mich exotisch, aber sie verabscheuen mich.

In meiner Geschichte gibt es viel Blut, und deshalb wurde ich von Mogascunga erwählt. Mogascunga ist ein Gott der Wiesel. Er ist die Fäulnis, die über den Waldboden kriecht, er ist das Dunkle der Schatten, er ist abgestandenes Wasser. Du kannst ihn sehen und berühren und hören, aber vor allem kannst du ihn riechen. Hast du schon mal einen Baumpilz gesehen, der schwarz und verrottet an der Rinde klebt? Hast du schon den Schleim gespürt, der am Rand eines stillen, trüben Wasserlochs wächst? Das ist alles Mogascunga. Bist du schon mal aus einem Wald gerannt, in dem die Baumkronen der Erlen ineinander verschlungen sind und Todesgerüche von ihren verkrüppelten Zweigen strömen? Auch das ist Mogascunga. Kein besonders angenehmer Gott, aber man kann sie sich ja nicht aussuchen.

Ich bin also ein Wiesel mit Gewissen und mit einem widerlichen Gott.«

Nachdem er diese Geschichte gehört hatte, schlich Ranagana traurig in seine Höhle zurück. Anscheinend war es möglich, ein Gewissen gegenüber der Natur zu entwickeln, aber dazu mußte man allen Verstand verlieren. Und wurde man dann am Ende von den Menschen respektiert? Nein. Sie verabscheuten das Wiesel noch immer, obwohl es seinen Geist aufgegeben und einen Kompromiß gesucht hatte. Sie verabscheuten es noch immer, obwohl sie es überhaupt nicht kannten, nicht einmal seine wahre Größe.

Es gab keinen Weg, dem Haß der Menschen zu entgehen.

18

Die Tundra im Herbst ist ein Anblick, der sich ins Gedächtnis brennt: Das flammende Rot des Afterkreuzkrautes leuchtet über die Ebene, die unendlich zu sein scheint. Der Anblick wirkt beruhigend und verleiht Geduld. Abgesehen von den Zugvögeln ist es eine Zeit der Stille und Ruhe. Es ist nur eine kurze Jahreszeit, die aber endlos erscheint: als sei schon immer Herbst gewesen, und als hielte er für immer an.

Der Wolfmensch hatte wieder einen Fieberanfall, und wieder blieb der Wolf bei ihm. Während der Mensch stöhnte und um sich schlug, hielt der Wolf sich allerdings auf Distanz, da ihn dieses Verhalten beunruhigte. Wenn der kranke Wolfmensch wieder ruhig dalag, schlich Athaba sich näher und leckte ihm die Stirn. Koonamas Körper war heiß und ausgetrocknet. Athaba wußte, daß der Kranke dringend Wasser brauchte.

Nicht weit von Koonamas Krankenlager entfernt schlängelte sich ein Fluß durch die feuerrote Landschaft. Da der Wolf keine Möglichkeit sah, dem Menschen Wasser zu bringen, schleifte er ihn ans Flußufer. Als sein Kopf über dem

Wasser hing, mußte er entweder das Rauschen gehört oder die Feuchtigkeit in der Luft gespürt haben, denn er wachte auf und trank. Dann befürchtete Athaba, daß der Wolfmensch verhungern könnte, also würgte er sein Futter wieder hervor, wie er es für die Welpen des Rudels getan hatte.

Seine Pflege wurde belohnt. Eines Abends, als die Nordlichter wie Vorhänge über den pastellfarbenen Himmel leuchteten, erhob sich der Wolfmensch. Er war wieder gesund und kräftig genug, die Reise fortzusetzen. Athaba entschied, daß sie, falls Koonama den kommenden Winter überlebte, bis zur Baumgrenze vordringen müßten, wo es mehr Tiere zu jagen gab. Dort lebten wilde Schafe und Ziegen, aber auch viele Bären und – Menschen.

Eines Tages, als sie durch einen flachen Teich liefen, trafen sie einen anderen Wolf. Er sah aus wie ein *utlah*, ohne Rudel in der Nähe. Er blieb in einiger Entfernung stehen, beobachtete die beiden, und als er wieder weiterging, wich er von seinem ursprünglichen Pfad ab, als wolle er ihnen aus dem Weg gehen. Athaba lief los, um ihn abzufangen, weil er Auskunft über ihren weiteren Reiseweg einholen wollte. Der andere Wolf schien unsicher zu werden, aber als Athaba näher kam, verlangsamte er sein Tempo. Etwa zehn Längen voneinander entfernt blieben sie stehen.

»Wohin gehst du?« fragte Athaba.

Der graue Wolf knurrte tief in der Kehle, dann sagte er: »Ist doch egal, wohin ich gehe. Was machst du mit einem Menschen?«

Athaba sah über die Schulter zurück zu seinem Rudel. Der Wolfmensch wartete geduldig mitten im Teich und wirkte hager und verloren.

»Welchem Menschen? Ach so. Ich hatte schon ganz vergessen ... er gehört zu meinem Rudel. Ich ziehe über das Land und suche den Rest. Ich bin Leitwolf eines ... na ja, vergiß es.«

»Aber das ist ein *Mensch!* Ist das etwa einer von denen, die von uns aufgezogen wurden? Man hört ja solche Sachen – eine Wölfin findet ein Menschenjunges und zieht es mit ihren eigenen Jungen groß.« Der fremde Wolf schüttelte den Kopf. »Aber es funktioniert nie, weißt du. Ihr Menschsein bricht immer wieder durch.«

»Nein«, erwiderte Athaba. »So ist es nicht. Eigentlich hat er mich zuerst gefangen und in dieses Gefängnis gesteckt, aber dann ist seine Flugmaschine kaputtgegangen. Ich weiß nicht mehr genau, wie es passiert ist, aber plötzlich waren wir beide draußen auf der Tundra. Jetzt versuche ich, nach Hause zu kommen.«

Der andere Wolf kam näher. Seine Angst vor dem Menschen schien durch Athabas Erklärung nachgelassen zu haben, oder vielleicht war er auch nur neugierig. Er sagte, sein Name sei Moolah.

»Zuerst dachte ich, du wärst ein Hund – ein Mensch mit seinem Hund. Das hat mich beunruhigt. Man sieht nicht oft einen Menschen mit seinem Wolf – nein, versteh mich nicht falsch, ich weiß, daß du nicht *sein* Wolf bist. Es klingt eher so, als wäre er dein Mensch. Was ich nicht verstehe: Warum wanderst du mit ihm? Du sagst, er gehört zu deinem Rudel, also hast du Verantwortung für ihn übernommen. Aber kann er denn auch jagen? Wo setzt du ihn ein? Vorne? An der Seite? Als Unterwolf? Ich will wirklich nicht sarkastisch erscheinen, ich bin bloß neugierig, verstehst du? Ich meine, wenn ein Wolf die Anforderungen nicht erfüllt, ist er draußen – oder sie, je nachdem. Stimmt's? Draußen. Punktum.«

Moolah hielt inne, um sich hinter dem Ohr zu kratzen.

Athaba sagte: »Du bist also von deinem Rudel verstoßen worden.«

Moolah drehte blitzschnell den Kopf zurück.

»Wie? Was ist los? Was meinst du damit? Wer hat dir solche Lügen erzählt? Was hab ich gesagt? Was? Sieh mich nicht so an. Ich brauche dein Mitleid nicht. Ich wollte gar nicht im Rudel sein, damit geht's schon mal los. Ich war anders als die anderen. Sie haben mich beneidet, das hab ich deutlich gespürt. Wenn du außergewöhnliche Begabungen hast, machst du dir zwangsläufig Feinde. Ich hab es nicht so mit dem Jagen. Jagen ist nicht alles, oder? Einige von uns können jagen, und andere können anderes besser, wie zum Beispiel Geschichten erzählen. Das war meine Aufgabe, nur daß ...«

»Nur daß was?« ermutigte Athaba ihn freundlich.

Moolah sah ihn unglücklich an.

»Nur daß ich zu gut darin war, verstehst du? Ich hab all die alten Geschichten erzählt, all die traditionellen Sachen, aber ich hab viel Phantasie, weißt du? Ich ... ich schmücke die Geschichten ein wenig aus, gebe etwas Pfeffer dazu, mache sie aufregender, bunter ...« Er schwieg und blinzelte heftig und sah zu Koonama hinüber, der immer noch wartete.

»Und dann«, sagte Athaba, »hast du dir neue Geschichten ausgedacht.«

Wieder fuhr der Kopf herum.

»Hm? Was bist du? Ein Zauberer etwa? Woher weißt du das alles? Du hast mein Rudel getroffen, stimmt's? Du hast mit den Eulen und Wieseln gesprochen. Wer hat diese Lügen über mich verbreitet?«

»Ich verstehe dich einfach«, erwiderte Athaba. »Ich verstehe dich gut. Auch ich war ein Ausgestoßener, ein *utlah*. Sie nannten mich den Rabenwolf, weil ich mit ihnen zusammen fraß. Aber jetzt habe ich mein eigenes Rudel.«

»Etwa das da?« fragte Moolah und blickte verächtlich zu Koonama hinüber, der jetzt mit den Füßen stampfte. Er sah seltsam aus, mit seinem Moschusochsenfell, das von seinen schmächtigen Schultern hing, seinem blassen Gesicht, den dunkel umränderten Augen und den nackten Beinen mit den rotgeschwollenen Insektenstichen.

»Koonama ist ein guter Jäger, auf seine eigene Art, und das bist du nicht, wie du ja selbst zugegeben hast«, sagte Athaba. »Also geh nicht hin und spucke auf jemanden, den du nicht kennst. Außerdem ist er nicht mein ganzes Rudel. Ich habe eine Gefährtin und sechs Welpen – wenn ich sie jemals wiederfinde.«

»Koonama? Der Mensch hat einen Namen? Übertreibst du da nicht ein bißchen? Menschen haben keine Namen. Das ist ja dumm! Als nächstes sprichst du wohl noch mit ihm!«

Ein seltsames Gefühl, ein Hunger nach Gesellschaft, regte sich in Athaba. Ihm war nicht bewußt gewesen, wie sehr er Auseinandersetzungen und Gespräche vermißt hatte.

»Hör zu, es wird gleich Abend«, meinte er. »Warum bleibst du nicht die Nacht über bei uns? Wir reden ein bißchen. Ich habe schon so lange mit niemandem mehr geredet. Ja, es stimmt, ich spreche mit Koonama, aber natürlich bekomme ich nie eine Antwort. Ein, zwei Kommandos versteht er, aber wahrscheinlich hat er sich nur den Tonfall gemerkt. Was hältst du von meinem Vorschlag?«

Moolah machte ein skeptisches Gesicht.

»Ich weiß nicht – ich meine, er ist immer noch ein Mensch, egal, was du sagst. Selbst Hunde sagen, daß man Menschen im allgemeinen nicht trauen kann. Oh, sie sagen alle, daß sie einzelne von ihnen kennen und bewundern, aber«, er nickte weise, »im allgemeinen sind sie ein Haufen verrückter Mörder. Sie töten alles, ob sie hungrig sind oder nicht, ob sie ihre Beute fressen können oder nicht. Es scheint ihnen völlig egal zu sein. Sie sehen was auf vier Beinen? PENG! Sie töten es. Erst danach überlegen sie sich, was sie damit machen können.« Athaba gefiel Moolahs Sarkasmus, und wieder bat er den Wolf, ihnen Gesellschaft zu leisten.

»Bist du sicher, daß er mich nicht angreift? Hat er eine Waffe unter diesem Fell?«

»Kannst du denn eine riechen?«

Moolah schüttelte den Kopf.

»Na ja, darin war ich nie so gut. Deshalb bin ich ja auch kein Jäger geworden, verstehst du? Ich weiß nicht, was ›riechen‹ bedeutet. Ich meine, ich weiß wohl, was es bedeuten soll, aber ...« Er zuckte mit den Schultern.

Auf einmal empfand Athaba Mitleid mit dem anderen. Es mußte ihn sehr viel Kraft und Geistesstärke gekostet haben, bis zum Erwachsenenalter zu überleben. Athaba konnte sich nicht vorstellen, wie man ohne den wichtigsten aller Sinne auskam. Blind zu sein, ja, oder sogar taub – aber die Welt nicht zu riechen? Es war doch unmöglich, ohne die Nase ein Bild von der Landschaft zu bekommen. An Tagen, an denen er krank und seine Nase trocken oder verstopft gewesen war, hatte er sich so elend und hilflos gefühlt, daß er fast verzweifelt wäre.

»Na, komm schon. Dir tut das Reden doch auch gut«, drängte er Moolah.

»Also gut.« Moolah zuckte wieder mit den Schultern. »Wenn du darauf bestehst. Habt ihr was zu fressen?«

»Mein Wolfmensch hat zwei Hasen bei sich.«

»Wolfmensch, soso. Koonama, der Wolfmensch? Das ist schon äußerst seltsam. Kannst du ihn dazu bringen, daß er mich anbellt?« Moolah lief neben Athaba her, auf Koonama zu. »Wird er kläffen, wenn ich ihn darum bitte?«

»Nein, aber sein Heulen wird langsam besser. Ich zeig's dir später. Laß uns zuerst einen guten Platz für die Nacht suchen. Übrigens: Wo ist denn dein Rudel?«

»Ich hab's verloren«, meinte Moolah bekümmert. »Eines Tages, als sie über ein Eisfeld wanderten, hab ich ihre Spur verloren und nie wiedergefunden, obwohl ich ewig im Kreis gelaufen bin und danach gesucht hab.«

»Natürlich«, sagte Athaba und dachte daran, daß der andere Wolf ja keine Spur wittern konnte. »Aber ich habe gemerkt, daß ich ohne mein Rudel besser dran war, auch wenn es zuerst weh tat. Es ist ein bißchen, wie neu geboren zu werden, findest du nicht auch – außer natürlich, daß kein Rudel da ist, um dir beim Aufwachsen zu helfen.«

»Da hast du wirklich recht«, meinte Moolah und nickte aufgeregt mit dem Kopf.

Koonama schloß sich den Wölfen an, und zu dritt liefen sie nebeneinander her.

Athaba fuhr fort: »O ja, ich kann mich noch genau an den Tag erinnern. Mein ganzes Rudel wurde von Himmelmenschen vernichtet – sie kamen in einer Maschine und *dak-dak-dak-dak-dak,* plötzlich lagen alle blutend im Schnee. Kein einziger hat überlebt. Ich wußte nicht, was ich tun sollte. Ich meine, ich habe einige Jahreszeiten außerhalb des Rudels gelebt, aber du weißt ja, wie das ist: Du trottest hinter ihnen her und bist immer noch ein Teil vom Rudel, wenn auch ein losgelöster Teil. Als sie dann nicht mehr da waren, kam ich mir vor wie die abgebrochene Scholle eines Gletschers, die ziellos auf dem Meer treibt. Die sich einfach nur herumdreht und dem Wind und der Strömung ausgeliefert ist.«

»Genau so!« rief Moolah begeistert.

Sie kamen zu einer Felsgruppe und legten sich zur Ruhe. Der Wolfmensch ließ einen der beiden Hasen liegen und zog sich mit dem anderen allein zurück. Etwas später kam er zurück und rollte sich neben Athaba auf dem Boden zusammen, die Nase dicht am Boden. Athaba wußte, daß Moolah sich wunderte, obwohl er kein Wort darüber verlor. Unzählige Sterne blitzten über ihnen am Himmel, als sie ihr Gespräch fortsetzten.

»Was liegt vor uns?« wollte Athaba wissen.

»Waldland und Berge – falls ihr weiter nach Süden geht.«

»Und was für Tiere?«

»Eiche, Schafe, das übliche. Es gibt ein paar Wasserfälle,

wo ihr euch den Staub aus dem Fell waschen könnt. In den Flüssen sind Hechte, Barsche und Äschen. Und Gänse und Enten obendrein.«

»Bären?«

»Grizzlys und Schwarzbären. Mit denen legst du dich lieber nicht an, wenn du es vermeiden kannst.«

Athaba nickte: »Das habe ich bestimmt nicht vor. Ich denke, wir halten uns nach Westen, jetzt wo wir die Baumgrenze fast erreicht haben.«

»Wo willst du denn überhaupt hin?«

Athaba beschrieb die Landschaft, die seine Heimat gewesen war. Moolah, der viel herumgekommen war, kannte sein Land gut und hatte auch mit anderen Reisenden gesprochen. Als Athaba den »Fels der heulenden Wölfin« erwähnte, nickte er.

»Davon habe ich gehört. Er liegt irgendwo nordöstlich des Vulkangebiets. Ich bin noch nie dort gewesen, aber Vulkane haben mich schon immer fasziniert. Einmal kam ein Weißköpfiger Seeadler, der ein wenig Kanidisch sprechen konnte, und erzählte von diesen Bergen, die Feuer spucken.«

»Was genau sind diese Berge?«

»Also, Vulkane sind Berge, deren Gestein flüssig geworden ist und aus dem Boden fließt. Der Adler nannte das Lava. Wenn es abkühlt, nimmt es alle möglichen Formen an, zum Beispiel Bimsstein. Bimsstein ist so leicht, daß er auf dem Wasser treibt ...«

Athabas Kopf fuhr hoch.

»Bimsstein? Treibt auf dem Wasser?«

»Ja, genau.«

»Und diese Lava – das kann ›laufen‹, weil es flüssig ist?«

»So ist es.«

»Was passiert mit Bäumen, die in diese Lava geraten?«

»Na ja, ich nehme an, sie verbrennen. Lava ist sehr heiß – feuriger Stein.«

»Aber wenn sie von all diesem feurigen Stein verschlungen würden, selbst zu Stein würden ...«

Moolah sah ihn verwirrt an.

»Dann gingen sie in Wasser unter!« rief Athaba.

Erschrocken rückte Moolah zur Seite.

Doch Athaba beruhigte ihn. »Hab keine Angst. Ich habe nur gerade ein Rätsel gelöst, das mein Vater mir beibrachte. All die Jahre wußte ich keine Antwort. Hör zu:«

> Ich bin –
> der Stein, der treibt,
> das Holz, das sinkt,
> der Stein, der läuft
> die Luft, die stinkt,
> – was bin ich?

»Ein Vulkan, natürlich!« rief Moolah. »Das ist ganz schön schlau. Ja: ›Die Luft, die stinkt‹ – das stimmt auch. Der Adler meinte, daß einem die Augen tränen, so sehr beiße der Rauch.«

»Dann ist es das«, sagte Athaba und schwieg.

Nach einer Weile meinte Moolah: »Und was bedeutet das jetzt für dich? Das Rätsel, meine ich?«

Athaba dachte nach. »Nichts. Eigentlich überhaupt nichts – außer, daß mein Vater sich das ausgedacht hat, was ihn dir ähnlich macht. Ich frage mich, ob er sein Talent für solche Sachen vor dem Rudel verheimlichen konnte? Wahrscheinlich ja, sonst hätten sie ihn ja verbannt, so wie sie dich verbannt haben, weil du neue Geschichten erfunden hast.«

»Lügen haben sie sie genannt«, nickte Moolah.

»Aber mir hat mein Vater das Rätsel verraten. Er muß gewußt haben, daß auch ich ihm ähnlich bin. Wenn dir solche Geschichten einfallen, ist es bestimmt schwer, daß du sie für dich behältst, oder?«

Moolah schnaubte.

»Es ist so gut wie unmöglich. Sie *müssen* erzählt werden, verstehst du? Sie wandern aus meinem Kopf auf meine Zunge, und da sind sie! Es ist, als wäre ein anderes Tier in mir. Ich werde immer ganz aufgeregt, wenn ich mir etwas ausdenke, und dann möchte ich es der ganzen Welt erzählen. Zum Teil liegt das, glaube ich, daran, daß ich mich für einen ganz schlauen Kerl halte und es jeden wissen lassen möchte.«

»Also mußte mein Vater es auch jemandem erzählen, und er wählte mich. Mutter wußte natürlich davon, aber auch sie hat es geschafft, es vor dem Rudel geheimzuhalten.«

Moolah nickte.

»Wenn dein Rudel so war wie meins, hättest du nur ohne ersichtliches Ritual zu zucken brauchen, und sie sind über dich hergefallen. Ich glaube, es ist gut, daß ich mein Rudel los bin – und du deins. Es gefällt mir, so herumzuziehen. Ich glaube, ich bin von Natur aus ein Vagabund. Na gut, es ist gefährlicher ohne den Schutz eines Rudels, aber was ist nicht gefährlich in diesem Leben? Manchmal zieht ein Rudel allein durch seine große Zahl das Unglück an, während ein einzelner Wolf entkommt.« Moolah seufzte. »Jedenfalls kann ich dir sagen, daß du noch sehr, sehr weit von deiner Heimat entfernt bist. Vor dem Winter wirst du es bestimmt nicht mehr schaffen. Vielleicht nicht einmal vor dem nächsten Frühling, je nachdem, wie kalt es wird.«

Athaba war entsetzt. Er hatte das Gefühl, ein Baumstamm wäre quer über sein Herz gestürzt.

»Aber wir sind doch schon so weit gegangen!«

»Ihr seid weit gegangen, aber das Ende der Welt ist noch weit, weit weg, mein Freund. Dieses große Land ist riesig – riesiger als riesig – und reicht von einem Ozean zum anderen ...« Er zuckte mit den Schultern. »Tut mir leid, aber ich finde, das solltest du wissen.«

»Koonama wird es nie schaffen.«

»Besser, du läßt ihn allein. Schließlich ist er doch nur ein Mensch. Und er hat dich gefangen. Warum solltest du für ihn Verantwortung übernehmen? Besser, du verläßt ihn.«

Athaba überlegte. Der Wolfmensch würde die ganze Reise nie überleben, also war es vielleicht wirklich besser, ihn jetzt zurückzulassen, als ihn bis zur Erschöpfung weiterzutreiben. Doch Athaba scheute vor dieser Entscheidung zurück. Koonama könnte es bis zum Herbst schaffen. Aber im Winter? Niemals. Binnen kürzester Zeit würde er erfrieren.

»Ich weiß nicht«, meinte er traurig. »Das sind sehr deprimierende Neuigkeiten. Ich hatte immer gedacht, daß wir bald auf bekanntes Gelände stoßen, daß meine Heimat hinter dem nächsten Fluß oder See liegt. Bis jetzt sind wir durch die helle Jahreszeit gewandert, aber bald kommt die ständige Dunkelheit. Was mache ich dann mit ihm?«

»Ich wünschte, ich könnte dir helfen. Wenn du ihn allerdings bis in deine Heimat mitnimmst, wird er dort keine Minute lang überleben. Soweit ich weiß, ist das das Gebiet, in dem Skassis Rudel haust.«

Athaba fuhr zusammen.

»Skassi? Ich kannte mal einen Wolf, der so hieß. Aber der ist im Eisland umgekommen.«

»Nach dem, was ich gehört habe, ist Skassi der brutalste Wolf, den es je unter uns gab. Er hat sich der Vernichtung der gesamten Menschheit verschrieben. Sein Rudel ist zwischen dreißig und vierzig Wölfe stark – größer als jedes andere Rudel –, und sie ziehen durch die Lande und suchen nach Menschen, die sie angreifen und töten können.«

»Aber warum?« wollte Athaba wissen. »Ich meine, wir waren immer Feinde, Menschen und Wölfe, aber so ein Verhalten wird nur zu noch mehr Feindschaft führen. Es gibt doch auch Menschen, die uns in Ruhe lassen. Greift Skassis Rudel die auch an?«

»Sie greifen jeden Menschen an. Auch ihre Jungen. Sie sagen, Skassis Haß gegenüber den Menschen sei mit dem Verstand nicht nachvollziehbar. Er nimmt Ausgestoßene auf und zwingt andere Wölfe, sich seinem Rudel anzuschließen. Sobald sie einmal getötet haben, bleibt der Blutrausch an ihnen haften. Kein Wolf ist mehr sicher, ob er zu Skassis Rudel gehört oder nicht. Die Menschen wehren sich natürlich, aber sie treffen hauptsächlich die falschen. Auf beiden Seiten müssen viele Unschuldige sterben.«

Diese Nachricht ließ Athabas Mut noch weiter sinken. Gleichzeitig wuchs seine Erregung. Seine Familie, sein Rudel war auch dort oben, wo Skassi Chaos und Verwüstung anrichtete.

»Weiß denn jemand, warum Skassi die Menschen so haßt? Ich meine, keiner von uns mag sie besonders gern, aber wir müssen schließlich alle in derselben Welt leben.«

Moolah starrte Athaba lange an.

»Man sagt, daß er eines Tages allein auf der Jagd war, oben im Eisland, als plötzlich sein ganzes Rudel bis zum letzten Tier ausgerottet wurde. Ein Massaker. Nicht eines von ihnen überlebte. In diesem Moment schwor er, daß er für jeden toten Wolf seines Rudels hundert Menschen umbringen wolle. Das letzte, was ich hörte, war, daß Skassi eine Gruppe Südmenschen angegriffen hat – die, die den Norden nur besuchen und viel reden, harmlose Kreaturen also, die nicht einmal Waffen tragen. Statt dessen haben sie diese kleinen schwarzen Kästchen, die nur klicken und nicht schießen. Zwei von ihnen wurden von Skassis Rudel regelrecht in Stücke gerissen ...«

»Skassi«, murmelte Athaba vor sich hin. »Ist es denn möglich?« Menschen anzugreifen war der reine Wahnsinn, was auch immer sie den Wölfen antaten. Immer wieder hatte es sich gezeigt, daß sie unter Bedrohung vollkommen rücksichtslos wurden. Mit nüchterner Effizienz rotteten sie die Wölfe aus – für immer. Die Menschen, die nichts gegen Wölfe hatten, sie vielleicht sogar mochten, konnten nichts dagegen tun. War es wirklich sein alter Erzfeind, von dem er hier hörte – *der* Skassi, den er einmal gekannt hatte?

Das waren schreckliche Neuigkeiten. Sie bedeuteten, daß Ulaala und seine Welpen in Gefahr waren, weil überall die Jäger nach Skassi suchten. Um so mehr ein Grund, schnell nach Hause zu kommen.

Nach langem Schweigen brach der Ausgestoßene die Stille.

»Du hast von einem Heulruf erzählt«, sagte Moolah. »Ich hab schon seit Jahren keinen mehr zum besten gegeben. Wie wär's?«

Athaba war einverstanden, doch war er in so trüber Stimmung, daß er mit einem traurigen Heulruf begann, einem Klagegesang. Er setzte sich auf, warf den Kopf zurück und begann:

»UUUUUUuuuuuooooouuuUUUooooooOOO ...«

Moolah fiel mit ein. Koonama erwachte und begann ebenfalls, seine nur noch wenig verbesserungswürdigen Heulrufe beizusteuern. Er saß auf seinen Hinterbeinen, wie die Wölfe, und stützte sich mit den Armen wie mit gestreckten Vorderläufen ab, die Fingerknöchel auf dem Moos, und warf den Kopf zurück:

»HHHHuuuuoooo-huoooo-huoooo-uuuu ooo ooo ooo uuuUUU ...«

Bald wurde Athabas Verzweiflung zumindest für den Augenblick durch die Freude am gemeinsamen Heulen gelindert, und er wählte einen Ruf des Glücks, über die Schönheit des Herbstes. Koonama machte tatsächlich ein völlig hingerissenes Gesicht: Er schien wie gebannt von seiner Rolle in diesem gemeinsamen Spiel. Er lauschte, er ahmte nach, er folgte den anderen. Er sah glücklich aus. Einmal verfiel er in einen eigenen Gesang und gab komische, unmelodiöse Laute mit den Lippen von sich. Doch er und Moolah tadelten Koonama sofort durch aggressive Haltungen und ein, zwei Knuffe. Der Wolfmensch merkte, daß er bei ihrem Heulgesang bleiben mußte, anstatt in dieses höllische Menschengebell zu verfallen. Athaba war sehr zufrieden mit Koonama. Er schien eine natürliche Begabung für Rhythmus und Tonhöhen zu haben, um einen Heulruf zu fühlen und zu begreifen. Natürlich klang er selbst ein wenig unbeholfen, und in einem Rudel hätte er es sicher zu keinerlei Ansehen gebracht, aber er war wie ein vielversprechender Welpe, und das war immerhin sehr gut, wenn man bedachte, daß er ja nur ein Mensch war. Er war bestimmt so gut wie manch ein Haushund, den Athaba gehört hatte.

»OOOuuuuUUUllllluuuUUU uoooooooooo ooo ...«, heulte Koonama.

»Das ist es, das ist es, verschling den Mond!« rief Athaba, und Moolah schüttelte den Kopf und sah von einem zum anderen, als sei er nicht ganz sicher, ob er das alles nur träumte oder ob es diese komischen zwei Kreaturen tatsächlich gab.

Als das Heulen vorbei war, erzählte Moolah eine neu erdachte Geschichte. Sie handelte von einem Wolf, der als Held das Böse besiegte. Koonama hing an seinen Lippen, als wolle er sich kein Wort entgehen lassen, aber als Athaba genauer hinsah, merkte er, daß die Augen des Wolfmenschen leer und verständnislos blieben, was eine Schande war, denn es war eine gute Geschichte.

»Die Welt war noch ein Junges«, begann Moolah, »ein Welpe, der erst zum Wolf heranwachsen mußte. In diesem Augenblick ihrer Geschichte lebten nur winzig kleine Kreaturen wie Krill und Plankton in ihren Meeren, und auf dem Land liefen nicht nur die Tiere herum, die wir heute auf Bergen und in den Tälern sehen, sondern auch Fische mit Beinen. Es gab Heringe und Lachse, die auf ihren Beinen durch die Gegend liefen, und Tintenfische und Kraken (die ihre

Beine bis heute nicht verloren haben), die auf den Wiesen grasten. Sie sahen nicht so aus wie die Fische, die wir heute kennen. Sie unterschieden sich von den anderen Tieren, weil sie Schuppen hatten und sicher lieber im Regen standen als in der Sonne. Sie badeten auch viel in Flüssen und Seen, so daß sie zur Hälfte Wassertiere waren. Als Futter nahmen sie die Samen des Löwenzahns, die durch die Luft schwebten. Andere liefen mit kurzen, dicken Beinen dicht über dem Boden und saugten an verfaultem Fallobst.

Im großen und ganzen waren diese Fische ein friedlicher Haufen und störten die anderen Tiere nicht weiter. Die Haifische waren davon allerdings ausgenommen – die lebten in Höhlen und suchten sich vorbeiziehende Opfer. Sie griffen alles und jeden an, manchmal nur aus reinem Blutdurst. Sie mordeten mit furchtbarer Grausamkeit und kehrten mit blut- und speicheltriefenden Mäulern in ihre Behausungen zurück. Zu jener Zeit hatten diese Landhaie noch kurze, stumpfe Schwänze, aus denen gelber Saft tropfte, der jede Pflanze vergiftete.

Alle hatten vor diesen gefährlichen und barbarischen Tieren Angst, und da sie selbst keine Feinde hatten, vermehrten sie sich natürlich sehr schnell. Schließlich berieten andere fleischfressende Tiere untereinander, was zu tun sei, denn sie waren alle kurz vor dem Verhungern, weil die Haie ihnen sämtliche Beute wegfraßen. Bären, Wölfe und Wildkatzen waren am schwersten davon betroffen. Sie wählten einen Vertreter, eine Wölfin namens Grensa, die durch viele Länder zum Großen Weißen Landhai reisen sollte, dem anerkannten Anführer all seiner Artgenossen.

Auf ihrer Reise mußte Grensa mit vielen Haien kämpfen – Hammerhaien, Tigerhaien, Dornhaien und Blauhaien –, und als sie mit blutigen Füßen und unzähligen Kampfwunden ihr Ziel erreichte, wartete der Große Weiße Hai bereits auf sie. Sie sprach zu ihm:

›Ich soll dich zum Kampf herausfordern. Gewinnst du, werden alle anderen Fleischfresser in Zukunft Gras fressen. Dadurch bleibt mehr Fleisch für euch Haie. Gewinne aber ich, so dürft ihr von dem Augenblick an nur noch Plankton und Krill fressen.‹

Die Landhaie waren sehr unwissende Kreaturen, denn wie ihr wißt, erfährt man nur etwas von der Welt, wenn man mit anderen Tieren und vor allem Reisenden spricht, und die Haie fraßen diese Tiere, noch ehe sie einen Laut äußern konnten. Folglich hatte der Große Weiße Hai noch nie von Plankton und Krill gehört und fragte, was das sei.

›Das sind Tiere‹, erwiderte die Wölfin, sichtlich erstaunt über diese Frage. ›Ich bin sicher, daß du sie auch schon gefressen hast. Es gibt Millionen davon – wahrscheinlich sind es sogar die zahlreichsten Tierarten der Erde.‹

Der Hai fand dieses Angebot sehr verlockend – allerdings hatte die Wölfin nicht erwähnt, daß Plankton und Krill aus winzigen Lebewesen wie etwa Algen bestehen, die es nur im Wasser gibt.

Er nahm die Herausforderung also an, und die Wölfin Grensa kämpfte mit solch großem Mut und Ingrimm, daß sie den Großen Weißen Landhai besiegte und im Namen aller Vögel und Säugetiere die Futterreserven der Welt zurückeroberte. Als die Haie erfuhren, was Plankton und Krill tatsächlich waren, wurden sie sehr böse und meinten, sie seien betrogen worden. Sie wollten das Versprechen ihres Anführers nicht halten. Doch es gibt einen Höchsten Richter, der in solchen Fällen eingreift: jemand, der noch mächtiger ist als die Menschen, sogar mächtiger als *Groff*. Niemand hat dieses mächtige Wesen je gesehen, der immer eine Sonnenfinsternis herbeiruft, ehe er seine Taten an der Welt vollbringt, und niemand weiß, ob dieses Wesen männlich oder weiblich ist.

Es gab also eine Sonnenfinsternis, während deren alle

Haie an ihren Schwänzen gepackt und in die Meere geworfen wurden. Da wußten sie, daß sie ihrem Schicksal nicht mehr entkommen konnten, und stiegen nur noch ein einziges Mal an Land, um alle anderen Landfische zu sich in die Ozeane zu holen. In diesem großen Wanderzug wurden auch einige Säugetiere, wie der Tümmler, der Delphin und der Wal, mitgerissen und landeten im Meer, wo sie noch heute leben. Andere Säugetiere, wie die Seehunde, Seelöwen und Walrosse, konnten sich nie recht entscheiden, wo sie hingehören, und verbringen die Hälfte ihrer Zeit im Wasser, die andere Hälfte an Land.

So ist Grensa eine der großen Heldinnen der Wölfe, und ihr Geist streift durch die Fernen Wälder, zur Rechten von Shesta, der mächtigen Krieger-Priesterin, die den Hundekönig Skeljon Brodemuul besiegte, nach der Schlacht vom Steilen Hügel, die dem *Urdunkel* folgte.«

19

In diesem Land fällt das Licht in weichen, schrägen Säulen auf die Erde. Es zeigt die Farben der Tundra – Sienabraun, Safrangelb – wie durch einen feinen sanften Nebel. Es ist ein Licht, das die Schroffheit der Felsgipfel mildert wie der Schnee. Hier, wo die kühle, dichte Luft diese gebeugte Strahlung des Lichts bewirkt, werden die Bilder weit entfernter Berge über den Horizont projiziert und hängen dort, klar und ruhig, am Himmel. Hier sind die Wasser so glasklar, daß die Sonnenstrahlen Blumen auf dem Grunde der Flüsse zum Erblühen bringen.

Athaba mußte eine Entscheidung treffen. Ihm schien, als seien sie bereits Ewigkeiten unterwegs, und doch befanden sie sich laut Moolah noch unendlich weit von seiner Heimat entfernt. Der Wolfmensch war eine Last – ohne ihn könnte er jeden Tag doppelt so weit kommen. Sollte er ihn von seinem Elend erlösen? Am besten wäre es wohl, ihn schnell zu töten, damit er nicht langsam und qualvoll vor Hunger oder Krankheit sterben mußte.

Athaba verabschiedete sich von Moolah.

»Willst du nicht mit uns kommen?« bot er ihm noch an. »Ich weiß nicht, wie du es schaffst, allein zu jagen, so ohne Geruchssinn. Wir könnten dir helfen ...«

Moolah lehnte ab.

»Ich bin nun schon lange allein und wüßte nicht, wie ich mit anderen zusammenleben soll. Was meine Futtersuche betrifft – in einem Rudel wären meine Fähigkeiten sicher nicht besonders ruhmreich, aber ich kann überleben. Ich muß mich auf Geräusche konzentrieren oder Bewegungen, um meine Beute zu erwischen. Wenn es ums Überleben geht, lernt man schnell, seine Schwächen auszugleichen.«

»Es ist deine Entscheidung. Aber es liegt nicht an Koonama, oder? Er ist wirklich harmlos, und er ist nun schon so lange bei mir, daß er sicher denkt, er sei ein richtiger Wolf.«

»Nein, an ihm liegt es nicht, obwohl seine Anwesenheit mich doch ein wenig beunruhigt. Es liegt an mir selbst. Ich lebe gern allein, denn dann trage ich niemandem gegenüber Verantwortung. Ich kann tun und lassen, was ich will. Manchmal fühle ich mich einsam, ja, aber man gewöhnt sich daran. Ich wünsch dir auf jeden Fall gute Jagd und hoffe, daß du deine Heimat findest.«

Damit trennten sie sich. Moolah wandte sich nach Norden, Koonama und Athaba gingen Richtung Westen.

Der Weg war rauh und beschwerlich. Athaba witterte, daß es in dieser Gegend Menschen gab, und beschloß, früh zu ruhen und früh wieder aufzubrechen und in den noch wenigen dunklen Stunden des Tages zu reisen. Einmal beobachtete er eine Eule und erkannte an ihrem Flügelschlag und der Tageszeit, daß sie von etwas aufgescheucht worden war – womöglich einer Gruppe Jäger.

An einem Vormittag wurde es mit einemmal so dunkel, als hätte der Winter plötzlich eingesetzt, aber der Grund waren dicke, schwarze Wolken, die sich bedrohlich über ihnen zusammenballten. Ein Sturm nahte. Das Zweierrudel fand gerade noch rechtzeitig Schutz, bevor die dunklen Wolken am Himmel zu knurren begannen.

Kalter, erbarmungsloser Regen fiel hernieder und durchtränkte die Erde. Athaba und Koonama lagen am Eingang einer Höhle und starrten hinaus auf die wirbelnde Nässe und auf die Lichtblitze, die für kurze Zeit die rosarote Landschaft erhellten. Im Innern der Höhle roch es nach Bären, aber Athaba war nicht beunruhigt, da der Geruch bereits lange abgestanden war. Sicher hatte irgendwann einmal ein Bär diese Höhle zum Überwintern benutzt und war jetzt weit über alle Berge.

Nach einer Weile wurde es Koonama offensichtlich langweilig, den Sturm zu beobachten, denn er ging weiter in die Höhle hinein. Athaba hörte, wie er sich durch das Netzwerk der Tunnel vorarbeitete und hin und wieder unterwürfig bellte, woraufhin Athaba ihm beruhigend antwortete: »Keine Angst, ich bin noch da.«

Als der Sturm sich gelegt hatte, rief Athaba nach dem Wolfmenschen.

Es kam keine Antwort. Plötzlich wurde ihm bewußt, daß schon seit einiger Zeit kein Laut mehr aus dem Innern der Höhle gedrungen war. Er lauschte noch eine Weile, dann ging er selbst in die Höhle, um den Wolfmenschen zum Aufbruch zu mahnen. Es war stockfinster, doch ein Wolf braucht kein Licht, um sich zurechtzufinden. Sobald er sich »verirrt«, folgt er einfach seinem eigenen Geruch wieder nach draußen.

Athaba folgte Koonamas Spur durch die gewundenen

Gänge, Kammern, Sackgassen, Kamine. Schließlich fand er ihn schlafend auf einem kleinen Felsvorsprung in einer Kammer. Athaba ging zu ihm und sagte: »Wach auf! Wir müssen weiter.« Als das nichts half, tat er etwas, das er normalerweise vermied: Er berührte den Wolfmenschen, stupste ihn leicht mit der Schnauze an.

Koonama erwachte und schien vollkommen durchzudrehen. Er fing an zu schreien, und der Lärm hallte durch die ganze Höhle. Athaba wich zurück. Anscheinend hatte Koonama in der Enge der Höhle den Verstand verloren. Er war gefährlich.

»Beruhige dich«, rief Athaba in der Hoffnung, der Mensch könnte den Tonfall verstehen.

Doch Koonama sprang auf und rannte geradewegs in eine Felswand. Athaba roch süßes Blut, und da Koonama herumschniefte, vermutete er, daß er sich die Nase verletzt hatte. Nun wurde Athaba nervös. Koonama stampfte eine Weile auf dem Boden herum und wirbelte Staub auf. Er jaulte so kläglich, daß Athaba nahe dran war, diese Kreatur anzugreifen, die ihm so viele Probleme bereitete. Dann, zu Athabas großer Erleichterung, ließ der Wolfmensch sich auf Hände und Knie fallen und kroch suchend herum. Er fand den Ausgang aus der Kammer und folgte Athabas Knurren. Jedesmal, wenn er stehenblieb, ermutigte Athaba ihn durch weitere Geräusche. Auf diese Weise schafften sie es langsam zum Höhlenausgang. Als sie endlich an die frische Luft kamen, gab Koonama ein schluchzendes Geräusch von sich, lief mit ausgebreiteten Armen ins Tageslicht und warf sich auf das nasse Moos. In diesem Augenblick verlor Athaba das Bewußtsein und bekam vermutlich einen seiner Anfälle, denn als er nach einiger Zeit wieder zu sich kam, stand der Wolfmensch in einiger Entfernung und sah sehr beunruhigt aus. Athaba sah das getrocknete Blut auf seiner Oberlippe und abgeschürfte Stellen in seinem Gesicht.

Nach diesem Vorfall dachte Athaba ernsthaft über Koonamas weiteres Schicksal nach. Sie waren nun schon so lange zusammen, daß er gedacht hatte, er könnte den Menschen in einen Wolf verwandeln. Doch unter diesem oberflächlich wölfischen Aussehen war Koonama immer noch sehr menschlich. Kein Wolf wäre dermaßen in Panik geraten, nur weil er sich an einem dunklen, abgeschiedenen Ort befand. Er hätte geschnuppert, sich ein Bild von seiner Umgebung gemacht und wäre ins Freie gelaufen. Koonamas Verhalten aber war gefährlich für das Rudel und konnte nicht geduldet werden.

Als er sich dem Wolfmenschen näherte, nahm der sofort eine unterwürfige Haltung an, da er wohl wußte, daß er Strafe verdient hatte. Doch Athaba unternahm jetzt noch nichts. Er hatte beschlossen, sich von Koonama zu trennen. In ein oder zwei Tagen würde er ihn töten müssen, wenn er wie üblich seinem schnellen Tempo nicht folgen konnte.

Doch als hätte der Wolfmensch seine Gedanken gelesen, strengte er sich an diesem Tag besonders an. Er verfiel ins Laufen, wann immer es nötig war, und sorgte dafür, daß Athaba ihm nie mehr als zehn Längen voraus war. Wenn sie sich ausruhten, stand er immer als erster wieder auf und lief weiter, so daß Athaba ihn einholen mußte, um die Führung zu übernehmen. Als sie sich am Abend zur Ruhe legten, rollte Koonama sich auf den Rücken, hob die Arme hoch und ließ die Hände wie verwelkte Blumen fallen, so wie Athaba es manchmal tat. Der Wolfmensch wollte sich damit wohl einschmeicheln und sagen, wie leid es ihm tat, solch eine Belastung zu sein.

Athaba beachtete ihn nicht. Nach der nächsten langen Rast würde er tun, was notwendig war. Nie hätte er gedacht, daß er sich auf diese Weise von einem Rudelmitglied trennen mußte, aber schließlich war Koonama ein Mensch und kein richtiger Wolf. Ihn einfach zu verlassen wäre grausam und kam daher nicht in Frage. Das Traurige an alledem war nur, daß der Wolfmensch sich so wacker geschlagen hatte und bereits so weit gekommen war – doch jetzt war er am Ende seiner Kräfte. Athaba konnte nichts weiter tun, als ihm diese letzte Freundlichkeit zu erweisen.

In der Nacht legte er sich ein gutes Stück von Koonama entfernt zum Schlafen.

Als er aufwachte, lagen zwei Fische als Frühstück vor ihm. Koonama hatte sicher wieder seinen alten Trick angewendet und einen Damm im Wasser gebaut. Inzwischen fraß er die Fische roh und hatte bereits die Hälfte einer Äsche verschlungen. Er sah zu Athaba hinüber und zeigte seine Zähne.

Athaba fraß die Fische und ging zum Trinken an den Fluß. Er nahm die Gerüche der Landschaft auf, spürte die Kälte aus den Steinen und dem Dauerfrost unter ihm. Harte Zeiten standen bevor, und viele Tiere würden sterben.

Ein Mensch, nur mit einem Moschusochsenfell bekleidet, müßte sicher sehr bald erfrieren.

Bei Tagesende hatte Athaba seine Meinung schon fast wieder geändert. Der Wolfmensch strengte sich wirklich sehr an und tat alles, um mit seinem Leitwolf Schritt zu halten. Es schien tatsächlich so, als ahnte er von Athabas Entschluß und wollte ihn nun umstimmen. Aber woher sollte er etwas gemerkt haben? Vielleicht roch er den Tod und war fest entschlossen, mit aller Kraft am Leben festzuhalten? Er starrte Athaba mit traurigen, fast anklagenden Blicken an. Seine Augenlider waren geschwollen und rot vor Insektenstichen. Falls er nicht vor Erschöpfung umfiel, würde er wahrscheinlich blind werden. Dennoch fiel Athaba der Entschluß sehr schwer, ihn zu töten.

Aber es war unvermeidbar. Athaba wollte warten, bis der Wolfmensch schlief, weil er immer auf dem Rücken lag und seinen Hals dabei entblößte. Auf jeden Fall wollte er einen Kampf vermeiden – der Tod sollte schnell und schmerzlos sein. Wenn Koonama sich wehrte, müßte Athaba ihn womöglich beißen und mehr Schmerzen verursachen, als nötig waren.

Doch bevor es soweit kam, geschah etwas, das Athaba als besonderes Zeichen wertete.

Sie kamen an eine Straße.

Sobald er sie erblickte, fiel der Mensch auf die geschwollenen Knie und begann zu schluchzen. Er rollte auf dem Kies herum und warf die kleinen Steinchen in die Luft, so daß sie wie Schnee auf ihn herunterfielen. Athaba befremdete dieses Verhalten sehr. Wozu sollte eine Straße gut sein? Sicher, man konnte leichter darauf laufen als auf der unebenen Tundra, aber man durfte sich nicht daran halten, da sie die Verbindung zwischen den Menschen war.

Nichtsdestoweniger ging Koonama auf der Straße weiter und winkte Athaba, er solle ihm folgen.

Der Wolf beschloß, den Wolfmenschen eine Weile zu begleiten, sich aber wieder in die Wildnis zu schlagen, sobald ein Mensch oder eine Maschine sich auf der Straße zeigte.

Doch an diesem Tag begegneten sie niemandem mehr. Sie liefen lange, bis weit in die Dunkelheit, und kamen gut voran. Schließlich gab Koonama der Aufforderung seines Leitwolfs nach, sich zur Ruhe zu legen, und sie machten direkt an einer Kreuzung Rast, wo der Kiesweg auf eine geteerte Straße traf.

Athaba blieb wach und wartete darauf, daß Koonamas Atem tief und gleichmäßig wurde und ihm verriet, daß sein Wolfmensch schlief. Dann stand er auf und tapste vorsichtig zu ihm hinüber. Wie erwartet, lag der Mensch auf dem Rücken und streckte allen Fleischfressern vertrauensvoll seine nackte Kehle entgegen. Athaba betrachtete das weiße Fleisch im Licht der Sterne. Eine kurze Bewegung, und die Drosselvene wäre offen. Innerhalb kürzester Zeit würde Koonama verbluten. Ein gnädiger Tod ...

Und doch brachte er es nicht über sich. Er stand da und schämte sich über sich selbst. Wäre Koonama eines seiner Welpen gewesen, hätte er es tun müssen oder sich ewig Vorwürfe machen. Und nun war er bereit, diese Kreatur, die er länger kannte als seine eigenen Welpen, einfach liegen zu lassen? Er schuldete Koonama einen schnellen Tod, aber irgend etwas hielt ihn davon ab, dieser Pflicht nachzukommen.

Reumütig schlich er an seinen Schlafplatz zurück und starrte zu seinem Menschen hinüber.

Kurz vor Tagesanbruch tauchten in der Ferne Lichter auf.

Athaba hörte das Geräusch der Maschine lange vor seinem Rudel und versuchte, Koonama in den Schutz der Felsen zu bewegen. Doch der Wolfmensch weigerte sich. Statt dessen stellte er sich mitten auf die Straße und verzog seltsam das Gesicht, als die Maschine langsam näher kam.

Athaba drehte sich um und trottete hinaus auf die Tundra. Koonama rief ihm nach, doch unter keinen Umständen wollte der Wolf bleiben und mit Koonama gegen die Jägermenschen kämpfen. Vor Menschen lief man am besten davon.

Zuerst wurde die Maschine etwas langsamer, als sie auf den Wolfmenschen zufuhr, aber dann hörte der Wolf, wie sie wieder beschleunigte. Die Maschine klirrte und knurrte eigenartig, und als Athaba sich umdrehte, sah er, wie Koonama von der Straße sprang, um nicht überrollt zu werden. Die Menschen wollten mit diesem seltsamen verzottelten Ding nichts zu tun haben, das da aus der Tundra gekrochen war.

Dann überlegten sie es sich anscheinend anders. Die Maschine blieb zwanzig Längen weiter stehen, und Koonama rannte darauf zu. Ein Mensch lehnte sich heraus und sprang auf den Boden.

Koonama zeigte auf Athaba.

Der Mensch blickte in die Richtung des ausgestreckten

Fingers, schüttelte den Kopf und drängte Koonama in die Maschine. Sicher brachten sie ihn jetzt in so ein Gefängnis, wo sie Athaba hineingesteckt hatten. Athaba war sicher, daß die Menschen keinen ihrer Artgenossen wieder aufnehmen würden, der wild geworden war, der sie wegen eines Wolfes aufgegeben und somit verraten hatte. Sicher konnten die Menschen nichts mit einer Kreatur anfangen, die weder ganz Mensch noch ganz Wolf war. Einem Menschen, der einen Wolfsnamen trug und seinem Rudel treu ergeben war, konnten sie nicht trauen. Um zu überleben, hatte Koonama seine Seele der Wildnis gegeben. Athaba war überzeugt, daß der Wolfmensch nun nie mehr Ruhe hätte, sondern immer den Ruf des Windes über der Tundra und das Rauschen der Weiden hören würde. Nachts würde er erwachen und die Fische im Wasser schwimmen und die Wasservögel im Riedgras schnattern hören.

Seine menschliche Seele war von etwas nicht Menschlichem durchdrungen worden.

Athaba verließ die Straße und lief zurück in die Wildnis. Er wollte weit fort sein, wenn der Wolfmensch in ein Gefängnis gesperrt wurde. Koonama fürchtete sich doch vor engen Räumen und würde dort vollends den Verstand verlieren. Und alles war Athabas Schuld. Wenn er seine Pflicht getan hätte, müßte Koonama jetzt nicht diese Erniedrigungen erleiden. Athaba schämte sich für seine mangelnde Entschlußkraft. Diese Charakterschwäche paßte eher zu einem Hund als zu einem Wolf.

Nun da er allein weiterzog, dachte er unentwegt an Ulaala und seine Welpen. Als er sich noch für Koonama verantwortlich fühlte, hatte ihn das abgelenkt. Jetzt drückten Niedergeschlagenheit und Sehnsucht auf seine Seele. Er mußte sich eingestehen, daß Koonama ihm allein durch seine Anwesenheit geholfen hatte, sein Schicksal zu ertragen.

Einen Tag nach der unglückseligen Gefangennahme seines Rudelmitglieds erblickte Athaba in der Ferne eine hohe Bergkette, die er wohl bald überqueren mußte – ohne die besten Pfade zu kennen.

Mittags färbte sich der Himmel erst violett, dann schwarz, und es kam ein Sturm auf. Blitze zuckten über den Himmel, und der Donner schien Löcher in die Luft zu schlagen. Athaba suchte Schutz unter einem Felsen, als die ersten Tropfen fielen. Schon wieder eine Verzögerung!

Er starrte hinaus in die eintönige Nässe. Die Berge waren hinter dem grauen Regenvorhang verborgen. Manchmal traf ein Blitz auf die Erde und schlängelte sich über den Boden, als suche er den Eingang zu einer tiefer gelegenen Welt. Athaba hatte keine Angst. Blitze taten nur in den Augen weh, wenn man direkt hineinsah, und Donner war nur dann beunruhigend, wenn er direkt über einem krachte. Er hatte Wölfe erlebt, die sich zu Tode fürchteten und während eines Gewitters zitternd in ihren Höhlen saßen, doch er gehörte nicht zu ihnen.

Gegen Abend klarte es allmählich auf, und der von den Blitzen und Donnerschlägen zerrissene Himmel glänzte wundrot. Die Welt roch modrig, erdig – ein angenehmer Geruch, als sei sie in einen See mit Würzkräutern getaucht und mit seinem Aroma durchtränkt worden. Athaba setzte seinen Weg fort und schnupperte, erfreut über die Abwechslung. Fast kam es ihm so vor, als wäre den neuen Gerüchen auch neue Hoffnung beigemischt worden.

In der Nacht rastete er nicht, da er sich ja während des Gewitters genug ausgeruht, wenn auch nicht geschlafen hatte. Er nahm sich nur Zeit zum Jagen und Fressen. Eine neue Unruhe trieb ihn vorwärts. Die Menschen hatten ihn gesehen und gaben ihm womöglich die Schuld, daß er Koonama in einen Wolf hatte verwandeln wollen. Vielleicht wollten sie sich rächen? Athaba wußte, daß viele Menschen keinen besonderen Grund zum Jagen brauchten. Auf jeden Fall wollte er soviel Distanz wie möglich zwischen sich und mögliche Verfolger bringen.

Es wurde langsam dunkel, und Athaba folgte einem Fluß, der aus den Bergen kommen mußte. Wenn er erst einmal das Gebirge erreicht hatte, wäre er vor den Menschen sicher.

FÜNFTER TEIL

Das Mischrudel

20

In der Ferne lagen die Berge, bedeckt von Schnee, der sich in der späten Sonne rosa färbte. Sie ragten über der Tundra auf, als wären sie irgendwann über Nacht aus der Erde gestoßen worden. Athaba lief ihnen mit federnden Schritten entgegen. Er wußte, daß er verfolgt wurde, er hatte sie gerochen. Menschen mit Hunden und Gewehren waren hinter ihm her – und das schon seit einiger Zeit.

Sein Herz klopfte ein wenig schneller, aber angesichts der Tatsache, daß er zum ersten Mal von Hunden verfolgt wurde, war er erstaunlich ruhig. Vorher war er Jägern immer nur zufällig begegnet, und Koonama hatte ihn gefangen, noch bevor eine Verfolgungsjagd begonnen konnte. Nein, er geriet nicht in Panik. Er wußte, daß er sich anstrengen mußte, um seinen Verfolgern zu entkommen, und dabei durfte er keinen Fehler machen.

Bald lösten Flechten die Gräser und Moose ab, dann kam völlig unfruchtbarer Boden, und schließlich lief er über den steinigen Untergrund, der wie eine Schürze vor den Bergen ausgebreitet war. Größere Steine, die durch die ständige Bewegung der Erde entstanden waren, behinderten seinen Lauf. Sie bohrten sich schmerzhaft in seine Ballen oder rutschten unter ihm weg, so daß er stolperte.

Er blieb stehen und blickte zurück über das Tal des Gletschers, das ohne seine Eisdecke nackt aussah. Der Wind wehte quer zum Tal, und Athaba nahm nur hin und wieder einen Geruch wahr. Aber es bestand kein Zweifel, daß sie ihn immer noch verfolgten.

Er entdeckte eine schmale Klamm, die erst langsam, dann immer steiler anstieg, dem Kar entgegen, aus dem der Gletscher einst geboren wurde. Dort war er bei seinem Aufstieg geschützt. Es war kalt, doch ohne Zögern sprang er über den verharschten Schnee Richtung Gipfel. Sein Geruch hielt sich in diesem kalten Graben nicht lange, und wenn sie ihn mit Eskimohunden verfolgten, die keine guten Spürhunde waren, würden sie seine Spur bald verlieren. Es waren gute Schlittentiere – sie zogen einen Schlitten bis in die Ewigkeit und darüber hinaus –, aber ihr Geruchssinn war längst nicht so gut wie der eines Wolfs. Trotzdem hatte Athaba großen Respekt vor Eskimohunden, sie waren zumindest keine verwöhnten Haustiere. Sie arbeiteten, fraßen und schliefen draußen unter denselben Bedingungen wie die Wölfe, rollten sich nachts im Schnee zusammen und zogen tagsüber Schlitten, oft auch bei Schneestürmen. Ihre Kraft lag eher in ihren Beinen und Schultern als in ihren Kiefern, und man durfte sie keinesfalls unterschätzen, vor allem nicht, wenn sie in großer Zahl auftraten. Athaba hatte durchaus kein Bedürfnis, den Mut dieser Tiere auf die Probe zu stellen.

Er überlegte, ob die Jäger wohl auch Maschinen hatten. Eine Bodenmaschine könnte ihm nicht in die Berge folgen, aber vielleicht dachten sie, er würde unten am Fuß um die Berge herumlaufen. Jedenfalls hoffte er, daß sie das dachten. Ein enttäuschter Jäger, dessen Opfer Unerwartetes tat, gab oft vorzeitig auf.

Er setzte seinen Aufstieg fort. Unter ihm lag in klarer und kühler Luft das Tal – ohne die schwarzen Schwärme der Mücken und Moskitos, die Koonama so zugesetzt hatten. Fünf Menschen liefen über die braune Tundra, einer führte zwei Hunde an der Leine.

Nur zwei? Nun, das bedeutete auf jeden Fall einen Vorteil für ihn. Sie würden bestimmt nicht riskieren, die beiden Hunde allein hinter ihm herlaufen zu lassen. Offensichtlich benutzten sie sie nur, damit sie seiner Spur folgten, die sich bald in der Kälte der schneebedeckten Felsen verlieren würde.

Als sie zum Fuß der Berge kamen, war er bereits hoch auf einem Grat und kam schnell voran. Plötzlich sprang vor ihm ein Stück vom Felsen ab, und er hörte das Echo eines Schusses. Mindestens einer der Menschen hatte also ein gutes Gewehr bei sich. Während er weiter in dieselbe Richtung lief, purzelte ihm erneut ein Felssplitter in den Weg. Er schlug einen Bogen und lief neben einem Steinbruch nach unten. Ein Schneehuhn sprang hinter einem Felsblock hervor, doch das war nicht die geeignete Zeit, um ans Fressen zu denken. Wenn er nicht schnell und entschlossen handelte, würde er sterben.

Kurz darauf verlor er auf einem Stück Geröll den Halt, rutschte den Abhang hinunter und riß sich die alte Wunde am Hinterlauf auf. Die Menschen waren jetzt hinter dem Grat und konnten ihn nicht sehen, aber er wußte, daß sie ihm schnell folgten. Er mußte sie in die unwegsamen Gebirgsausläufer locken, während er auf die Ebene zurückkehrte und schnell davonlief. So könnte er sie vielleicht abschütteln.

Sein Kopf war klar, und er wußte genau, was er tat. Noch immer verspürte er keine Panik, trotz der Schüsse. Sein Leben hing davon ab, daß er ruhig blieb und eine Lösung fand. Raghistor hätte das gefallen. Komisch, er hatte schon lange nicht mehr an seinen alten Freund und Mentor gedacht. Doch die Situation erinnerte ihn wohl an ihr gemeinsames Erlebnis mit den Jägern.

Am anderen Fuß des Bergrückens sprang er auf ein herbstliches Schneefeld, auf dem eine riesige Karibuherde stand. Sie sahen, daß er anderes im Sinn hatte, als sie zu jagen, und kümmerten sich nicht weiter um ihn. Der Wolf lief hinter den Tieren entlang. Er wußte, daß er auf dem Schnee ein gutes Ziel abgab, doch er hoffte, schnell auf die andere Seite der Herde zu gelangen. Einige der Tiere stampften nervös mit den Hufen, als sie seinen Geruch witterten, doch dabei blieb es.

Die Herde verdeckte den Jägern die Sicht auf Athaba, und wenn die Menschen ihm folgten, würden sie die Karibus aufscheuchen. Das darauffolgende Chaos käme ihm zugute. Sicher wären die Hunde für eine Weile außer Kontrolle, wenn sie die Angst der Karibus witterten und das Trampeln ihrer Hufe hörten.

Die schneebedeckten Hügel liefen keilförmig auf einen Punkt zwischen den grauen Felsen des nächsten Felsgrats zu. Athaba wollte so schnell wie möglich wieder zu den Felsen kommen, wo sein Fell ihm natürlichen Schutz bot und er sich außerdem verstecken konnte.

Wie erwartet, setzten sich die Karibus in Bewegung, als die Menschen am oberen Rand des Steinbruchs auftauchten und vorsichtig hinabstiegen. Zuerst liefen die Tiere wild im Kreis durcheinander, dann einigten sie sich und donnerten mit gewaltigem Getöse quer über das Schneefeld. Athaba hörte die Menschen bellen und hoffte, sie könnten es verlockender finden, auf die Karibus zu schießen als auf einen einzelnen Wolf, doch fiel kein einziger Schuß. Offensichtlich waren sie fest entschlossen, ihn zu jagen und zu töten, und ließen sich durch nichts davon abbringen. Er überlegte, ob sie ihn tatsächlich aus Rache dafür jagten, daß er einen ihrer Artgenossen in einen Wolfmenschen verwandelt hatte. Möglich war es, auch wenn er noch nichts dergleichen gehört hatte. Natürlich gab es Geschichten über Menschenjunge, die von Wölfen aufgezogen worden waren, aber da ging es um hilflose Menschenwelpen, denen die Wölfe das Leben gerettet hatten. Er hingegen hatte einen erwachsenen Jäger zu einem untergeordneten Rudelmitglied gemacht –

zu einer nicht mehr menschlich aussehenden Kreatur mit wunder, geröteter und verschorfter Haut, wildem, zottigem Haar und einem stinkenden, verfilzten Moschusochsenfell.

Die Schmerzen in Athabas Hinterlauf wurden auf dem felsigen Untergrund mit jeder Minute schlimmer. Auf der Ebene und ohne Verletzung hätte er jetzt so schnell laufen können, daß er die Menschen bald hinter sich gelassen hätte – vorausgesetzt, sie hatten keine Bodenmaschine –, aber in den Bergen war das Fortkommen beschwerlich und langsam. Sie würden ihm so lange folgen, bis er in irgendeiner Schlucht oder auf einem Felsplateau mit steil abfallendem Kliff ausweglos gefangen war.

Er kam an einigen kleinen Höhlen vorbei und überlegte, ob er sich hier verstecken und warten sollte, bis die Jäger umkehrten, aber wenn sie wirklich so fest entschlossen waren, ihn zu erwischen, würden sie bestimmt ihre Hunde bringen und ihn aufspüren. Besser wäre es, eine Felsspalte zu finden, die so schmal war, daß nur ein Wolf hindurchpaßte. Dann könnte er sie abhängen.

Er kletterte einen Grat hinauf bis zum Felsrücken, mußte dann aber feststellen, daß der Berg auf der anderen Seite in einen sanften Hügel auslief, ohne auch nur einen einzigen Felsblock, der ihm hätte Deckung bieten können.

Links von ihm führte ein schmaler Felsgrat den Bergrücken hinunter, und Athaba beschloß, ihm zu folgen. Es hatte keinen Sinn, noch höher zu klettern, wo noch mehr Schnee lag und die Felswände immer steiler wurden. Er mußte hier unten nach einer Möglichkeit suchen, die ihn retten konnte. Auf halbem Weg nach unten witterte er plötzlich einen der Jäger – wahrscheinlich den, den sie für den Fall zurückgelassen hatten, daß Athaba umkehrte. Nachdem er eine Weile gewartet und gemerkt hatte, daß Athaba ihm nicht in die Falle ging, kam er aus seinem Versteck und stellte sich an den Fuß des Grats. Jetzt hatte Athaba vier Jäger im Rücken und einen vor sich.

Es gab nur noch einen Ausweg: Athaba mußte sich den Abhang hinunterstürzen und hoffen, daß er sich dabei nicht verletzte. Er setzte sich auf sein Hinterteil und versuchte, in dieser Haltung hinunterzurutschen, aber bald verlor er den Halt und rollte Hals über Kopf bis zum Fuß des Abhangs.

Die vier Jäger hatten jetzt den Bergkamm erreicht, sahen ihn und bellten dem einzelnen Menschen etwas zu. Sicher wollten sie ihm sagen, daß er um den Grat herumlaufen mußte, um Athaba den Weg abzuschneiden.

Athaba schüttelte sich und lief auf einen Schiefersteinbruch zu. Plötzlich spürte er eine überwältigende Heiterkeit. Das Adrenalin rauschte durch seinen Körper. Er würde es schaffen! Am anderen Ende des Steinbruchs begann ein sanfter Abhang hinaus auf die Tundra. Wenn er es bis dorthin schaffte, wenn er sein verwundetes Bein soweit vergessen konnte, würde er den Gewehren der Menschen bestimmt entkommen. Die Jäger waren jetzt ohnehin erschöpft und hatten auch keine Maschine, um eine schnelle Verfolgung aufzunehmen, da sie ja über den Berg geklettert waren. Er würde es schaffen!

Er lief durch den Steinbruch und hatte bald die weichen Moose der Tundra unter den Pfoten und spürte die Gräser an seinen Läufen. Menschen waren ja so dumm, wenn es ums Jagen ging! Ohne ihre Maschinen ...

Und in genau diesem Moment hörte er es – das fürchterliche, hackende und wirbelnde Geräusch aus der Luft. Ein Mensch kam aus den Wolken herab. Die Luftmaschine senkte sich langsam wie ein riesiger, zum Sturzflug bereiter Habicht, und Athaba spürte ihren kalten Schatten immer wieder über seinen Körper gleiten, als wolle sie mit ihrer Beute spielen.

Athaba rannte entschlossen weiter. Er wollte im Laufen sterben.

Die Maschine zog ein letztes Mal an ihm vorbei, drehte dann um und schwebte neben ihm her. Unterwürfig senkten die Grashalme ihre Köpfe. Der Wolf blickte nach oben und sah, daß eine Waffe auf ihn gerichtet war. Und hinter dem Menschen mit der Waffe sah er ein bekanntes Gesicht.

Koonama!

Wilde Augen in einem wilden Gesicht starrten ihn an, das lange, zottige Haar flatterte im Wind. Knochige Finger umklammerten eine Stange an der seitlichen Öffnung der Maschine. Der Mund war geöffnet und wirkte wie eine rote Wunde zwischen dem grau-roten Haar.

Was bedeutete das alles? Strafe? Rache? Wofür? Ohne Athaba wäre der Wolfmensch schon viel eher von den Menschen eingefangen worden. Ja, das war es: Koonama wollte Vergeltung dafür, daß der Wolf ihn ausgeliefert hatte. Er mußte die Gunst seiner Artgenossen wiedererlangen und war zu seinen Megas gegangen, um ihnen ein Opfer anzubieten, eine Wiedergutmachung für seinen Verrat. Aus diesem Grund wollte er ihnen den Wolf, der dafür verantwortlich war, ausliefern.

Ihre Blicke trafen sich, und Koonama zeigte triumphierend seine Zähne, wie es die Menschen in solchen Situationen tun.

Womit hab ich das verdient? dachte Athaba. *Nach allem, was ich für dich getan habe?*

Der Wolfmensch beobachtete, wie das Gewehr auf Athaba gerichtet, der Auslöser gedrückt und ... der seltsame Pfeil abgeschossen wurde, der in seiner Flanke steckenblieb wie eine tote Riesenhornisse.

Eine bereits bekannte Benommenheit stieg in Athaba hoch und raubte ihm allmählich die Sinne.

Nicht schon wieder, dachte er, als er die letzten Schritte machte und taumelte. Die Maschine übertönte sein Geheul. *Nicht schon wieder!*

Er fiel zur Seite und keuchte heftig, während die Flugmaschine wenige Längen neben ihm auf den Boden aufsetzte. Athaba versuchte, seine letzte Kraft zusammenzunehmen. Er wollte bei Bewußtsein bleiben, wollte seinem ehemaligen Gefährten die Kehle aufreißen, wenn er sich über ihn beugte. Danach konnten sie ihn töten. Er wollte lieber sterben, als wieder gefangen zu sein. Er wollte lieber ...

21

Als Athaba zu sich kam, sah er, daß er wieder in diesem Gefängnis aus Eisenstäben steckte, das er nie wieder hatte sehen wollen. Es war nicht dasselbe Gefängnis, aber ein ähnliches. Wieder wurde er durch die Eisenstäbe hindurch gefüttert und getränkt, und wieder stürzte er in einen Abgrund der Verzweiflung, aus dem er nicht wieder zu entkommen glaubte. Die Tage vergingen, einer in derselben Eintönigkeit wie der andere, bis bald ein ganzer Monat vergangen war. Dann, eines Tages, bekam Athaba Besuch.

Es war Koonama.

Das Aussehen des Wolfmenschen hatte sich so sehr verändert, daß Athaba ihn kaum wiedererkannte. Er hatte keine Haare mehr im Gesicht, war dicker und sah gesünder aus. Seine Verletzungen waren zum Teil verheilt und zum Teil von einer süßlich riechenden, lehmähnlichen Schicht überdeckt. Seine Haut glänzte, seine Augen waren klar und hell, und aus irgendeinem Grund hatte er die ganze Zeit kleine Falten um die Augen und den Mund. Er stellte sich neben Athabas Käfig und knurrte und bellte in leisem, freundlichem Ton, als wolle er ihm dringend etwas mitteilen.

Athaba hatte nur einen Gedanken: Koonama zu töten. Sein ehemaliger Gefährte war kein bißchen Wolf mehr, sondern ganz und gar Mensch. Athaba verstand diese seltsamen Kreaturen nicht. Wenn ein Wolf halb Mensch geworden wäre, hätten seine früheren Artgenossen ihn nie und nimmer wieder in ihr Rudel aufgenommen, egal, was er ihnen als Wiedergutmachung versprach. Die Menschen aber nahmen den Verräter wieder in ihre Mitte, als sei er ihnen nie untreu gewesen.

Es schien so, als sei er sogar mit Freuden wieder aufgenommen worden! Athaba hatte bereits bei seiner letzten Gefangenschaft viele Gesten der Menschen beobachtet: Auf-den-Rücken-Klopfen, Zähne-Zeigen, lautes wiederholtes Bellen, Hand-auf-die-Schulter-Legen, Hand-über-die-Schulter-Streichen, In-die-Arme-Nehmen. Koonama hatte ein Weibchen bei sich, die besonders den Teil des In-die-Arme-Nehmens immer wieder ausführte und Koonamas Haar berührte. Gelegentlich gab sie auch seltsam schmatzende Geräusche von sich, aber Athaba ignorierte diese Spottlaute.

Wie damals überwachte Koonama auch diesmal den Transport des Gefängniskäfigs in die Luftmaschine und begleitete Athaba in den Himmel. Athaba überlegte, ob sie jetzt wohl die ganze Geschichte wiederholten, aber diesmal war er nicht betäubt und würde alles genau beobachten, wenn sie wieder aus dem Himmel fielen. Vielleicht war er in einem Kreislauf gefangen, aus dem er nicht entkommen konnte? Vielleicht war er auch schon tot? Vielleicht war er beim ersten Mal erschossen worden, und dies war die Welt, in die man nach dem Tode kam? Die Fernen Wälder gab es nirgends, nur eine Art kreisendes Geschehen, das einen über die Tundra und die Luft und wieder über die Tundra und in die Luft brachte, bis in alle Ewigkeit. So mußte es sein.

Doch so war es nicht.

Die Flugmaschine setzte vorsichtig auf den Boden auf, der Käfig wurde hinausgehoben, und Koonama blieb daneben stehen, bis der Himmelsmensch wieder in dem Metallvogel verschwunden war. Dann öffnete Koonama die Käfigtür und bedeutete Athaba durch Wedeln mit den Händen, er möge herauskommen. Der Wolf war äußerst mißtrauisch. Sollte er womöglich als Ziel für andere Jäger ausgesetzt werden? Er knurrte und drückte sich in die hinterste Ecke seines Käfigs. Wieder machte Koonama eine Bewegung mit den Händen, die Athaba als »Komm heraus« verstand. Dann dachte er: Was hab ich schon für eine andere Wahl? Entweder ich verrotte in diesem Käfig, oder ich gehe hinaus und stelle mich dem, was mich dort erwartet.

Also tapste er langsam vorwärts, ins Freie. Die Luft war süß und frisch. Kein Gewehr riß Löcher in seinen Pelz. Langsam entfernte er sich vom Käfig, auf die Bäume zu – Bäume, die ihm irgendwie bekannt vorkamen. Er schnupperte, und durch den Geruch der Luftmaschine und der Menschen hindurch entdeckte er Gerüche, die er kannte. Er sah einen Felsen, den er kannte, Hügel und Ebenen, die er schon überquert hatte.

Jetzt verstand er, was geschehen war. Er war zu Hause. Koonama hatte ihn an die Stelle zurückgebracht, wo er ihn mit seinem einheimischen Führer gefangen hatte. Hier hatte ihn der erste Pfeil getroffen, hier war er getaumelt und in den schwarzen Abgrund der Bewußtlosigkeit gefallen. Nicht weit entfernt lag die Höhle, in der seine Gefährtin und seine Welpen auf seine Rückkehr warteten. Die Vorfreude ließ sein Herz schneller schlagen.

Koonama zeigte wieder seine Zähne und wedelte mit den Händen in die Richtung, wo seine Höhle lag. Athaba sah sein ehemaliges Rudelmitglied eine Weile lang an, dann drehte er sich um und ging mit langsamen, würdevollen

Schritten davon – federnd, aber nicht hüpfend, fest, aber nicht steif. Als er den Rand des Felshanges erreichte, blickte er zurück. Koonama stand still und schweigsam da, aber dann, einem plötzlichen Impuls folgend, warf er den Kopf in den Nacken und stieß den Heulruf aus, den sie bei Moolahs Abschied gesungen hatten: den *Abschied eines Bruderwolfs*, der mit einem dreifachen Triller endete. Athaba bemerkte, daß die Augen des Menschen stark glänzten, und obwohl er wieder seine Zähne zeigte, hatte er jetzt nur um den Mund die kleinen Falten, nicht aber um die Augen.

Athaba erwiderte den Heulruf und verschwand zwischen den Felsen. Kurz darauf hörte er, wie sich die Flugmaschine wieder in die Luft hob und die Baumwipfel rauschen ließ. Schließlich gab es nur noch Aussicht auf die Wildnis mit ihren Geräuschen und Gerüchen.

Er machte sich auf den Weg zu seiner Gefährtin und seinen Jungen. Die Vorfreude wurde immer größer. Jetzt durfte er träumen, durfte sich die Gesichter von Ulaala und den Welpen vorstellen. Sollte er sich vielleicht mit einem ihrer geheimen Heulrufe ankündigen? Oder nicht? Sollte er sie vielleicht lieber überraschen?

Wie schön würde das Wiedersehen gleich sein! Ulaalas Freude! Seine Jungen, die ihn sicher gar nicht erkannten! Nacheinander würden sie in die Höhle kommen, ihn verwundert ansehen, ihn beschnuppern und sich fragen, was ihre Mutter dazu veranlaßte, diesen struppigen Fremden bei sich aufzunehmen. Und wenn sie herausfanden, wer er war, ihr Vater, würden sie auf ihm herumtollen und an seinen Lefzen lecken.

Er konnte es kaum erwarten. Der lange Marsch, all die Umwege, Schmerzen und Enttäuschungen waren es wert gewesen. Vor Aufregung atmete er in kurzen, schnellen Stößen. Seine Erwartungen strahlten heller und schöner als die Nordlichter.

Jetzt stand er auf der Lichtung und sah endlich die Felsen, in der seine Höhle lag. Er schnupperte, um den Geruch seiner Familie in die Nase zu bekommen. Endlich war er zu Hause. Es war wie ein Wunder. Das Unmögliche war geschehen.

Er stellte sich auf einen Felsstein und schnupperte erneut. Dann wieder, und wieder. Die Vorfreude ließ allmählich nach, wandelte sich in Enttäuschung, dann in Verzweiflung. Nichts. Alles war leer. Noch einmal schnupperte er in der Hoffnung, einen noch so winzigen Hauch seiner Familie wahrzunehmen, doch vergeblich.

Etwas Schreckliches war geschehen – hier war kein einziger Wolf in der Nähe.

Athaba lief zur Höhle. Sie war kalt und leer.

Zunächst versuchte er sich noch mit der Hoffnung zu trösten, daß Ulaala und die Jungen vielleicht auf die Jagd oder zum Trinken an den Fluß gegangen waren. Also lief er selbst zum Wasser hinunter, aber auch da war keine Wölfin, die ihn begrüßte. Keine Spur von Welpen. (Sie mußten jetzt über fünf Monate alt sein und konnten kaum mehr Welpen genannt werden.) Die baumbedeckten Hügel im Süden begannen im Wind zu singen. Athaba starrte auf das strudelnde Wasser, das über seine Pfoten tanzte. Die Felsen um ihn herum wußten mehr, doch sie verrieten nie etwas. Alles war so verwirrend. Was sollte er tun? Während der letzten Jahreszeiten war er zu einem tatendurstigen Wolf geworden, einem Wolf, der sich nicht gerne allzulange in Gedanken verlor. Doch die Situation erforderte viel Nachdenken. Er konnte nicht einfach herumlaufen und darauf warten, daß eine glückliche Fügung ihn zu seiner Familie zurückbrachte. Er brauchte einen Plan.

Zurück in der Höhle, schnupperte er ausgiebig überall herum, drinnen und draußen. Die Spuren waren alt, die Gerüche schal. Seine Gefährtin und die Jungen waren schon vor langer Zeit fortgewandert, und es war sinnlos, vor der Höhle nach einer Spur zu suchen. Die Versuchung war groß, einfach zwischen die Bäume zu rennen und zu laufen, immer weiter zu laufen und zu laufen.

Ein Schneesturm zog auf, der erste in diesem Winter. Er trottete in die kalte leere Höhle und legte sich auf den Boden. Was sollte er tun? So lange hatte er nun voller Sehnsucht an seine Rückkehr gedacht, aber nicht ein Mal war ihm in den Sinn gekommen, seine Höhle könnte leer sein! Für ihn war es immer so gewesen, als hätte mit seiner Gefangennahme die Zeit für Ulaala und die Welpen stillgestanden.

Wenn er allerdings nüchtern darüber nachdachte, so gab es eigentlich gar keinen Grund dafür, daß seine Familie noch immer in der Höhle wohnen sollte. Wahrscheinlich dachten sie, er wäre längst tot, und so war es nur verständlich, daß Ulaala diese ihr unbekannte Gegend verließ und wieder nach Norden zog, zu ihrem alten Rudel.

Zu ihrem alten Rudel?

Sie hatte dazu beigetragen, daß eines der ranghöchsten Männchen getötet wurde, und war mit dem Verbrecher geflohen. Würde man sie nach solch einer Tat wieder in das Rudel aufnehmen? Wahrscheinlicher war, daß man über sie herfiel und für ihren Verrat bestrafte. Und was wäre mit den Jungen? Sie wären für jedes Rudel ein Gewinn: sechs gesunde Welpen. (Vorausgesetzt, sie waren noch am Leben. Darüber hatte er auch noch nicht nachgedacht.) Vielleicht würden sie durch die Jungen milde gestimmt und duldeten Ulaala doch? Wohin sollte sie sonst gegangen sein?

Möglicherweise war sie auch weiter in den Süden gezogen, um ihn zu suchen oder um einen Bau in den Wäldern zu finden. Allerdings mußte sie sich dort sehr vor den Menschen in acht nehmen. Im Winter gab es zwar nur wenige Jäger, doch seit Skassi zum Menschenmörder geworden war, war nichts mehr vorhersehbar.

Auf einmal fühlte Athaba sich völlig entmutigt. Seit seiner Reise mit Koonama wußte er, wie riesig groß die Landschaft war. Im Osten, wo er herkam, lag in unendlicher Weite die Tundra. Es gab keinen Grund zu denken, daß es im Westen nicht genauso war. Hie und da gab es schier unüberwindliche Gebirge und auch Flüsse, die im Winter allerdings kein echtes Hindernis darstellten, da sie zufroren.

Wenn er jedoch an die riesige Weite der Landschaft dachte, wirbelte ihm der Kopf. Fünfzig Lebensspannen reichten nicht aus, sie zu durchsuchen.

Aber hatte er denn eine andere Wahl?

Nein.

Er brauchte seine Gefährtin, seine Familie. Irgendwo kämpfte Ulaala um das Überleben ihrer Jungen, und er sollte bei ihr sein, an ihrer Seite und für sie sorgen. Sie brauchten ihn. Und wenn er den Rest seines Lebens damit zubringen mußte, Ulaala zu suchen, so würde er es tun.

Schließlich entschied er, daß er zunächst spiralförmige Kreise um die Höhle ziehen wollte in der Hoffnung, bald auf noch wahrnehmbare Spuren zu stoßen. Je mehr er darüber nachdachte, desto mehr war er überzeugt, daß Ulaala nicht gegangen war, ohne ihm irgendwo ein Zeichen zu hinterlassen. Er mußte es nur finden.

Athaba konnte es nicht ertragen, untätig herumzusitzen. Er mußte etwas tun, selbst wenn es unnütz war. Vielleicht half es ja, andere Tiere zu fragen, die Ulaala unter Umständen gesehen hatten. Es war kaum möglich, lange Strecken zu überwinden, ohne daß *irgend* jemand etwas davon merkte. Und wenn sie nur eine kurze Strecke weit gekommen war, um so besser; dann würde er sie auch schneller finden. Dieser Optimismus tat ihm schon viel wohler als die Verwirrung und Verzweiflung von vorhin. Und wenn er die Sterne vom Nachthimmel reißen oder die Sonne verschlingen müßte, um seine Familie zurückzubekommen, so würde er es tun.

Als er am nächsten Tag erwachte, sah er, daß über Nacht sehr viel Schnee gefallen war. Die weiße Stille verschluckte jedes Geräusch, die Welt schien sich neu geformt zu haben. Die Erde hatte eine neue Sprache. Alle Markierungen der Landschaft waren entweder verschwunden oder ganz und gar verändert. Auch die Gerüche hatten sich verändert – ihr Muster war einfacher geworden, da nur noch die neueren Gerüche und Spuren auf dem neuen Schnee lagen.

Die Luft war klar und das wenige Licht weich und gedämpft. Athaba fühlte sich wieder mutloser als am Abend zuvor. Falls Ulaala ihm Spuren hinterlassen hatte, so waren die jetzt unter dem Schnee begraben. Den ganzen Sommer über hatten ihre Geruchsspuren auf dem Boden gehaftet und nur auf ihn gewartet, und jetzt waren sie nach nur einer einzigen Nacht vollkommen verschwunden. Da sah er plötzlich ein Wiesel hinter einem Felsen hervorspringen.

»Kennst du in dieser Gegend irgendwelche Wölfe?« fragte er schnell in dessen Sprache.

Das Wiesel nickte. »Weiter im Norden«, erwiderte es mit großen Augen.

Dasselbe fragte Athaba einen Vielfraß und bekam dieselbe Antwort.

Hunger zwang ihn, einige Zeit aufs Jagen zu verwenden, aber er versuchte, dabei nicht zu weit von seiner Suchrichtung abzukommen.

Als er nach einiger Zeit in der näheren Umgebung nichts gefunden hatte, beschloß er, weiter nach Norden zu wandern – wenn es sein mußte, sogar in die vegetationslose Felslandschaft. Es wurde immer kälter, und es gab immer weniger Tiere. Nachts zogen manchmal Füchse an ihm vorbei, dunkle Schatten, die ein Teil der Eisnacht zu sein schienen. Auf seinem Weg stieß er auf einen Raben.

»Weißt du etwas über Wölfe in dieser Gegend?« wollte er wissen.

»Ich? Krrra. Norrd, geh Norrd.«

»Welches Rudel? Ist es Skassis Rudel?«

Da die Raben den Wolfsrudeln folgten, kannten sie die unterschiedlichen Gruppen und Reviere und wechselten auch gelegentlich von einem Lager zum nächsten, je nachdem, wo es bessere Beute gab. Dieser Rabe kannte Skassis Menschenjäger-Rudel und erzählte Athaba, daß die Wölfe nordwestlich, in den unzugänglicheren Bergen, ihr Winterlager hatten. Scharfe Winde und vereiste Höhenzüge machten es menschlichen Jägern nahezu unmöglich, ihnen zu folgen.

Athabas ehemaliger Rivale hatte erreicht, daß das Land für jeden Vierbeiner etwa zehnmal so gefährlich zu durchqueren war. Normalerweise hielten sich nur vereinzelt Jagdpartien in der Gegend auf, jetzt aber schien es, als hätte jedes zweibeinige Wesen sich eine Waffe geschnappt und wäre nur auf eines aus: Wölfe zu jagen.

Natürlich töteten sie andere Tiere genauso, etwa Elche und Karibus, aber im Grunde waren sie nur auf Wölfe aus. Sie wollten das Fell derer, die sich erdreisteten, Menschen zu töten. Seit ihrem Aufstieg aus dem Chaosmeer hatten die Menschen Millionen von Leben vernichtet, aber anscheinend dachten sie, das sei ein nur ihnen erlaubtes Vorrecht. Der Tod eines Tieres war notwendig und in einigen Fällen höchstens bedauerlich, aber das Leben eines Menschen war sozusagen heilig. Das menschliche Leben war die kostbarste aller Existenzformen auf dem Planeten. Eine Million Wale, zehn Millionen Seehunde oder unzählige Wölfe konnten ein einziges menschliches Leben nicht aufwiegen. Ein Tier, das einen Menschen tötete, wurde mit wilder Entschlossenheit gejagt und gestellt. Menschen verteidigen ihre Art mit einem Fanatismus, der jedem anderen Tier fremd war.

Nur Menschen durften Menschen töten und auch dann nur in großer Zahl. Wenn ein einzelner Mensch einen anderen umbrachte, wurde auch er wie ein Tier gejagt, aber wenn ganze Horden von Menschen ihre Artgenossen in Scharen töteten, schien das akzeptiert zu werden.

Athaba wanderte mit äußerster Vorsicht und benutzte versteckte Pfade, um weiter in den Norden zu gelangen. Wie alle anderen nahm er es einfach hin, daß die Situation sich geändert hatte und daß, sobald Skassi gefangen und einige Zeit verstrichen wäre, sie sich wieder normalisieren würde.

Und irgendwann würden sie Skassi bestimmt fangen! Es war immer so. Die Menschen würden nicht eher ruhen, als bis Skassis Fell zwischen zwei Pfählen zum Trocknen aufgespannt wäre.

Athaba kämpfte sich durch hohen Schnee, über windige Eisfelder und durch wirbelnde Schneestürme. Schließlich hielt er Ausschau nach Ulaalas ehemaligem Rudel.

Natürlich war es nicht mehr dort, wo er es damals getroffen hatte, aber Athaba wußte, daß es sich irgendwo in demselben Gebiet aufhielt. Bisher hatte er noch keinen genauen Plan gefaßt, was er tun wollte. Am besten war es wohl, einen Wolf des Rudels zu finden, der ihm sagen konnte, ob Ulaala wieder bei ihnen war.

Athaba war sich natürlich bewußt, daß er sich selbst damit in Gefahr brachte, da er einen von ihnen getötet hatte. Mindestens zwei von ihnen würden seinen Geruch wiedererkennen, vielleicht auch mehrere, da er als Rabenwolf ihr Revier oft durchkreuzt hatte. Also mußte er ganz besonders vorsichtig sein und versuchen, tatsächlich einen einzelnen Wolf des Rudels zu erwischen – ein Jungtier, wenn möglich. Athaba wollte keinen Kampf. Er brauchte seine ganze Kraft für den Weg.

Aufmerksam beobachtete er die Bergrücken. Gelegentlich hörte er einen Heulruf und folgte ihm, doch immer war sein Ziel verschwunden. Fast war ihm, als wüßten sie von seiner Suche und spielten ein Spiel mit ihm, um ihn zu quälen.

22

Athaba brauchte einen vollen Monat, um das Rudel ausfindig zu machen. Er mußte es nicht nur finden, sondern es auch erkennen, was bedeutete, daß er sich auf seine Erinnerung an ihre Gerüche verlassen mußte. Es gab noch ein, zwei weitere Rudel in dem Gebiet, was die Sache erschwerte. Schließlich aber glaubte er, die richtigen Wölfe gefunden zu haben, und beobachtete hin und wieder aus sicherer Entfernung ihre Höhle.

Das Rudel hatte ein ganzes Stück weiter östlich von ihrem ehemaligen Unterschlupf eine Höhle gefunden. Sie lag in einem Tal, so daß Athaba von einem Bergrücken aus gute Sicht hatte, ohne allzusehr aufzufallen. Irgendwann würden sie natürlich seinen Geruch wahrnehmen, und ihre Reaktion darauf konnte er nur vermuten. Sie könnten mißtrauisch oder sogar ängstlich werden, da er einen ihrer Megas getötet hatte, sie könnten aber auch rachsüchtig über ihn herfallen. Es war unmöglich, ihre Handlungsweise vorherzusehen, da die Stimmungen in einem Rudel mit ihren Leittieren wechselten. Athaba erinnerte sich, daß Ulaala die Führung damals als schwach bezeichnet hatte, da die Macht zwischen ungenügend motivierten Leittieren hin- und herwanderte und keines das Format besaß, das Rudel zu einer starken Einheit unter sich zusammenzuführen. In solch einem Rudel gab es bisweilen äußerst rauhe und blutige Machtkämpfe, und ohne eindeutig ernannte Leittiere mangelte es dem Rudel an Jagd- und Überlebenskraft.

Aus seinen Beobachtungen schloß Athaba nach einiger Zeit, daß Ulaala nicht bei ihrem ehemaligen Rudel weilte.

Er konnte sie weder wittern noch hören oder sehen. Nur fremde Wölfe kamen aus der Höhle oder brachten nach erfolgreicher Jagd ihre Beute dorthin zurück.

Doch er mußte ganz sicher gehen. Immerhin konnte es sein, daß sie krank war und gar nicht nach draußen ging. Er überlegte, ob einer der Welpen sein eigener sein konnte, doch er hatte sie nun schon so lange nicht mehr gesehen, daß er sie unmöglich erkennen konnte.

Tagelang lag er ohne Futter oben auf dem Bergrücken und beobachtete die Höhle, bis er sich endlich entschied, welchem Wolf er folgen wollte. Sein Plan war, einen geeigneten Wolf zu finden, ihn zu verfolgen, in die Enge zu treiben, zu stellen und dann auszufragen.

Eine Wölfin machte ganz besonders den Eindruck einer Außenseiterin. Ihr graues Fell sah verwahrlost aus, und eines ihrer Ohren war in der Mitte durchgebissen. Wenn sie mit einem anderen Rudelmitglied zusammentraf, fand sofort ein bedrohliches Schnappen und Knurren statt, bis einer von ihnen sich in demütiger Haltung entfernte. Über dem rechten Auge hatte sie einen dunklen Streifen, wahrscheinlich ein Muttermal. Athaba konnte nicht entscheiden, ob sie unterwürfig oder hinterhältig war, aber er beschloß, sie über Ulaala auszufragen.

Er merkte sich genau, wann sie die Höhle zum Trinken oder Jagen verließ und ob sie dabei allein war. Nur selten wurde sie von einem andern Wolf begleitet, und das war auch der Hauptgrund, weshalb Athaba sie ausgewählt hatte. Als er sicher war, genug Informationen gesammelt zu haben, machte Athaba sich auf die Suche nach Lemmingen und Wühlmäusen, um endlich etwas zu fressen.

Nachdem Hunger und Durst gestillt waren, ging er wieder zu seinem Aussichtsposten zurück und wartete, bis »Muttermal«, wie er sie nannte, aus der Höhle kam. Dann folgte er ihr.

Es war Nacht, und der Mond hatte die Farbe bleicher Knochen.

Muttermals Spur führte zwischen zwei Felsvorsprünge,

die weit außerhalb der Sicht-, Hör- und Geruchsweite der Höhle lagen. Hinter diesem Felsentor lag eine schmale Schlucht, die von drei Seiten eingeschlossen war. Vorsichtig schlüpfte er durch den Spalt, mußte aber zu seinem größten Erstaunen feststellen, daß Muttermals Spur sich kurz nach dem Eingang ins Tal verlor. Ihr Geruch war allerdings noch immer da. Athaba sah sich um. Er konnte sich nicht erklären, wohin sie verschwunden war. Konnte sie etwa fliegen und war zum Mond aufgestiegen? War sie unsichtbar geworden? Ihm war eigenartig zumute, und seine Nackenhaare stellten sich auf. Was sollte er nun tun? Nach ihr rufen?

»Warum folgst du mir, du aasfressender Fremder?«

Er erschrak. Ihre Stimme kam von hinten über ihm. Er drehte sich um und erblickte sie auf einem Vorsprung innerhalb des Eingangs. Verächtlich sah sie auf ihn hinunter.

»Ich hab dich was gefragt. Warum folgst du mir? Du hast unser Rudel beobachtet. Die anderen konnten sich nicht erklären, woher der fremde Wolfsgestank kam, aber ich hab dich auf dem Felsen gesehen.«

Wer war hier wem in die Falle gegangen?

»Warum hast du mich nicht verraten?«

Wieder dieser verächtliche Blick.

»Denen was verraten? Ha, lieber würge ich auf ihre Welpen. Oder uriniere in ihr Trinkwasser. Warum sollte ich diesem Pack Würmergehirne auch nur irgend etwas verraten? Was könnten die schon damit anfangen!? Ich sag's dir: Sie würden im Kreis herumrennen, ihren Kot beschnüffeln und jaulen: ›Was sollen wir tun, was sollen wir nur tuhuhuuun?‹ Seit ich Welpe war, höre ich dieses Lied, wann immer eine Entscheidung zu treffen ist. Mir wird schlecht, wenn ich an diese unentschlossenen Hohlköpfe denke! ›Zum Wohl des Rudels‹, wimmern sie.« Sie schnaubte. »Für den Hintern! Als ich Jährling wurde, beschloß ich, mich nicht weiter um sie zu kümmern. Ich jage, wenn mir danach ist, für mich selbst und sonst niemanden, und wenn sie einen widerspenstigen Elch erwischen, können sie auf keinen Fall mit meiner Hilfe rechnen. Denen würd ich nicht mal das Zucken in meinem rechten Ohr schenken. Und was das Paaren angeht«, sie erschauerte, »wenn einer von ihnen die längsten Haare meiner Schwanzspitze streift, ist er mir schon zu nah.«

Damit sprang sie vom Felsen und rammte Athaba mit ihrem vollen Körpergewicht, so daß er über den Schnee schlitterte.

»Na, komm schon! Warum hast du mich verfolgt? Bis du dich mal zu einer Antwort bequemst, könnte ich glatt an einem Flohstich verbluten. Hast du deine Zunge verschluckt? Na los, spuck sie aus, sonst beiß ich dir die Schnauze ab!«

Fasziniert starrte Athaba die Wölfin mit ihrem halben Ohr und dem schwarzen Muttermal an. Warum hatte er sich ausgerechnet sie aussuchen müssen? Sie war nicht ganz richtig im Kopf, aber anscheinend fehlte den anderen der Mut, sie aus dem Rudel auszuschließen. Sie unangepaßt zu nennen wäre eine glatte Untertreibung. Sie besaß so viel Individualität, daß sie jeden Rebellen, einschließlich Athaba, in den Schatten stellte. In seinem früheren Rudel hätte man sie in Stücke gerissen, ehe sie sechs Wochen alt geworden wäre.

»Paß lieber auf«, sagte er und machte seine Schultern so breit, wie er nur konnte, »du solltest dich vorsehen. Einen von euch hab ich schon getötet. Ich will nur etwas wissen ...«

»Getötet?« schnaubte sie.

»Ja, Ende letzten Winters.« Er war zwar nicht besonders stolz auf diese Tat, aber hier mußte er schnell die Oberhand gewinnen, damit er weiterkam. »Ulaala ...«

»Ach, du warst das also! Bist mit der Kleinen weggelaufen, hm? Hör zu, Welpenspeck«, und sie rammte erneut mit voller Wucht gegen ihn, so daß er beinahe wieder umgefallen wäre, obwohl sie um einiges magerer war. »Diesen Wattebausch hätte ich glatt umpusten können. Der war so unverwüstlich wie das Ei eines Strandläufers, wenn du weißt, was ich meine. Du redest hier nicht mit irgendeinem Rattenfresser, Langbein, du redest mit mir, Tolga, der Frechen, die dir die Augen ausreißen und in den Rachen stopfen wird. Hast du verstanden?«

Auf einmal hatte er genug. Er lief auf sie zu und rammte sie, bis sie zu Boden stürzte. Dann packte er sie bei den Nackenhaaren, schleifte sie durch die Schlucht und schleuderte sie mit aller Wucht über eine vereiste Stelle, so daß sie sich dreimal auf der Stelle drehte, ehe sie liegenblieb.

Benommen kam sie wieder auf die Füße.

»Du willst also kämpfen«, lallte sie.

Er griff sie erneut an, warf sie auf den Rücken und stellte sich über sie, die entblößten Zähne direkt an ihrer Kehle.

»Laß mich nur ...«, keuchte sie und versuchte, wieder auf die Beine zu kommen. Doch er hielt sie mit seinem Körpergewicht unten. Unangepaßt? Sie widersetzte sich sogar allen Regeln des Kampfes. Wenn der Gegner jemand zu Boden gebracht hatte und die Zähne über dessen Kehle bleckte, mußte der sich unterwerfen – oder sterben. Aber er wollte sie nicht töten. Das war nicht notwendig. Er wollte nur, daß sie ihn als dominantes Tier anerkannte.

»Wenn du mich nur ...« Sie wand sich unter ihm wie ein Wurm, um ihn irgendwo zu fassen zu bekommen.

»Hör auf!«, knurrte er. *»Bleib still!* Was denkst du dir eigentlich? Ich hätte dich schon zehnmal töten können. Du hast verloren – verstehst du das nicht? Du kannst nicht mehr gewinnen. Akzeptier das doch endlich, wie jeder andere Wolf auch.«

»Niemals«, japste sie. »Ich bin nicht wie jeder andere Wolf. Ich bin Tolga. Lieber würde ich sterben, als mich zu unterwerfen.«

Eine von denen, dachte er entnervt. Eine von denen, die tatsächlich meinen, was sie sagen. Was sollte er nun tun?

Schließlich trat er ein paar Schritte zurück und ließ sie aufstehen.

»Warum hast du das getan?«

»Was?« fragte er zurück und dachte, sie meinte seinen Angriff.

»Mich wieder aufstehen lassen? Warum hast du mir nicht das Herz herausgerissen? *Ich* hätte das getan, wärst du unten gewesen.«

»Ich will niemanden töten. Ich will nur eine Auskunft: Ob Ulaala wieder zu eurem Rudel zurückgekehrt ist.«

Tolga schnaubte.

»Ist dir weggelaufen, wie? Konntest sie wohl nicht halten. Was ist los mit dir, hm? Bist nicht leidenschaftlich genug?«

Athaba blieb nur mit Mühe ruhig.

»Nichts dergleichen. Ich wurde gefangen, kurz nachdem ... Kurz nach dem letzten Frühling. Von Menschen. Ich konnte entkommen, mußte aber einen weiten Weg gehen. Als ich zurückkam, war sie fort. Wahrscheinlich denkt sie, ich sei tot. Jetzt suche ich sie.«

»Warum? Es gibt noch mehr fade Weibchen in unserem Rudel. Töte einfach einen anderen Mega, und nimm dann seines. Klingt lustig. Ich könnte dir sogar helfen – für dich herumspionieren, welche Weibchen am stärksten an ihren Gefährten hängen, und die könntest du dann nehmen. Es muß sich doch lohnen, oder? Ich könnte ...«

»Ich will nur wissen, ob du Ulaala gesehen hast.«

»Hab sie weder gesehen noch gerochen, noch ihren Hintern gel ...«

»Das ist alles, was ich wissen wollte.«

Er wandte sich zum Gehen, doch sie rief ihn zurück.

»Hör zu, ich mag dich. Du hast das Zeug zu einem guten Ausgestoßenen.«

»Ich war ein Ausgestoßener – bin es noch. Ich hab mit den Raben gefressen und bin mit den Kojoten gelaufen.«

»Aha. Dacht ich mir. Ein Wolf mit Charakter. Ich wußte, du hast was. Starke, zuverlässige und regeltreue Wölfe – bah! Denen wünsch ich die Räude! Aber ein Grobian wie du – ist mir jederzeit willkommen. Hör zu, ein Rabe hat mir erzählt, daß einige *utlahs* bei den Mischrudeln im Süden sind. Vielleicht ist deine dröge Kleine ja dahin gegangen?«

Das waren nicht gerade ermutigende Neuigkeiten. Immer und immer mußte er nur laufen. Vielleicht würde sein ganzes weiteres Leben eine einzige Wanderung werden, Tag für Tag, Monat für Monat, Jahreszeit für Jahreszeit. Ein schrecklicher Gedanke. Dennoch war er nicht verzweifelt genug, um Tolga weiter zu fragen: »Sag mal, eins würde mich interessieren: Woher hast du dieses Mal über deinem Auge? Bist du damit geboren, oder ist es eine Narbe?«

»Willst du dich über mich lustig machen?« fragte sie und klang plötzlich wieder feindselig.

»Nein, überhaupt nicht. Es interessiert mich bloß.«

Sie starrte ihn eine Weile an, dann knurrte sie kurz.

»Um dir die Wahrheit zu sagen: Ich bin da ein bißchen empfindlich. Versaut mir mein ganzes Aussehen. Jedem, der es erwähnt, beiß ich normalerweise die Ohren ab. Ich hab's gekriegt, als ich noch ein Welpe war. Irgendwelche weißgesichtigen Jäger fanden die Höhle – nein, es waren keine richtigen Jäger, aber sie hatten Waffen – sie stanken nach gegorenen Beeren und konnten nicht gerade laufen – wir waren allein mit meiner Mutter. Sie haben sie erschossen, als sie versuchte, uns zu beschützen, und gruben uns dann aus. Sie nahmen meine Brüder als Übungsziele, spießten sie auf spitze Holzpflöcke und zerschossen sie in tausend Teile. Als sie mich drannehmen wollten, biß ich einem die Fingerkuppe ab, und es gab eine Menge Geschrei und Blut auf meinem Pelz. Schließlich – mögen ihre Nieren wie alte Nüsse vertrocknen – brachten sie mich zu ihrem Feuer. Gerade als sie ein rotglühendes Spießende in mein Auge bohren wollten, kam mein Vater aus der Dunkelheit und verbiß sich in den Arm, der mich festhielt.

Der Mensch traf also nicht mein Auge, aber er erwischte mich darüber und verpaßte mir eine Brandwunde, möge seine Blase anschwellen und zerplatzen! Wie du siehst, ist sie nie mehr ganz verschwunden, und ich mußte viel Spott hinnehmen.«

»Du bist entkommen! Das ist unglaublich. Und dein Vater?«

»Ja, damals konnte er auch entkommen. Aber sie kamen zu Dutzenden wieder und jagten uns ohne Erbarmen. Irgendwann hat's meinen Vater erwischt. Man kann nicht einen Menschen verwunden und ungestraft davonkommen. Der einzige Wolf, der das kann, ist Skassi. Hast du schon von ihm gehört?« Ihre Augen begannen zu glänzen. »Du mußt von ihm gehört haben. Von Skassi und seinem Rudel der Rebellen. Das ist ein Wolf, den ich ehrlich bewundere – weil er unsere Art gegen die Menschen führt. Jeden Stein haben sie umgedreht und nach ihm gesucht, aber sie konnten ihn nicht finden. Sie kommen zu Hunderten, zu Fuß, mit Bodenmaschinen, mit Flugmaschinen. Du mußt davon gehört haben! Wenn du nach Süden gehst, hältst du dich besser vom östlichen Gebiet fern, da lebt er nämlich – in den Bergen. Jeden Tag treten neue Wölfe seinem Rudel bei. Wahrscheinlich gehe ich selbst bald ...«

»Danke für die Warnung, aber Skassi kenne ich bereits. Er ist sogar ein alter Rivale von mir, aus meinem ehemaligen Rudel. Wir haben gegeneinander gekämpft.«

»Und dann wurdest du verstoßen?«

»Ja, aber nicht deshalb. Es gab andere Gründe.«

»Und Skassi hat dich gehen lassen – dich nicht getötet?«

Athaba merkte, daß nun ein Mißverständnis aufgekommen war, und obwohl er im Grund ein bescheidener Wolf war, wollte er es doch richtigstellen.

»Nein, warte, Skassi hat mich nicht besiegt – sondern ich ihn. Ich wurde nicht verjagt, jedenfalls nicht von ihm. Die anderen haben es getan.«

Tolga sah ihn ungläubig an.

»*Du* hast *Skassi* besiegt?«

»Das habe ich gesagt, ja.«

Sie gähnte ihm ins Gesicht.

»Nun, mein kleiner Lügenbaron, das ist mir doch ein bißchen dick aufgetragen. Hör zu, ich habe Skassi gesehen, und du wirst ihn eines Tages auch sehen, da bin ich sicher. Skassi ist der beeindruckendste Wolf, der je auf Erden gelebt hat. Er ist ein unvergleichlicher Kämpfer. Niemand hat Skassi je schlagen können. Denkst du denn, er ist umsonst der Anführer eines fünfzig Jäger-Krieger starken Rudels? Du Wollgrasbällchen! Skassis Körper ist aus Marmor und seine Seele aus Granit! Kugeln haben ihn mehrfach getroffen, aber er ignoriert die Wunden einfach. Sie verheilen. Er ist unbesiegbar.«

»Er hat bestimmt viel Glück gehabt. Er und ich sind die einzigen Überlebenden unseres alten Rudels.«

Sie gähnte erneut.

»War das bevor oder nachdem du ihn besiegt hast?« spottete sie.

»Danach.«

»Aber sicher«, schnaubte sie verächtlich. »An dem Tag, als der Tod aus der Himmelsmaschine regnete, bist du ...«

»Ich war der Rabenwolf und folgte dem Rudel in einiger Entfernung.«

Plötzlich klappte ihr der Unterkiefer herunter. Sie starrte ihn wortlos an, und als sie endlich wieder sprechen konnte, geschah das in einem Ton der Ehrfurcht, gemischt mit der Unsicherheit, ob sie sich ihm unterwürfig vor die Füße werfen oder ihn als Lügner verdammen sollte.

»Bist – du – etwa – *Athaba*?«

Er staunte. Sie kannte seinen Namen. Als er das erste Mal hier gewesen war, hatte er keinen Namen gehabt. Er war der Ausgestoßene gewesen, und Ulaalas Rudel kannte nur seinen Geruch.

Tolga fuhr in demselben Tonfall fort.

»Skassi hat erzählt ..., daß du von einem hohen Felsen gesprungen bist. Daß du den Sturz nicht überleben konntest.«

»Nun, hier bin ich. Ich hatte ebenso viel Glück wie er, habe ebenso viele Begegnungen mit Menschen überlebt wie er. Ich wurde nie angeschossen, aber ich war gefangen und hatte einmal sogar einen Menschen als Seitwolf ...« Er hielt inne, weil er merkte, daß er prahlte.

Tolga starrte ihn wieder mit offenem Mund an, aber dann ließ sie die Kiefer mit lautem Geräusch zuschnappen.

»Jetzt weiß ich, daß du lügst. Ein menschlicher Wolf? Hör zu, ich weiß nicht, wie du heißt, Heringskopf, aber Athaba bist du bestimmt nicht. Skassi spricht mit großem Respekt von Athaba. Sie sind zusammen gelaufen, bis die Umstände sie getrennt haben. Oft ruft er den Geist von Athaba an, damit er ihm in seinem Kampf gegen die Menschen unterstützt. ›Athaba‹, so sagt er, ›hatte das Herz eines Bären.‹ Und du? Du siehst aus, als hättest du das Herz einer Rübe. Athaba würde bestimmt nicht durch die Landschaft toben, um ein Weibchen zu suchen. Jedenfalls nicht *der* Athaba, von dem Skassi immer spricht. Mit deinen dummen Lügen erniedrigst du ihn. Du erniedrigst meinen Helden Skassi! Endlich haben wir einen großen Führer – seit Shesta, der Krieger-Priesterin, die Skeljon Brodemul tötete, haben wir keinen solchen Helden mehr unter uns gehabt. Seit den Schlachten nach dem *Urdunkel* hat es kein Geschöpf mehr mit Skassis Kraft und Stärke und Mut gegeben.«

»Laß mich dir noch eines sagen, Tolga, bevor sich unsere Wege trennen. Stärke bedeutet mehr als Kämpfen, und

Mut bedeutet mehr als Töten. Skassi besitzt Mut und Stärke und auch Kraft, aber er ist fehlgeleitet und wird, so wie du es schilderst, weit überschätzt. Skassi hat nichts Übernatürliches. Er ist sogar viel nüchterner, als ich es bin. Du sprichst von ihm, als wäre er auf einer heiligen Mission im Namen eines ... irgendeines Berggottes, einer Fuchsgottheit, die sich ungläubigen Wölfen zuwendet, damit sie sein Gebet befolgen. Skassi erreicht nur, daß eine Menge Kaniden abgeschlachtet werden – für nichts, nur aus Rache, die weder befriedigt noch heilt. Auch ich hasse die Menschen, die unser Rudel vernichtet haben. Aber sie sind verschwunden, und wir werden sie niemals finden. Sie haben keinen Geruch. Skassis Rachefeldzug schürt nur die Wut der Jäger, und sie werden nicht eher ruhen, als bis jeder einzelne Wolf nur noch ein leeres Fell zwischen zwei Trockenpfählen ist.«

»Behauptest du immer noch, daß du Athaba bist?«

»Das muß ich niemandem beweisen«, erwiderte Athaba und ging den Pfad zurück, durch den Schnee, Richtung Süden. Als er ein Stück entfernt war, hörte er Tolga heulen.

Er drehte sich um. Sie stand auf einem Felsen.

»Skassi braucht dich, Athaba«, rief sie ihm zu. »Er braucht dich!«

Athaba setzte seinen Weg fort. In der Nacht kam ein Schneesturm auf, in dem er nichts mehr witterte, sah oder hörte, aber dennoch ging er weiter. Er wollte vor Mitte des Winters den Süden erreichen. Je weiter er kam, desto wärmer würde es werden. In jedem Fall würde es gefährlicher werden. Im Süden gab es unzählige Menschen. Und Skassi. Sein ehemaliger Rivale machte ein hartes Leben noch härter – möge seine Seele verrotten, dachte Athaba in Erinnerung an Tolgas Worte.

23

In den alten Zeiten, kurz nach dem *Urdunkel,* als Wölfe die Landschaften der Erde in Liedern besangen – Liedern, die Landkarten der Welt waren und spätere Generationen zur richtigen Zeit an die Wasserlöcher und Schlammgruben führten –, in diesen alten Zeiten gab es auf der Erde noch wilde, ursprüngliche Kräfte. Einige dieser Kräfte waren böse, und sie folgten den Menschen aus dem Chaosmeer in die Welt der Wölfe. Nicht einmal die Menschen selbst konnten mit diesen fürchterlichen Mächten fertig werden. Sie setzten ihre Schamanen und Zauberer, ihre Hexen und Magier ein, aber viele von ihnen waren Betrüger und manche Verräter, die sich auf die Seite des Bösen schlugen, das sowohl Menschen als auch Tiere zerstören wollte.

Diese nebelhaften Wesen, die in den Alpträumen aller lebenden Kreaturen wohnten, hausten einst im dunklen Schlamm auf dem Grunde des Chaosmeeres. Dort unten waren sie harmlos und verursachten nichts weiter als große übelriechende Gasblasen. In der Atmosphäre der Erde jedoch streiften sie träge umher, bis sie an einen Ort der Freude und des Friedens kamen. Dort ließen sie sich nieder und brachten Zerstörung, Krankheit und Verderben. An solchen Orten wurden die Tiere plötzlich von unerklärlichen Ängsten befallen und erwachten aus schrecklichen Träumen. An solchen Orten begann der Verfall, der schließlich alles Leben zerstörte und das fruchtbare grüne Land in schwarzen Sumpf verwandelte, über dem nur noch der Nebel schwebte.

Einer dieser Orte war Meisenwald, ein Mischwald mit vielen Blumen und Pilzen zwischen den Wurzeln, den Farnen und Gräsern und dem Laub, in mildem Klima und viel weiter südlich, als die Wölfe heute leben. Schuppenwurz gedieh dort, riesige Eichen breiteten ihre schützenden Äste aus, dazwischen standen Hainbuchen, und Meisen bauten ihre Nester.

In dieser Zeit lebten die meisten Menschen in den Ebenen, wo sie überall riesige Steinblöcke in verschieden großen Kreisen aufstellten, um damit die bösen Mächte aus dem Chaosmeer zu vertreiben. Einige Menschen wollten jedoch in den Wäldern leben, und so kam einer in den Meisenwald. Er lebte dort sehr friedlich und nahm sich aus dem Wald nur, was er brauchte, aber eine große, böse Macht war ihm aus der Ebene gefolgt und nistete sich zwischen dem modernden Humus des Waldbodens ein, in den dunklen Schatten der Bäume und Farne, unter den alten Baumwurzeln, in leeren Höhlen, hinter Spinnenweben. Dort, im Herzen des Waldes, gärte nun das Böse und begann, alles Leben aus dem üppigen Grün zu saugen. Der Mensch sah das und bat die Tiere des Waldes um Hilfe – sonst müsse er Meisenwald ganz und gar niederbrennen und einen Kreis aus Steinen auf den verkohlten Überresten errichten, so glaubte er.

Zwei Tiere, die normalerweise Feinde waren, wurden von den Waldbewohnern auserwählt, um die böse Macht zu vernichten. Eines von ihnen war Issa, ein sehr sprachgewandtes Wiesel, das andere Katanama, ein Roter Milan. Sie sollten ihre Feindschaft begraben und einen Weg finden, das Land von dem Großen Bösen zu erretten.

Issa war ein flinkes rostbraunes Weibchen, das unermüdlich in allen Löchern und Höhlen des Waldes nach Beute suchte. Eine ihrer Leibspeisen waren Schnecken, die sie an feuchten Morgen unter dem Huflattich und auf den Weidenkätzchen fand.

Katanama war ein Milan, der über den Wäldern kreiste und manchmal so reglos im Aufwind segelte, daß die anderen ihn für tot hielten, mit starren Schwingen, die ihn nicht abstürzen ließen.

Die beiden Auserwählten suchten eine mystische Füchsin mit Namen O-sansan auf, damit sie ihnen einen Rat gebe, wie das Große Böse aus ihrem Heimatwald zu vertreiben sei.

O-sansan befragte den grünen Schleim auf der Rinde der Erlen und untersuchte den kriechenden Pilz in den Rillen des Schlehdorns. Schließlich sprach sie:

»Wir brauchen einen Wolf, um diese Macht zu bekämpfen. Von allen kämpfenden Kreaturen unseres Nordwestlandes ist allein der Wolf reinen Herzens geblieben. Der Wolf sucht kein Bündnis mit den Menschen, bettelt nicht um ihre Gunst und tritt kein Gebiet freiwillig ab. Das Böse, das in den Meisenwald gekommen ist, kann nur von einem Wolf in tödlichem Kampf besiegt werden. Dennoch ist der Sieg dem Wolf nicht gewiß, und es bedarf großer Tapferkeit und Stärke. Er muß ein kluger Kämpfer sein. Solch einen müßt ihr finden und ihn überreden, in den Wald zu kommen und für euch gegen das Böse zu kämpfen.«

Dies schien ein klarer und einfacher Rat, und die beiden Tiere begannen mit ihrer Suche. Nach vielen Tagen mußten sie feststellen, daß die wenigen Wölfe, die es in diesem Landstrich noch gab, sich gut vor den Menschen versteckt hielten. Sie verließen nie ihr Rudel und mieden die Fährten der Jäger-Menschen, wenn sie auf die Jagd gingen. Es waren arme Kreaturen mit schwachem Geist und daher für die Bewohner des Meisenwaldes nicht als Retter geeignet. Die zwei Tiere gingen wieder zu O-sansan.

»O ja«, sagte die weise Füchsin, »das ist das Werk des Menschen. Er hat die tapferen Wölfe nach Norden vertrieben, zu den fernen Bergen, deshalb sind sie hier nicht zu finden. Ihr müßt viele Tage und Nächte nordwärts wandern, um den zu finden, den wir brauchen.«

Der Milan und das Wiesel traten ihre Reise nach Norden an. Natürlich war der Vogel viel schneller als das Wiesel, das auf der Erde nur schwer vorankam. Schließlich stieß der

Milan herab, landete neben Issa und meinte, sie müßten sich eine andere Lösung überlegen.

»Du bist viel zu langsam«, sagte Katanama. »Bei diesem Tempo werden wir an Altersschwäche sterben, ehe wir das Böse aus dem Wald vertreiben können.«

»Was schlägst du also vor?« wollte Issa wissen.

Katanama schlug ein paarmal mit seinen großen Flügeln, schnappte mit seinem krummen scharfen Schnabel auf und zu und trat mit seinen scharfbekrallten Fängen hin und her.

»Ich schlage vor«, begann er, »daß ich dich durch die Lüfte trage, so wie ich es mit meiner Beute tue. So können wir beide nach Norden fliegen.«

Issa traute dem Vorschlag nicht so ganz. Obwohl Katanama meistens Aas fraß, jagte er auch hin und wieder lebende kleine Tiere. Wenn er sie erst einmal in den Fängen hatte, könnte er sich vergessen und Issa blitzschnell in eine Raubvogelmahlzeit verwandeln.

Sie gab ihre Bedenken kund.

Katanama stimmte ihr zu.

»Trotzdem«, fuhr er fort, »kann ich nicht allein nach Norden fliegen, denn wenn ich einen Wolf finde, kann ich nicht mit ihm sprechen. Du aber sprichst meine Sprache, und du sprichst Kanidisch. Also mußt du mitkommen. Ich habe geschworen, dich nicht zu verletzen, und werde mein Wort nicht vorsätzlich brechen. Damit ich mich nicht vergesse, mußt du mich eben beständig an unsere Mission erinnern. Sag einfach immer: ›Denk an den Wolf!‹, während wir fliegen, und dir wird nichts geschehen.«

Also nahm Katanama das Wiesel sanft in seine Fänge und trug es in die Lüfte. Noch nie hatte Issa den Boden verlassen, und während sie himmelwärts schwebten, sah sie, wie das Land sich unter ihr ausbreitete. Die Bäume wurden zu kleinen Punkten, die Berge zu Maulwurfshügeln, die Flüsse zu silbernen Würmern. Über den abrupten Wandel erschrak sie so sehr, daß es ihr sowohl den Atem als auch die Sprache verschlug. Ehrfürchtig bewunderte sie die Schönheit des Ausblicks, und endlich gelang es ihr, gegen den Wind anzukämpfen, der ihr durch die Nasenlöcher in die Lungen drang, und sie krächzte: »Katanama, denk an den Wolf!«, sobald der Griff des Milans um ihren Körper zu fest wurde.

Die Welt raste unter ihnen dahin. Sie flogen durch Regen und Stürme, durch Wolken und Nebel, unter klarem und dunklem Himmel, über Seen und fremde Länder, bis sie schließlich in das Land der Wölfe kamen.

Hier gab es viele Berge, sie flogen weiter und suchten im Schnee, in Höhlen und in Wäldern nach einem geeigneten Wolf.

Hie und da, in Schluchten und Tälern, auf Abhängen und Schneefeldern, trafen sie auf ein Wolfsrudel. Dann stießen sie hinab und riefen nach einem Wolf, der sie von dem Großen Bösen befreien könne, das Meisenwald befallen hatte. Die Wölfe blieben stehen und hörten ihnen zu, befahlen ihnen dann jedoch zu verschwinden oder ignorierten sie einfach. Anscheinend gab es im ganzen Land der Mitternachtssonne keinen einzigen Wolf, der bereit war, mit einer unbekannten Macht aus dem Schlamm des Chaosmeeres zu kämpfen. Und wenn, dann sicher nicht für einen schmutzigen alten Milan oder ein blutrünstiges Wiesel, dessen Appetit nach rohem Fleisch noch größer war als ihr eigener – und ganz bestimmt nicht für die Menschen.

Also zog das erwählte Paar von Rudel zu Rudel, wobei Issa Katanama hin und wieder an ihre Mission erinnerte.

Eines Tages, als sie die Hoffnung schon fast aufgegeben hatten, den Wolf zu finden, der sie vom Großen Bösen erlösen würde, erblickte Katanama einen Kadaver, der von einem Wolfsrudel zurückgelassen worden war. Das verfaulte Fleisch war bereits von Raben, Falken, Kojoten und einem einzelnen Wolf geräubert worden. Katanama war hungrig und schlug vor, daß sie zum Fressen landen sollten. Issa stimmte zu, da sie stets darauf bedacht war, daß ihr Träger satt war.

Sie ließen sich neben dem Kadaver nieder, und Katanama begann, mit dem Schnabel am Fleisch zu picken, während Issa in sicherer Entfernung wartete. Als sie dort so saß und sich putzte, kam ein Wolf herbei. Er war eine bedauernswerte Kreatur mit mottenzerfressenem Fell. Fliegen umschwirrten seinen Kopf, seine Augen waren trüb und wäßrig, und sein dünner, zerfranster Schwanz schlug fortwährend durch die Luft.

»Wie ich hörte«, sprach er zu Issa, »sucht ihr einen Helden, der irgendeinen bösen Geist aus eurer Heimat vertreiben soll.«

»Das ist richtig«, erwiderte Issa, ohne den zerlumpten Wolf weiter zu beachten. »Wir brauchen einen Wolf, einen tapferen Krieger, der sich der bösen Macht in einem Kampf auf Leben und Tod stellt. Kennst du solch einen Wolf?«

»Ich will erst erklären, wer ich bin«, sagte der Wolf und setzte sich auf die Hinterläufe. »Ich bin der Rabenwolf, der *utlah*. Ich habe keinen Namen, weil ich nicht mehr zum Rudel gehöre. Ich nenne mich selbst ›den Ausgestoßenen‹, und ich bin alle *utlahs,* die es je gab oder geben wird. Wir sind alle eins, weil wir nur noch uns selbst haben, und auf diesem Niveau gibt es keine Unterschiede mehr zwischen uns. Es gibt viele Ausgestoßene, aber nur einen Ausgestoßenen. Kannst du mir folgen?«

»Ich glaube, ja«, antwortete das Wiesel.

»Nun will ich dir einen Vorschlag machen«, fuhr der Wolf fort. »Auf dieser Welt habe ich nichts mehr. Ich habe die schlimmste Bestrafung erlebt, die ein Wolf fürchtet. Ich bin von meinem Rudel verbannt worden. Ich sehe, höre, rieche mein altes Leben, wie es vor mir durch die Nebel zieht, aber ich kann nie wieder dorthin zurückkehren. Ich bin allein.

Nicht zurückgezogen wie der Fuchs, sondern allein und einsam. Du, die du kein Rudeltier bist, kannst dir nicht vorstellen, wie das ist. Es ist das Ende. Dunkelheit, Elend, unermeßliche Hoffnungslosigkeit.

Dann hörte ich von eurem Auftrag, und neue Hoffnung keimte in mir auf. Ich bin der Ausgestoßene, ich bin tausend Wölfe, die ihre Ehre wiederherstellen wollen. Übergebt mir diesen Auftrag, und ihr habt nicht einen, sondern viele, die für euch kämpfen. Ich werde in euer Land gehen, ich werde den Todeskampf antreten, und ich bin auch bereit, dafür zu sterben, daß ich eure Heimat von der bösen Macht befreie.«

Issa war sehr überrascht über diesen Vortrag, und während ihr Verstand ihr sagte, daß diese arme Kreatur gewiß kein Gegner für das Große Böse in Meisenwald war, so erkannte sie doch, daß ihnen wahrscheinlich gar keine andere Wahl blieb. Entweder sie entschieden sich für den Ausgestoßenen, oder sie hatten niemanden. Also sagte sie dem Wolf zu, ja, er sei der Auserwählte, und ein schwaches Feuer begann in seinen Augen zu glimmen. Er streckte die Beine, spannte die Schultern an, hob den Schwanz und machte sich auf den Weg nach Süden.

Auf seiner Reise begegnete er vielen Ausgestoßenen, und da sie alle eins waren, erzählte er ihnen von seinem Auftrag. Da verließen auch sie die Raben, um mit in das fremde Land zu ziehen, und den unbekannten Tieren zu helfen.

Die Reise aus dem Land der Mitternachtssonne ist so lang und gefährlich, daß nur einer von tausend sie vollenden kann. Ein Vierbeiner muß Berge erklimmen, die so hoch sind, daß selbst eine kurze Rast das Erfrieren bedeutet. Dazwischen liegen Flüsse, die so breit sind, daß sie keine Ufer zu haben scheinen. Es gibt Wälder voller Jäger und Schluchten bis tief in das Erdinnere. An manchen Stellen ist der Fels geschmolzen und die Erde so heiß, daß sie die Pfoten verbrennt. Es gibt Wüsten aus Sand und Wüsten aus Eis. An manchen Stellen muß ein Wolf reißende Ströme auf Eisschollen überqueren, an anderen findet er weder Futter noch Schutz vor gleißender Sonne.

Auf der Reise starb der Ausgestoßene viele Male, aber da er in so großer Zahl vorhanden war, lief er immer weiter. Seine verdorrten Knochen ragten aus der Staubwüste, sein gefrorener Körper verband sich mit dem Eis, sein ertrunkener Kadaver wurde an das bleiche Sandufer fern seiner Heimat gespült. Er starb, und er lebte, und jedesmal, wenn er die Welt verließ, wurde er im Geiste stärker, denn obwohl seine Zahl geringer wurde, blieb seine Seele gleich.

Auch die Reise selbst stärkte und schulte seinen Geist. Die Art seines Auftrags reinigte seine Seele. Als er so nach vielen Monaten in Meisenwald anlangte, war er tatsächlich ein einziger Wolf. Ein einziger Wolf, dessen Geist weitaus kräftiger war als sein Körper, so daß das Wiesel durch sein Erscheinen zwar beeindruckt war, seinen Sieg aber immer noch als unmöglich erachtete. Aber Issa wußte nicht, daß tausend Wölfe unter diesem verfilzten Pelz steckten: tausend Wölfe mit ihrer Tapferkeit, Stärke und Ausdauer. Mit gebrochenem Geist und schwacher Kondition waren sie zu einer hoffnungslosen Reise aufgebrochen, um einen unmöglichen Auftrag zu verrichten, doch obwohl sie in großer Zahl gestorben waren, hatten sie das Ende der Reise mit einem einzigen letzten Körper erreicht.

Und das Große Böse spürte das Kommen des Wolfs, und es erkannte seine Stärke und fürchtete sich.

Es zog aus, den kühnen Wolf zu treffen, und auf einem schmutzigen Stück Land fand der schrecklichste aller Kämpfe statt. Da gab es Angriffe und Rückzüge, Siege und Niederlagen, und weder die böse Macht aus dem Schlamm des Chaosmeeres noch der ausgestoßene Wolf gaben auf. Dunkelheit verhüllte das Land, Stürme kamen und gingen, mächtige Winde zerrissen die Luft, Abgründe taten sich auf, und die Erde bebte, während die beiden immer weiter kämpften.

Zu Tode erschöpft, doch mit zähem Willen besiegte der Wolf schließlich die dunkle Macht und trieb sie weit in die Tiefen der Erde. Und während die Waldbewohner seinen Sieg priesen, legte der Rabenwolf sich auf das Schlachtfeld, um wieder zu Kräften zu kommen. Issa, Katanama und die Füchsin O-sansan wurden für ihre Verdienste um das Wohl des Waldes gebührend gelobt, aber der tiefste Dank galt dem Wolf als dem großen Helden von Meisenwald.

Und der Mensch hörte das Singen, lauschte neidvoll den Lobliedern auf den Wolf, und in eifersüchtiger Wut nahm er seine Waffen und tötete den Wolf. Das war eine der elendsten Taten nach dem *Urdunkel.*

Doch dieses heimtückische Vergehen zog eine schlimme Strafe nach sich. Durch diese Tat zog das Große Böse, das vom Wolf besiegt worden war, in den Kopf des Mörders ein und blieb dort so lange, bis der Mensch nach einem irren, ausschweifenden und wertlosen Leben starb und niemanden hinterließ, der ihn am Grab beweinte.

24

Athaba machte sich weiter auf den Weg nach Süden, und die Pfade durch die Wildnis wurden ihm wieder vertraut. Er erkannte Felsen, die er auf dem Weg nach Norden oder auf seiner Rückkehr in den Süden bereits gesehen hatte. Er sah eine Bärenhöhle, und am nächsten Tag hatte er einen seiner Anfälle. Er wunderte sich sehr darüber: Warum wurde er allein beim Gedanken an einen Bären bewußtlos?

Einmal beobachtete er fünf Wölfe dabei, wie sie einen Elch erlegten, der krachend auf seinem breiten Geweih zu

Boden ging. Die Wölfe waren zu sehr mit ihrer Beute beschäftigt, um Athaba zu bemerken. Sie rochen nur das Blut. Athaba sah ihnen zu, wie sie über den Kadaver herfielen, fraßen und Fleischstücke mitnahmen. Als sie fort waren, kamen die Aasfresser, und Athaba war mittlerweile zu stolz, um sich zu ihnen zu gesellen. Er wartete, bis auch sie fort waren, dann stieg er von seinem Felsen und nagte das restliche Fleisch von den Knochen. Eine der riesigen Schaufeln war unter dem Gewicht des Sturzes zerbrochen. Sie war so groß wie Athabas Flanke. Ein mächtiges Tier, dieser Elch. Athaba entschied, er müsse krank gewesen sein, damit die Wölfe ihn hatten reißen können.

Ein Rabe kam herbei, während er fraß, aber er hinderte ihn daran, zu krächzen und damit das Rudel zu warnen, indem er ihn nach den Raben fragte, deren Namen er aus seinen Tagen als Ausgestoßener noch kannte. Der Vogel war ganz fasziniert von diesem Wolf, der sich so mit Aasfressern auskannte, und schüttelte immer wieder den Kopf und sagte: »Naa, naa. Ich weiß nichts, aber Retteltelt? Kennt err den? Das warr ein Hundesohne, jawohl!«

Der Elch schmeckte gut, und Athaba genoß den kleinen Schwatz mit dem Raben. Es erinnerte ihn an vergangene Zeiten, die jetzt irgendwo im Nebel seiner Erinnerungen lagen. Wenn er genau darüber nachdachte, war es ihm in der Vergangenheit ziemlich schlecht ergangen, aber er hatte überlebt, und nun konnte er das alles anders betrachten.

Der Winter lag wie Stahl auf dem Land, und Athaba kämpfte sich seinen Weg durch die Schneestürme, hinunter bis zur Baumgrenze und über die Berge. Wenn sie zu hoch zum Erklimmen waren, suchte er sich einen Weg drumherum.

Wann immer er einen Kaniden traf, fragte er nach Ulaala, aber die Antwort war jedesmal dieselbe. Niemand kannte sie oder hatte ein Wolfsweibchen mit sechs Jungen gesehen.

Schließlich kam er an den breiten Landgürtel zwischen der Wildnis und der Stadt, wo er die Mischrudel vermutete. Das waren große Rudel aus Kreuzungen zwischen Kojoten und Wölfen, Hunden und Kojoten sowie Wölfen und Hunden. Athaba hatte gehört, daß diese Rudel manchmal bis zu sechzig Tiere stark waren. Sie lebten davon – und starben dabei –, daß sie die menschlichen Siedlungen überfielen, Abfälle stahlen und Ratten oder andere Kleintiere töteten. Diese bunt zusammengewürfelten Rudel schwärmten als struppige Banditen durch das Land. Sie waren das Vorstadtgesindel, draufgängerisch und ohne jede Disziplin. Wenn die Menschen ihrer überdrüssig wurden, reduzierten sie die Rudel durch sogenannte Hundejagden, aber sie waren unverwüstlich und erreichten bald wieder ihre alte Stärke. Sie lebten ein Leben, das viele gezähmte Hunde und manche verantwortungsvollen Wölfe beneideten, aus Loyalität jedoch nicht führten. Jeder Wolf, der gute Geschichten erzählte, hatte etwas Neues über die Mischrudel aus dem Süden zu berichten. Jeder Untermega, der noch jung genug war, die Vorstellung eines »Kult-Rudels« aufregend zu finden, hing gern dem Gedanken nach, sich später einmal einem solchen Rudel anzuschließen, wenn das Leben sonst nichts mehr zu bieten hätte.

Einer der größten Rudelführer aller Zeiten, der sogar in traditionellen Heulgesängen der Wolfsrudel vorkam, war Rashoon Feuerrute. Er war der Sohn eines roten Setter-Weibchens und eines Wolfs und führte einst sein Rudel über hohe Berge und über eine Sandwüste, wobei er nur sieben von dreiundsechzig Tieren verlor. Die Jäger-Menschen, die ihnen nachstellten, unter ihnen auch der Besitzer von Rashoons Mutter, kehrten um, nachdem drei von ihnen umgekommen waren. Rashoons Rudel lebte eine Zeitlang in den Wäldern des Nordwestens und zog dann wieder an den Rand einer Stadt, um seine Geschicklichkeit bei Überfällen erneut zu schulen. Wieder wurden die Mischlinge von den Stadtbewohnern gejagt, doch diesmal durchquerte das Rudel einen überfluteten Fluß und schüttelte so die Verfolger ab. Rashoon war ein guter Rudelführer: kühn, mutig, intelligent und humorvoll. Es wurde erzählt, daß er Welpen vor dem sicheren Tod gerettet hatte, indem er sie auf der Flucht einfach mit dem Maul hochgehoben und mitgenommen hatte. Seine Gefährtinnen (die sehr zahlreich waren) hörten nie ein böses Wort von ihm, und seine ersten Gefolgstiere hätten sich auf seinen Befehl hin ohne Zaudern vom höchsten Felsen gestürzt, hätte er solch eine Tat als notwendig befohlen.

Rashoon Feuerrute, der irgendwo zwischen den Mülltonnen eines Vororts gezeugt worden war, wurde zur lebenden Legende. Er überlistete die Menschen immer wieder, die dann enttäuscht, verärgert oder erstaunt dort zurückblieben, wo er schon längst nicht mehr war. Er zog durch die Lande und umging die Gewehre mit hündischer Gerissenheit und wölfischer List.

Nach sechzig Jahreszeiten starb Rashoon eines natürlichen Todes, und seine Gebeine lagen auf einer Felsplatte, von der aus man die Lichter der Stadt bei guter Sicht blinken sah. Einige sagten, der Wind streiche aus Ehrfurcht nur um sie herum und nicht durch sie hindurch. Seine Erinnerung wurde von Hunden und Wölfen gleichermaßen in Ehren gehalten, da er einer der Mischlinge gewesen war, die die Kluft zwischen diesen beiden Arten überbrückt und nicht vertieft hatte.

Mit unsicheren Schritten überquerte Athaba einen abgeschiedenen Müllplatz, umgeben von einem Strudel fremder Gerüche, als er eine Gruppe Kaniden auf, um und in einigen rostenden Fahrzeugen liegen sah. Es waren Mischlinge aller Sorten mit stumpfen und schmalen Schnauzen, gefleckten und einfarbigen Fellen, scharfen oder trüben Augen, kurzen, krummen und geraden Beinen. Nicht einer von ihnen war reinrassig. Sie sahen aus wie eine Bande von Bettlern, Dieben, Betrügern und Lumpensammlern, aber irgend etwas an ihnen erinnerte Athaba an seinen alten Mentor Raghistor. Sie zeigten denselben zynischen Gesichtsausdruck, diesen halb amüsierten, beinahe verächtlichen Zug um den Mund. Athaba hatte das Gefühl, daß sie, wenn er ihnen eine Frage stellte, ihm alle gleichzeitig ins Gesicht gähnen würden. Dies mußten die Abfallpiraten, die Freibeuter der Müllhalden, sein, nach denen er suchte.

Langsam ging er auf sie zu, bedacht, sie nicht zu verscheuchen oder zum Angriff zu reizen. Etwa zwanzig Längen vor ihnen blieb er stehen. Es waren vierzig oder fünfzig Tiere. Ihre Gelassenheit schien plötzlich wie weggeblasen – Athaba sah, wie Muskeln hervortraten und Sehnen angespannt wurden. Ohne ihre Plätze zu verlassen oder die Haltung zu verändern, sahen sie plötzlich ganz konzentriert aus und bereit zum Angriff oder zur Flucht.

Nachdem sie Athaba eine Weile angestarrt hatten, richtete sich einer von ihnen auf und trottete langsam vor. Er blieb in sicherem Abstand, aber nah genug für ein Gespräch.

»Bist du'n Wolf?« wollte er wissen. Er sah aus wie ein Pudeljagdhund in Kampfstellung.

»Was dagegen?« erwiderte Athaba.

Der Hund setzte sich auf die Hinterläufe und kratzte sich hinter dem Ohr.

»Nein, das nich grade. Wir seh'n in dieser Gegend nur wenig Wölfe. Is nich grade Wolfsland. Ich dachte, ihr Typen braucht Wälder und Tundra um euch rum. Hier wirst du keine Elche finden – höchstens Mäuse.«

»Ich bin auf der Suche nach den Mischrudeln. Seid ihr – die da drüben – sind die ein Mischrudel?«

»Mischrudel?« Der andere kratzte sich wieder ausgiebig.

»Da liegst du wohl falsch, Wolf. Soweit ich weiß, leben die Mischrudel unten im Süden.«

Athaba sank der Mut. »Kann ich dorthin laufen?«

»Du würdest dabei umkommen. Ich meine, weit weit im Süden. Woher kommst du denn?«

»Von der Nordküste.«

Der Hund gab einen Laut der Anerkennung von sich und kratzte sich das eckig wirkende Gesicht.

»Das is ganz schön weit, aber wenn ich mich nich sehr irre, mußt du noch mal zehnmal so weit gehen, um zu den Mischrudeln zu kommen, vielleicht sogar zwanzigmal. Ich kenn einen Hund von da – is auf'n Zug gesprungen. Hast du mal gesehn, wie schnell so'n Zug ist? Schneller als ein Lastwagen jedenfalls. Hast du mal'n Lastwagen gesehn?«

»Ich glaube, ja. Ich habe Bodenmaschinen gesehen.«

»Na, ein Lastwagen is auf jeden Fall 'ne Bodenmaschine, und die zeigt jedem innerhalb von Sekunden ihre Kehrseite. Ein Zug is noch schneller, und mein Freund war tagelang auf diesem Zug. Verstehst du? Es besteht keine Chance, daß du das zu Fuß schaffst, Wolf. Sag, hast du einen Namen?«

Athaba merkte, daß der Rest des Rudels sich ein wenig vorgewagt hatte und aufmerksam lauschte. Einzeln sahen sie nicht besonders gefährlich aus, aber zusammen wirkten sie bedrohlich. Ein Jagdhund mit spitzer Schnauze war dabei, der ihn mit feindlichen Blicken musterte. Athaba fühlte sich so nahe einer menschlichen Stadt bereits äußerst unwohl, und diese Hunde verströmten zudem den Geruch von Haustieren, oder zumindest ehemaligen Haustieren.

»Athaba. Mein Name ist Athaba.«

»Ich heiße Micki«, meinte der Hund und kratzte sich erneut. »Ich bin hauptsächlich-Airedale.«

»Und ihr seid kein Mischrudel?«

Micki sah sich zu den anderen um, dann wieder zu Athaba.

»Wir? Nein. Wir sind wildlebende Hunde. Haushunde, die wieder frei leben. Das gemütliche Leben hat uns nicht gefallen, oder wir wurden aus irgendeinem Grund rausgeworfen. Im Grunde sind wir also auch wie diese Mischrudel – oder die wie wir? Jedenfalls sind wir einfach wilde Hunde. Was willst du eigentlich von diesen Mischrudeln? Was Bestimmtes? Willst du einen töten?«

Athaba seufzte.

»Nein, ich suche meine Gefährtin und unsere Jungen. Man hat mir gesagt, sie sei in den Süden gegangen, um sich den Mischrudeln anzuschließen. Jetzt weiß ich nicht, was ich tun soll. Wer ist dieser Hund, der mich ansieht, als ob er mit mir kämpfen wolle?«

Micki drehte sich um, starrte einen Augenblick zu den anderen hinüber und wandte sich dann wieder an Athaba. Er sprach ganz leise, als wolle er auf keinen Fall von den Hunden gehört werden.

»Du meinst den mit der spitzen Schnauze? Das ist Rip. Er is hier das, was wohl einem Rudelführer am nächsten kommt. Er is hauptsächlich-Barsoi. Die haben Wölfe gejagt, weißt du?«

Athaba behielt diesen »hauptsächlich-Barsoi« im Auge.

»Was soll dieses ›hauptsächlich-soundso‹-Gerede?«

Micki sah ihn überrascht an, dann nickte er.

»Ach, ich versteh, was du meinst. Hauptsächlich-Terrier, hauptsächlich-Pudel, hauptsächlich-Schäferhund ... – na ja, wir ham kein Stammbaum, nich mal annähernd. Wir sind Mischlinge und stammen von allen Hunden unter den Sternen. Um ehrlich zu sein, wurden wir alle in irgendeiner dunklen Seitenstraße von zwei Fremden gezeugt, von denen einer zu der Zeit grade läufig war. Eine schnelle Paarung ohne Worte, möglicherweise zwischen zwei Mischlingen, die ihren Stammbaum nich weiter als bis zu den Eltern verfolgen konnten – wenn überhaupt. Aber man muß sich ja an irgendwas orientieren können, oder? Also sehen wir einander an und sagen: ›He, du siehst aus, als hättest du 'ne Menge Barsoi in dir, hab ich recht?‹, und der andere antwortet dann normalerweise: ›Ach, meinst du? Ja, mein Großvater war ein Reinrassiger‹, oder irgendwas dergleichen. Gibt uns das Gefühl von Adel, du verstehst. Jeder braucht einen tollen Vorfahren – keiner will das Gefühl haben, aus der Mülltonne zu stammen.«

Mickis Stimme wurde plötzlich lauter, wahrscheinlich, um die anderen zu beschwichtigen.

»Bei uns gibt's so was wie einen Mischling nich. Jeder hat seine eigene Geschichte. Und meine erzählt vom Terrier, und ich tret gegen jeden an, der was anderes behauptet.«

Die wilden Hunde kamen vor, alle bis auf Rip, und fingen an, nervös an Athaba zu schnüffeln, der steif dastand und sich ausgesprochen unwohl fühlte. Aber irgendwie spürte er, daß er es über sich ergehen lassen mußte, wenn er etwas erreichen wollte.

Eines der Weibchen sagte, ihr Name sei Pippa.

»Warum bleibst du nicht eine Weile bei uns?« wollte sie wissen. »Wir könnten dir dann helfen, nach deiner Familie zu suchen.«

»Ja, bleib doch bei uns«, meinte auch Micki. »Wir werden die Suchmeldung überall verbreiten und warten, ob jemand was weiß. Komm, ich mach dich bekannt – das hier is Daniel, eine Kreuzung zwischen Retriever und Spaniel, was sicher sehr amüsant war, aber wir reden nich drüber, weil es ihn ärgert ... Und das ist ...«, und so ging es weiter, aber Athaba wußte, daß er sich unmöglich alle Namen merken konnte. In seinem Kopf wirbelte die Erkenntnis, daß es falsch gewesen war, nach Süden zu gehen. Tolga hatte unmöglich die Mischrudel mit diesen wilden Hunden verwechseln können, und es war höchst unwahrscheinlich, daß Ulaala bei einem dieser Hunderudel lebte. Es gab zwar ein paar große Hunde, aber man könnte sie niemals mit einem Wolf verwechseln. Die Menschen in dieser Gegend würden einen Wolf sicher sofort erkennen, und dann gäbe es plötzlich großen Aufruhr und überall Jäger.

Der hauptsächlich-Barsoi begann zu sprechen.

»Vielleicht hast du es vergessen, Micki, aber bald ist eine Schießerei fällig. Willst du diesen Wolf etwa in eine Schießerei verwickeln? Wir wissen, wie das läuft, aber er könnte binnen weniger Minuten tot sein.«

Was soll das? dachte Athaba. Machte dieser Rip sich etwa Sorgen um seine Führerposition? Hatte er etwa Angst, daß ich seinen Posten übernehmen könnte? Der hauptsächlich-Barsoi musterte Athaba aus der Distanz mit seinen blutunterlaufenen Augen, und es war schwer, seine Absicht zu erkennen.

»Er hat recht«, sagte Athaba. »Ich mag Städte nicht. Und ich kenne mich darin nicht aus. Allein hier zu stehen macht mich schon ganz nervös. Ich sollte zurück in die Wildnis, wo ich hingehöre.«

Der hauptsächlich-Airedale machte ein enttäuschtes Gesicht. Anscheinend gefiel Athaba ihm. Er schien ihn zu akzeptieren, ohne an ihre Unterschiede zu denken. Er war eine der wenigen Kreaturen, die auf den ersten Blick Freundschaften schließen konnten.

»Lauf doch wenigstens einmal mit uns, Wolf. Du wirst keine bessere Gelegenheit finden, mit einem Rudel zu laufen. Na, komm schon, was meinst du? Mach dir nichts aus Rip. Die Schießerei findet erst in ein paar Tagen statt, nicht früher.«

»Was bedeutet das, diese Schießerei?«

»Die Stadtbewohner tun sich zusammen und kommen hierher, um unser Rudel zusammenzuschießen. Sie kriegen nie viele. Nur ein paar Langsame, meistens Fremde, die auf der Durchreise sind.«

»So wie mich, wenn ich nicht aufpasse.«

Der hauptsächlich-Barsoi nickte bedächtig.

Micki bettelte erneut: »Ach, bitte, nur einmal.«

Athaba gab nach.

»Also gut«, sagte er und wußte, daß es sehr dumm von ihm war, aber er mußte sich irgendwie ablenken. So lange war er jetzt schon unterwegs, und es wäre gut, einmal etwas Verantwortungsloses und Aufregendes zu tun, um die Strapazen zu vergessen.

Das Rudel lief zusammen, und Rip rief: »Los, Freunde!« Daraufhin rannten alle Hunde die verlassene Straße entlang und wirbelten den Schnee auf.

Die Hunde bogen an einer Tankstelle ab, und Athaba sah ein runzliges Menschengesicht hinter einem Fenster, aber sie waren so schnell vorbei, daß die Tankstelle bald hinter dem Schnee verschwunden war: Der Wolf mußte sich eingestehen, daß ihm das Rennen im Rudel Spaß machte. Es war nicht wie mit den Wölfen – das war eine wohlorganisierte, geordnete Angelegenheit. Bei der Jagd auf einen Moschusochsen oder ein Karibu kannte jeder einzelne zu jeder Zeit seine Aufgabe. Entweder sie folgten vier oder fünf Tage lang einer Herde oder einem Einzeltier, um sie zu zermürben und zu erschöpfen. Oder sie griffen sofort an, wenn sie eine Herde überraschen konnten. Oder sie nahmen ein Tier in die Zange oder scheuchten es auf oder wählten eine andere bewährte Art des Tötens. Von Geburt an waren jedem Wolf eine Reihe Taktiken eingetrichtert worden, um einen möglichen Fehler und die damit verbundene Gefahr zu vermeiden. Beim Jagen ging es ums Überleben, nicht um Heldentum. Jeder Wolf wußte, was in seiner Position von ihm erwartet wurde.

Mit den Hunden zu laufen war etwas ganz anderes. Das lag schon an der Anzahl. Wölfe jagten zu fünft oder zu sechst – jetzt waren sie um die fünfzig Tiere. Athaba kam es vor, als seien sie eine unbezwingbare Kraft, die jedes Hindernis zertrümmern könnte. Der Schnee zischte um seine Ohren, der Boden glitt unter seinen Pfoten dahin, und er wußte, daß jeder Mensch sich zu Tode fürchtete, wenn er sie sah. Es war ein Gefühl der Macht, ein Gefühl der Rache an den Menschen. Diese Hunde drangen in das Gebiet der Menschen ein und warteten nicht darauf, bis die Menschen sie suchten. Sie waren tollkühne, draufgängerische Räuberhunde. Die Plünderer der Straßen. Zugegeben, sie rannten nur Mülleimer um, aber wie sie es taten, war einfach aufregend. Athaba beobachtete eine Katze, die sich anmutig auf einen Torpfosten schwang, um sich dann vor Schreck in Sekundenschnelle von einem weichen Pelzknäuel in ein haarsträubendes fauchendes Ungeheuer zu verwandeln. Haushunde blieben reglos stehen oder liefen in Deckung und jaulten: »Weg von der Straße, weg von der Straße, die Wilden kommen!« Vögel flatterten davon und krächzten: »Die Hunde, sie kommen zu Hunderten ...« Alles in allem war es eine befreiende Erfahrung.

Rip, der Anführer, lief allen voran in den Hinterhof einer Gaststätte, und wie verabredet machten sie sich dort über die Mülltonnen her. Die Metalldeckel rollten über den Hof, und der Inhalt der Tonnen verteilte sich über den gefrorenen Boden. Die Hunde verschlangen im Laufen, was sie kriegen konnten, hauptsächlich Rinderknochen und Hühnerreste. Einige der kleineren Hunde, wie Pippa, blieben stehen und leckten die weichen Essensreste auf. Die Menschen in dem Gebäude schrien auf, während die Hunde durch den Müll liefen und sich in alle Richtungen davonmachten, wenn sie ein Stück ergattert hatten. Athaba war von all dem Lärm und Durcheinander vor Angst wie versteinert, überlegte, wohin er fliehen könnte, und bereute bitter seinen voreiligen Entschluß, diese verrückte Bande zu begleiten.

Plötzlich wurde eine Tür aufgerissen, und ein Mensch erschien.

In der Hand hielt er ein Gewehr.

Es gab eine zweifache Explosion, und zwei Flammenzungen leckten aus den beiden Läufen der Waffe.

Ein Hund schlug einen Purzelbaum durch die Luft und wurde von dem schweren Schuß beinahe in der Mitte durchgerissen. Mit gebrochenen Knochen und blutendem Körper fiel er in den Schnee. Seine Hinterbeine zuckten.

Der Rest der Hunde machte sich blitzschnell aus dem Staub. Athaba befand sich im hinteren Teil des Hofs, und die anderen blockierten den Weg zum Ausgang. Der Mensch starrte ihn jetzt an, und Athaba wußte, daß er ihn als Wolf erkannte. Er begann zu laufen, mußte aber an dem Menschen vorbei, der sein Gewehr nachlud. Dann zielte er auf Athaba. Der Wolf hörte das Klicken, als der Mensch den Abzug drückte, immer wieder, und den Lauf auf den fliehenden Athaba gerichtet hielt. Die Waffe war längst abgefeuert, aber offensichtlich war der Mensch so von der Anwesenheit des Wolfs schockiert, daß er reagierte, ohne zu denken.

Das Rudel erreichte den Außenrand der Stadt ohne weitere Zwischenfälle, und Athaba wollte am liebsten weiterlaufen. Er blieb nur stehen, um wieder Luft zu bekommen.

»Wo is Pippa?« fragte Micki keuchend.

Die Hunde lagen hechelnd zwischen den Autos, Ziegelsteinen und Holzplanken des Müllplatzes. Sie sahen sich um.

Kein Zeichen von Pippa.

Daraufhin nagten alle, die einen Knochen hatte, weiter daran herum, als sei nichts geschehen. Athaba war schockiert. Er ging zu Micki hinüber.

»War es Pippa, die erschossen wurde?«

Micki sah einen Augenblick lang auf, und sein Blick bejahte Athabas Frage.

»Warum sagt denn niemand etwas?« wollte Athaba wissen.

»Wir ... wir reden nicht über die, die von uns gehen«, erwiderte Micki und sah zu Boden. »Das ist nicht üblich.«

»Sie ist nicht gegangen. Sie wurde in Stücke geschossen.«

»Das ist egal – es ist nicht gut für die Stimmung, darüber zu sprechen. Sie ist fort, und das ist alles. Von ihr zu reden bringt sie auch nicht zurück. Das macht uns nur trübsinnig und ängstlich, und beim nächsten Angriff erwischt es dann uns.«

»Beim nächsten Angriff? Du redest, als wäre das ein geplanter Überfall gewesen oder so etwas. Aber alles, was wir getan haben, war, da hinzulaufen und wieder weg. Was kann dabei schon schiefgehen? Oder besser gesagt. Was kann dabei richtiggehen? Das einzig Interessante daran ist der Überraschungseffekt, mehr nicht.«

Micki rührte sich nicht.

Da ging Athaba zu Rip hinüber.

»Das war deine Schuld«, sagte er. »Du hast die Meute in den Hof geführt.«

Rip blickte kurz von seinem Knochen hoch. Er war peinlich berührt, denn er sah Athaba nur eine Sekunde lang an.

»Hey, hier ist niemand für niemanden verantwortlich, okay? Sie hätte ja nicht mitkommen müssen. Sie hatte die Wahl. Mach, daß du wegkommst, Wolf. Such dir einen anderen Schuldigen.«

»Du weißt, daß du hier das Sagen hast, Rip. Du weißt, daß die anderen dir folgen.«

Micki kam dazu. Seine Stimme war ruhig.

»Hör zu, Athaba. Laß Rip in Ruhe. Er ist doch auch nicht glücklich, siehst du das nich? Sieh mal, wir sind keine Wölfe. Wir sind nich mal reinrassige Hunde. Wir sind'n bunter Haufen Herumtreiber und versuchen, uns auf die Art und Weise durchzuschlagen, die wir kennen. Wenn wir könnten, würden wir auch gern Karibus erlegen, aber wir können nich. Wir wissen, was wir sind. Struppige Streuner, mehr nich. Es is ja ganz schön, daß du mit deinen Vorstellungen über ›noble Kaniden‹ daherkommst, aber diese Hunde hier sind fast alle getreten oder geschlagen worden, bis sie halb wahnsinnig waren. Meinst du, sie würden hier sein, wenn sie es in einem Haus gemütlich haben könnten? Sicher, ein oder zwei von uns sind echte Freiheitsfanatiker, aber die meisten sind mißhandelte Tiere, die hinausgeworfen wurden.«

Athaba sah in die Runde dieser bemitleidenswerten Kreaturen. Das Herz wurde ihm schwer.

»Es tut mir leid«, sagte er und ging an seinen Platz zurück. »Kümmert euch nicht um mich. Ich bin eben ein Wolf.«

Die Dunkelheit wurde immer dichter, als Wolken aufzogen. Graupeln fielen, die auf dem Boden sofort festfroren. Die Hunde legten sich so eng wie möglich zusammen, um warm zu bleiben. Athaba wollte in die Wildnis zurück, bevor mehr Menschen mit ihren Gewehren nach ihm suchten.

Als das Unwetter vorüber war, verstreuten sich die Hunde, aus Angst vor der Rache der Menschen, die sie hier suchen würden.

Rip verabschiedete sich schroff von Athaba und meinte zu Micki, er werde ihn ja bald wiedersehen. Dann lief der hauptsächlich-Barsoi vom Grundstück, und nur noch Micki und Athaba waren übrig.

»Wo wirst du jetzt hingehn?« wollte Micki wissen.

»Hinauf in die Berge, für eine Weile. Willst du mitkommen?«

Micki schüttelte mit sehnsüchtigem Blick den Kopf. Athaba hatte erwartet, daß er sein Angebot ablehnen würde. Ein Hund und ein Wolf konnten unmöglich zusammen laufen. Oder doch? Ein Wolf und ein Mensch hatten es ja auch schon geschafft. Aber Athaba merkte, daß die Vorstellung, seine Meute zu verlassen und allein mit einem Wolf umherzuziehen, Micki angst machte – ihn zwar auch reizte, ihm aber in erster Linie angst machte. Sicher ging es dabei weniger um die Gefahren als um das Verlassen der bekannten Umgebung.

»Was würden die andern Wölfe denken«, fragte Micki plötzlich, »wenn du'n Hund mitbringst? Obwohl ich ja hauptsächlich-Airedale bin – eine gute Rasse ...«

»Was für andere Wölfe? Ich habe kein Rudel. Und ich kann nicht einfach zu irgendeinem anderen Rudel dazustoßen. Wir sind alle weder großartige Freunde noch Feinde. Wir respektieren die Reviere der anderen – meistens jedenfalls –, aber wir bleiben unter uns. Wenn ich mich einem anderen Rudel aufdränge oder mich in aller Freundschaft nähere, könnte ich getötet werden – es sei denn, sie bräuchten dringend ein neues Rudelmitglied, aber das ist selten der Fall. Und dann ein so alter Wolf wie ich? Die würden mich hohnlachend davonjagen!«

»Ich verstehe«, meinte Micki. »Vielen Dank für das Angebot, aber ich kann wirklich nicht. Ich bin ein Mischling. Ich wüßte nicht, was ich in der Wildnis tun sollte. Allein der Gedanke macht mir schon angst. Ich brauche meine gewohnte Umgebung. Den Geruch der Menschen und menschliche Dinge wie Häuser, Fahrzeuge und Straßen. Das ist meine Welt.«

»Wie du meinst, Hund. Leb wohl.«

Micki reckte seinen eckigen Kopf. Schneeflocken blieben in seinem lockigen Fell hängen. Seine Augen leuchteten.

»Leb wohl, Wolf.«

Sie trennten sich und gingen jeder seines Wegs, der eine nach Süden, der andere nach Norden.

Während Athaba über die schneebedeckten Hügel lief, die zu den Bergen führten, dachte er darüber nach, wieviel Glück er in seinem Leben gehabt hatte. Für einen Wolf hatte er wahrlich viel erlebt. Unter seinen beiden größten

Feinden – Menschen und Hunden – hatte er zwei Freunde gewonnen. Unter seinen Freunden und Verwandten hatte er sich einige Feinde gemacht. Es war schon seltsam mit der Erinnerung an die Vergangenheit. Viele der Namen und Gerüche seines ersten Rudels hatte er vergessen – Wölfe, an die er sich erinnern sollte. Aber er wußte, daß er weder Koonama noch Micki je vergessen könnte – sie waren für immer ein Teil seiner Geruchserinnerung geworden.

Der leichte Schnee wurde dichter und der Wind stärker, bis ein regelrechter Schneesturm aufkam. Athaba grub sich ein Loch in einer Schneewehe und rollte sich darin ein. Eines war sicher: Der Mensch mit dem Gewehr konnte ihm bei diesem Wetter nicht folgen. Der Wolf hoffte, in der Stadt wäre es genauso, damit die Hunde ebenfalls sicher wären.

Was für ein Abenteuer war das gewesen! Er wußte, daß er es nie einem anderen Wolf erzählen konnte, ohne als Schwindler bezeichnet zu werden, da sie nicht begreifen würden, was tatsächlich geschehen war. Er konnte sich solch ein Gespräch lebhaft vorstellen.

»Dann bist du also in diesen Menschenhof gekommen?«

»Ja.«

»Du wurdest natürlich gezwungen. Warst du in einem Käfig oder einem Netz?«

»Nein, ich bin hineingelaufen – um Abfälle zu stehlen.«

(Der andere Wolf bekommt einen skeptischen Gesichtsausdruck.)

»Du bist hineingelaufen? Wie? Haben die Menschen denn nicht hölzerne Barrikaden vor ihren Häusern?«

»Wir sind ja nicht ins Haus gegangen, sondern hintenrum, in den Hof.«

»Wir?« (Schmale, mißtrauische Augen.)

»Ich und die Hunde – wilde Hunde – also ehemalige Haushunde, die wieder frei leben. Wir waren ungefähr fünfzig.«

»Hunde?«

»Ja, wilde Hunde.«

»Magst du Hunde?«

»Ja, nein, nicht unbedingt. Es war ein Stück Rebellion, verstehst du? Wir haben versucht, den Kampf direkt zum Menschen zu bringen. Es war ein großartiger Sieg, ein Sieg der Kaniden, ausgefochten von Hunden und einem Wolf, gegen die Menschen. Es müßte einen Heulruf geben, um zukünftigen Generationen zu berichten, daß nicht alle Kämpfe in der Zeit des *Urdunkel* stattfanden.«

(Ein wissendes, nachsichtiges Nicken.)

»Du betrachtest dich also als einen Helden, der eine Meute Mischlingshunde gegen die Gewehre geführt hat?«

»Da war tatsächlich ein Gewehr. Es war auf mich gerichtet, es wurde abgedrückt, aber kein Schuß fiel. Und außerdem war ich nicht der Anführer. Das war ein hauptsächlich-Barsoi namens Rip.«

»Ihr habt also den Waffen getrotzt, um – wie war das? – Abfälle zu ergattern?«

»Ja, so war es.«

(Kopfschütteln.)

»Du mußt verbranntes Fleisch ja wirklich gern mögen!«

»Und du hast den Verstand einer Sumpfkröte.«

(Haarsträuben.)

»Was soll das? Du beleidigst mich, bloß weil ich deine Phantasien nicht ernst nehme?«

»Ja, genau.«

»Aber ...«

O ja, er konnte es sich gut vorstellen. Das war ein Abenteuer gewesen, das er den Rest seines Lebens für sich behalten mußte. Er bezweifelte sogar, daß er es Ulaala und den Jungen erzählen würde – sollte er sie überhaupt jemals wiederfinden.

Vor seiner Höhle heulte der Wind, als betrauere er mit weißer Stimme den Tod von ungezählten Wölfen.

SECHSTER TEIL

Der Menschenjäger

25

Und wieder machte Athaba sich auf in fremdes Land und lief genau nach Westen, um dort – wie er hoffte – Hinweise über den Verbleib seines Rudels zu erhalten. Allerdings kamen ihm inzwischen auch hin und wieder Zweifel, ob das Ziel seiner Suche überhaupt noch existierte. Immerhin war es doch möglich, daß Ulaala und die Welpen gar nicht mehr lebten, sondern von Jägern oder anderen Wölfen getötet worden waren. Während er über die Gletscher, Schneefelder und eisigen Canyons lief, dachte Athaba darüber nach: Würde das seine Suche sinnlos machen? Nur wenn er einen eindeutigen Beweis dafür hätte! Wenn jemand, den er kannte und dem er vertraute, ihm berichtete, daß er den Tod seiner Gefährtin und seiner Jungen mitangesehen hätte, dann würde er möglicherweise innehalten und seine Suche abbrechen. Aber da niemand ihm so etwas sagen konnte, wußte er nicht einmal genau, ob er tatsächlich umkehren würde. Vielleicht würde er in der Hoffnung, die Nachricht wäre falsch, dennoch weiterlaufen? Vielleicht hatte er sich bereits so sehr an das Umherziehen gewöhnt, daß er gar nicht mehr aufhören könnte? Sein Körper war bereits ganz auf den Rhythmus des Gehens und Laufens eingestellt: Selbst wenn er stand, zuckten ihm die Glieder.

Das Land stöhnte unter der Last des Eises. Das Land schien regungslos – die Seen und Flüsse waren gefroren und hielten die Fische in ihrer kalten Unterwelt gefangen. Athaba fragte sich oft, warum die Wölfe es nicht den Bären gleichtaten und sich eine Höhle suchten, in der sie überwintern konnten. Dies wäre eine vernünftige Art, die weiße Jahreszeit mit ihren eisigen Krallen zu überstehen, bis es wieder genug zu jagen gab.

Eines dunklen Tages, als er seinen Weg durch eine windige Schlucht kämpfte, hörte er ein Heulen.

Das war an sich nichts Ungewöhnliches. Er kam oft durch die Reviere anderer Wölfe und hörte ihre Heulrufe, doch diesmal blieb er wie angewurzelt stehen. Er erkannte den Ruf, der kein traditioneller Heulruf war, sondern einer von denen, die er und Ulaala gemeinsam erfunden hatten – damals, als sie ihren Bau einrichteten.

Athaba verließ seinen Pfad, um nach dem Wolf zu suchen, der so heulte. Es mußte ein einzelner Wolf sein, denn Athaba hatte nur eine einzige Stimme gehört. Nach einer Weile fand er eine schmale Höhlenöffnung, durch die ein Wolf gerade hindurchpaßte. Er blieb davor stehen und stieß genau denselben Heulruf aus, den er gerade gehört hatte. Nichts geschah. Dann, plötzlich, hörte er das Klicken von Steinen. Geduldig wartete er weiter.

Schließlich erschien ein Kopf in der Höhlenöffnung.

»Wer bist du?«

Der Wolf mochte etwa ein Jahr alt sein, und Athaba hatte keine Zeit für Höflichkeiten.

»Das tut nichts zur Sache. Wo hast du diesen Heulruf gelernt? Antworte mir schnell, oder ich reiß dir den Leib vom Schwanz bis zur Kehle auf!«

»Wieso willst du das wissen?« fragte der andere kühn, zog sich jedoch gleichzeitig in die Dunkelheit der Höhle zurück.

Athaba war überzeugt, das Mitglied eines Rudels gefunden zu haben, das Ulaala begegnet war. Wenn sie sie verletzt hatten, würde dieser Jährling dafür bezahlen müssen. Athaba war zu ungeduldig, um Freundschaft zu schließen. Er wollte eine Auskunft. Er mußte unbedingt die Wahrheit herausfinden.

»Ich komme jetzt zu dir, Wolf! Wenn du also etwas zu sagen hast, so sage es gleich, ehe wir kämpfen. Kannst du mich hören? Nur einer von uns wird diesen Ort wieder verlassen ...«

Die Schnauze des Wolfs tauchte wieder aus der Höhle auf. »Warum bist du denn so feindselig? Ich tu doch niemandem etwas.«

»Bist du allein?«

»Vielleicht.«

Der Jährling war offensichtlich allein und versuchte, seine Angst zu verbergen.

»Komm da raus, *sofort«*, befahl Athaba.

Der junge Wolf kroch langsam aus der Höhle. Er zitterte ein wenig.

»Ich hab keine Angst vor dir«, sagte er tapfer. »Mein Vater hat mir beigebracht zu kämpfen, und wenn es sein muß, dann kämpfe ich auch gegen dich.«

»Dein Vater?«

Der Jährling machte sich groß.

»Mein Vater war ein Leitwolf. Ich werde auch mal ein Leitwolf sein. Er war ein großer Kämpfer. Sogar Skassi hat er einmal besiegt. Skassi hat es mir selber gesagt. Er schämt sich nicht dafür, von meinem Vater besiegt worden zu sein. Er sagt, mein Vater war einer der bedeutendsten *utlahs,* die je die Eisfelder des Ostens durchzogen.«

Athaba begriff plötzlich, wer dieser sagenhafte Vater war.

»Ich hab jetzt genug von diesen Lobeshymnen über deinen Vater. Was ist mit deiner Mutter? Lebt sie noch?«

»Meine Mutter ist Skassis Gefährtin, und auch sie ist eine bedeutende Wölfin«, erklärte der junge Wolf stolz.

Ein kaltes Fangeisen legte sich um Athabas Herz.

»Deine ... deine Mutter ist Skassis Gefährtin?«

»Mein Vater wurde von Jägern getötet, und sie mußte sich einen neuen Gefährten suchen ...«

»Wie ist dein Name, Junge?«

Mit fester Stimme verkündete der Wolf: »Ich bin Yanthra, Sohn des Athaba, Sohn der Ulaala.«

Das Fangeisen schnappte zu und zermalmte sein Herz. Seine Ulaala war jetzt die Gefährtin seines altes Feindes. Das war die grausamste Wunde, die die Krallen des Schicksals ihm je zugefügt hatten. Vor ihm stand das pelzige Knäuel, das er vor zwei Jahreszeiten zurückgelassen hatte, nur war es kein pelziges Knäuel mehr, sondern ein hochgewachsener Jährling. Yanthra.

»Was ist mit deinen Brüdern und Schwestern?«

»Sie gehören zum Rudel.«

»Zum Rudel? Du meinst zu Skassis Schurken? Den Menschenmördern?«

»Freiheitskämpfer, nicht Schurken. Skassi gefällt es gar nicht, wenn man sie so nennt. Er sagt, sie würden alle Menschen vom Angesicht der Erde fegen, damit alle Wolfsrudel wieder in Frieden leben und jagen könnten. Er sagt, alles werde wieder so werden wie im *Urdunkel*, ehe die Menschen dem Chaosmeer entstiegen, ehe *Groff* durch das Land wütete ... Skassi sagt, er sei erwählt, das *Endlicht* einzuleiten. Skassi sagt ...«

Athaba knurrte.

»Zum Teufel mit Skassi! Seine Leber werd ich fressen. Holt sich *meine* Jungen in sein Rudel! Für ein Himmelfahrtskommando! Zum Teufel mit ihm! Ich werd ihn in der Luft zerreißen und seine Eingeweide über den Schnee verteilen.«

»Ha, das könntest du gar ...« Dann hielt der Jährling inne. »Was meinst du damit – *deine* Jungen?«

Athaba stupste ihn zärtlich am Kinn.

»Ich bin dein Vater, Junge. Du wirst es vielleicht nicht sofort glauben können, aber ich bin Athaba, der bedeutendste *utlah* der östlichen Eisfelder.«

Der junge Wolf sah ihn einen Moment lang schweigend

an, dann kratzte er sich hinter dem Ohr. Er schien nicht zu wissen, was er mit dieser Nachricht anfangen sollte. Dann fragte er: »Wie hast du meine Mutter kennengelernt?«

»Ich war ein Ausgestoßener, als ich Ulaala traf. Sie gehörte zu einem fremden Rudel. Sie hatte sich in der Angelschnur eines einheimischen Fischers verfangen, und ich half ihr freizukommen. Einen Wolf ihres Rudels, Agraaga, mußte ich im Kampf töten, damit ich deine Mutter mit mir in den Süden nehmen konnte.«

Yanthra blieb der Mund offenstehen, dann plötzlich stürzte er sich auf Athaba, verbiß sich leicht in seinem Kiefer und wiegte sich mit ihm vor und zurück. Dann ließ er los und rief: »Du bist wirklich mein Vater! Du lebst! Kein Wunder, daß du den geheimen Heulruf kanntest! Nur meine Mutter und meine Geschwister kennen ihn. Meine Mutter hat erzählt, daß ihr euch solche Rufe zusammen ausgedacht habt und daß kein anderer sie kennt.«

»Beruhige dich, mein Junge. Laß uns in die Höhle gehen und dort weiter erzählen.«

Yanthra stupste ihn wieder und wieder an.

»Mein Vater!« jaulte er vor Freude, und seine Stimme hallte von den Wänden der Schlucht wider. »Mein Vater ist zurück!«

»Mutter hat nie wirklich geglaubt, daß du tot bist«, begann Yanthra, als sie in die kleine und einigermaßen warme Höhle kamen. »Das habe ich gemerkt. Sie hat es nur gesagt, weil wir sie immer wieder fragten, wo du denn seist. Selbst jetzt noch ertappen wir sie manchmal dabei, wie sie von den Bergen aus über das Land schaut, ob du nicht irgendwann zurückkommst.«

»Oh, ich habe auch eine lange und mühevolle Suche über alle Lande hinter mir.«

Und dann erzählte er seinem Sohn alles, was sich seit

dem Tag zugetragen hatte, da er ihre alte Höhle verließ. Der Junge lauschte mit weit aufgerissenen Augen den Geschichten seines Vaters, stellte hin und wieder eine Frage und lauschte weiter.

Als Athaba geendet hatte, merkte er, daß Yanthra sich nur noch mit Mühe wachhalten konnte. Die Begeisterung über ihre Begegnung und das lange Zuhören hatten ihn vollkommen erschöpft. Athaba war enttäuscht, weil auch er alles über Ulaala und seine Jungen erfahren wollte, aber er wußte natürlich, daß Yanthra in diesem Zustand kaum eine zusammenhängende Geschichte wiedergeben könnte.

»Schlaf jetzt«, sagte Athaba also, »und dann erzählst du mir, was euch alles passiert ist, seit die Jäger mich gefangennahmen.«

Noch ehe er die letzten Worte gesprochen hatte, waren dem Jungen die Augen zugefallen.

Während er schlief, lief Athaba hinaus in die Nacht. Er jagte im Mondlicht und pflegte seinen erschöpften Körper. Sein Herz war schwer, und in seinem Kopf schien sich alles zu drehen, aber er hatte endlich das Ziel seiner langen Reise vor Augen. Das war immerhin etwas.

Doch Yanthra hatte gesagt, Ulaala sei jetzt Skassis Gefährtin. Bedeutete dies, daß er ihr nichts mehr bedeutete, wenn er jetzt aus dem Schnee wieder in ihr Leben trat? Er könnte es ihr kaum verübeln. Jede andere Wölfin hätte ihn längst für tot gehalten. Vielleicht hatte sie das auch? Vielleicht legte ihr Sohn zuviel in ihr Schweigen? Vielleicht blickte sie aus einem anderen Grund immer wieder über das Land, träumte womöglich von einer Vergangenheit, die letztlich jedoch ein für allemal vorbei war? Wenn eine Wölfin sich mit einem neuen Gefährten paarte, übertrug sie womöglich alle ihre Gefühle auf ihn? War das geschehen? Kam er zu spät? Jetzt war Paarungszeit. Nicht, daß es ihm etwas ausmachte. Er war nicht eifersüchtig, sondern nur von einer immensen Sehnsucht nach seiner Gefährtin ergriffen, die er stillen wollte – und Skassi hatte jetzt vielleicht einen gewichtigeren Anspruch auf Ulaala, dem sie sich verpflichtet fühlen könnte. Aber nach all den Strapazen, die er auf sich genommen hatte, verdiente er doch sicher ein bißchen Glück und Frieden! Oder etwa nicht? Natürlich wußte Athaba, daß es so nicht funktionierte. Daß man etwas verdiente, bedeutete nicht automatisch, daß man es auch bekam, vor allem wenn *zwei* Kreaturen daran beteiligt waren. Wenn man sich etwas sehr wünscht, dachte er, kann man hingehen und darum kämpfen und auch dafür sterben – solange es nur um einen selbst geht. Aber man kann für niemand anderen eine Entscheidung treffen. Egal, wie sehr man ein Weibchen begehrt – wenn das Weibchen einen nicht ebenfalls will, kann man alles versuchen und wird doch nichts erreichen.

Es war kalt da draußen im Schnee, aber Athabas Pelz war dicht und hielt die Wärme, nachdem er nun etwas gefressen hatte. Er strich über die weißen Hügel und überlegte, was zu tun sei. Sollte er warten und sich die Geschichte seines Sohnes anhören, ehe er eine Entscheidung traf? Oder sollte er gleich zurück in den Westen gehen und Ulaala nicht weiter belästigen? Sein Erscheinen könnte ihr nur noch mehr Schmerz zufügen, und vielleicht war sie es müde, sich erneut entscheiden zu müssen.

Wäre es nicht um Skassi gegangen, so hätte er sich wohl dazu entschlossen. Doch dessen Rudel hielt er ohnehin für verloren. Natürlich waren die Menschen verhaßte Kreaturen, und alle Wölfe träumten von Rache. Aber egal, wie sehr sie es sich wünschten, am Ende konnten sie nicht gewinnen. Die Menschen waren stärker, und Skassi wußte das. Er war ein alternder Wolf, der mit menschlichem Blut an den Lefzen sterben wollte. Die gesamte Menschheit auslöschen? Skassi erzählte den Jungen Märchen, damit sie seinem Selbstmordkommando folgten. Seit Jahrhunderten warteten die Wölfe auf einen Anführer. Einen Leitwolf, der sich vor den Waffen der Jäger nicht fürchtete und alle Wölfe in die Schlacht gegen die Zweibeiner führte. Doch das war ein Wunschtraum, ein vergehender Strahl der Mitternachtssonne, ohne Bestand. Die Wölfe hatten den Kampf schon vor vielen Jahrhunderten verloren. Sie hatten gekämpft und waren gestorben, und der Rest hatte sich damit abgefunden, ständig vor den Menschen zurückzuweichen, die immer mehr Platz beanspruchten. Sie konnten nur hoffen, ein Gebiet zu finden, das die Menschen als zu unwegsam erachteten, um selbst dort zu leben.

Athaba entschied, er könne seine Ulaala (*seine* Ulaala?) nicht mit Skassi allein lassen, ehe er sie nicht vor die Wahl gestellt hatte. Er glaubte nicht, ihr damit einen schlechten Dienst zu erweisen. Wenn sie bei Skassi blieb, war sie auf jeden Fall verloren – etwas Schlechteres konnte er ihr also nicht bieten. Er könnte auch so bei ihr bleiben, oder in ihrer Nähe, um mit ihr gemeinsam zu sterben.

Eines aber war sicher, so schwor er sich selbst: Seine Jungen würden nicht bei Skassi bleiben. Ja, er mußte Skassi unbedingt entgegentreten, und sei es nur, um seine jetzt einjährigen Söhne und Töchter von diesem Verrückten loszubekommen, der sie sonst alle ins Verderben führte. In der nächsten Jahreszeit würden die Nachkommen von Athaba und Ulaala frei im Westen jagen, und Skassi sollte sie nicht daran hindern!

Nachdem diese Entscheidung getroffen war, lief Athaba zurück zur Höhle. Doch sein Sohn kam ihm bereits aufgeregt entgegen.

»Ich dachte schon, ich hätte nur geträumt. Aber dann sah ich deine Spuren im Schnee und witterte deinen Geruch und bekam Angst, du wärst weggegangen, weil du mich nicht leiden konntest ...«

Athaba biß ihm leicht in die Ohren.

»Dummer Junge. Ich mußte jagen und über alles nachdenken. Hast du schon etwas gefressen?«

»Ich hatte draußen zwischen den Felsen etwas versteckt.«

»Gut. Aber du hast mir nicht gesagt, was du hier draußen überhaupt zu suchen hast. Warum bist du nicht bei deiner Mutter und deinen Geschwistern? Hast du dich verirrt?«

Yanthra senkte den Kopf.

»Was ist?« wollte Athaba wissen.

Mit leiser, mutloser Stimme erwiderte der Junge: »Ich bin weggelaufen.«

»Warum?«

»Da waren Wölfe, die uns nicht leiden konnten. Sie ließen uns nur ins Rudel, weil Skassi es wollte, aber sobald er uns den Rücken kehrte, ärgerten und quälten sie uns. Wir sind keine Feiglinge ...« Er sah Athaba an. »*Ich* bin kein Feigling. Wir haben uns gewehrt. Aber sie waren größer und stärker – zähe erfahrene ... na ja, Wölfe wie du, Athaba, aber nicht so ... verständnisvoll.«

Ein zärtliches Gefühl für seinen Jungen stieg in Athaba hoch, und in diesem Augenblick schwor er sich, gegen jeden Mega zu kämpfen, der Yanthra und seiner Familie das Leben schwermachte. Dann erkannte er, daß es doch darum gar nicht ging. Das wichtigste war, alle seine Jungen aus diesem Rudel zu holen.

»Ein Weibchen war am schlimmsten«, fuhr Yanthra fort. »Mutter ließ sie sich unterwerfen, wann immer sie dabei war, aber sie mußte ja auch zur Jagd und zu Angriffen gehen...«

Athaba überlief es eiskalt.

»Deine Mutter war bei Angriffen dabei? Auf Menschen?«

»Nein, Angriffe gegen andere Rudel. Wir sind noch nicht so lange bei ihnen. Im Frühjahr will Skassi wieder die Menschensiedlungen überfallen, wenn es wärmer ist.«

Athaba war erleichtert.

»Nun, darüber werden wir uns später noch unterhalten. Jetzt gehen wir zurück in die Höhle, und dann will ich deine Geschichte hören.«

26

Yanthra merkte, daß seine Mutter sehr besorgt war, als sein Vater in jener Nacht nicht zurückkam. Obwohl er noch ein Welpe war, wußte Yanthra, daß Jäger-Krieger wie sein Vater oft tagelang vom Lager wegblieben, und er wunderte sich über Ulaalas Besorgnis. Vielleicht hatte sie im Wind eine Witterung aufgenommen, die zu fein für die Nasen der Jungen war? Yanthra besprach das mit seiner jüngeren Schwester Riffel, und sie erwiderte ernsthaft: »Ich bin sicher, daß auch ich heute einen starken Geruch wahrgenommen habe. Glaubst du, daß Vater Menschen angegriffen hat?«

Riffel war noch so naiv zu glauben, daß ihr Vater unbesiegbar sei und nur ein Anflug von Großzügigkeit ihn davon abhalten könne, Bären und Menschen zu töten.

Der Wurf bestand aus noch zwei weiteren weiblichen Welpen, Torka und Grisenska, und zwei männlichen, Mook und Wassal. Es waren gesunde und kräftige Welpen, die sicher bis ins Erwachsenenalter überleben würden, falls sie nicht einen Unfall hätten oder von einem Adler oder Luchs geschnappt würden.

Grisenska war die größte und stärkste der sechs, und ihr vertraute Ulaala in jener Nacht die Aufsicht an.

»Leg dich an den Eingang«, sagte sie zu ihrer Tochter, »und greif jeden an, der in die Höhle eindringen möchte. Laß keinen von den anderen hinaus. Hast du mich verstanden?«

Grisenska nickte, und Yanthra sah, daß seine Schwester

höchst unglücklich über diesen Auftrag war. Noch nie zuvor waren sie ganz allein gewesen, und daß ihre Mutter es nun riskierte, sie schutzlos zurückzulassen, zeigte nur, wie sehr sie sich um ihren Gefährten sorgte.

Kurze Zeit später verließ die Mutter die Höhle.

Die Welpen legten sich still ans Ende des Ganges. Keiner schlief. Grisenska war nervös, aber sie bewachte aufmerksam den Eingang und spitzte bei jedem Geräusch die Ohren. Irgend etwas schnüffelte eine Weile draußen vor dem Eingang, entfernte sich dann aber wieder. Der Geruch der Wolfsmutter lag schwer in der Luft, und kein vernünftiges Tier würde es wagen, eine dunkle Höhle zu betreten, in der eine Wolfsmutter ihren Wurf bewachte.

Yanthra wußte, daß seine Schwester sie bis aufs Blut verteidigen würde, und hielt es für ungerecht, daß sie ein kleines bißchen größer und stärker war als der Rest von ihnen. Nur weil sie so geboren war, durfte sie schon früh die Verantwortung für ihre Geschwister übernehmen.

Abgesehen von dem schnüffelnden Tier verging die Nacht ohne besondere Vorkommnisse. Ulaala kehrte am späten Morgen zurück und brachte Futter mit, das sie für die Welpen hervorwürgte. Sie schien ruhiger als am Abend, aber seltsam zurückhaltend.

»Hast du Vater gefunden?« wollte Grisenska wissen.

»Nein, keine Spur«, antwortete Ulaala offen und wahrheitsgemäß.

Über die nächsten Wochen magerte Ulaala extrem ab. Die Welpen allein zu füttern war eine schwere Aufgabe, und Yanthra fühlte sich oft schuldig, weil er immer Hunger hatte und ihr bettelnd das Maul leckte. Es war wichtig, daß die Welpen sich so früh wie möglich an feste Nahrung gewöhnten, und Ulaala brachte ihnen weiches Futter, um das zu unterstützen.

Doch als die Jungen heranwuchsen, brauchten sie mehr zu

fressen und mußten selbst auf die Jagd gehen. Das Problem war nur, daß sie es noch nicht gut konnten. Sie brauchten viel mehr Übung.

Schließlich beschloß Ulaala, nicht mehr länger wartend vor der Hütte zu sitzen und den Horizont zu beobachten, wann immer sie Ruhe dazu fand, sondern weiterzuziehen.

»Wir müssen ein anderes Rudel finden«, erklärte sie. »Ich kann euch nicht alle satt bekommen, und ihr könnt euch selbst noch nicht genug Futter beschaffen ... Ich will, daß ihr stark und gesund seid. Ihr braucht andere Wölfe, die für euch jagen – erwachsene Wölfe, von denen ihr lernen könnt. Ich kann das nicht alles allein machen.«

Also brachen sie in nordöstliche Richtung auf, wo sie von einem anderen Rudel gehört hatten. Die Reise war gefährlich, und beim Durchqueren eines Flusses verloren sie Torka, die von der Strömung mitgerissen wurde. Niemand wußte, ob sie überlebt hatte, aber Ulaala fühlte sich tagelang schuldig und vernachlässigte die anderen in ihrer Trauer.

Das andere Rudel fanden sie auf einer Anhöhe vor einer Felsengruppe. Es bestand aus sieben ausgewachsenen Wölfen. Die Höhle, in der ihre Jungen lagen, war im letzten Frühjahr von Jägern aufgespürt, und die Welpen waren gestohlen worden. Zwei Wölfe wurden bei der Verteidigung der Jungen umgebracht. Die anderen waren auf der Jagd gewesen, und als sie zurückkamen, fanden sie die tote Mutter und den Clown des Rudels, Giggagim, der ihnen noch erzählen konnte, was geschehen war, ehe auch er in die Fernen Wälder entschwand.

»Sie haben uns hinterrücks überfallen – kamen auf ihren Maschinen – haben Filfa gleich erschossen. Ich wollte – ich ging auf sie los – da haben sie auch auf mich geschossen. Haben die Jungen in Säcke gesteckt. Sie – sie wollten gerade – wollten Filfa das Fell abziehen, als ihr gekommen seid. Sind verschwunden. Kommen vielleicht bald wieder ...«

Das Rudel zog sofort weiter und kehrte nicht mehr zurück. Sie hatten ihren gesamten Nachwuchs verloren. Ulaala sprach mit ihnen, und die drei Männchen und vier Weibchen waren sofort bereit, sie und die Jungen aufzunehmen. Wäre sie allein gewesen, hätten sie sich gewiß nicht für sie interessiert, aber mit den Welpen war es etwas anderes.

Fünf kräftige junge Wölfe, die bald Untermegas sein würden, waren dem Rudel höchst willkommen. Der älteste Wolf des Rudels war achtundzwanzig Jahreszeiten, der jüngste zwölf.

Die Leitwölfin hieß Sirenka und war sehr streng und erbarmungslos, wenn jemand die Regeln übertrat, aber auch gerecht. Dies war für Leitwölfe nicht ungewöhnlich. Auch das Männchen, das hin und wieder ihren Posten übernahm, wenn andere Fähigkeiten gefragt waren, verwandelte sich von einem liebevollen, verspielten und schläfrigen Wolf, der den Welpen lustige Spiele beibrachte, in einen sturen Machthaber, der den Jungen Angst einjagte. Anführer zu sein, so dachte Yanthra, war vielleicht nicht das beste Ziel für einen so gutmütigen Wolf wie ihn.

»Wer will schon so ein verknöcherter alter Wolf werden wie Sirenka oder Miggamak?« flüsterte er Mook zu. »Sobald sie die Führung übernehmen, werden sie zu übellaunigen Monstern, die die anderen Wölfe einfach aus dem Weg stoßen und uns anblaffen, sobald wir ihnen nur vor die Füße kommen.«

Mook, der Sirenkas Lieblingswelpe war, konnte Yanthra nicht zustimmen.

»Ich will aber Leitwolf werden! Man kriegt das beste Fleisch und kann den anderen sagen, was sie tun sollen.«

»Ja, das würde dir bestimmt gefallen«, meinte Riffel. »Denk aber ja nicht, daß du *mich* herumkommandieren kannst!«

»O doch – wenn ich Leitwolf bin!« rief Mook.

Wassal machte durch eine kluge Bemerkung dem Streit ein Ende.

»Ich denke, es besteht nicht die geringste Chance, daß du Leitwolf wirst, Bruder, so traurig das für dich auch sein mag. Wer hat denn schon mal von einem Leitwolf gehört, der *Mook* heißt? Das ist kein Name, der ein Rudel anspornt. Seien wir ehrlich: Die einzige unter uns, die so eine herausragende Position einnehmen könnte, ist Grisenska. Sie ist vernünftig, hat die richtige Einstellung und ist groß und kräftig. Schlag dir deine Führergedanken aus dem Kopf, Mook, und arbeite daran, ein guter Oberwolf zu werden.«

»Vielleicht hast du recht«, murmelte Mook. »Und wenn ich Grisenskas bester Oberwolf werde, kriege ich vielleicht auch so das beste Fleisch.«

»*Wenn* du der beste wirst«, gab Yanthra zu bedenken. »Aber dazu mußt du Wassal, Riffel und mich schlagen. Glaubst du denn, daß du das schaffst?«

»Probier's doch aus!« rief Mook, und wieder begann eines ihrer Kampfspiele im Staub neben der Höhle.

Im Gegensatz zu Ulaala, die sich nur schwer in die Hierarchie des Rudels einordnen konnte, wurden die Welpen gut aufgenommen und fanden bald jeder einen erwachsenen Wolf, der ihnen besonders zugetan war.

Eines Nachts, als Yanthra neben seiner Schwester Riffel lag, hörten sie, wie ihre Mutter von der Jagd zurückkehrte und mit den anderen in einen Heulgesang einstimmte. Yanthra lauschte eine Weile, dann sagte er zu Riffel: »Ich will sie bitten, den einen Gesang anzustimmen, den Mutter uns beigebracht hat, weißt du, den mit dem hohen Ton, der am Ende so plötzlich abfällt.«

»Nein«, entgegnete Riffel scharf. »Mutter hat gesagt, daß das ein Geheimnis zwischen uns allein ist. Es ist ein besonderer Heulruf unseres Vaters.«

»Aber unser Vater ist tot«, sagte Yanthra.

»Selbst wenn es so ist, und das ist nicht sicher, muß es ein Geheimnis bleiben. Die anderen Wölfe würden das nicht verstehen. Man darf eigentlich keine Heulrufe erfinden, nur die alten singen. Hör doch«, fügte sie hinzu, »wie traurig Mutter klingt ...«

Yanthra lauschte dem Heulen seiner Mutter, und obwohl er nur ein Welpe war, hörte er doch die Melancholie in ihrer Stimme.

»Ja«, sagte er, »sie vermißt Vater sehr, oder? Glaubst du, das wird jemals aufhören?«

Mit Bestimmtheit erwiderte Riffel: »Wenn du den treuen Gefährten gefunden hast, deinen wahrhaft treuen Gefährten, willst du keinen anderen mehr. Mutter und Vater waren etwas Besonderes, glaube ich. Ulaala wird noch im Tod mit den Augen die fernen Hügel nach Athaba absuchen.«

»Ich finde das ein bißchen übertrieben«, sagte Yanthra. »Ich meine, ich weiß, daß sie ihn im Augenblick vermißt, aber sie wird darüber hinwegkommen und einen neuen Gefährten finden.«

»Niemals!« entgegnete Riffel mit Nachdruck. »Sie wird Vater nie vergessen! Ihr Männchen seid doch gefühllose Wesen, ihr habt einfach keine Seele!«

Nach diesem Gespräch beobachtete Yanthra seine Mutter genauer und erkannte, wie sehr sie den Verlust ihres Gefährten betrauerte. Er wollte etwas tun, um sie zu trösten, aber er wußte nicht, was. Einmal stupste er sie am Kinn und meinte unschuldig: »Guck mal, ich mach das so, wie Vater immer gemacht hat.« Dann sah er, wie sie mit schmerzerfülltem Blick den Kopf abwandte, und schwor sich, es nie wieder zu tun.

Ulaala wurde von den anderen Wölfen des Rudels nur geduldet. Yanthra sah, wie sie vom Wasser und von der Beute weggestoßen wurde und immer wieder ihren Schlafplatz wechseln mußte, wenn die anderen ihre Meinung über den besten Ruheplatz änderten. Sie beklagte sich nie, da sie wohl Angst hatte, ihre Jungen könnten sonst aus dem Rudel ausgestoßen werden. Dabei war sie als Nordwolf viel größer und stärker als die meisten dieser Timberwölfe. Yanthra merkte, daß es ihr zu schaffen machte, diese Demütigungen hinnehmen zu müssen. Sie war eine stolze Wölfin, von stolzen Vorfahren, und die Aufzucht in der Wildnis hatte ihr eine Stärke beschert, um die sie jeder Leitwolf beneidete.

Sie erzählte den Jungen eine Geschichte aus ihrer Jugend, als sie noch Untermega gewesen war und sich auf eine Eisscholle verirrt hatte, die mit der Strömung aufs Meer hinaustrieb. Sie erkannte, daß sie sich nur durch Schwimmen retten konnte und sprang in das eisige Wasser, um an Land zu paddeln. Auf halbem Weg hatte sie das Gefühl, ihre Muskeln würden sie im Stich lassen und sich verkrampfen, doch sie blickte weiter aufs Ufer und zwang sich weiterzuschwimmen.

Als sie schließlich das schneebedeckte Ufer erklomm, fühlte sie sich seltsam berauscht, als habe sie eine Art Test bestanden.

»Ich fühlte mich, als könnte ich auf der Stelle *Groff* besiegen und dafür bestrafen, ein Werkzeug der Menschen zu sein.«

Mook blickte nervös um sich.

»Lebt *Groff* nicht hier in der Nähe? Ich habe von den großen Wölfen gehört, daß er in einem Eispalast im Schneeland wohnt. Ist das hier nicht das Schneeland, Mutter?«

Seine Mutter beruhigte ihn. »*Groff* wurde von denen betrogen, die ihm das Leben gaben. Die Menschen glaubten nicht mehr an ihn, und er wurde zu Nebel und wehte mit den vier Winden davon.«

»Können die Menschen ihn wieder holen?« wollte Riffel wissen.

»Ich glaube, sie haben ihn inzwischen vergessen. All das

ist lange her, viele, viele Jahreszeiten, kurz nach dem *Urdunkel.* Seit damals haben sich die Dinge geändert. Sogar sehr. Die Menschen waren damals fast wie die Tiere. Sie hatten nur wenige Waffen, wie die Steinaxt oder den Holzspeer. Ihre Köpfe waren voller Zauberei, die sie benutzten, um uns zu jagen. Sie malten Bilder an die Wände ihrer Höhlen, von Menschen, die Hirsche und Wölfe und Bären töten, und am nächsten Tag wurden diese Bilder wahr. Die Dinge, an die sie glaubten, wie etwa *Groff*, wurden wahr, *weil* sie daran glaubten. Damals zweifelten die Menschen nicht an ihrer Zauberkraft. Wenn man fest genug an etwas glaubt, so heißt es, dann wird es auch wahr, weil so die Dinge geschehen. Irgend jemand glaubte einst an die Welt, und so entstand sie. Es ist gut für uns, daß die Menschen jetzt Zweifel haben. Wenn man etwas erschaffen will, kann man es sich nicht leisten, auch nur den geringsten Zweifel daran zu haben, daß es entstehen könnte, sonst entsteht es nicht.«

»Ich weiß, daß Vater noch am Leben ist«, sagte Yanthra plötzlich. »Ich *glaube* es. Athaba wird zu uns zurückkommen.«

Ulaala senkte den Kopf.

Da sagte Wassal: »Siehst du nicht, daß du Mutter weh getan hast?«

»Ich kann nicht anders«, entgegnete Yanthra. »Ich kann nichts dafür, daß ich es glaube, oder, Mutter? Wenn ich das könnte, würde ich ja nicht glauben. Stimmt das nicht?«

»Das stimmt«, meinte Ulaala und leckte zärtlich sein Gesicht. »Kümmert euch nicht um mich – ich habe nicht mehr das Vertrauen der Jugend.«

Ulaala und ihre Welpen waren etwa zwei Monate bei dem neuen Rudel, als sich etwas ereignete, das sie erneut veranlaßte, ihre Richtung zu wechseln. Zunächst wurden zwei der Wölfe von Jägern erschossen, und das Rudel zog nach

Osten, den Bergen entgegen. Als sie in ein flaches Tal kamen, blieben sie dort für ein paar Tage, um zu jagen. Eines Abends, als die Sterne so hell glitzerten wie Eiskristalle, marschierte ein fremder Leitwolf auf, flankiert von zwei Oberwölfen. Es war ein Wolf mit einem zimtfarbenen Fell.

In dem Moment, da Yanthra diesen Wolf sah und seinen Geruch witterte, wußte er, daß er einen außergewöhnlichen Wolf vor sich hatte. Dieser Leitwolf war nicht so groß und kräftig wie Sirenka – er war sogar eher schmal und hatte keinen strengen, sondern unbekümmerten Blick –, aber seine Haltung war auffallend selbstsicher. Sein Schritt war fest und gleichmäßig. Er hielt seinen Kopf erhoben und starrte jedem Wolf in die Augen, der es wagte, ihn zu mustern. Er sah nicht so aus, als wolle er sich für sein Eindringen in das Lager eines fremden Rudels entschuldigen. Sein Gebaren war eine einzige Herausforderung.

Yanthra erkannte sofort, daß nicht ein Wolf unter ihnen war, der einen Kampf mit diesem Wesen überleben würde. Dies war ein Wolf, der Menschen getötet hatte. Dies war Skassi, Anführer der Menschenmörder, Schurkenwolf des Ostens. Keiner der Wölfe sagte auch nur ein Wort. Sie warteten darauf, daß Skassi sprach. Alle wußten, wer er war, und die meisten waren von Ehrfurcht erfüllt. Innerhalb weniger Jahreszeiten waren viele Legenden um diesen Wolf entstanden und von Rudel zu Rudel weitergetragen worden. Zum erstenmal seit Hunderten von Jahren gab es wieder einen Wolf, der versprach, sie von der Verfolgung zu befreien. Es war ein unglaubliches Versprechen, aber fast jeder Wolf im Land nahm es ernst. Die Luft schwirrte vor Eifer, Enthusiasmus und Fanatismus. Wölfe sprachen davon, die Menschen ins Meer zu treiben, über die Schneegrenze, hinunter in den tiefen Süden, wo sie hingehörten.

Skassi blieb vor den Welpen stehen und sah sie eindringlich an.

Yanthra zuckte beim Anblick der kalten, harten Augen zusammen. Sie schienen etwas Übles an ihm zu entdecken, und er erwartete fast, daß dieser fremde Wolf einem seiner Begleiter befehlen würde, »diesem frechen Jungen die Kehle herauszureißen«. Trotzdem konnte er den Blick nicht abwenden.

»Du«, sagte der große Skassi, und es klang, als habe er Kies in der Kehle. »Dein Name!«

»Yanthra.« »Riffel.«

Sie hatten beide gleichzeitig geantwortet, da sie beide dachten, angesprochen zu sein.

»Seid ruhig«, ertönte die sanfte Stimme ihrer Mutter hinter ihnen. Ulaala war still herbeigekommen, um ihre Welpen zu schützen.

»Mein Name ist Ulaala«, sagte sie.

»Sind das deine Jungen?«

»Ja.«

Immer noch starrte der Schurkenwolf Yanthra mit zusammengekniffenen Augen an.

»Ein, zwei von ihnen haben mir vertraute Merkmale. In meinem alten Rudel hatte ein Wolf einen schiefergrauen Pelz, so wie der kleine da ... Du – wie heißt du?«

Diesmal war Yanthra sicher, daß er gemeint war.

Er wußte nicht, warum er so förmlich antwortete, als sei dies eine feierliche Angelegenheit wie etwa die Initiation. Vielleicht war es auch eine Art geheimes Ritual. Es fühlte sich fast so an.

»Ich bin Yanthra, Sohn der Ulaala, Sohn des Athaba«, erwiderte er voller Stolz.

Skassi sah ihn noch eindringlicher an. Nach einer Welle sprach er weiter.

»O ja. Athaba. Ich sehe ihn jetzt. Ich sehe ihn in deinem Fell, in deinem Schwanz und in deinen Kiefern.«

Die anderen Welpen sahen den fremden Wolf mit großen

Augen an und überlegten, was wohl als nächstes kommen sollte. Würde dieser berühmte Rebellenwolf sie alle töten, weil sie Söhne und Töchter von Ulaala und Athaba waren? Fast sah es so aus. Sie starrten in die wilden Augen und auf die furchterregenden Klauen dieses Wolfs aller Wölfe und warteten auf ihre Verurteilung.

»Ich kannte euren Vater«, sagte Skassi schließlich. »Wir sind zusammen aufgewachsen, haben zusammen gekämpft. Wir kämpften sogar gegeneinander. Unser ganzes Leben lang waren wir Feinde.«

Die Welpen warteten schweigend, während Ulaala näher kam und sich zwischen sie stellte.

Dann sagte Skassi. »Ich habe eurem Vater mißtraut. Ich dachte, er stinke nach Mystizismus und Magie ...« Er hielt inne und blickte einen Moment lang nach Nordwesten, dann fuhr er fort: »... aber er hatte Charaktereigenschaften, die ich bei keinem anderen Wolf erlebt habe –«, fast klang die Stimme traurig, »Mut, Stärke, Ausdauer. Er war ein Wolf, der sich weigerte, sich hinzulegen und zu sterben, wo jeder andere Wolf bereits längst die Hoffnung aufgegeben hätte ...«

»Das war mein Athaba«, sagte Ulaala mit finsterem Stolz.

Skassi hob den Kopf.

»War?«

»Er ist tot.«

»Hast du seinen Kadaver gesehen? Warst du dabei?«

Ulaala sah überrascht aus.

»Nein.«

»Dann sei dir nicht allzu sicher, Wölfin. Dieser Ausgestoßene hat ein Dutzend Leben, und jedes davon ist ehrbar. Ich würde mich nicht wundern, wenn er eines Tages über diese Hügel kommt. Ich weiß es, verstehst du – wir sind aus demselben Rudel – vom selben Blut. Nur Gewehre können uns töten. Nur Gewehre *werden* uns töten.«

»Er wurde von einem Jäger erschossen«, sagte Ulaala.

Skassis Augen schlossen sich langsam und öffneten sich wieder. Er sah aus, als dächte er über etwas nach, das anderen Wölfen für immer verborgen bleiben wird. Seine Augen sahen aus, als blickten sie in ferne Sterne. Und als würde ein Frostfeuer darin brennen.

»Erschossen?« wiederholte Skassi. »Zeig mir das Fell, zeig mir die Einschüsse. Ich sehe ihn kommen, aus den blauen Nebeln, eines Tages. Weißt du, daß ich in die Zukunft sehen kann? Die Wälder sprechen mit mir ...«

Für Yanthra klang das alles sehr seltsam. Sein Vater sollte mit Mystizismus und Magie behaftet sein? Nun, es schien fast so, als hätte Skassi denselben Makel.

27

Skassi ging auf Ulaala zu und beschnupperte sie, als habe er sie zu seinem Weibchen erkoren. Die anderen Wölfe beobachteten ängstlich schweigend die Szene. Niemand wußte, was Skassi eigentlich wollte, warum er überhaupt gekommen war. Daß er einfach so an einem Weibchen eines fremden Rudels herumschnüffelte, ohne überhaupt ins Lager eingeladen worden zu sein, war ein Verstoß gegen alle guten Regeln.

Doch keiner rührte sich – alle hatten Angst vor Skassi und seinen beiden Oberwölfen. Für Ulaala war diese Erniedrigung schließlich unerträglich.

»Laß das!« herrschte sie Skassi an.

Skassi ignorierte ihren Protest und gab seinen Begleitern ein Zeichen, daß sie den Platz gleich verlassen würden. Während er auf die Felsspalte zuschritt, die zum Bergpfad führte, sagte er zu ihnen:

»Nehmt die Jungen mit.«

Die beiden Wölfe, ein Männchen und ein Weibchen, machten kehrt und begannen, die Welpen zu umkreisen wie Hunde eine Schafherde. Verwirrt rückten die Jungen eng zu einer Gruppe zusammen.

Ulaala rief: »Nein!«

Skassi drehte sich um. »Entweder sie kommen mit, oder sie sterben. Was ist dir lieber?«

»Ich töte jeden Wolf, der sie auch nur anrührt!«

Yanthras Herz begann heftig zu schlagen. Er fragte sich, ob es wohl einen Kampf zwischen seiner Mutter und diesen drei fremden Wölfen geben würde, denn wie es aussah, würde ihr keiner aus dem Rudel helfen. Dann hörte er zu seiner Überraschung seine Schwester Grisenska sprechen.

»Tu's nicht, Mutter. Uns ist nicht geholfen, wenn du getötet wirst. Sollen wir alle mit ihnen gehen?«

»Du kannst mit deinen Jungen gehen, wenn du es wünschst«, sagte Skassi.

Ulaala kauerte am Boden, bereit, sich auf die Oberwölfe zu stürzen. Yanthra sah Wut und Unentschlossenheit in ihren Augen. Sie mußte sich entscheiden, ob sie diese Wölfe angreifen sollte, die ihr die Jungen wegnehmen wollten, oder ob sie es zuließ und mit ihnen ging. Es war eine Entscheidung zwischen dem sicheren Tod und der Gewißheit, daß Skassi ihre Jungen zu Menschenmördern machen würde. Skassi hatte selbst schon Menschen getötet. Für ihn und alle, die ihm folgten, gab es keine Ruhe. Die Menschen würden lieber die ganze Welt auf den Kopf stellen als einen Wolf entkommen lassen, der einen von ihnen umgebracht hatte.

Langsam richtete sich Ulaala aus ihrer angespannten geduckten Haltung auf. Ruhig sagte sie: »Ich komme mit.«

Auf dem Weg durch die Dunkelheit wurden die Welpen immer wieder von den Oberwölfen geschubst, damit sie weiterliefen. Die Jungen waren es zu dieser Jahreszeit bereits gewöhnt, ohne Tageslicht zu laufen, aber der Pfad durch die Berge war ihnen fremd. Selbst Ulaala rutschte hin und wieder auf vereisten Flächen aus, die sie in der Dunkelheit nicht erkennen konnte.

Sie liefen eine lange Zeit, über Pässe und Gletscherhänge, bis der Weg plötzlich einen Knick machte und abwärts in ein verstecktes Tal führte. Beim Abstieg blickte Yanthra sich vorsichtig um. Der Gipfel des Bergs lag in der Dunkelheit verborgen, und um ihn herum schienen die Abhänge wie schwarze Wasserfälle in die Tiefe zu stürzen. Dies war gewiß ein Ort, an dem Flüsse aus Stein aus einem See über den Wolken hinunter zu Erde fielen. Vielleicht lag dort oben über ihren Köpfen der Palast von *Groff* auf einer zu Eis gefrorenen Wolke? Bäume aus Nebel wuchsen aus Felsspalten, während Yanthra die Umgebung beobachtete, wurden größer und größer und verschwanden schließlich in der schwarzen Nacht. Ein unheimlicher Ort!

Skassi lief voran und blieb hin und wieder stehen, um einen Heulruf auszustoßen, dessen Echo von den Wänden der Schlucht widerhallte. Aus der Ferne klangen die Antwortrufe zu ihnen herüber, die ihnen sagten, daß keine Gefahr drohte.

Yanthra spürte große Angst, als er mit seinen Geschwistern auf das fremde Wolfslager zulief. Dunkle Gestalten lagen in Mulden und zwischen Felssteinen, und über allem lag die Stimmung von Tod und Resignation. Diese Wölfe hatten sich von allen weltlichen Wünschen befreit und waren auf einen frühen Tod gefaßt. Sie hatten keine Angst. Ein geheimer Schwur beseelte ihr Tun und hatte sie von Gejagten zu Jägern gemacht. Sie waren nicht mehr die Tiere, die vor den Menschen flüchteten, sondern Tiere, die die Menschen verfolgten. Yanthra beäugte sie mit großer Ehrfurcht und fragte sich, wie man so werden könne.

Skassi rief das Rudel zusammen. Seine Kontrolle schien

absolut, die Wölfe gehorchten wie in Trance. Es war, als habe seine Macht über sie ihren Ursprung im Mystizismus und nicht in eiserner Disziplin. Allein kraft seiner Persönlichkeit schien Skassi die Rudelmitglieder aus ihrer Ruhe zu sich zu zwingen. Für einen Wolf, der sich so entschieden gegen jede Art von Zauberei stellte, war er auf unheimliche Weise befähigt, jeden Widerstand zu brechen und seinen Willen zu übertragen. Auch ohne in Skassis Augen zu sehen, spürte Yanthra die Präsenz dieses Anführers wie die Hitze eines unsichtbaren Feuers.

»Ich habe diese Welpen mitgebracht«, begann Skassi, »um uns eine neue Generation Menschenjäger zu geben. Noch vor dem Frühling soll jeder von ihnen seine Aufgabe im Leben kennen. Jedes Junge wird einem Mega zugeteilt, der es ausbilden wird.

Außerdem haben wir ein neues Weibchen unter uns. Ihr Name ist Ulaala. Sie ist meine neue Gefährtin.«

Yanthra sah, wie seine Mutter bei diesen Worten zusammenzuckte, und merkte, wie sie gerade protestieren wollte, als plötzlich ein anderes Weibchen einen schrillen Ruf ausstieß und rief: »Nein, *ich* bin Skassis Gefährtin!«

Skassi antwortete nur kurz:

»Nein.«

Von diesem Moment an konnte Yanthra einen stillen, finsteren Kampf zwischen seiner Mutter und diesem Weibchen beobachten. Es hatte keinen Sinn, daß Ulaala sagte, sie habe nicht den geringsten Wunsch, Skassis Gefährtin zu sein. Der Herr der Wölfe hatte gesprochen, und sein Wort war Gesetz. Die andere Wölfin, Nidra, versuchte unentwegt, Ulaala zu einem offenen Kampf zu reizen, biß und beleidigte sie, wenn Skassi nicht zugegen war. Nach einer Weile begann seine Mutter sich zu wehren, und es sah so aus, als würde weder sie noch ihre Feindin nachgeben, bis eines Tages eine von den beiden die andere töten müßte.

Yanthra wurde einem strengen, aber nüchternen Wolf namens Ginnant zugeteilt, der ihm die Grundregeln für den Kampf gegen die Menschen beibrachte.

»Wenn du von vorne angreifst, geh auf jeden Fall im Zickzack. Spring ihn unterhalb der Waffe an – an den Bauch oder tiefer – und nicht an die Kehle. Sonst mußt du direkt an der Mündung seines Gewehrs vorbei, und der Jäger wäre dumm, wenn er dich dann nicht erschießen würde. Wenn du aber nah am Boden bleibst und ihn von unten anspringst, wirst du ihn unsicher machen. Sobald sein erster oder zweiter Schuß danebengegangen ist, gerät er in Panik, und sein Instinkt wird ihm raten, lieber wegzulaufen, und dann hast du ihn sicher.

Allerdings ist es immer besser, nicht von vorn anzugreifen. Komm am besten von hinten oder von der Seite. Lauf schnell und leise – nur Dummköpfe geben sich mit Schlachtrufen ab. Kümmere dich nicht um Arme und Beine, selbst wenn er mit einem Stiefel nach dir tritt oder schützend den Arm hebt. Unser Instinkt sagt uns, den nächstliegenden Körperteil anzugreifen, aber diesen Instinkt mußt du unterdrücken. Versuche, zwischen Arm und Bein zu kommen, in die Seite, und seine Nieren herauszureißen. Wenn du deine Zähne in sein Fleisch geschlagen hast, laß auf gar keinen Fall los. Spring herum, und dreh dich, aber laß nicht los, bis du das Stück Fleisch herausgerissen hast ...«

»Hast du schon einen Menschen getötet, Ginnant?« wollte Yanthra wissen.

Der Wolf sah ihn traurig an.

»Das ist eine Frage, die du einem Mega niemals stellen darfst. Jetzt wiederhole, was ich dir gerade erzählt habe, und dann geh hin und übe. Ich bin heute etwas müde ...«

Yanthra tat, wie ihm geheißen.

Das Lager der Rebellenwölfe war weder ein Ort der Verzweiflung noch eine Versammlung draufgängerischer, großspuriger Wölfe. Es war ein finsterer Ort, wo die mörderische Rache an den Menschen als oberstes Ziel galt. Manchmal dachte Yanthra, er wäre in einer dunklen Traumwelt. Seine Mutter (und am Anfang auch sein Vater, als er noch bei ihnen gewesen war) hatten ihn gelehrt, daß Wölfe ihre Zeit nicht mit unnützen Jagden vergeudeten, die ihnen kein Futter brachten. Wölfe, so hatte er gelernt, sollten sich gegen alles stellen, das nicht zum Wohl des Rudels geschah. Menschen zu jagen war ganz sicher nicht zum Wohl des Rudels. Es war eine außerordentlich gefährliche, womöglich sogar tödliche Methode, um Fleisch zu erjagen. So böse die Menschen auch sein mochten, ihre Intelligenz konnte man nicht leugnen. Sie fanden immer neue Mittel und Wege, über die Wölfe nur staunen konnten.

Dieses Rudel wollte die Menschen nicht einmal fressen, wenn sie getötet waren. Tatsächlich wurde befohlen, den Ort der Tat so schnell wie möglich zu verlassen, ehe neue Jäger mit neuen Todeswaffen kamen. Diese ganze Angelegenheit des Kriegs gegen die Menschen war unsinnig und verrückt. Es war ein Krieg, den die Wölfe niemals gewinnen konnten.

Dennoch war dies das einzige Ziel dieses Rudels. Yanthra würde sich hüten, zu Skassi zu gehen und zu sagen: »Ich glaube, du machst einen großen Fehler ...« Der Leitwolf würde ihn auf der Stelle mit seinen feurigen Augen verbrennen.

Also befolgte er alle Anweisungen und kam sich gleichzeitig so vor, als spiele er eine Rolle eines anderen. Die meiste Zeit fürchtete er sich und erwachte aus jedem Schlaf mit dem bleiernen Gefühl des Verderbens in seiner Brust. Das Leben war grau und schien nie wieder Farbe zu bekommen. Er unterdrückte ständig die Panik, die in ihm wütete, und wußte, daß es seinen Geschwistern ebenso erging. Widerwillig lernten sie die Lektionen, die ihnen auferlegt wurden, und sahen ständig nach ihrer Mutter.

Eines Tages während der Ruhezeit kam Ulaala zu Yanthra.

Sie flüsterte in sein Ohr: »Ich habe mit deinen Geschwistern gesprochen, jetzt sage ich es auch dir. Wir müssen von hier fort, aber wir müssen noch warten. Wenn der Frühling kommt, mußt du bereit sein und auf mein Zeichen achten. Ihr seid dann alle stärker, und das Wetter ist besser zum Fortziehen. Gib jetzt noch nicht auf.«

Von da an hatte Yanthra wieder Hoffnung und erfüllte seine Pflichten mit mehr Hingabe. Ulaala hatte versprochen, daß sie fliehen würden, und eine Mutter hielt immer Wort.

Doch ehe es soweit war, erkannte Yanthra, daß er seine eigenen Fluchtpläne schmieden mußte.

Eines Tages nach der allgemeinen Ruhezeit fand das Rudel Ginnants leblosen Körper. Er war während der Ruhezeit still verstorben. Einige Blutstropfen auf seinen Lippen wiesen darauf hin, daß seine Lungen nicht mehr gesund gewesen waren. Durch seinen Tod war Yanthra ohne Lehrer, und zu seinem (und Ulaalas) großem Entsetzen beharrte Skassi darauf, daß fortan Nidra ihn unterweisen sollte.

Die Wölfin, die durch Ulaala von Skassis Seite »verdrängt« worden war, konnte es gar nicht erwarten, eines ihrer Welpen in ihre Gewalt zu bekommen.

»Dem kleinen Teufel wird es bald leid tun, daß du seine Mutter bist«, zischte Nidra Ulaala zu. »Er wird sich wünschen, bei der Geburt gestorben zu sein. Ich werde ihn einiges lehren, o ja! Ich werde ihn lehren, was es heißt zu leiden...«

Diese Drohung löste einen Kampf aus, und die beiden Wölfinnen mußten gewaltsam von Oberwölfen getrennt werden. Skassi war sehr böse und wollte nicht auf Ulaalas Bitten hören. Er versicherte ihr, Nidra würde es nicht wagen, dem Jungen ein Leid anzutun, da sie wußte, daß er unter seinem Schutz stand. Doch Skassi war immer schwerer zu erreichen, sowohl körperlich als auch geistig. Oft lag er auf einem hohen Felsen, bewacht von zweien seiner Oberwölfe, die jedem Rudelmitglied die Annäherung verwehrten. Wenn Yanthra zu ihm hinaufblickte, wußte er, daß die Gedanken des Megas um andere Dinge als Welpen kreisten. Die Augen sahen in die Vergangenheit: in ihnen lag keine Zukunft mehr.

Skassis Gleichgültigkeit gegenüber allen Belangen des Rudels, sofern sie ihn nicht persönlich betrafen, ermöglichte die heimliche Tyrannei gegenüber den Welpen, und das Leben für sie wurde immer härter, besonders für Yanthra. Von Nidra wurde er so sehr gequält, daß er bald beschloß, allein zu fliehen. Er war beinahe ein Jährling und wurde mit jedem Tag stärker und kräftiger. Ohne seine Mutter zu informieren, schlich er sich eines Tages davon und lief über den Bergpfad zurück in das Lager, in dem ihr altes Rudel noch immer überwinterte.

Hier jedoch jagte man ihn davon aus Angst, Skassi und seine Truppe könnten ihn verfolgen und jeden bestrafen, der dem Jungen Unterschlupf gewährte. Sie gaben ihm Futter und schickten ihn wieder auf den Weg.

Yanthra lief wieder in die Berge an einen Platz, wo er jagen konnte, wenn die Beute auch spärlich war. Er überlebte von einem Tag auf den anderen und fürchtete ständig, daß man ihn fand und gewaltsam zu Skassis Rudel zurückbrachte. Die Tage vergingen, doch niemand kam, bis nun sein Vater plötzlich auftauchte.

»Und das ist die ganze Geschichte«, sagte Yanthra zu Athaba. »Natürlich ist es nicht wirklich die ganze Geschichte, aber das wichtigste habe ich erzählt. Was sollen wir jetzt tun?«

Athaba dachte über alles nach. Die Situation war äußerst schwierig. Wenn er Ulaala und die Jungen nicht vor dem Frühling retten konnte, bestand die Gefahr, daß die Jäger das Rudel entdeckten und alle umbrachten. Andererseits würde Skassi wahrscheinlich den Lagerplatz wechseln, sobald das Wetter besser wurde, und es war schwer zu sagen, wo er dann hinwanderte. Bis zum Frühling dauerte es nicht mehr sehr lange. Das Licht begann bereits schwach durch die langen dunklen Nächte zu schimmern.

»Ich weiß es nicht«, erwiderte er aufrichtig. »Ich muß gut darüber nachdenken. Wenn du dich ausgeruht hast, reden wir weiter.«

Es gab aber noch ein anderes Problem. Zwar hatte Yanthra erzählt, daß Ulaala nicht glücklich darüber war, Skassis Gefährtin zu sein, aber sie und Athaba waren bereits lange Zeit getrennt. Zu lange. Im Grunde kannten sie sich kaum, obwohl sie gemeinsame Jungen hatten. Wieviel Zeit hatten sie tatsächlich zusammen verbracht? Eine Jahreszeit, nicht mehr. Es gab keinen Grund, weshalb Ulaala sich Athaba gegenüber zur Treue verpflichtet fühlen sollte. Vielleicht hatte sie ihn sogar bereits vergessen. Die Augen eines Welpen sind beständig von dem Wunsch vernebelt, daß seine Eltern zusammensein mögen. Doch die Wahrheit konnte eine ganz andere sein. Möglicherweise hatte Ulaala Gefühle für den Rebellenführer entwickelt. Immerhin hatte selbst ein so junger Wolf wie Yanthra gemerkt, daß Skassi ein immenses Charisma besaß. Solche Persönlichkeiten, so fehlgeleitet und gefährlich sie auch sein mochten, wirkten auf normale Wölfe oft sehr anziehend. Wie sonst hatte Skassi ein solch großes Rudel von Menschenmördern zusammenbringen können?

Für Athaba gab es keine andere Gefährtin als Ulaala. Doch er konnte nicht erwarten, daß sie für ihn ebenso empfand. Schließlich hatte er sie ja »verlassen«, als sie ihn am dringendsten brauchte, als die Welpen beide Eltern benötigten. Wenn sie erfuhr, daß er nicht tot war, konnte sie sogar böse auf ihn sein, weil er sich zu einer solchen Zeit hatte einfangen lassen.

All dies war denkbar.

Er mußte sich auf eine solche Enttäuschung vorbereiten, aber eines war gewiß: Er konnte seine Welpen nicht in den sicheren Tod schicken, und er wußte, daß Ulaala ihm in dieser Hinsicht zustimmen würde. Sie hatte ja bereits selbst Fluchtpläne für den Frühling geschmiedet. Wenn Athaba ihr nun half, könnte sie sich danach entscheiden, ob sie bei Skassi bleiben oder sich ihm und den Jungen anschließen wollte. Das erschien ihm eine faire Lösung. Er mußte ihr die Wahl lassen und durfte nicht die Jungen dazu benutzen, sie wieder an seine Seite zu zwingen.

Dann dachte Athaba darüber nach, daß er möglicherweise mit Skassi kämpfen mußte. An sich beunruhigte ihn das nicht so sehr, aber es mochte sein, daß einige Wölfe ihrem großen Führer zu Hilfe kamen. Skassi allein könnte er wohl besiegen (aber auch das war nicht so sicher, denn Fanatiker haben oft ungewöhnliche Kräfte), aber gegen ein ganzes Rudel kam er nicht an. Das bedeutete, daß er den richtigen Moment abpassen mußte. Es wäre nicht gut, einfach hinzumarschieren und die Jungen zurückzuverlangen. Sie würden über ihn herfallen und in der Luft zerreißen.

Skassi lag dort oben auf diesem Hügel und sprach mit seinen Vorfahren, aber nicht mit seinen Rudelgefährten. Er schien – durcheinander. Wölfe wie ihn hatte es in der Geschichte schon gegeben. Am Ende erreichten sie alle einen Zustand, in dem sie sich unbesiegbar und allmächtig wähnten. Am Ende wurden sie alle von sich selbst ebenso zerstört wie von irgendeinem Feind. Wenn Skassi sich von seinem Rudel losgelöst hatte und in vergeistigten Regionen schwebte, konnte man nicht mehr an seine Vernunft appellieren. Sein Mitgefühl war verloschen, und das Verständnis für die Belange seiner Artgenossen lag wohl unter dem Altar seiner Selbstverherrlichung begraben. Die Stimmen seiner Vorfahren hallten in seinem Kopf wider und machten ihn für sein Rudel taub.

Wie hatte es mit Skassi nur so weit kommen können ...?

28

Skassi hörte die Schüsse von der Mitte des gefrorenen Sees aus. Sie dauerten nicht lange, aber es waren in dieser kurzen Zeit so viele, daß sie vernichtend gewesen sein mußten. Der Wolf ließ seine Beute liegen und rannte zu den Schneehängen, hinter denen sein Rudel zuletzt gelagert hatte. Es dauerte eine Ewigkeit, bis er dort ankam, und das Geräusch der Luftmaschine entfernte sich bereits nach Osten. Skassi verspürte ein schreckliches Gefühl in der Brust. Instinktiv wußte er, daß sich die Welt innerhalb der letzten Augenblicke drastisch verändert hatte.

Als er den Abhang erreichte, auf dem verstreut die Leichen seines ehemaligen Rudels lagen, starrte er eine Weile völlig entsetzt auf das Bild. Dann lief er zum nächstliegenden Toten, der ein Wurfbruder von ihm gewesen war. Megilla lag auf dem Bauch und hatte alle viere steif von sich gestreckt. Sein Kopf lag flach auf dem Schnee, die Nase zeigte nach Norden, die Augen waren weit geöffnet. In seinem Rücken klafften vier große, häßliche Löcher, um die gefrorenes Blut klebte.

»Megilla«, murmelte Skassi und stupste ihn am Kinn.

Der Kopf fiel zur Seite.

Schnell lief Skassi von einem Wolf zum anderen, um festzustellen, ob wirklich alle tot waren. Dann rannte er davon. Er stand immer noch unter Schock und lief eine Weile ohne bestimmtes Ziel umher. Plötzlich stieß er auf Athabas Spuren im Schnee, und voller Hoffnung folgte er ihnen. Doch sie endeten abrupt am Rand eines steilen Abhangs, und als Skassi hinabsah, erblickte er nichts als Schnee. Er schnupperte noch einmal an der Spur, um sich zu vergewissern, daß es die seines alten Rivalen war, und machte sich traurig davon. Er war jetzt sicher, der einzige Überlebende seines Rudels zu sein.

Plötzlich hörte er wieder das Geräusch der Flugmaschine. Skassi versteckte sich in einer Felsnische und beobachtete, wie sie auf den Boden aufsetzte, zwei Menschen ausstiegen und die Wolfsleichen hineinwarfen. Dann erhob sich die eiserne Libelle wieder in die Lüfte und verschwand.

Skassi wanderte zwei Tage lang ohne Unterbrechung in Richtung Süden weiter, dann fiel er erschöpft um und schlief auf der Stelle ein. Als er aufwachte, verspürte er starken Hunger und ging auf die Jagd. Doch als er gesättigt war, traf ihn die Bedeutung der letzten Ereignisse erneut mit solcher Wucht, daß er fast durchdrehte.

Er wußte, er war vollkommen allein.

Dieses Bewußtsein reichte auch, ihn mehrere Male bis kurz vor den Wahnsinn zu treiben. Zum ersten Mal in seinem Leben erkannte er, was er Athaba angetan hatte, als er damals veranlaßte, ihn aus dem Rudel zu verbannen. Athaba jedoch hatte dem Rudel folgen können und so seine Familie immer in der Nähe gewußt. Skassi hingegen hatte niemanden mehr, und manchmal wollte er sich am liebsten einen Abgrund hinunterstürzen, nur um den leeren Schmerz in seinem Herzen und seinem Kopf zu beenden. Er hatte das Gefühl, alle Weite, alle Leere der Tundra wären in ihm und sein Herz läge einsam auf einer verlassenen Wüste.

Eine ganze Weile ging er einfach nur nach Süden und fraß, wenn er Hunger hatte. Er spürte, daß es einen Sinn hinter seinem Tun gab, wußte aber nicht, wohin er ging und warum.

Er wanderte einfach durch die Dunkelheit wie durch einen Tunnel, bis er an eine Menschensiedlung kam. Er legte sich unter die Bäume eines nahen Hügels und wartete auf die Morgendämmerung.

In dieser Nacht hatte er einen deutlichen Traum von seinem Heimatland, das er so liebte, in dem Karibus, Elche und Schneehasen zwischen Fichten, Lärchen, Birken und Espen lebten, in dem Rotfüchse sich unter Erlen und Weiden versteckten und Raubvögel mit ihren weiten Schwingen im Himmel kreisten. Dort, wo er geboren war, konnte man das krachende Eis der wandernden Gletscher hören, und Skassi brauchte keine Götter oder andere höhere Wesen, die ihn erstaunten und in Ehrfurcht versetzten. Die natürlichen Kräfte, die ihn umgaben, reichten aus, ihn demütig erkennen zu lassen, daß er selbst nur ein unbedeutendes Wesen dieser Welt war.

Dem Mystizismus hatte er immer mißtraut, weil er einem Wolf seiner Meinung nach die Anerkennung der wirklichen Welt verwehrte, die für jede Kreatur genug Wunder barg.

Welches Lebewesen, das dem unheimlichen Gesang des Eises lauschte, wenn die Temperatur sich änderte, konnte daran zweifeln, daß die Erde selbst die einzige Gottheit war? Ganz gleich, zu welcher Jahreszeit: Es gab immer Wunder in der Natur. Manchmal wuchs goldenes Moos auf dem Tundratorf und rotes Afterkreuzkraut wie heiße Lava um die Schmalufer der Seen. Manchmal war der Boden bedeckt mit bunten Beeren und rosa Fichtenzapfen. Manchmal, an windigen Tagen, tanzten flockenweiße Samenschirmchen durch die Lüfte.

Skassi liebte sein Land wirklich sehr, und der einzige Schandfleck darauf, der sich mit jeder Jahreszeit weiter ausbreitete, war der Mensch. Er beschloß, etwas gegen diese Seuche zu unternehmen. Es wurde Zeit, daß die Menschen verschwanden!

Die Sonne stieg spät am Tag in den Himmel, und Skassi verließ seinen Posten und lief in die Menschensiedlung. Er ging zu seinen Feinden, ohne etwas Bestimmtes dabei zu denken, nur um sie in ihren Hütten zu sehen. Was waren das für Kreaturen, die sein ganzes Rudel innerhalb eines Lidschlags auslöschen konnten? Er wußte, daß sie auf der Tundra die Enten und Gänse auf den Seen jagten und sie fraßen. Er wußte, daß sie den Hasen wegen seines Fleisches schossen und das Karibu wegen seines Fells. Darin unterschieden sie sich kaum vom Wolf. Warum aber vernichteten sie eine ganze Herde oder Schar oder ein ganzes Rudel ohne ersichtlichen Grund? Dies war ein unerklärliches Geheimnis, das er ergründen wollte.

Zunächst sah er niemanden. Dann, als er an einem Haus vorbeikam, trat ein Mensch aus der Tür und stieg vorsichtig die vereisten Stufen hinunter. Auf der glatten Straße blickte er bei jedem unsicheren Schritt auf den Boden. Plötzlich, etwa zwei Längen vom Wolf entfernt, hob er den Kopf und sah direkt in Skassis Augen. Eine Weile starrten sie einander einfach an. Dann zuckte das Gesicht des Menschen, und er begann, mit schriller, lauter Stimme zu schreien. Seine Augen waren weit aufgerissen und blickten wild umher, und sein Maul war groß und rot. Skassi konnte nicht erkennen, ob es ein Männchen, ein Weibchen oder ein Junges war, da das laute Geschrei ihn ganz und gar gefangennahm.

Es drang in seinen Kopf, schien sein Gehirn zusammenzudrücken und seine Augen zu verdunkeln. Es erschreckte ihn, und gleichzeitig war er davon fasziniert. Das Geräusch war wie Dornen unter seiner Schädeldecke. Er handelte instinktiv. Behende sprang er auf das schreiende Wesen zu und biß ihm die Kehle durch. In Sekundenschnelle war es vorbei: ein Satz und hinaus in die Berge.

Noch ehe Skassi die Hügelkuppe erreicht hatte, ging unten in der Siedlung eine Jagd los. Seine Verfolger waren zahlreich. Sie kamen angelaufen, manche nur mit dürftigen Waffen, um ihn zu erwischen, bevor er wieder in der Wildnis verschwand.

Zumindest, so dachte Skassi und leckte sich das Blut vom Maul, hatten sie nun einen Grund.

Wie leicht es doch gewesen war! Diese Kreaturen waren so einfach zu schlagen wie Lemminge. Wenn man sie überraschte, waren sie völlig hilflos. Sie hatten nicht einmal Hörner! Ihre Arme schlugen nutzlos durch die Luft, und ihre Beine waren für flinke Bewegungen nicht geschaffen. Sogar ein Karibu war schneller und gefährlicher. Sie hatten weder scharfe Zähne noch spitze Klauen. Habicht und Luchs waren besser ausgerüstet als der Mensch!

Allein ihre Gewehre und Maschinen machten die Menschen gefährlich, und wenn man sie ohne dieses Metall erwischte, waren sie leichte Beute.

Skassi konnte entkommen, weil es Winter war. Seine Verfolger kehrten zwar noch einmal in ihre Häuser zurück und bereiteten sich auf eine lange Jagd vor, aber da war er bereits weit fort in den Bergen. Er fand eine Höhle, in der er sich verstecken konnte, und wußte, daß der fallende Schnee bald alle seine Spuren verwischen würde. Immer noch erregt und mit wild klopfendem Herzen lag er in der Dunkelheit seines Verstecks und dachte über seine rebellische Tat nach.

Es war so leicht gewesen! Das überraschte ihn am allermeisten. Seit er ein Welpe war, hatte er gelernt, daß man die Menschen meiden mußte, weil sie die gefährlichsten Wesen der Erde seien. Dennoch hatte er ohne große Schwierigkeiten eines von ihnen verwundet, vielleicht sogar getötet. Es war sogar enttäuschend schnell vorbei gewesen! Er hätte diese Tat noch viel länger genießen wollen.

Nun da er Zeit dazu hatte, ging er seinen Angriff im Kopf noch einmal durch. Der Mensch war, in Felle gehüllt, aus seiner Behausung gekommen. Mit ihm war eine widerwärtige Mischung von Gerüchen – nach Schlaf, Futter, Schweiß und anderem – aus der Tür gedrungen. Skassi wäre am liebsten voller Ekel weggerannt.

Das Geschlecht des Menschen hatte er nicht erkennen können und auch nicht, ob es ein ausgewachsener oder noch junger Mensch war. Er hatte den Blick in seinen Augen gesehen, der zunächst Erschrecken, dann Angst zeigte, als er erkannte, daß er keinem Hund, sondern einem Wolf gegenüberstand. Er hatte die Angst *gerochen.* Sie hatte seine Sinne vernebelt und das Adrenalin durch seinen Körper gejagt. Das schrille Geschrei folgte, und dann hatte der Mensch schützend die Arme vor das Gesicht gehoben, als ahnte er, daß Skassi gleich springen würde.

Diese Bewegung aber war erst der Auslöser für Skassis Reaktion gewesen.

Er spürte, wie eine Kraft durch seinen Körper strömte, und sprang los. Obwohl er höchstens dreiviertel seines Körpergewichts hatte, warf er den Menschen zu Boden. Es kamen immer noch Geräusche aus der Kehle des Zweibeiners, aber Skassi setzte ihnen schnell ein Ende. Gern hätte er den Menschen über den Boden gezogen, ihn geschüttelt und gedreht, aber das hätte seinen eigenen Tod bedeutet, denn die anderen Menschen kamen bald herbei, um die Ursache des Geschreis zu finden.

Der Beweis war eindeutig gegeben: Die Menschen waren weit davon entfernt, gefährliche Feinde zu sein. Sie waren sogar sehr leicht zu töten, wenn man sie ohne ihre Waffen erwischte. Skassi hatte das Gefühl, einen Mythos entlarvt zu haben, der diese Kreaturen nur allzulange geschützt hatte.

Natürlich hatten sie immer noch ihre Maschinen und Waffen, und mit ihnen waren sie zweifellos sehr gefährlich. Aber es geschah nicht selten, daß man sie ohne ihre Waffen ertappte. Vielleicht gab es nicht so viele davon? Vielleicht hatten sie nur eine begrenzte Anzahl dieser Waffen, und wenn man immer weiterzog, konnte man vielleicht die bewaffneten Menschen vermeiden und die unbewaffneten töten? Das war die richtige Idee: alle Wölfe zu menschenmordenden Rudeln zusammenzuschließen!

Krieg! Gegen die Menschen.

Skassi schwirrte vor Erregung der Kopf. Die Kühnheit dieses Plans war atemberaubend. Er würde nicht nur seine Rache bekommen, er würde auch einen ehrenvollen Platz neben seinen ruhmreichen Vorfahren einnehmen. Er würde zu einer Legende werden und sogar die große Krieger-Priesterin Shesta in seinen Schatten stellen, die den Hundekönig Skeljon Brodemuul in den Schlachten nach dem *Urdunkel* besiegt hatte. Er würde zu den Unsterblichen gehören!

Sein Hauptziel jedoch wäre es, so ermahnte er sich schnell, bevor diese überwältigende Vision ganz von ihm Besitz ergriff, den Menschen eine Lektion zu erteilen, ihnen zu zeigen, daß sie Skassis Rudel nicht ungestraft auslöschen konnten.

Während er in seiner Höhle lag und die Menschen in Luftmaschinen und zu Fuß nach ihm suchten, schmiedete er seine Pläne. Als er schließlich wieder hervorkam und Mitglieder für sein Rudel suchte, entdeckte er, daß seine Idee sich mittlerweile eigenständig weiterentwickelt hatte. Er hatte einen Menschen angegriffen und wahrscheinlich getötet. Die Menschen, die hinter ihm her gewesen waren, hatten nun auf alles geschossen, das einem Wolf auch nur entfernt ähnlich sah. Überall gab es Wölfe, die ihre Gefährten oder Jungen oder Rudelmitglieder verloren hatten. Sie waren verbittert, und Skassi nutzte ihren Haß, um sie für seine Pläne zu gewinnen. Natürlich ahnten die trauernden Wölfe nicht, daß *er* der Grund für diese wilden Schießereien der Menschen war, und für sich allein hätten sie nur ihre Wunden geleckt und sich ein neues Jagdrevier gesucht. Doch Skassi schürte ihre Wut durch wohlgesetzte Reden. Er überzeugte sie, daß die Zeit gekommen war, sich aufzulehnen und zu kämpfen, anstatt wegzulaufen.

»Wir dürfen unsere Toten nicht immer nur betrauern«, verkündete er. »Wir müssen sie durch Vergeltung ehren, ihnen zeigen, daß uns ihr Tod etwas bedeutet. Stellt eure Pfoten in meine Fußstapfen, folgt mir, Brüder, und ich werde euch das Blut unserer Feinde zeigen, das die Erde besudelt ...«

Als er fünf gute Wölfe zusammen hatte, führte er sie an einen Ort, wo zwei Menschen mit seltsamen Geräten die Felsen untersuchten. Es war ein abgelegenes Gebiet, ohne Straße, und die Wölfe warteten, bis die Menschen über ihre Arbeit gebeugt waren und griffen sie dann von allen Seiten an. Die Menschen hatten solch einen heimtückischen Angriff nicht erwartet, und einer ging mit rudernden Armen und Beinen sofort unter drei Wölfen zu Boden. Der andere konnte sich noch ein metallenes Gerät schnappen, mit dem er sich tapfer wehrte, so daß die Wölfe ihn schließlich gehen lassen mußten. Sie hatten sein rechtes Bein zerfleischt, und der Mensch mußte zu seinen Artgenossen humpeln. Wahrscheinlich überlebte er, und Skassi führte seine Wölfe nach Nordwesten, weil er eine Verfolgung durch Jäger befürchtete.

Skassis Entschlossenheit wurde von einer glühenden Leidenschaft begleitet, die sich als äußerst überzeugend erwies. Viele Wölfe widerstanden seinem Aufruf zum Kampf, aber diejenigen, die mit ihm kamen, waren auf fanatische Weise von ihm überzeugt. Sein Wort war für sie Gesetz. Er ernannte die treuesten von ihnen zu seinen Leibwächtern. Nach wenigen Jahreszeiten hatte er sein Rudel zu einer mächtigen Kampftruppe ausgebildet, die es irgendwie schaffte, ihren Verfolgern immer einen Sprung voraus zu sein. Sie suchten sich leichte Ziele: Menschen, die nur mit kleinen schwarzen Kästchen durch die Landschaft wanderten, einzelne Behausungen weitab von größeren Siedlungen, schlafende Wanderer in ihren Zelten.

Je mehr Menschen diese Rebellen angriffen, desto mehr Wölfe wurden gejagt und getötet. Die Angehörigen der Opfer waren leicht zum Beitritt in sein Rudel zu überzeugen, das immer größer wurde. Am Anfang hatte es noch einige Abwanderungen gegeben, doch er unterband sie, indem er die Abtrünnigen verfolgte, tötete und den Raben zum Fraß vorwarf.

Während das Rudel wuchs und wuchs, zog Skassi sich immer mehr zurück, bis er sich seinen Mitstreitern nur noch bei wichtigen Angelegenheiten zeigte, einer langen Wanderung oder einem großen Kampf. Seine Leibwächter hielten jeden davon ab, ihn in seiner Isolation zu stören, und wurden selbst zu schweigenden mächtigen Gestalten.

Einer der Gründe, weshalb Skassi sich zurückzog, lag darin, daß er zwischen all den Wölfen an der Richtigkeit seines Vorhabens zu zweifeln begann. Er zweifelte nicht daran, daß es richtig war, Menschen zu töten, sondern bedauerte, all diese Jäger aus ihrer Heimat gerissen und zu Kriegern gemacht zu haben. Schon immer hatte es den Begriff »Jäger-Krieger« gegeben, aber bevor Skassi dieses Rudel gründete, war es immer eher ein Ehrentitel gewesen als die Beschreibung tatsächlichen Tuns. Jetzt gab es Wölfe, die im wahrsten Sinne des Wortes »Krieger« waren. Dafür trug Skassi die Verantwortung, und das Ausmaß der Schuld, die er damit auf sich geladen hatte, war kaum zu ertragen. Wäre er der Leitwolf eines normalen Rudels gewesen, hätte er die traditionellen Regeln akzeptiert, innerhalb deren er die Wölfe anführen mußte. So aber mußte er seine eigenen Regeln aufstellen, und er verbrachte viel Zeit damit, über Entscheidungen nachzugrübeln – ob sie richtig gewesen waren oder falsch. Seine Gedanken kreisten unentwegt in seinem Kopf und konnten nicht heraus – er hatte niemanden, dem er solche Dinge anvertrauen konnte, und er verachtete den Ratschlag derer, die ihm nahestanden. Seine Oberwölfe, die Wächter, betrachtete er als loyal, aber unfähig zu höherem Bewußtsein, das für die Erörterung seiner Probleme notwendig war. Er wußte, daß jeder Versuch, mit einem anderen Wolf über Motive, Recht und Unrecht zu diskutieren, dessen Vertrauen in die heilige Mission seines Anführers zerstören würde. »Wenn Skassi sich nicht sicher ist«, würde er denken, »warum tun wir dann dies alles?«

Nein, es war unerläßlich, daß er nach außen den festen Willen zeigte, die Menschen zu vernichten, die feste Überzeugung, daß ihr Tun rein und richtig sei, und das feste Vertrauen in sich und seine Anhänger. Ansonsten wäre sein ganzes Unternehmen gefährdet.

Also mußte sein Grübeln als etwas anderes dargestellt werden: Der große Führer bedenkt gewichtige Dinge, die ein normaler Wolf nicht begreifen kann. Er mußte sich so sehr vom Rudel lösen, daß seine Unsicherheit keine Zweifel in seinen Kriegern weckte.

Unglücklicherweise führte seine Einsiedelei zu eben den Zweifeln, die er hatte vermeiden wollen, und er wußte, daß er jetzt stark bleiben mußte, wenn er nicht durchschaut werden wollte. Er verbrachte seine Nächte wachend und beschwor seinen Sinn für die eigene Wichtigkeit herauf, seine Einzigartigkeit. Oft träumte er von seinem alten Rudel, und es kam ihm so vor, als wären jene Wölfe die letzten einer noch reinen Generation gewesen. Nachdem sie verschwunden waren, gab es auf der Welt nur noch Schurken und Halunken. Er war fest davon überzeugt, daß Athaba noch lebte, daß sein früherer Feind noch immer durch die Lande streifte, jagte, kämpfte und überlebte, wie nur er es konnte. Als sie noch ein und demselben Rudel angehörten, hatte Skassi so wenig wie möglich mit ihm zu tun haben wollen. Jetzt aber war er ein Menschenmörder, und die Situation hatte sich geändert. Solche Überlebenskünstler wie seinen alten Feind konnte er jetzt gut gebrauchen. Ein Dutzend Athabas, und all diese abgestumpften Wölfe, die in letzter Zeit zu ihm stießen, wären nicht mehr nötig. Athaba mochte zu Mystizismus und Eigenwilligkeit neigen, aber er war ein entschlossener und furchtloser Kämpfer. Solche Wölfe waren schwer zu finden. Und nicht nur das – Athaba hatte sein Blut. Skassi vermißte sein altes Rudel so sehr! Mit einem Blutsverwandten reden zu können, einem, der sich an all die alten Namen erinnerte – den Mond hätte er dafür gegeben!

So träumte Skassi und verabscheute seine Anhänger mehr und mehr, distanzierte sich mit jeder Nacht weiter von ihnen. Zu der Zeit, da er Ulaala in sein Rudel holte, war er bereits weder durch Kritik noch mit guten Ratschlägen zu erreichen.

Als das Frühjahr nahte, rief Skassi sein Rudel zusammen und verkündete, daß sie in Richtung Süden ziehen würden.

»Die Menschen hier werden sich zusammentun und nach uns suchen, sobald sie die Pässe überqueren können. Wir müssen immer in Bewegung bleiben, damit sie uns nicht einholen. Sie werden erwarten, daß wir nach Norden gehen, um weiter durch das Wetter geschützt zu sein, aber wir werden nach Süden wandern, mitten unter sie, und sie zerstören. Ich werde euch zu großen siegreichen Kämpfen im Süden führen, meine Jäger-Krieger, und eure Namen werden von den Lebenden mit Ehrfurcht und von den Toten mit Verehrung geflüstert werden. Ihr seid erwählt, die Welt zu befreien!«

Am nächsten Morgen brachen sie auf. Die Welpen, die nun beinahe Jährlinge waren, wurden durch sanftes Schubsen im Tempo gehalten. Leicht und leise zogen sie über die Schneelandschaft dahin und machten nur kurz Rast, wenn sie jagen und fressen mußten.

Skassi lief allen voran, seine vier Leibwächter-Oberwölfe schirmten ihn nach allen vier Himmelsrichtungen vom Rest des Rudels ab. Seine Befehle ließ er durch sie weitergeben, denn Skassi sprach während einer Wanderung nicht selbst mit den gewöhnlichen Wölfen.

Kurz bevor sie den Schutz der Berge verließen, inmitten eines tiefen Bergpasses, stimmten sie einen Heulgesang an. Fünf Wölfe bildeten einen Chor, und ein paar Auserwählte – unter ihnen natürlich auch Skassi – durften einzelne Soloparts übernehmen. Der Leitwolf hielt sich zwar die meiste Zeit vom Rudel fern, aber da er seine Stimme als den anderen weitaus überlegen erachtete, wollte er, wie alle Künstler, diese Gabe den weniger Glücklichen nicht vorenthalten. In einer Pause zwischen zwei Liedern ertönte aus den Bergen ein lautes Donnern.

»Was ist das? Ein Gewitter?« fragte einer der Wölfe.

»Ruhe!« kommandierte ein Oberwolf. »Gleich beginnt der zweite Gesang des Chors.«

In diesem Moment begann der Boden zu zittern, und das Donnern wurde stärker. Kleine Schneeklumpen fielen herab und zerplatzten auf der Erde zu Pulver. Plötzlich rief der Wolf, der gerade noch um Ruhe gebeten hatte: »Achtung! Eine Lawine!«

Die Schneehänge antworteten auf diesen Ruf mit eigenem Gebrüll, und die Wölfe stoben in alle Richtungen auseinander. Die meisten rannten auf den Talausgang zu, während tonnenweise die Schneemassen herunterstürzten, andere versuchten, vor der Lawine davonzulaufen, und eilten in höchster Panik den Abhang hinunter. Doch die weiße Flut riß ihnen den Boden unter den Füßen weg, und sie wurden unter mehreren Lagen des immer wieder nachstürzenden Schneepulvers begraben.

Die anderen Wölfe, unter ihnen Skassi, Ulaala und die

Welpen, erreichten den sicheren Talausgang, und als sie sich schließlich umsahen, erblickten sie eine weiße, stille Fläche, die keine Anzeichen der unter ihr verborgenen Geheimnisse erkennen ließ.

»Sollen wir versuchen, sie wieder auszugraben?« rief Nidra.

»Wie viele sind es?« wollte Skassi wissen.

Ein Seitwolf zählte das Rudel.

»Sechs fehlen«, verkündete er schließlich.

»Es hat keinen Sinn«, meinte Skassi, ohne zu zögern. »Diese Lawine kann keiner überlebt haben, und selbst wenn – wir bräuchten Tage, um bis zu ihnen vorzudringen, und dann wären sie gewiß tot. Wir müssen weiter.«

»Aber«, protestierte Ulaala, »was ist, wenn einer von ihnen nur knapp unter der Oberfläche liegt? Sollten wir es nicht wenigstens versuchen?«

»Reine Zeitverschwendung«, kommentierte Skassi und begann weiterzulaufen.

Wieder wollte Ulaala protestieren, doch sie wurde hart von einem der Oberwölfe angerempelt und mußte sich mit ihren Welpen in den Zug einreihen. Sie hörte, wie Skassi einem seiner Leibwächter zuraunte: »Sechs ist nicht allzu schlimm. Wir hatten Glück. Keine Tragödie.«

»Ja, weil du nicht unter ihnen warst«, bemerkte Ulaala bissig und erhielt einen weiteren Stoß. Skassi beachtete sie nicht. Sie hatte bereits gemerkt, daß er sich immer taub stellte, wenn er keinen Kommentar abgeben wollte.

Bis sie die Baumgrenze erreichten, gab es keine weiteren Zwischenfälle mehr.

29

Yanthra und Athaba machten sich auf den Weg zu Skassis Lager, als der erste Schnee zu tauen begann. Sie liefen mit größter Vorsicht, um nicht durch einen plötzlichen Schneerutsch in die Tiefe gerissen zu werden, und sie liefen schnell und ohne Pause, da sie am Tag zuvor genügend gefressen hatten.

Als sie das Lager erreichten, mußten sie feststellen, daß das Rudel wenige Tage zuvor aufgebrochen war.

»Wir kommen zu spät«, meinte Yanthra verzweifelt.

Doch Athaba beruhigte ihn. »Keine Bange! Wir folgen ihnen, wohin sie auch gegangen sind. Die Spur ist sicher noch frisch genug, daß wir sie wittern können, besonders bei einem so großen Rudel.«

Sie schnupperten den Boden ab und stellten fest, daß die Wölfe in Richtung Süden gewandert waren. Sie folgten der Spur in der Hoffnung, das Rudel bald einzuholen. Als sie jedoch näher kamen, hatte Athaba einen seiner Anfälle. Er versetzte Yanthra einen solchen Schock, daß er weglief und sich zwischen den Felsen versteckte. Athaba brauchte einen ganzen Tag, um ihn aufzuspüren.

Sobald er ihn entdeckt hatte, begann Yanthra zu zittern.

»Komm ja nicht näher!« rief er seinem Vater zu.

Athaba wußte natürlich, daß es unheimlich ausgesehen haben mußte, als er mit zuckenden Beinen auf dem Boden gelegen hatte. Er konnte sich wie immer an nichts erinnern, außer an die Träume, die er dann hatte und die nicht unangenehm waren. Ulaala hatte ihm einmal erzählt, wie er aussah, und nun hatte er seinem Sohn Angst eingejagt.

»Du brauchst vor deinem eigenen Vater keine Angst zu haben«, sagte er. »Ich könnte dir nie etwas tun.«

»Aber was ist das dann? Was hast du gemacht? Ich dachte,

du wärst vergiftet oder angeschossen oder so etwas? Deine Augen sind ganz weiß geworden, und du hast so stark gezittert, daß deine Zähne klapperten. Was war das?«

»Als ich kaum älter war als du jetzt, Yanthra, mußte ich mit einem Bären kämpfen. Skassi war auch dabei. Es war seine Schuld, daß wir damals in Schwierigkeiten gerieten, so wie er jetzt schon wieder viele Wölfe in Schwierigkeiten bringt. Wir mußten den Bären angreifen, damit er Skassi losließ, den er zu Tode quetschen wollte. Unglücklicherweise wurde ich von einem Hieb seiner Pranke getroffen. Hast du schon einmal eine Bärentatze gesehen? Ich kann dir versichern, sie ist doppelt so groß wie der Kopf eines Wolfes, und weitaus härter. Ich hatte das Gefühl, von einem Baum erschlagen zu werden. Mein Kopf dröhnte. Ich verlor ganz das Zeitgefühl, und als ich schließlich wieder zum Rudel stieß, waren nicht, wie ich dachte, ein paar Tage, sondern ein ganzer Monat vergangen.

Jedenfalls bekomme ich als Folge dieses schweren Schlags immer wieder Anfälle. Das war es, was du gesehen hast – ein Anfall. Er hat nichts zu bedeuten, außer daß ich für eine Weile die Kontrolle über meine Muskeln verliere. Das ist alles. Wenn es vorbei ist, bin ich wieder ganz normal.«

»Aber deine Zunge hing aus dem Maul, und es sah ganz schrecklich aus!«

»Wie ich schon sagte: Ich verliere eine Weile die Kontrolle über meinen Körper. Aber es tut mir nicht weh. Allerdings könnte ich mir irgendwann einmal die Zunge abbeißen, aber da das bislang noch nicht geschehen ist, kann ich dir das alles zum Glück erzählen ...« Dem Versuch, das Ganze mit Humor zu nehmen, konnte Yanthra nichts abgewinnen. Er kauerte noch immer in seiner Felsspalte und schien entschlossen, dort zu bleiben.

»Kommst du weiter mit?« fragte Athaba.

»Ich weiß nicht. Ich habe immer noch Angst.«

»Du bist wenigstens ehrlich. Die Wölfe meines Rudels hatten damals soviel Angst, daß sie mich verbannten. Wir Wölfe mögen das Außergewöhnliche nicht besonders.«

»Werde ich das auch bekommen?« wollte Yanthra wissen.

»Ganz bestimmt nicht. Es ist keine Krankheit. Es ist eine Art Verletzung, wie ein gebrochenes Bein. Glaubst du etwa, deine Mutter wäre bei mir geblieben, wenn sie gedacht hätte, daß ihre Jungen krank werden könnten?«

»Vielleicht hat sie dich nie so gesehen.«

»Ich kann dir versichern, daß sie mich auch schon so erlebt hat.«

Endlich konnte Yanthra überredet werden, sein Versteck zu verlassen, und die beiden machten sich weiter auf den Weg. Der Welpe warf hin und wieder einen verstohlenen Blick auf seinen Vater, als erwarte er einen neuerlichen Anfall. Athaba bemerkte das und versuchte, über harmlose Dinge zu plaudern, um Yanthra abzulenken. Doch er hatte keinen Erfolg. Schließlich drehte er sich um und sagte: »Hör zu, ich werde dir heute keine Vorstellung mehr geben. Diese Anfälle kommen, wann sie wollen, und es liegen immer ein paar Monate dazwischen. Wenn du also auf weitere Belustigung hoffst, mußt du lange darauf warten. Das nächste Mal versuche ich, rechtzeitig Bescheid zu sagen, damit du dich in aller Ruhe darauf vorbereiten kannst, und ich verspreche dir ein umwerfendes Spektakel. Alles klar?«

Yanthra verstand und ließ den Kopf hängen.

Inzwischen waren sie hungrig und durstig geworden. Sie fanden einen schmalen Bach und tranken, dann jagten sie jeder ein paar Wühlmäuse und Lemminge. Als sie sich wieder trafen, schien der Jährling sich beruhigt zu haben.

»Es tut mir leid, Vater«, entschuldigte er sich.

»Es war nicht dein Fehler. Ich hätte es dir sagen müssen. Eure Mutter hat euch von mir fern gehalten, wenn es damals passierte, also konntest du es ja nicht wissen.«

»Hat Skassi dich wirklich verbannt?«

»Er und das restliche Rudel. Ich war damals sehr verzweifelt und wütend darüber, aber jetzt ... na ja, es ist schon lange her. Ich denke, man könnte mich immer noch als *utlah* bezeichnen. Einmal ein Ausgestoßener, immer ein Ausgestoßener. Die Raben haben mich so genannt, und dann habe ich mich selber so bezeichnet.«

»Die Raben? Du hast Raben gekannt?«

»Gekannt? Wir haben sogar zusammen gefressen. Über dem Kadaver eines Karibus oder Moschusochsen haben wir über das Leben philosophiert. Wir haben an den Knochen der Elche genagt und die Welt geradegerückt.«

»Du hast Aas gefressen, Vater?«

»Daran ist doch nichts Schlimmes.«

»Oh! Ich dachte, doch.«

»Du meinst, man hat dir gesagt, daß es schlecht sei? Glaube nie etwas, was man dir sagt, ohne daß du genauestens darüber nachgedacht und dir deine eigene Meinung gebildet hast. Es macht nichts, wenn du dich am Ende irrst, solange du selbst die Entscheidung getroffen und dich nicht auf fremde Meinungen verlassen hast. Einen guten Rat nimm an, aber entscheide für dich allein. So, jetzt müssen wir aber weiter. Wenn wir hier noch länger warten, wird die Mitternachtssonne uns bald einholen.«

»Die Mitternachtssonne? Ist das Skassi?«

Athaba sah in die unschuldigen Augen seines Sohnes.

»Wenn ich es recht bedenke, könnte er wahrhaftig ein Sohn der Mitternachtssonne sein.«

Sie fanden das Tal, in dem die Lawine abgegangen war, und trafen eine Wölfin, die es geschafft hatte, sich aus dem Schnee zu befreien. Immer noch benebelt, torkelte sie auf unsicheren Beinen herum, und als Athaba und Yanthra näher kamen, rannte sie nervös zu den nahen Kiefern, die sie anstieß, so daß der Schnee von den Ästen fiel. Erschreckt durch den erneuten Sturz der weißen Massen, sprang sie wild umher. Die beiden Neuankömmlinge mußten sie beruhigen, und sie erzählte ihre Geschichte.

»Ich war ganz hinten im Rudel, als Unterwolf – eine schreckliche Position, aber ich wurde bestraft, weil ich Fleisch gestohlen hatte –, und dann hörte ich plötzlich dieses Donnern. Ich blickte hinauf und sah, daß der ganze Berg sich auf uns zubewegte. Ich rannte vor und zurück und geriet in Panik. Inzwischen rollte der Schnee über mich wie eine riesige Wasserwelle. Ich wehrte mich, dann wurde alles schwarz. Ich glaube, es hat mich ganz am Rand erwischt, denn es lag nicht viel Schnee über mir. Aber ich konnte kaum Luft bekommen, und es kam mir eine Ewigkeit vor, bis ich mich seitwärts aus dem Schnee gegraben hatte.«

Plötzlich wurden ihre Augen ganz groß.

»Ich hätte auch in die falsche Richtung graben können, oder? Ich hätte mich weiter in den Berg hineingraben können statt hinaus.«

»Es ist immer gut, seinen Instinkten zu vertrauen«, sagte Athaba. »Jedenfalls bist du jetzt in Sicherheit. Willst du uns zu Skassi begleiten? Wir sind auf dem Weg zum Rudel.«

Sie schüttelte den Kopf.

»Nein, nein. Ich habe genug. Ich war sowieso nie mit ganzem Herzen dabei. Ich werde zu meinem alten Rudel zurückkehren – zu dem, was noch davon übrig ist. Die meisten sind bei Skassi, aber einige blieben zurück. Die älteren. Ich werde sie suchen ... Es ist mir egal, ob er mir nachjagen läßt«, fügte sie grimmig hinzu. »Das könnt ihr ihm sagen, wenn ihr wollt. Ich habe wirklich genug!«

»Wir werden gar nichts sagen«, erwiderte Athaba. »Skassi wird denken, du bist unter dem Schnee begraben.«

Ihr gehetzter Blick wurde ruhiger. »Danke«, sagte sie.

Unsicher lief sie zu der Spur, auf der Athaba und Yanthra gekommen waren. Athaba fragte sich, ob sie es wohl schaffen würde.

Die beiden Wölfe setzten ihren Weg fort.

Skassi hatte anscheinend kaum Pausen eingelegt. Es dauerte über einen Monat, bis Yanthra und Athaba das Rudel zu Gesicht bekamen. Sie entdeckten die Wölfe auf einem einzelnen Berg, der sich über eine weite Ebene erhob. Er war nicht so sehr hoch, aber dennoch beeindruckend mit seinen schroffen Felshängen und dichten Wäldern sogar auf dem Gipfel. Dort schien Skassis Rudel zu lagern.

Als Athaba und sein Sohn den Fuß des Bergs erreichten, hörten sie eine Flugmaschine über das Land kreisen. Skassi war anscheinend mit voller Absicht direkt in ein zentrales Jagdgebiet der Menschen gewandert. Vermutlich gab er sich mit kleinen Zielen nicht mehr zufrieden, sondern wollte die Jäger-Menschen im Großen angreifen. Es war reiner Selbstmord. Athaba und Yanthra spürten das Rudel tatsächlich auf dem Gipfel auf, wagten sich aber zunächst noch nicht bis ins Lager vor. Athaba wollte zuerst die Umgebung erkunden, ehe er sich zu erkennen gab. Er wies Yanthra an, sich von der Bergspitze fernzuhalten und sich mit dem gesamten Gebiet und seinen Geheimnissen vertraut zu machen, insbesondere um die Mitte des Berges.

Am Mittag des zweiten Tages nach ihrer Ankunft ging Yanthra zu seinem Vater. Er sah besorgt aus, ohne jedoch in Panik zu geraten. Seine Neuigkeiten waren schlecht.

»Wir sind ganz und gar umzingelt, Vater«, sagte er. »Von der Ebene kommen Menschen. Sie sind überall um uns herum, glaube ich. Ich war auf der Jagd und habe einen Rundlauf gemacht. Ihr Geruch ist überall. Sie sind bestimmt gekommen, um gegen Skassi zu kämpfen.«

»Sie wollen wahrscheinlich weniger kämpfen als ihn abschlachten«, meinte Athaba.

Er machte selbst einen Erkundungsgang, blieb dabei am Fuße des Berges und hielt die Nase in den Wind. Er konnte sie sogar sehen: Jäger mit Tarnjacken und Mützen, die den Berg einkreisten. Sie kamen langsam näher und sorgten dafür, daß nichts ihre Linie durchbrechen konnte.

Athaba kehrte zu seinem Sohn zurück.

»Ich glaube, du hast recht«, sagte er. »Sie kommen immer näher. Vom Gipfel des Berges aus können die anderen sie weder sehen, hören noch wittern, und es macht nicht den Anschein, daß Skassi hier unten Wachposten aufgestellt hat. Ich frage mich, ob er das absichtlich herausfordert. Warum sollte er sonst so hoch hinaufgehen, wo ihm keiner seiner Sinne mehr helfen kann? Zu dieser Jahreszeit ist der Geruch der steigenden Baumsäfte sehr stark, und der Boden ist weich von den Nadeln. Außerdem bieten die Bäume den Jägern genügend Sichtschutz. Entweder hat Skassi keine Ahnung vom Schutz seines Rudels – was ich bestimmt nicht glaube –, oder dies ist ein Teil seines Plans.«

»Was werden wir tun?«

»Wir werden bestimmt nicht alle retten können. Wenn wir Glück haben, können wir uns selbst retten. Wir müssen jetzt an deine Geschwister denken – und natürlich an dich selbst.

Während du heute morgen bei der Jagd warst, habe ich an den oberen Hängen nach einem Versteck gesucht und eine kleine Höhle gefunden – eigentlich nur eine Felsspalte –, vor der ein hoher Felsen steht. Ich habe mir überlegt, euch Welpen – entschuldige, ihr seid ja nun wohl Jährlinge, ich vergaß – alle in diese Höhle zu schaffen und dann euren Geruch durch meinen eigenen zu verwischen, damit Skassi euch nicht finden kann.«

Yanthra sah seinen Vater vorwurfsvoll an.

»Und wie wollt ihr, ich meine Ulaala und du, wegkommen?«

»Nun ja, wir müssen zunächst einmal bedenken, daß eure

Mutter vielleicht gar nicht mit uns kommen will. Vielleicht möchte sie lieber bei Skassi bleiben. Ich hoffe natürlich, daß sie mit uns kommt, aber ich kann sie nicht dazu zwingen. Sie ist eine Wölfin mit ihrem eigenen Willen. Wenn sie mitkommt, soll sie mit euch in der Höhle bleiben. Aber einer von uns muß Skassi von der Spur abbringen, und das werde ich sein. Ich wollte den Berg hinunterlaufen und ihnen einen Tanz auf der Ebene vorführen ...«

Yanthra unterbrach ihn: »Aber das kannst du nicht! Da sind doch überall Jäger. Sie werden dich erschießen!«

»Mir wird schon etwas einfallen«, entgegnete Athaba. »Was du nun zu tun hast, ist folgendes ...« Er erklärte seinen Plan und vergewisserte sich, daß Yanthra genau wußte, was er zu tun hatte. Als sie alles noch einmal durchgegangen waren, machten sie sich auf zur Spitze des Berges.

»Falls wir uns nicht wiedersehen, was ich aber sicher annehme«, sagte Athaba auf dem Weg, »möchte ich, daß du deiner Mutter etwas ausrichtest. Erzähl ihr die Geschichte über mein Verschwinden, und sag, daß ich sie bestimmt nie vorsätzlich verlassen hätte. Ich glaube, sie weiß das auch, aber sag es ihr trotzdem. Und dann habe ich noch ein Rätsel für dich. Hör zu:

Ich bin –
Der Stein, der treibt,
das Holz, das sinkt,
der Fels, der rennt,
die Luft, die stinkt.
Was bin ich?«

Yanthra starrte seinen Vater argwöhnisch an.

»Ich weiß es nicht. Soll das ein Test sein, Athaba? Was passiert, wenn ich versage?«

»Nichts wird passieren«, beruhigte Athaba ihn. »Und es

ist kein Test. Es ist nur ein Spaß. Mein Vater hat es mir einmal beigebracht, kurz bevor er starb. Ich habe es allein nicht herausbekommen und mußte mir helfen lassen. Jetzt weiß ich natürlich, was es bedeutet. Damals war ein solches Rätsel sehr gefährlich, weil das Rudel, aus dem Skassi und ich stammen, nichts akzeptierte, das irgendwie mystisch klang. Dieses Rudel hatte Angst vor allem Neuen – vor allem, das ein höheres Verständnis verlangte, was man nicht durch Alltagsdinge erreicht. Es war verpönt, seinen Verstand für solche Dinge wie mystische Rätsel einzusetzen. Lieber sollte man sein Jagdgeschick verbessern und derartige Dinge ...«

»Dann wirst du nicht mit mir schimpfen, wenn ich falsch rate?« fragte Yanthra nach.

»Nein, natürlich nicht. Nimm dir ruhig Zeit, mein Sohn, und denk gut darüber nach. In ein paar Jahreszeiten fällt dir vielleicht ...«

»Ist es ein Vulkan?«

Athaba zuckte zusammen.

»Wer hat dir das gesagt? Wer? Etwa deine Mutter?«

Yanthra sah seinen Vater unschuldig an.

»Nein, niemand hat es mir gesagt. Ich hab nur geraten. Die Wölfe in Skassis Rudel kamen von überall her. Einige von ihnen erzählten von Bimsstein, der wie Holz auf dem Wasser treibt. Und ich habe gehört, daß es dort, wo die Erde sich spaltet, auf den Inseln im Süden, etwas gibt, das Lava heißt: weißglühender Felsen, der wie Wasser fließt ... Ich hab nur geraten. Du bist doch nicht böse?«

Athaba merkte, daß er einen verärgerten Eindruck machte.

»Nein, nein, nicht böse. Nur überrascht. Ich dachte ... Ich dachte einfach, du würdest länger brauchen, das ist alles.«

»Es tut mir leid, Vater. Gib mir ein anderes Rätsel auf, und ich werde eine Weile darüber nachdenken.«

»Ich weiß keins mehr«, erwiderte Athaba.

»Dann sag ich dir eins, ja? Also: Was zieht Kreise über den Himmel, hinterläßt aber keine Spuren?«

»Sieh nur«, unterbrach Athaba ihn erleichtert, »wir kommen ans Ende der Spur. Das Lager muß gleich dort hinten sein. Denk jetzt daran, was wir besprochen haben.«

»Du weißt es nicht, oder?«

»Was weiß ich nicht?«

»Die Antwort auf das Rätsel.«

»Ich hab jetzt keine Zeit für Spiele, Sohn. Dies ist eine ernste Angelegenheit.«

»Oh«, meinte Yanthra. Er klang enttäuscht.

»Also gut«, sagte Athaba. »Was ist es? Ich werde es in einer Million Jahreszeiten nicht erraten.«

»Ein Adler! Mutter hat es uns beigebracht. Es ist gut, nicht?«

»Jaja, sehr gut«, brummte Athaba. »Aber jetzt denk an unseren Plan. Du weißt doch noch alles, oder?«

»Ja, Vater.«

30

Athaba wollte soviel Aufregung verursachen, wie nur irgend möglich war. Mit Yanthra dicht hinter sich marschierte er geradewegs in die Mitte des Lagers. Natürlich hatten die Wölfe bereits gemerkt, daß er da war. Der Geruch zweier fremder Wölfe war deutlich wahrzunehmen gewesen, aber da es zwei gegen vierunddreißig waren, hatte sie das nicht weiter beunruhigt. Dieses Rudel war jederzeit bereit, neue Mitglieder aufzunehmen. Allerdings war einer der beiden Neuankömmlinge kein Fremder, sondern der Jährling, der sie vor einiger Zeit verlassen hatte.

Athaba blieb stehen und sah sich um. Skassi hatte einen dicht bewaldeten Platz ausgesucht. Auf dem Boden lag eine dicke Schicht Nadeln wie ein Kissen, was sehr schlecht war, denn so konnten Jäger sich unhörbar dem Rudel nähern. Außerdem lag der alles überdeckende Geruch der Nadeln und Baumsäfte in der Luft, der die Witterung eines Jägers sogar im Wind unmöglich machte.

Die Sonne schien durch das Dach der Baumwipfel und besprenkelte den Boden mit Licht. Zwischen den hellen und dunklen Flecken lagen Wölfe und um die Wölfe die abgenagten Knochen ihrer verschiedenen Beutetiere. Zuerst dachte Athaba, die Wölfe seien vollkommen apathisch, doch dann merkte er, daß er sich irrte. Dieses Rudel hatte bislang alle Jäger ausgetrickst, die sich nun in einem Ring um den Berg formierten. Das war nur die Ruhe vor der nächsten Schlacht. Sie waren eine gesuchte Bande von Menschenmördern, deren Taten von den Nachfahren besungen würden, deren Zeit sich nun aber dem Ende näherte. Die Menschen hatten sich gegen sie verbündet. Auf den unteren Berghängen krochen bereits die ersten schießwütigen Jäger herum, die jeden Stein umdrehen und jedes Grasbüschel beiseite schieben würden, bis das Rudel mit dem letzten Wolf vernichtet wäre.

Plötzlich witterte Athaba einen Geruch, den er bereits vergessen zu haben meinte. Ulaala! Nein, sein Unterbewußtsein hatte diesen Geruch für immer gespeichert. Jetzt erst erkannte er, daß er sich unsäglich nach diesem Geruch gesehnt hatte. Jahreszeiten ohne Ende hatte er danach gesucht. Nun war er da, und seine Sinne waren einen Moment lang wie betäubt. Er hatte Yanthra gebeten, Ulaala die Wahl zu lassen, ob sie Mook, Wassal, Riffel und Grisenska begleiten wolle, aber jetzt wünschte er, er hätte gesagt: »Bestehe darauf, daß sie mitkommt. Sag ihr, daß sie an all ihre Versprechen gebunden ist, die sie mir einst gegeben hat. Sag ihr, es tut mir leid, daß ich von ihr fortgenommen wurde. Sag ihr, was du willst, Sohn, solange sie mitkommt.« Aber nun es war zu spät. Yanthra hatte seine Instruktionen bereits erhalten: seine Geschwister bei der nächstbesten Gelegenheit zu der Höhle zu bringen und zu verstecken. »Wenn deine Mutter euch begleiten will, ist es gut, aber dränge sie nicht«, hatte Athaba ihm gesagt.

Dann sah er sie, nur wenige Körperlängen von ihm entfernt. Ihre grauen Augen ruhten auf ihm. Am liebsten wäre er zu ihr gelaufen, hätte ihr das Maul geleckt und seine Freude über das Wiedersehen hinausgejault. Statt dessen stand er einfach nur da, überzeugt, daß seine Gefühlsäußerungen auf alle anderen lächerlich wirken müßten. Die Worte blieben ihm im Halse stecken. Er wünschte, die anderen würden aufhören, ihn anzustarren – wieviel leichter wäre es, seinen Ärger über sie hinauszurufen, als sich seiner früheren Gefährtin gegenüber zu öffnen!

Schließlich war sie es, die als erste sprach.

»Bist du es wirklich?«

Ihre Miene wechselte von Überraschung zu etwas, das er gehofft hatte zu sehen. Es war eine Art Ergriffenheit, als wollte sie ihn schelten, wäre aber zu überwältigt von ihren Gefühlen, überhaupt etwas zu sagen. Da erinnerte er sich, daß sie ihn für tot gehalten hatte, und erkannte, daß es für sie um vieles schwerer sein mußte als für ihn. Ihr Gefährte kam in das Rudel spaziert, als sei er nur eben zur Jagd und vielleicht einen Tag fort gewesen anstatt nach mehreren Jahreszeiten von den Toten zurückgekehrt.

»Ja«, erwiderte er schlicht.

Die Erinnerung an all seine Wanderungen kehrte zurück: scheinbar endlose Wege über Berge und Tundra, durch Schnee und Eis, Regen und Sturm. Er dachte an seine blutenden Pfoten, seine müden Knochen, sein zerschundenes Fleisch. Er dachte an die quälende Einsamkeit, die langen, langen Nächte, die trüben Tage. Ihr Anblick erinnerte ihn an die Zeiten, in denen er lieber hungerte, statt zu jagen, weil er seinem Ziel näher kommen wollte. Die Zeiten, in denen seine Hoffnung wie ein Feuer in seiner Brust glühte, um kurz darauf wieder zu verlöschen. Zeiten, zu denen seine geistigen Kräfte vollkommen erschöpft waren, er sich aber dennoch vorwärts zwang.

Und nun, da er sie sah, wußte er, daß es das alles wert gewesen war.

»Ich dachte, du bist tot«, sagte sie in anklagendem Ton.

»Das dachte ich auch«, entgegnete er. »Ich kann es dir nicht mit ein paar Worten erklären, aber ich wurde von einem Menschen gefangengenommen, als ich damals die Höhle verließ. Seither habe ich dich gesucht.«

»Es tut gut, dich zu sehen«, sagte sie, und er wußte, daß sie es ernst meinte und daß alles zwischen ihnen gut werden würde.

In diesem Moment kam eine stämmige Wölfin auf Yanthra zu.

»Soso, der kleine Ausreißer ist zurückgekommen! Du denkst wohl, du kannst so einfach wieder ins Rudel aufgenommen werden, wenn du diesen zerfransten Flohträger mitbringst, wie? Aber es wartet Bestrafung auf dich, mein Kleiner.«

»Wer ist diese tyrannische Wölfin?« fragte Athaba seinen Sohn.

Yanthra kratzte sich nervös hinter dem Ohr.

»Das ist Nidra.«

Athaba starrte ihr in die Augen. Mit solch einer kräftigen Mega-Wölfin würde er nicht gerne kämpfen. Er wurde zu alt für Kämpfe, und sie machte außerdem einen hinterhältigen Eindruck. Inzwischen hatten sich einige andere Wölfe um sie versammelt. Ein schlankes Männchen, vermutlich einer von Skassis Leibwächtern, war vom Berggipfel heruntergestiegen. Eine feindselige Stimmung baute sich auf. Ulaala stellte sich neben Athaba, ebenso ein entschlossen wirkender Jährling mit mehr Fleisch auf den Rippen als Yanthra. Das mußte Grisenska sein, die größte seines Wurfs. Anerkennend nickte er ihr zu. Dann wandte er sich an Nidra.

»Du solltest dich erkundigen, mit wem du es zu tun hast, ehe du dich gegen jemanden stellst«, sprach er zu ihr. »Es gibt Wölfe auf dieser Erde, die struppig und zerschlagen aussehen, weil sie die Welt besiegt haben. Es gibt Wölfe, die nicht stark und trainiert aussehen müssen, weil es nichts gibt, das sie noch nicht getan haben und das sie nicht wieder tun könnten, und keinen Ort, an dem sie noch nicht waren und zu dem sie nicht wieder hingehen könnten, wenn sie es wollten. Man nimmt es nicht mit der Welt auf und besiegt sie, um dann auszusehen wie du jetzt. Wenn du das getan hast, siehst du aus wie ich.«

»Du hast die Welt besiegt?« schnaubte sie verächtlich, zeigte jedoch weniger Selbstsicherheit als zuvor.

»In gewisser Weise. Du zwingst mich, damit zu prahlen. Ich habe gegen Bären gekämpft und überlebt. Ich habe Wölfe getötet, die größer waren als du. Ich habe einen gedemütigt, den du verehrst, aber seinen Namen zu nennen zeugte von schlechten Manieren. Ich bin bis zum Ende der Welt gegangen und wieder zurück. Ich habe mit Menschen in ihren eigenen Siedlungen gekämpft und habe ihnen das Futter vor der Schnauze weggenommen ...«

»Hast du jemals einen Menschen getötet?« rief Nidra.

»Nein, aber ich habe einen gezähmt. Ich habe einen Menschen in einen Wolf verwandelt und zu einem nützlichen Mitglied meines Rudels gemacht. Es ist leicht zu töten. Aber versuch einmal, einen Menschen zu fangen und dir zu unterwerfen.«

»Ich glaube dir nicht«, sagte Nidra.

»An deiner Stelle würde ich es aber tun«, kam eine Stimme aus dem Hintergrund.

Die Wölfin drehte sich um, und Athaba erkannte im selben Moment am Geruch, was er mit eigenen Augen auch sah.

Am Rand der kleinen Lichtung stand Skassi, magerer und struppiger, als Athaba ihn zuletzt gesehen hatte, aber dennoch derselbe Skassi. Sein Fell war stumpf geworden, seine Augen blickten traurig und müde. Zwei Wölfe standen direkt neben ihm, die noch größer und stärker aussahen als Nidra.

»Komm her, Bruder. Es tut gut, dich zu sehen«, sagte Skassi.

Nidra blickte um sich, als habe sie ein Felsblock zwischen die Augen getroffen. »Bruder?«

»Der Wolf, den er einst gedemütigt hat, bin ich. Dies ist ein Wolf aus meinem alten Rudel, einer der großen. Er hat alles getan, was er gesagt hat, und sogar mehr. Seht ihn euch an. Seht mich an. Findet ihr nicht, daß wir uns ähnlich sehen? Wir haben dasselbe Blut. Wir haben denselben Geist. Einst waren wir Rivalen, weil wir beide zu ehrgeizig waren. Wir haben Ahnen, die mit Feuer in den Augen durch die Fernen Wälder ziehen. Dies ist mein Bruder Athaba.«

»Athaba!« ging ein ehrfurchtsvolles Raunen durch die Menge.

Sie traten zurück und machten ihm einen Weg frei bis dorthin, wo Skassi stand. Nidra starrte mit verengten Augen auf ihn, trat schließlich aber ebenfalls zur Seite. Offensichtlich hatte Skassi Geschichten über ihn erzählt und ihn zu einer Art Legende gemacht. Athaba erkannte, daß er für sie als einzig weiteres überlebendes Mitglied aus Skassis altem Rudel ein besonderer Wolf sein mußte. Als Skassis »Bruder« war er fast so etwas wie ein Gott. Er war jetzt froh, vor Nidra geprahlt zu haben, denn Skassi schien es beeindruckt zu haben.

Langsam trat er auf Skassi zu.

»Soso, du nennst mich also Bruder, alter Gauner?« rief er. »Damals hast du mich nicht Bruder genannt, als du im Zweikampf gegen mich angetreten bist. Ich vermag mich auch zu erinnern, daß du *mich* gedemütigt hast. Davon hat bisher noch niemand gesprochen. Soweit sind wir also quitt – jeder hat einmal gewonnen. Vielleicht werden wir vor unserem Tod noch einmal kämpfen und herausfinden, wer von uns der echte Wolf ist und wer der falsche.«

Die Wölfe, die die Gasse gebildet hatten, begannen zu tuscheln. Athaba wußte, was sie dachten. *Er hat es gewagt, unseren Anführer einen »alten Gauner« zu nennen. Er wagt es, ihm zu unterstellen, er sei ein falscher Wolf. Skassi wird ihn jetzt sicher in Stücke reißen lassen.*

»O ja, aber im ersten Kampf hatte ich den Vorteil meines Gewichts und meiner Größe«, sagte Skassi. »Du warst damals erst ein Jährling. Und beim zweiten Mal hatte ich nichts zu verlieren, du aber alles. Dennoch bist du mit aller Würde gegangen.«

»Wir hatten schon immer mehr Würde, als uns guttut. Und sieh uns jetzt an. Zwei mottenzerfressene Pelze, die nur von ihren vergangenen Taten zusammengehalten werden.«

Skassi schüttelte bedächtig den Kopf.

»Es gibt immer noch ruhmvolle Taten zu begehen, Bruder, an denen du teilhaben kannst, wenn du willst. Wie gern hätte ich dich an meiner Seite. Du bist nicht aus demselben Wurf, aber vom selben Geist und Training ...«

Jetzt standen sie einander direkt gegenüber.

»Komm, laß uns reden«, schlug Skassi vor.

»Wir haben nicht viel Zeit«, erwiderte Athaba. »Die Jäger kommen den Berg hinauf. Diesmal sind es zu viele. Sie werden uns alle erwischen.«

»Vielleicht – aber zum Reden ist immer noch genug Zeit. Komm mit auf den Gipfel. Von dort aus können wir sie beobachten und dabei reden. Du siehst kräftig aus!«

»Ich sehe furchtbar aus«, meinte Athaba, »das weißt du. Und du siehst auch furchtbar aus.«

»Na, dann werden wir ihnen mit unserem gemeinsamen Auftreten einen schönen Schrecken einjagen«, sagte Skassi. »Komm. Erzähl mir von deinen Reisen. Deine Gefährtin dachte, du seist tot, aber ich sagte nein. Ich habe ihr erzählt, daß nur Giganten einen Wolf wie Athaba töten könnten, und es gibt keine Giganten mehr auf der Welt, seit *Groff* zu Staub wurde ...«

Die beiden gingen über die stark duftenden Nadeln zur Spitze des Berges, wo die Winde kreisten und die Luft rein und klar war. Sie betrachteten die Blumen und Kiefernzapfen und schnupperten daran wie zwei Wölfe auf ihrem täglichen Spaziergang, die an nichts weiter dachten als die Kraft der Sonne und den Duft des Morgens.

Athaba berichtete seinem alten Rivalen von seinen Abenteuern. Sie lagen auf dem Gipfel und sprachen über ihr Schicksal und die alten Zeiten mit dem Rudel, als sie noch jung und im Einklang mit ihrem Körper lebten.

»Aber dieser Koonama!« warf Skassi ein. »Ich kann nur schwer glauben, daß ein Wolf einen Menschen zu zähmen vermag.«

»Es war weniger, daß der Wolf den Menschen zähmte, sondern daß der Mensch auf die Stimme der Natur hören mußte. Wenn er sich nicht verändert hätte, wäre er gestorben, und das wußte er wohl. Aber was ist mit dir? Bist du wirklich ein Menschenmörder?«

»Viele Wölfe haben Menschen getötet.«

»Aber nicht auf einer regelrechten Menschenjagd. Das ist sehr unwölfisch, Skassi, und du solltest es aufgeben. Du bringst alle diese Wölfe leichtsinnig in Gefahr. Siehst du das denn nicht? Siehst du nicht, wie falsch es ist, diese Kreaturen so zum Tode zu verurteilen?«

»Sie wissen genau, was sie tun.«

»Nur zum Teil«, entgegnete Athaba. »Sie tun es ja für dich und nicht für sich selbst. Dein Anliegen interessiert sie nicht – sie folgen dir ganz persönlich, Skassi. Du hast sie in deinen Bann gezogen.«

Skassi, den Athabas Fragen irritiert hatten, schien über diese Bemerkung äußerst zufrieden.

»Ja, es stimmt, daß ich eine gewisse Macht über sie habe, aber mein Anliegen ist gut und richtig. Ich fühle mich nicht schuldig, wenn ich meine Macht ausnutze, um die Sache voranzutreiben. Hast du vergessen, was die Menschen mit unserem Rudel gemacht haben? Mit unseren Brüdern und Schwestern? Du und ich, wir sind Blutsverwandte, Athaba. Durch deine Adern muß doch dieselbe Wut pulsieren wie durch meine. Ich hatte gehofft, daß du dich mir anschließt. Die Verantwortung für dieses Rudel mit übernimmst.«

Athaba überlegte, ob sein Sohn Grisenska, Mook, Wassal und Riffel wohl schon aus dem Lager geführt hatte. Er hoffte, daß sie alle auf dem Weg in die kleine versteckte Höhle auf halber Höhe des Berges waren. Vielleicht war Ulaala auch bei ihnen?

»Ich fühle mich sehr geehrt, Skassi. Ich meine das ehrlich. Dich hier zu finden, lebend und mit dem Wunsch, daß ich bei dir bleiben möge – nun, unter anderen Umständen hätte ich mich vor Freude und Stolz wahrscheinlich überschlagen. Aber diese Situation finde ich ... ich weiß nicht, irgendwie unnatürlich. Ja, ich empfinde dieselbe schreckliche Wut. Als ich sah, wie unser Rudel vernichtet wurde, war ich vor Haß und Hoffnungslosigkeit fast blind, obwohl ich viele Jahreszeiten schon nicht mehr bei euch gewesen war. Ich kann mir also vorstellen, daß es dir noch viel schlimmer ergangen sein muß. Aber dies hier ist nicht die Antwort auf solche Gefühle. Wölfe organisieren sich nicht zu Kampftruppen und jagen Menschen. Das ist nicht unsere Natur.«

Skassis Augen verengten sich, und er sah kurz zu den beiden Oberwölfen hinüber, die wie üblich ihren Wachposten bezogen hatten.

»Wenn du das als unnatürlich erachtest, mußt du mich ja für verrückt halten. Ich habe dich einmal des Mystizismus beschuldigt. Ich hatte mich damals nicht geirrt, aber du scheinst dich sehr verändert und deinen Mystizismus wie eine Schlangenhaut abgestreift zu haben, so daß nun du mich derselben Sache zu beschuldigen scheinst. Ein verrückter Wolf ist ein mystischer Wolf. Um diese Tatsache kommen wir nicht herum. Beschuldigst du mich also, verrückt zu sein?«

»*Beschuldigen* ist das falsche Wort ...« Während Athaba sprach, kam Unruhe im Rudel unter ihnen auf. Er tat so, als habe er nichts gehört, da Skassi sich auch nicht weiter darum kümmerte. Einer der Oberwölfe stand auf und lief halb bis zum Lager hinunter, blieb dann aber stehen und lauschte nur einen Moment. Athaba fuhr fort: »... Ich glaube einfach, du schlägst den falschen Weg ein, das ist alles. Es geschieht nicht zum Wohl des Rudels, Skassi, es geschieht zu deiner eigenen Rache. Es wird keinen Wolf satt machen, noch wird es das Rudel in Sicherheit leben lassen. Eher im Gegenteil.«

Skassi schüttelte den Kopf.

»Du enttäuscht mich, Bruder.«

»Das tut mir leid ...«

In diesem Augenblick kam ein junger Wolf durch die Bäume auf sie zugelaufen.

»Skassi! Skassi! Jäger sind da, unter uns!«

Das Tier blieb kurz vor ihnen stehen. Skassi gab seinen Leibwächtern zu verstehen, daß es in Ordnung sei, und wandte sich dann an den erregten Eindringling.

»Nur ruhig«, sagte er. »Also, was ist los? Jäger?«

»Menschen – Gewehre – Dutzende – kommen auf uns zu – die Hänge herauf.«

Jetzt kam Skassi auf die Beine.

»Den Berg herauf?«

Sein vorwurfsvoller Blick traf Athaba. »Hast du sie hierhergeführt?«

»Nein, natürlich nicht«, erwiderte Athaba. »Warum sollte ich das tun und mir damit selbst eine Falle stellen?«

»Aber du mußt gewußt haben, daß sie kommen.«

»Ich wußte nur, daß sie da sind, das ist alles. Yanthra und ich waren bereits innerhalb ihres Rings eingeschlossen, als wir sie entdeckten – noch ehe wir hierherkamen. Ich hätte nichts mehr tun können. Sie waren überall. Es gibt kein Entkommen.«

»Du hättest mich warnen können.«

»Hätte ich, ja. Jetzt weißt du es auch ohne mein Zutun.«

Sein Gesichtsausdruck war noch immer feindselig.

»Warum bist du dann hier?«

Athaba schwieg, doch der Wolf aus dem Rudel sprach für ihn. Er schien peinlich berührt.

»Diese Wölfin, Ulaala, und ihre Welpen! Sie sind verschwunden. Nidra ist ihnen nachgelaufen, bis jetzt aber noch nicht wieder aufgetaucht.«

»Das auch noch? Warum hat man mir nichts gesagt?« knurrte Skassi. Er schüttelte heftig mit dem Kopf, als hätte er Schmeißfliegen in den Ohren. »Was ist hier nur los? Die Verständigung scheint ganz und gar unterbrochen zu sein.«

»Wir ... wir wollten dich nicht stören«, sagte der Wolf. »Wir dachten, wir könnten mit der Sache allein fertig werden, ohne dich damit zu behelligen.«

»Jetzt zahlst du den Preis dafür, daß du dich von deinem Rudel distanzierst, Skassi«, sagte Athaba. »Sie hatten Angst, dich zu stören. Sie wollen deinen Zorn lieber später als früher erfahren. Du kannst nicht hier oben in die Wolken starren und noch dieselbe Kontrolle haben wie als Leitwolf inmitten deines Rudels. Du hast sie dir entgleiten lassen.«

»Ich brauche deine Lehren nicht«, sagte Skassi barsch.

Der Wolf sah von einem zum anderen. Von unten klang ein Schuß herauf. Wahrscheinlich von einem schießfreudigen Jäger, der auf den nächsten Hasen gezielt hatte.

»Wir müssen etwas tun«, sagte er. »Schnell.«

Skassi nickte zu Athaba.

»Töte ihn.«

Der junge Wolf schrak zusammen. »Was?« Er starrte seinen Anführer ungläubig an. »Aber das ist doch der legendäre Athaba. Wir haben keine Zeit ...« Er sah sich hastig um. »Die Jäger ... wir müssen ...«

In diesem Augenblick stürzte einer der Oberwölfe auf Athaba zu. Er rannte in schnurgerader Linie, und Athaba duckte sich, um dem Angriff entgegenzutreten. Keiner der anderen Wölfe rührte sich. Die zweite Oberwölfin sah ihrem Gefährten ruhig zu, als meine sie, er könne allein mit dieser Situation fertig werden. Athaba konzentrierte sich auf den Wolf, der aus dem Schatten auf ihn zugesprungen kam – mit zurückgezogenen Lefzen, so daß die Zähne aufblitzten, und geröteten Augen, die erkennen ließen, daß sein Gehirn vom Gedanken ans Töten vernebelt war. Nichts könnte ihn jetzt mehr aufhalten, nicht einmal der Befehl seines Anführers.

Als er etwa drei Längen von Athaba entfernt war, überschlug er sich plötzlich mehrere Male seitwärts. Kurz darauf ertönte das Geräusch eines Schusses. Überraschung, Schock und Schmerz zeigten sich auf dem Gesicht des Opfers, während es langsam wieder auf die Pfoten kam. Der Wolf sah Athaba anklagend an, dann traf ihn ein zweiter Schuß an der Schulter, er zuckte zusammen und sank an Ort und Stelle auf den Bauch.

»Sie sind hier ...«, rief der junge Wolf überflüssigerweise. Dann wurde auch er von einer Kugel getroffen und umgerissen. Athaba lief schnell zwischen die Bäume, dicht gefolgt von Skassi. Sie liefen möglichst flach und versteckten sich im Unterholz, wo sie warteten. Athabas Herz raste. Skassi knurrte: »Das haben wir dir zu verdanken.«

»Nein, du selbst hast sie hierhergeführt. Jetzt sei still. Du bist ein Dummkopf, Skassi.«

»Wir reden später noch darüber.«

»Still ...«

Von überall waren jetzt Schüsse zu hören und Menschenstimmen, die einander zubellten. Ein Wolf rannte wie blind durch den Farn und gegen eine Gruppe junger Bäume, die fast alle umknickten. Mit lautem Gebell folgte ihm ein Mensch in schweren Stiefeln, die Athabas Schnauze nur um wenige Zentimeter verfehlten.

Als er vorbei war, schlich Athaba vorsichtig den Abhang hinunter, auf das Versteck zu, in dem er seine Familie anzutreffen hoffte. Skassi kam ihm nach, die Schnauze dicht über dem Boden. Offensichtlich war sein alter Rudelbruder nicht so verrückt, daß er mit all den anderen, jetzt blutüberströmt daliegenden Rebellen seines Rudels getötet werden wollte.

Einige Male mußten sie stehenbleiben und sich unter dem Farn und im schattigen Unterholz vor den schlechten Augen und noch schlechteren Nasen der Jäger verstecken. Allerdings waren sie einigermaßen hellhörig, aber Athaba und Skassi liefen auf Moos, wo immer sie konnten, und mieden die herabgefallenen Zweige.

Die Menschen schienen den Ring, den sie am Anfang gebildet hatten, nun aufgelöst zu haben, und schlichen in Gruppen vorsichtig durch die Bäume. Inzwischen mußten sie sehr aufpassen, nicht selbst von einem Schuß getroffen zu werden. Sie riefen einander zu, um sich gegenseitig zu warnen, und suchten aufmerksam die Schatten nach Bewegungen ab.

Immer wieder fielen Schüsse, die durch den Wald hallten. Jedesmal fuhr Athaba zusammen und dachte: Der könnte eines meiner Jungen getroffen haben!

Als sie etwa den halben Weg zurückgelegt hatten, stießen sie auf einen toten Wolf. Es war Nidra. Sie war nicht erschossen worden. Ihre Kehle war aufgerissen.

»Ulaala!« sagte Athaba.

»Das ist nicht Ulaala«, murmelte Skassi. »Ach so, ich verstehe. Du denkst, Ulaala hat sie getötet?«

»Nein, ich denke, daß sie vielleicht verletzt ist.«

»Sie ist sicher tot. Die Jäger haben sie bestimmt erwischt. Sie kann auf keinen Fall hier durchgekommen sein.«

»Sie mußte nicht durchkommen«, sagte Athaba. »Hier ist eine versteckte Höhle, zu der mein Sohn sie geführt hat. Mit etwas Glück haben sie sie erreicht.«

»Ich verstehe ...«, meinte Skassi.

Sie setzten ihren Weg fort und blieben immer im Schutz der niedrigen Büsche und Farne. Schließlich lag ein sonnenbeschienener Abhang zwischen ihnen und dem Felsvorsprung, in dem sich die Höhle befand. Athaba blieb stehen. Dies war ganz offensichtlich der gefährlichste Teil des Weges. Es gab überhaupt keine Möglichkeit der Deckung, und die Sonne würde unbarmherzig jeden ins Licht stellen, der den Hang überquerte.

Es schien Athaba, als habe diese Reise, als hätten alle Reisen in seinem Leben ihn zu diesem einen Punkt hingeführt. Etwas an den Schatten auf der anderen Seite beunruhigte ihn. Etwas an der Dunkelheit in der Dunkelheit. Er konnte keinen Menschen wittern, aber es ging auch kein Wind. Alles war still – kein Blatt, das raschelte, kein Grashalm, der zitterte. War dort drüben ein Jäger? Das Sehen war, wie bei allen Wölfen, nicht sein bester Sinn. Er wartete und hielt nach Bewegungen Ausschau. Lauschte einem Geräusch. Doch die Umrisse der Schatten zeigten keine Spur von Leben. Gewiß konnte ein Mensch nicht so lange still verharren. Sie waren unruhige Kreaturen, mit nur schwach entwickelten Sinnen. Athaba spürte Skassi hinter sich und wußte, daß sein alter

Rudelgefährte geduldig auf ein Zeichen von ihm wartete. Er drängte ihn nicht – wenn nötig, würde er Ewigkeiten so hinter ihm warten. Das war die alte Art des Jagens, bei der der Anführer unendliche Vorsicht und Geduld walten ließ und den Zeitpunkt zum Angriff wählte, den *richtigen* Zeitpunkt, und wenn er erst am Ende aller Zeiten wäre.

Angespannt und mit wachen Sinnen schlüpfte Athaba aus dem Unterholz auf das Lichtfeld. Dort blieb er einen Moment stehen und ging dann langsamer quer über den Abhang. Skassi blieb dicht hinter ihm. Als sie etwa Dreiviertel der Strecke gegangen waren, nahm Athaba im Augenwinkel eine Bewegung wahr.

Es war unglaublich: Am Rand der Lichtung stand ein Jäger, dessen Augen am Gewehrlauf entlangblickten. Wie hatte das geschehen können?

Es gab keine Möglichkeit, dem Schuß zu entkommen. Die Sicherheit der Bäume konnte Athaba nicht erreichen, ohne dem Jäger seine ungeschützte Silhouette darzubieten. Der Mensch müßte schon blind sein, um ihn zu verfehlen. Der Finger über dem Abzug krümmte sich. Athaba wußte, daß er nun sterben würde.

Er wartete reglos auf den Schuß, als er plötzlich sah, daß sich das konzentrierte Gesicht des Jägers langsam entspannte. Der Gewehrlauf wurde leicht gesenkt, und die Augen des Menschen weiteten sich.

Ein feiner Lufthauch wehte den Geruch des Menschen zu Athaba, einen Geruch, den er sofort erkannte.

Dieser Mensch war so leise gewesen wie ein Wolf und so schnell wie ein Wolf.

Der Grund dafür war einfach: Dieser Mensch *war* ein Wolf ...

Koonama!

In diesem Augenblick merkte Athaba, daß auch er erkannt wurde, denn der Gewehrlauf senkte sich noch weiter, der

Mensch runzelte die Stirn, und sein Unterkiefer klappte nach unten. So standen sie, starrten einander an, erkannten einander und wunderten sich, den anderen an dieser Todesstätte anzutreffen.

Plötzlich sprang etwas an Athaba vorbei.

»Lauf, Athaba! Ich schnapp ihn mir!«

Skassi schnellt zum Angriff vor. Athaba erkennt seinen Instinkt: *Mein Bruder ist erstarrt, nun muß ich die Beute töten.* Alle Feindschaft ist vergessen, sie sind zwei Wölfe gegen den einzigen Feind. »Skassi!« Doch der warnende Ruf bleibt ihm im Halse stecken. Er bringt kein Wort heraus. Welches Wort auch, um ihn aufzuhalten? Es blieb keine Zeit für Erklärungen. Er versucht es erneut.

»*Nein!*« ruft er. »Bleib stehen!«

»Keine Angst ...«

Skassi ist halb beim Jäger, der reißt die Waffe hoch. Der große Wolf springt entgegen seiner eigenen Warnungen dem Menschen direkt an den Hals. Mit magerem, kräftigem, angespanntem Körper. Das Sonnenlicht fällt auf die muskulösen Flanken. Die Zähne sind gebleckt, die Ohren angelegt.

Koonama bleibt stehen, kühl und gefaßt, unbeweglich ruhig.

Aus dem Gewehrlauf rollt ein Donner über den Berghang.

Skassi wird seitwärts gerissen.

Der Rebellenwolf fällt hart auf den Boden, überschlägt sich noch einige Male und bleibt dann liegen, Koonama feuert noch eine Kugel in den reglosen Körper. Er schwitzt und keucht und starrt erneut auf Athaba, diesmal jedoch mit einem anderen Gesichtsausdruck. Gerade hat er dem Tod ins Auge gesehen. Eben noch waren er und Athaba alte Reisegefährten gewesen, die unfreiwillig in diese Situation geraten waren. Jetzt waren sie einfach nur Mensch und Wolf. Skassis Angriff hatte die feine Bindung zerstört, die sie voreinander beschützt hatte. Das Vertrauen war gebrochen. Jetzt gab es nur noch Gewehr und Zähne, bleierne Schüsse und tödliche Bisse.

Athaba rannte auf den Rand der Wiese zu, als die Waffe erneut angelegt wurde. Der Lauf folgte ihm, bis er das Unterholz der anderen Seite erreichte, doch entweder blockierte die Waffe, oder der Mensch wurde für einen Moment wieder Koonama.

Nun konnte Athaba nichts mehr aufhalten. Er schlüpfte durch die Büsche und Farne, bahnte sich einen Weg durch das Unterholz und kletterte über felsige Abschnitte, bis er den Eingang der Höhle fand, einen schmalen Spalt hinter einem großen Felsstein. Er schlängelte sich durch die Öffnung, und für einen Moment tauchte Skassis magerer toter Körper vor seinen Augen auf. Dann rief er leise in die Dunkelheit.

»Ulaala! Yanthra! Seid ihr da?«

Sein Herz klopfte so laut, daß er fürchtete, die Höhle würde das Echo doppelt so laut zurückwerfen und die Jäger anlocken. Er spürte das Pochen in seinem Brustkasten und das pulsierende Rauschen des Blutes in seinen Ohren.

»Ulaala ...?«

31

In der kühlen Höhle, fernab von den Schüssen der Gewehre und den Schreien der sterbenden Wölfe, fand Athaba seine Familie. Die fünf Jährlinge warteten gemeinsam mit ihrer Mutter geduldig auf die Ankunft ihres Vaters. Sie blieben noch zwei Tage in ihrem Versteck, bis sie vollkommen sicher waren, daß draußen keine Jäger mehr herumliefen.

Athaba verließ den Unterschlupf und erkundete die Umgebung.

Es war ein frischer Sommermorgen. Das Licht fiel durch die benadelten Zweige und erzeugte Schattenmuster auf dem Waldboden. Vögel zwitscherten in den Büschen. Mäuse wieselten durch das Unterholz. Athaba fand keine Spur mehr von Wölfen oder Menschen.

Skassi war tot und hatte viele mit sich in die Fernen Wälder genommen. Athaba konnte sich nicht entscheiden, ob sein alter Feind ein Held oder ein Dummkopf gewesen war. Er hatte sich gegen die Menschen aufgelehnt, und es erforderte einen starken Geist, um der tödlichsten aller Kreaturen ins Gesicht zu sagen: »Genug!«

Doch es bestand keine Chance, daß der Wolf oder irgendein anderes Tier gegen den Menschen gewinnen könnte. Eine Schlacht vielleicht, nicht aber einen ganzen Krieg. Der Krieg war bereits vor langer, langer Zeit von den Menschen gewonnen worden, nach dem *Urdunkel.* Sie hatten die Wölfe und alle anderen Tiere damals so vollkommen besiegt, daß kein noch so tapferer und starker Rebellenführer diesen Sieg rückgängig machen konnte. Wenn Skassi das nicht erkannt hatte, so war er ein Dummkopf gewesen.

Athaba seufzte, dann rief er nach seiner Familie.

Als sie noch in der Höhle gewesen waren, hatte Ulaala ihm von einem Gebiet erzählt, das menschliche Jäger nicht betreten durften. Dort fuhren keine Maschinen über den Boden, und noch nie war eine Flugmaschine gelandet – so hatte ihr einer der Wölfe aus Skassis Rudel erzählt.

»Er sagte, dort leben Bären und Adler und alle möglichen Tiere, nordwestlich von hier.«

Athaba war mißtrauisch.

»Dort sollen keine Menschen sein, sagst du?«

»O doch, Menschen sind dort, aber ohne Waffen. Sie haben nur diese kleinen schwarzen Kästchen, die nicht schießen, sondern klickende Geräusche von sich geben. Es sind sogar ziemlich viele dort, so daß man sich an den Geruch des

Menschen gewöhnen muß, aber der Wolf versicherte mir, daß die Tiere dort nicht angegriffen würden.«

Athaba konnte das nur schwer glauben.

»Aber Wölfe würden sie bestimmt töten, oder nicht? Ich meine, ich verstehe, daß sie die Bären in Ruhe lassen und die Adler, aber die Wölfe hassen sie zu sehr.«

»Na ja, er scheint gewußt zu haben, wovon er sprach«, sagte Ulaala. »Er war sogar ein wenig traurig und meinte, er wünschte, er wäre nie von dort weggegangen. Aber er hörte den Ruf des Rebellenwolfs und mußte ihm folgen.«

»Dürften wir denn dort jagen? Ich meine, wir müssen doch Fleisch erbeuten, sonst sterben wir. Bist du sicher, daß sie dort nicht Rinder züchten wollen oder so etwas? Menschen tun das, weißt du, sie halten Tiere inner- und außerhalb ihrer Häuser. Wenn man eines von ihnen tötet, können sie ganz schön wütend werden.«

»Nein, das ist wildes Land. Es scheint extra dafür da zu sein, daß Tiere wie wir in Ruhe gelassen werden.«

»Klingt einfach zu schön, um wahr zu sein. Aber wir werden es versuchen und dort hingehen. Eine andere Wahl haben wir ja ohnehin nicht.«

So machte sich das Paar mit seinen Söhnen und Töchtern, die als Jährlinge bereits gute Jäger waren, auf den Weg in dieses ebene Gebiet vor den Bergen. Und als sie dort ankamen, sahen sie, daß der Wolf recht gehabt hatte.

Die Jährlinge entwickelten sich zu kräftigen Untermegas und holten andere Wölfe in ihr Rudel, bis Athaba und Ulaala die Leitwölfe einer siebzehn Tiere starken Gruppe waren. Das war, noch ehe die neuen Welpen zur Welt kamen. Nachdem Grisenska ein Jahr lang Mega gewesen war, übernahm sie den Posten als Leitwolf von ihrem Vater und wählte sich einen stämmigen Gefährten zur Unterstützung an ihre Seite.

Obwohl Ulaala jünger war als Athaba, trat auch sie von ihrem Posten als Anführerin zurück.

Abends lagen sie vor dem Eingang ihrer Höhle, langweilten die Jungen mit Geschichten aus ihren jungen Tagen und sangen ihre alten Lieder.

Und immer wenn er die Geschichte des Menschen erzählte, der zu einem Wolf wurde, sahen sich die Jungen an, wie um zu sagen: *Wen will unser alter Großvater mit diesen erfundenen Geschichten wohl an der Nase herumführen?*

»Koonama«, so erzählte er ihnen, »war sowohl ein Mensch als auch ein Wolf, und ich frage mich oft, wie er mit seinesgleichen zurechtkommt. Ich denke, er erzählt ihnen die Geschichte von dem Wolf und dem Menschen, die gemeinsam eine Reise über die Tundra überlebten. Er erzählt ihnen, wie der Wolf ihn am Leben erhielt und in ihm eine Kreatur erweckte, die über viele Jahreszeiten hinweg geschlafen und die er als Mensch vergessen hatte.«

»Vielleicht«, so gab eines der Jungen zu bedenken, »denkt *er,* er habe einen Wolf in einen Menschen verwandelt, und erzählt es genau andersherum.«

»Nein, das kann nicht sein«, erwiderte Athaba dann, »weil der Wolf keine menschlichen Dinge tat, der Mensch aber dem Wolf in all seinen Eigenheiten folgte. Wenn der Mensch wirklich meint, er hätte mich verwandelt, dann hätte er mich beim zweiten Mal behalten. Aber er wußte, daß nicht er mich, sondern ich ihn gezähmt hatte.«

Die Jungen tuschelten dann unruhig miteinander, aber Athaba wußte, daß es die Wahrheit war, und kümmerte sich nicht darum, wer ihm glaubte und wer nicht.

Koonama *wußte* es. Das allein zählte.

BLANVALET

DIANA GABALDON

Der zweite Roman aus Diana Gabaldons großer Highland-Saga – farbenprächtig wie ein Mosaik und von herzerfrischendem Humor!

»Mitreißend – ein frisches, einfallsreiches und unterhaltsames Buch!« *Norddeutscher Rundfunk*

Diana Gabaldon. Die geliehene Zeit

BLANVALET

FEDERICA DECESCO

Ariana und das Feuer – eine tiefe Beziehung verbindet
die Vulkanforscherin mit ihrem Element.
Bis zwei Männer in ihr Leben treten, die eines dramatischen Tages eine Entscheidung von ihr fordern...

Federica de Cesco ist und bleibt eine Magierin
sinnlich betörender Literatur!

Federica de Cesco. Feuerfrau 35003

BLANVALET

DEIRDRE PURCELL

Eine faszinierende Familiensaga aus Irland –
und das Porträt einer Frau zwischen
strahlendem Ruhm und persönlicher Tragödie.

»Eine wunderbare Begabung – eine ergreifende
Liebesgeschichte!« *Sunday Times*

Deirdre Purcell. Tränen aus Stein 35009

BLANVALET

LaVYRLE SPENCER

Mit allem hatte die erfolgreiche Sängerin Tess McPhail gerechnet, als sie zurückzog in ihre kleine Heimatstadt, nur nicht damit, ihre alte Jugendliebe wieder zu treffen...

»LaVyrle Spencer gelingt es aufs Vortrefflichste, mit Wärme und Intelligenz Charaktere zu entwickeln, die das Herz des Lesers erobern.« *Kirkus Reviews*

LaVyrle Spencer. Melodie des Lebens 35017

BLANVALET

LAVYRLE SPENCER

Tom Gardner ist ein glücklich verheirateter Schulleiter und Vater. Eines Tages steht er einem neuen Schüler gegenüber, der ihm wie aus dem Gesicht geschnitten ist...

»LaVyrle Spencer gelingt es aufs Vortrefflichste, mit Wärme und Intelligenz Charaktere zu entwickeln, die das Herz des Lesers erobern.« *Kirkus Reviews*

LaVyrle Spencer. Vergib, wenn du kannst 35011